天平底下

彭小平◎著

图书在版编目（CIP）数据

天平底下 / 彭小平著. -- 北京：中国文联出版社，2016. 7

ISBN 978 - 7 - 5190 - 1784 - 2

Ⅰ. ①天… Ⅱ. ①彭… Ⅲ. ①长篇小说—中国—当代 Ⅳ. ①I247. 5

中国版本图书馆 CIP 数据核字（2016）第 174501 号

天平底下

作　　者：彭小平

出 版 人：朱　庆

终 审 人：奚耀华　　复 审 人：蒋爱民

责任编辑：胡　笋　贺　希　　责任校对：傅泉泽

封面设计：中联华文　　责任印制：陈　晨

出版发行：中国文联出版社

地　　址：北京市朝阳区农展馆南里 10 号，100125

电　　话：010 - 85923039（咨询）85923000（发行）85923020（邮购）

传　　真：010 - 85923000（总编室），010 - 85923020（发行部）

网　　址：http：//www. clapnet. cn　http：//www. claplus. cn

E - mail：clap@ clapnet. cn　hex@ clapnet. cn

印　　刷：北京天正元印务有限公司

装　　订：北京天正元印务有限公司

法律顾问：北京天驰君泰律师事务所徐波律师

本书如有破损、缺页、装订错误，请与本社联系调换

开　　本：710 × 1000　1/16

字　　数：341 千字　　印　　张：19

版　　次：2016 年 7 月第 1 版　　印　　次：2016 年 7 月第 1 次印刷

书　　号：ISBN 978 - 7 - 5190 - 1784 - 2

定　　价：54. 00 元

官场文学的女性视界

张志忠

拿到彭小平女士的《天平底下》书稿，真为她高兴。七八年前，在一次文学讲座上认识彭小平，此后一直有邮件往来，话题中心当然是文学创作。我建议她，从自己多年从事的政法工作经验入手，写自己熟悉的生活，或者是一条可行之路。这些年来，她利用业余时间，笔耕不辍，且不断进步，今日终有所成，实在是可喜可贺。

摆在我面前的《天平底下》，虽然尚有不足之处，但已然脱去了她以前写作那青涩的底子，逐渐表现出了组织和穿插纷繁线索、驾驭复杂场面的能力，对人物内心世界的刻画达到了相当的深度。

从题材和内容上来看，《天平底下》应该属于当前颇受读者关注的“政坛风云”小说系列。如果说权力法则无所不在，是中国社会的最大特点，那么在政法系统——离权力和利益最近的地方，利益角逐的残酷与权力斗争的无情，也表现得最为充分。不少作家已经在他们的小说中揭露过公检法系统种种令人惊心动魄的“黑幕”，《天平底下》所写的只是一个小小的音召县，在官场斗争的规模和激烈程度上显然并没有什么内容上的优势可言，但小说在表现人性的复杂和人物内心世界的种种波澜起伏和细微变化方面，是有独到之处的。

小说所刻画的众多官场中的男性，虽然性格迥异，但在金钱、权力和欲望的诱惑下，他们的灵魂无一例外地都扭曲变形，不是陷入追逐金钱利益的泥淖（如康立），就是被情欲引诱，跌进堕落的深渊（如和台新、秦尚）。即使是小说中看起来比较有操守的木双、有抱负有境界的梅青，也醉心于权力角逐，无法自拔，因此不惜使用非常手段铺垫上升通道，最终害人害己。尽管前数人的身败名裂看起来是罪有应得，后二人的遭际——尤其是梅青，往往引人同情，但事实上，很难说单纯地追逐权力与沉醉于权力带来的物质利益（包括金钱、美色）有实质上的差别，两者都是被权力异化，丧失了主体性。彭小平以“天平底下”为书名，揭示的正是中国目前政界生态环境的恶劣，当一个社会唯权力独尊、弱肉强食成为生存法则的时候，这种法则的残酷性与自然界的丛林法则并无二致。

而小说中从外表到内心世界都非常美好的女主人公起英，竟然是被她原来的爱慕者之一吉阳飞送上了绝路（事实上女主人公在死后还将成为吉阳飞的替罪羊），这样的结局恐怕足以令人对官场的残酷心存余悸。而吉、起二人之间的关系，而不是梅、起二人的爱情故事——我以为才是小说中最精彩、也最引人深思的地方。试想一下，一个官场男性，一步步蜕变，一步步将自己原本爱慕的女性同盟者推入深渊，其中的人性和良心泯灭的过程，实在是足以惊心动魄、令人心寒。彭女士小说世界中的“太阳”之“冷”，于此可见一斑。

小说中的两个非常出色的政界女性——夏兰和起英的结局，都以受人牵连、算计而终。这在一定程度上反映出作者彭小平对女性从政的出路所持的看法并不乐观，这和范小青《女同志》这样的作品里面表现出来的通达从容有很大的不同。

女主人公起英人生中最大的不幸和伤害首先来自于她的父亲，但随着她进入音召县法院，开始她的行政官员职业生涯的时候，就一直不断地受到官场男性的伤害。她以出众的外貌，独特的气质，以及不卑不亢的处事原则，得到了她身边所有的男性合作伙伴的欣赏，但另一方面也正是由于他们的欣赏，她得以成为他们的同盟，才致使起英在利益纷争的漩涡中泥足深陷，无力自保。起英的“同流而不合污”的原则，为人的低调、内敛，为她在音召法院建立了属于自己的空间。但随着权力斗争的激烈，她被动卷入权力旋涡越来越深，尽管她不断退守，不断想要保持和权力中心的距离，但到最后，她想回避的事终究无法回避，想抗拒漩涡的力量却发现无论如何都力不从心，当初的所谓原则，最终被证明不过是她的自我安慰罢了。

她的这种异常复杂的心路历程和人生遭际，不仅揭示了女性在男性主导的社会中生存的艰辛，更表现出女性身份在波诡云谲的官场生涯中的尴尬和无助。一个外表和内心都很美好、没有野心的政坛女性，终究被男性驾驶着的急驰的权力车轮碾碎——而把她推到风口浪尖上的，都是喜欢她、关心她的人，从她视若兄长的木双，到后来与她同辈论交的吉阳飞。至于梅青，这个起英甘愿为之付出一切的官场中的儒雅小生，倘若不是他费尽心机角逐权力，就不会在吉阳飞初到法院的时候，迅速与之结为同盟，并帮助他结交贵人，使之羽翼丰满，让他迅速上位，到最后手握权柄为所欲为，让起英为他顶替罪名。起英的悲剧，是被政治吞噬的一切善良美好的女性的悲剧，更是这个时代的悲剧。

细心的读者能发现，彭小平在描述音召这个地方法院的政坛风云变化的时候，也用了很大的篇幅来讲述小说中女主人公的情感故事，言情成分和政坛风云变化在小说中几乎是平分秋色的。对题材进行这样的处理，一是女性作家擅长描写细腻的情感世界的特点使然；另一方面，也的确是打破以往“政坛风云”类型小说中，男性主人公占主导地位的成规的一种尝试，塑造出了一些能在官场男性中间游刃有余地周旋，并能保留有女性气质和魅力，同时试图坚持自己的原则和立场的新型政界女性的形象，如夏兰和起英。

可惜的是，小说对这些政界女性的业务能力的介绍稍嫌不足。起英的不卑不亢、为人低调，温和内敛，都仅限于情商的范畴，而非专业水平和才华的展现。尤其是小说后来将主要笔墨放在了描写他和男主人公的感情纠葛上，这就使得一个新时代的新型政界女性形象没有在根本上立起来，丰满起来，既无独当一面的行政能力和才华，也无进退有据的谋略和胆识。在小说展开了她和男主人公的爱情故事后，她的生活重心似乎就变成了只有爱情而别无其他。她的性格善良温柔固然是很大的优点，但善良并不意味着在发现吉阳飞对自己的威胁后，居然束手无策，只能听任事态恶化，而不反戈一击，进行抗争。这样一来，女性在小说中的作用仍然不过是一种点缀，和“商战言情”、“警匪言情”类型的小说相类似，女性人物在其中的作用无非都是作为男性人物的陪衬而存在，并没有根本性的差别。

在一个英国有过女首相，美国有女国务卿，韩国如今有女总统，冰岛也有女总理，我们自己的政坛上有吴仪、刘延东的时代，女性在政坛的作为与才华正在逐步得到肯定和关注，影响力也正在逐渐加重。这个时代的政界女性精英，实际上都是非常专业、非常大气，懂得审时度势，能自己把握自己的命运的。《天平底下》里面的夏兰和起英，在迅速进步的当今政坛女性面前是不是显得太儿女情长、太像传统的纯情“佳人”了呢？前述几位女性国家元首（领导人），哪一位不是披荆斩棘、历尽艰辛，才能在政坛崭露头角，获得施展才华、治理国家的机会。她们的心路历程，其复杂和深刻的程度，恐怕比太多数小说更精彩。

另外，政法系统的女性虽然少，但也不至于只有女主人公一枝独秀，如果有其他女性的衬托，形象几乎完美的起英在小说中看起来或许就不那么突兀。小说中出场的两位“美女”干部：夏兰和起英，都是一往情深地甘愿为自己有家有室的心上人牺牲一切，看起来也似乎太过巧合和模式化了一些。

或者彭小平的用心，并不在于描述政界女性如何挤进权力场，如何逐鹿天下，而是为了表现天然带有诗性气质的女性，在权力生态中的困惑、苦闷与挣扎，表现她们明知不可为而又不得不为之的局促与不安，是女性的性别意识、情感方式、价值尺度、浪漫理想，在被官场法则压制和粉碎之后所感受到的逼仄与无奈。不过，就连《红楼梦》里的林妹妹，也知道“不是东风压了东风，就是西风压了东风”的道理。作为在公检法系统工作多年的女同志，起英看起来是不是太善良美好，也太稚嫩了？

正如凤凰网的评论员彭晓芸女士所说：“女性从政现象，它不应当仅仅是一种政治符号，它真实的运行逻辑，更加关乎我们日常的生活，关乎性别公正在全社会的推进。观察女性政治家是怎样炼成的，比盯着女性政治家的数目更能触摸政治的脉络，更能了解真正的政治性别生态究竟是怎样的”。在当今中国社会，女性政治家从政还有赖于制度的强制性保障，并不是社会运动的结果，整体政治生态环境和社会舆论对从政女性的要求仍然是非常苛严的。女性半边天如何真正融入男性主导的社会，包括政治领域，实现平等互利基础上的合作关系，当然需要女性自身的努力，但也是需要身为另一半边天的成员共同努力，才能达成的。新的女性政治家已经在现实中出现，而她们将如何在文学作品中出现，也是我一直以来非常感兴趣的课题。彭小平女士在此方向上迈出了可喜的第一步，希望将来能看到更多的表现女性政治命运和政治性别生态变化的作品，在此与作者和读者共勉。

自　序

"天平底下"——只是我人生的梦里常常出现的一种景象，这种景象，常常让我惊醒，让我总想要弄明白，它是怎么样来到我的梦里的呢？而且，为什么人们要在我的梦里如此的竞争呢？如果竞争到最后，人人都真的成了食肉类动物的话，那将由谁来充当他们赖以生存的那份"肉食"呢？因此，我就常常想，但愿它，永远只属于我的梦境，不再去搅扰别人！

我的一生，充满着各种各样的梦，我的梦与睡眠一样的长，即使有时我醒着，思维也好像还在梦里，常常分不清究竟是我在做梦，还是我其实就是生活在梦里。但我可以肯定的一点是："天平底下"——无非就是这样一个长长的梦而已！

现代诗人蔡诗华君，他与常人不同，他不只是也在做着梦，他还在醉心地讴歌着他那不醒的梦。他曾经在自己的一部诗集的题记里写道：这是诗人的梦呓，不是政治决议，你不必当真。

我也要告诉读者诸君，这部《天平底下》，只不过是我如实地讲述了自己一个长长的梦而已，只有梦，才会这样地曲折、离奇、凄婉而令人回味。您不必在意梦中的某一人物，某一情节，或某一场景，偶尔会让您觉得有些熟悉，那也许只是您也曾经作过同样的梦而已。因此，请您相信，那纯属巧合！纯属巧合而已！您大可不必在意！

不过很不幸，我可能是《传奇大自然》看得太多，在看的过程中又太过投入。我梦中的人物，竟然像非洲大草原艰难生存的那些物种一样，大多为了生存，或者为了物竞，他们机关算尽，在人生的途中，丢尽了原本的纯真和善良，甚至不惜抛弃了人类区别于其他物种的重要标识——自尊！他们原本以为，千辛万苦给自己营造的是天堂，谁料想……

也许，我梦中的人们，之所以在人生路上慢慢地丧失了良善的本性，只是因为缺少了上苍应该给予他们的那一缕温暖的阳光。因为，他们都曾不同程度地生活在"天平底下"下，再怎么挣扎，也得不到可以让他们活得更容易一些的那缕阳光。以至他们的结局，大多离他们自己的理想相去甚远，有些人，甚至于在和平年代也难得善终。到头来，他们的人生里，就只剩下后悔、惶恐和孤独与他们如影相随。

当然，我的梦中人物，毕竟也还有不想让自己的良知泯灭殆尽的人。只是很不幸，正像羊羔无法在狼群里生存一样，这样的人，在一切龌龊的东西都能迅猛生长的“天平底下”下，只因不甘被同化，她曾苦苦挣扎，但是最终即使不致沉沦，也还是因为她过于洁净，她身边越来越严重的龌龊最终让她这样的人不得善终。让她不得不将无边的痛苦和仇恨，留给了她最爱最爱的人。从此后，那轮似乎无处不在的“天平底下”下，又只留下那些在我的梦里，热衷于阴谋、算计和倾轧，千方百计想要让自己成为食肉类物种的可怜人了。

很多时候，我只想让自己醒着，因为我越来越有点害怕自己的梦。我尤其害怕的是，我怕做梦的时间长了，或者梦得太多了，终有一天会分不清，哪些是在梦里，哪些才是我实实在在的生活。

虽然我在写这段话的时候，也不知道自己到底是完全清醒了，还是仍然在自己的梦里。但是，我最后要给您说的话，则是在我绝对醒着的时候想要说的，那就是：我诚恳地希望，希望您永远不要来到我这样的梦里，也祝愿您，永远都不要做我这样的梦！让自己能够安安稳稳地睡觉！清清白白地做人！

目 录
CONTENTS

引 子 …… 1
一 …… 3
二 …… 12
三 …… 19
四 …… 29
五 …… 38
六 …… 49
七 …… 66
八 …… 76
九 …… 87
十 …… 91
十一 …… 99
十二 …… 107
十三 …… 119
十四 …… 130
十五 …… 142
十六 …… 145

十七 …… 153
十八 …… 157
十九 …… 163
二十 …… 170
二十一 …… 174
二十二 …… 179
二十三 …… 185
二十四 …… 190
二十五 …… 198
二十六 …… 204
二十七 …… 210
二十八 …… 222
二十九 …… 228
三十 …… 235
三十一 …… 242
三十二 …… 252
三十三 …… 260
三十四 …… 266
三十五 …… 274
三十六 …… 282

引 子

八十年代中期，冬日里一个星期天的上午，按照县气象台的天气预报，音召县县城上空应该是艳阳高照。可是，不知怎么回事，县城的上空却布满了厚重的铅色云层，这一层云厚重得像一个无边的铅锅盖，反扣在县城的上空。一个惨白无力的太阳，就那样懒懒的贴在云层的后面，让人看起来觉得那轮太阳不像太阳，只是一团软软的面饼，无法带给大地一点热或者光。

只有当云层被大风偶尔撕开一条条缝隙的刹那，云后那惨白的太阳才会急急的洒下一丝半缕没有多少温度的光来。北风裹着灰尘在大地上肆虐着，让人们感到天气比没有太阳的日子里更冷。

不想回家，法院宿舍又很冷清，刚从音召县一中作为有本科文凭的“人才”引进到法院的起英，一大早就占据了音召县委办公大楼旁边小巧的云水公园里一条长凳的一头。县城里的绿地不多，在这样冷的天气，公园里也有三三两两的人们在散步。人们经过起英身边的时候，都忍不住要看上一眼。也许并不单单是因为起英的美丽，他们偷偷看得最多的，还是起英这个年轻姑娘拿在手上的那本书，那本据说只有如今官场上有些人才会去读的书——《厚黑学》。

在离起英十来米的地方，一个年轻的母亲正领着一个四五岁的灵秀男孩也在散步。那个男孩起先是在母亲的身边跳跃着，嬉戏着。当他偶尔抬起头来望了一眼天空后，他就一边自己仰头继续望着天空。一边大声地对他的妈妈说：

“妈妈，你快看啊，天上有个冷太阳!”

那个母亲只是怜爱地拍了拍孩子的头，自己并不想抬起头去望望天空。

“傻孩子，太阳就是太阳，哪里又来个冷太阳呢?”

起英听着这母子俩的对话，不由放下书本慢慢地抬起头来。果然，今天的太阳被压在铅样的云层后面，只现出一个朦朦胧胧的白色饼状，没有一点热度。起英觉得，那个孩子真不简单，孩子往往第一眼就能看穿事物的本质，因为现在天上的这轮太阳，用“冷太阳”来称呼他是最贴切不过的了。

想到那个孩子丰富的想象力而又恰恰碰上了这样一个想象力已经消磨尽了的母亲，起英忍不住轻轻地叹息了一声。她知道，世间有不少孩子的想象力，就是这样被大人们所谓的理智或常识，慢慢地扼杀了。

起英若有所思地望着远处的山峦，因为她感到自己的心情就像今天的天气，本来应该是晴朗的艳阳天，谁知心底里却是冷冷的，还似乎直往外冒冷气。

起英原本是毕业于一个著名师范大学中文系的高才生，在音召县一中教语文。在全国上下只看重文凭的高潮接近尾声的时候，她在顶上个礼拜，刚刚被音召县法院作为有大学文凭的“人才”引进，使她从一个中学老师，一跃成为一名法官。

这本来是件令起英身边的人们羡慕的大好事，但遗憾的是，她被法院作为人才引进的时候，文凭热已经接近了尾声。法院正副院长的位子早已满员，因此只给她安排了一个政工科主任的位置，负责人事、思想和材料工作，其次是每次法院党组开会，都得由她列席会议去做记录。

当然，让起英心中发冷的，并不但是自己暂时没有获得领导的职位，而是在参加了两次党组会议，接触了新的同事十来天以后，起英渐渐地觉得，她似乎掉进了一张无形而又处处存在的复杂的网里。近日来，起英感到，似乎处处都有束缚，而那种束缚又隐在各种无形之中，让人觉得，自己的身边不会单单只有朋友。

喜欢诗歌，充满文学梦想的起英觉得，相比较而言，教师生涯远没有现在复杂。

音召县城并不大，最高的楼层也在六搂以下，而且也只是在县政府大楼的附近才有那么一栋。道路刚刚够一台货车通过，有些地方甚至连小车想要通行都很困难，随着人口的增加，人们不停地增加各种违章建筑，因此，街道变得越来越仄。一些有些年头的白杨和槐树，就成了县城里不多的绿色。

县法院设立在县城南边一栋很旧的，早年由政府没收的一个资本家的三层老式洋楼里，洋楼的白粉外墙已经大面积脱落。只要站在小洋楼二层的任何一个窗口，就能看到周围紧挨着的是不少低矮的民房，那些民房有着各色各样的屋顶，有的屋顶是青瓦，有的是红瓦，有的则是石棉瓦，还有个别的用的是杉木皮。房屋连着房屋，周围连一棵小树苗也没有，任由那些参差不齐，低矮而寒酸的屋顶呈现在人的眼前。

法院作为音召县的审判机关，设置的内部机构有刑庭、民庭、办公室还有只有起英一个人的政工室。

全院只有三十多个干警，起英就是那第三十多个，也是县法院唯一一个正式引进的科班大学生。

但这区区三十多个干警，就有一正两副三个各自为政的头头。

起英虽然熟读史书，最近她学校的老同事们还帮她搞来了这本据说是为官必读的《厚黑学》，但十多天来，每到起英独处的时候，一想到自己身边人们的你争我斗、尔虞我诈，还是难免心底里冒冷气。

小男孩早已随着他母亲远去，起英却还在看着满天的铅云，起英的心被小男孩触动，觉得她目前的生存环境特别有点像今天的天气，她的内心惶惶的，她实在害怕遭遇生命里的冷太阳。

一

就在出现了这样一个冷太阳的第二天，音召县城的上空干脆连太阳的影子也没有了，苍凉的大地上一遍萧瑟，刺骨的寒风一阵紧过一阵。路上的人们都缩着脖子，低着头匆匆地行走着。

在这样的天气里，法院也显得有些冷清。那天下午，起英最先得到了信息，一把手要她负责通知，他要临时召开一次党组的紧急会议。这也是起英进入法院后将要参加的第三次党组会议。

第三次党组会议的气氛相当诡异，每次总是早早在小会议室等着的起英，正在心里猜测，这次突然的紧急会议，会是一些什么样的内容呢。起英还没想出个头绪，就只见每次都是最后一个出场的一把手吉庆，腋下夹着一个大纸包，黑着脸第一个走了进来。

已是五十七岁的吉庆，是三个正副院长里个子最高的，他整个人胖胖的，圆圆的脸膛有些发福，脸色紫黑紫黑的，如果碰上他不高兴，拉长了脸，就会显得格外的严厉。因此，在整个音召县法院里，只要有人发现吉庆拉长了脸，大家就会听到这样一些小声地对话。

“我们吉老板今天很不高兴呢。”

“你现在最好别去找老板。”

“你想死啊，今天还迟到。”

吉庆进来还没坐下，副院长木双和余仁相跟着也走了进来。与吉庆高大魁梧的身形相比，不到四十岁的木双又白又胖，眼睛大大的，腮边还若隐若现地长着一对浅浅的酒窝，一个男人的皮肤，竟然嫩得像豆腐，而且带着一种诱人的粉红色，笑起来竟然有点童稚的味道，唯一的美中不足他只有不到一米六六的身高。

已经四十多岁的余仁，既像吉庆一样的黑，而又没有吉庆那么高。一双不戴眼镜的近视眼，显得有些朦胧，有些混浊，很少与人对视，偶尔还会闪现出一种受惊野兽一样的目光。两鬓少许的白发让他看起来有些沧桑，有些落寞，好像他时刻都在莫名地小心着。

会议室里，大家在那张椭圆形的桌子前面坐定了，木双摊开了他的笔记本，随时准备认真记录吉庆重要的话。余仁则笑眯眯地坐在那里，眼睛时不时地扫过吉庆的脸上。吉庆扫视了木双和余仁一眼，扬了扬拿在他手中的那个纸包。

“我们中间有人搞小动作，而且搞得没有名堂，居然将诬告信寄到了中级人民法院纪检和县纪委。”

吉庆黑着脸，显得很气愤。他将一双带钩的眼睛轮流着在木双和余仁的脸上刮来刮去的，似乎想要看看他们在笑脸后面藏了什么东西。

木双浅浅地笑着，酒窝也是浅浅地显现出来，他用温暖的目光迎接着吉庆质询的目光，脸色谦卑而不亢，显得无辜而又坦诚。

余仁的目光虽然有点闪烁，但他也并不回避吉庆的注视。只是他的眼睛里有一丝哀恳，脸上的表情也有点怯怯的，像一只被人无缘无故打怕了的狗。

“不过，今天我得告诉几位，我这届院长还有一年多才到头，因此，不管你们谁玩小动作，这一届的这个县人大代表，你们谁也别想和我争。”

吉庆说这些话的时候，露出了白白的一排上牙，眼睛里还有点不同寻常的光在闪动着，他再次将目光轮流着停在两个手下的脸上。

“这是谁啊，搞些这么不光明正大的事，要是被我查出来了，一定不会放过他的。”

木双率先站起身来，他的脸上不再有那一丝浅浅的笑，眼睛狠狠地瞪着吉庆手里的那个纸包，样子显得比吉庆还气愤。

对木双的话，吉庆不置可否，他随手将那个纸包推给了起英。

余仁看了木双一眼，然后懒懒的站了起来，伸手从起英的面前拿起那沓材料，非常认真地看了一会，抬起头来的时候，余仁的眼睛里有些泪花，表情变得非常的愤怒。

“吉老板，这样的小人行径真的令人气愤，不过他这是蚍蜉撼树。”

吉庆听着两个手下的话，他不置可否地望望木双，再看看余仁，始终不再吭声。看到吉庆仍然不为所动，余仁只得又说：“不过，我们还是得小心防备才行。”

只有新来不久，没有发言权，只是负责会议记录的起英，手里握着一支笔，谁也不看，只是将头低低地垂在记录本上。虽然三个领导都已讲了话，但起英今天却一个字也没敢往会议记录本上写。

正在起英有点不知所措的时候，吉庆突然换了一张笑脸，和气地对起英说：

“小起，刚才纯属我们几个领导私下里的谈心交心，是一件说过就忘了的事情，就不必往党组会议本上记录了。”

听到院长发了话，起英马上像获得了特赦，紧绷的神经松了下来，血色回到了她的脸上，起英立即重新进入了正常的记录状态。

在接下来的时间里，会议室里的几个人，亲亲热热地讨论着法院的一些事情，会议的气氛反而比平常热烈了许多。起英觉得，也许是吉庆觉得自己刚才过于严厉，现在，他在努力地扮演着一个和蔼可亲的长者。

木双和余仁也极力地配合着吉庆，会议的间隙，余仁还讲了一个让人无法发笑的冷笑话，吉庆和木双竟然都笑了，会议室里的气氛显得和睦而和谐。会议室里的这几番变化，让本来就想象力丰富的起英，差点开始有些怀疑自己，刚才是否真的看见了吉庆对大家大发脾气。

“小起，你留一下，有点要上报的材料还要和你讲一下。”

党组会议结束以后，木双、余仁和起英都准备离开的时候，吉庆单独留下了起英。

木双和余仁在默默退出会议室的时候，在出门的一刹那都意味深长地望了起英一眼，或者，最少起英自己是这么感觉的，起英觉得他们出门时留给她的眼神，确实都是意味深长的。

最后离开的余仁将会议室的门关上了，会议室里显得更加的寂静，第一次在寂静的会议室里单独面对平日里严肃有余的吉庆院长，起英多少有些显得不习惯，还有木双和余仁刚才留下的那些意味深长的眼神，也有些让起英不安。

吉庆似乎根本没有注意到这些，他将自己的座椅搬到起英的正面，少有的笑意一直挂在他的嘴角，黑紫的脸色显得有些温暖。

“小起啊，你才从学校到政法系统来，不能太单纯啊。现在虽然已经不是大讲阶级斗争的年代，不过，有时候矛盾和斗争还是存在的，有时甚至是很激烈的。”

吉庆的话让起英有些吃惊，她不敢正视吉庆，也不想完全不看着他，起英只是将目光游离在吉庆的身上，表情像个不知道自己做错了什么事的孩子。看到起英的表情，吉庆在她面前变得更加的和蔼。

“因此，你作为法院的政工干部，应该旗帜鲜明地坚持和支持正确的东西，特别是千万不能站错了队啊！”

听到吉庆并不是因为检举材料的事留下自己，起英偷偷地舒了一口气，连连地朝吉庆点着头。看到起英像个小学生一样谦虚的表情，吉庆一边收拾自己的东西，脸上终于有了一丝满意的神色。

起英望着吉庆，觉得眼睛突然有些涩涩的，以她的经历，起英真的想不到，即使作为一个法院资深的一把手，竟然也有着这样的烦恼，起英轻轻地叹息了一声。

在起英看来，吉庆既是院长，年龄上也足以做她的父辈。起英对吉庆有着一种对师长般的尊敬，以她较为单纯的经历，起英希望自己身边的人们都能快乐地生活着。

听到起英那声轻轻的叹息，吉庆知道他的话收到了预期的效果，吉庆开始更详细地跟起英讲起了人大代表身份的重要性。

为了集中注意力，起英在听吉庆讲话的时候，无意识地拨动着她面前的那个记录本，这是起英专心听讲的一种标志，如果她不这样，就会想到别的事情上去，无法集中她的精神。

谈话结束后，起英才终于明白，分配到法院的这个县人大代表名额，其实就是一种法院最高权力的象征。因为按以往的惯例，这个人大代表的身份，每一届都理所当然地是属于法院一把手的。

这一次，因为吉庆的年龄大了，这一届院长任期一满，也就无法再连任法院一把手了。但人大代表的任期则还有五年。因此，吉庆理所当然地拼命想要保住音召县人大代表这个身份，好让自己的能量能尽量地延伸得久远一点。

而正由于这个身份的重要性，副院长木双和余仁都想争得这个机会，在他们看来，谁最先获得了音召县法院这个人大代表的头衔，谁就将顺理成章地接吉庆的班，名正言顺地成为音召法院的一把手。

最后，吉庆的话戛然而止，只是像一个老师一样满意地看着起英。起英知道，吉庆并不单单是满意她的态度，更让吉庆满意的应该是他在起英跟前亮出来的口才。吉庆离开之后，留下了那一沓举报材料，起英知道，那是吉庆要她保管的。

会议室里静悄悄的，好像从来就没有其余的人进来过。起英有点疑惑地张望着，那一圈椭圆形的桌子上，有一层淡淡的灰尘，刚才三位正副院长坐过的地方，分明都留下了一些刚刚被抹掉的灰尘的印痕。

看到那些印痕，起英不再张望，她随手打开了吉庆留下的那沓材料。材料检举的第一项，竟是说吉庆用公款给干警滥发财物。

看到材料中的这一项检举，起英想起来，还是她进入法院的第二天，办公室就发给了她一个八块钱的人造革公文包，那是为了干警们外出调查放案卷方便，才由法院统一买的。

起英看到材料的第三页，才看见了第二项检举，材料中举报，吉庆在某单位吃工作餐的时候，大吃大喝，在单位准备的工作餐之外，又擅自点了一份油炸泥鳅，一罐八宝粥，而且，最后没有付餐费。

起英知道，法院有规定，干警因公在外吃工作餐的时候，必须缴纳四两粮票和四毛钱一餐的餐费。不过，有不少单位都会拒收，这样零散的钱粮，一个是不好意思真收，一个是人家收了也没办法做账。

这些鸡毛蒜皮的小事，也会危及吉庆的人大代表宝座吗？不想再往下看得起英，一边收起材料，一边不由得想要笑。

下班的电铃早已响过了，起英放下那沓令吉庆火冒三丈的检举材料，她一边整理着会议室，一边想着吉庆的话："千万不要站错了队！"

想起这句话，起英的脸色有些凝重，她觉得：这似乎可以看作是一种提醒，但也可以看作是一种略带威胁的暗示。现在看来，三个顶头上司之间，一定存在着某些激烈的明争暗斗。猛然意识到这一层，起英叹息着，她一时有些不知所措起来。

起英就住在法院后面一间十来平方的旧房子里，旧木床和书桌都是院里的，房间里只有一幅水彩画，床头挂着一把古旧的二胡，起英的床上放着一些换洗的衣服和书籍，其余地方倒是空荡荡的。单位里只有中餐，早晚起英都是自己用一个煤油炉搞最简单的饭菜吃。

起英一边想着刚才的事情，一边有些茫然地朝自己的那间宿舍走着，不知不觉就走到了宿舍门前。到了宿舍门口，起英才像突然惊醒一样，开始在身上摸索着寻找开门的钥匙。

"起英，你怎么才下班？"

钥匙从起英的手上滑落，突然响起的一个男声让起英吃了一惊。起英这才发现，木双提着一小桶煤油，不知什么时候站在她宿舍门前的一个拐角处等着她。

起英与木双相识虽然还只有十多天，但从见到木双的那一天起，一种似曾相识的亲切感，就让起英觉得自己和木双其实早就很熟很熟。

这不，起英只是在大前天偶尔地和木双说起，自己用来做饭的煤油不多了。木双现在就像变戏法一样地，给起英提来了一小桶煤油。那是一个四五斤的容量，用来装汽油的小铁桶。

木双微微地笑着，脸上现出了两个浅浅的酒窝，眼睛里亮闪闪的。看见起英已经将房门打开，他拎着那个小铁桶走了过来。

木双这是第二次走进起英的闺房，因为当初这间房子，就是主管办公室的木双，和办公室的郑主任一起帮起英安排的。

“起英，吉老板要你写什么材料啊，你新来不久，对院里的情况不是很熟悉，要我帮什么忙吗？”

木双一边小心地往起英的那只煤油桶里倒换着煤油，一边顺带地，似乎不经意地问起英，而且，满怀希冀地看了起英一眼。

起英正在忙着收拾手里的东西，她得开始清理煤油炉，晚饭还得她自己做来吃。因此，她没有注意木双此刻的表情。

“写什么材料啊，吉院长是跟我讲人大代表的事情，他要我留意一些。”

起英一边忙着清理炉子，一边随口回答着木双的问话，她不想重复吉庆关于不要站错队的话，而是改用了“留意”这个词。

“留意一些？他要你留意什么？吉庆自私自利的，一点不从工作需要考虑，他大概是要你帮他拉选票吻！”

“拉选票？拉什么选票？”

还从不知晓人大代表选举程序的起英，一头雾水，反过来连声地向木双发问。

木双的脸有些涨红，他有点怀疑地看着起英，发现起英是真的不懂，他才宽容地笑了。

站在起英的宿舍里，木双像老朋友一样，给起英详细地讲起人大代表产生的程序来。

“英子，到我们院里正式选举人大代表的时候，你会支持谁啊？”

看到起英明白了人大代表选举的程序后，木双亲切地改变了对起英的称呼，并且突然这样问起英。

支持谁？难道在法院这个人大代表的名额上，还真的会有激烈的竞争吗？起英立刻觉得事态严重起来，后悔自己刚才不该说漏了嘴，她满脸绯红，眼神变得有些闪烁，觉得这个问题无法立即回答木双。

“英子啊，你是个老实人呢，连对我撒个谎，口头上安慰安慰我都不会。”

看到起英有些尴尬，倒是木双爽朗地笑了起来，木双边笑边走出了起英的宿舍。

看着木双笑着离开了，起英自己可实在笑不出来。她想起吉庆丢给她的那份检举材料，感到那张无形的网正在向着还毫无准备的自己撒来。起英突然又像那天在云水公园一样，感到浑身有点冷。

看着远去的木双背影，起英变得有些闷闷不乐的，她在自己的房子里无奈地搓着手，直到天快要黑了，起英才想起要准备拧开煤油炉给自己煮面条。

她一边打开煤油炉准备将水烧开，一边不由得想：人大代表选举的时候，如果三个头之间真有竞争的话，自己到底要支持谁呢？

正像木双说的，吉庆当不当人大代表，也只能当一年多的法院院长了，因为自然规律是任何人都无法逾越的。而木双呢？人还年轻，似乎人缘也好，而且在几个领导中，起英觉得他最务实，也比较有能力和魄力。

正在起英心里的天平开始对木双有些倾斜的时候，她宿舍的门被人从外面轻轻地推开了。紧接着，余仁那颗圆圆黑黑的头伸了进来。

“我今晚有点事要加班，正愁晚饭一个人解决没有意思呢。既然你想吃面条，那还不简单。”

看见起英手中正准备往水里放的面条，余仁一边说着话，一边像老朋友一样地走了进来，余仁伸手将炉火关了，接过起英手中的面条，放回了书桌上装面条的袋子里。

起英摊着手，觉得有点莫名其妙，不知该对余仁说点什么。没容起英拒绝，余仁就硬拉着起英来到了离法院只有百来米远的一个小面馆里。

“老板，给我们好好地下两碗肉丝面。”

余仁显然和老板很熟，他大动作地掏出一个棕色带拉链的钱包，自作主张地给自己和起英各买了二两肉丝面，总共花去了他一块二毛钱。

一张一元的纸币和两个一毛的硬币摆在面馆老板的面前，老板犹豫着，他似乎不习惯收下余仁的面钱。不过，余仁潇洒地将那一元二角钱放在了老板的钱箱里。老板觉得很过意不去，他走过来，在余仁和起英的面碗里加上了很多的肉丝。这让余仁觉得他很有面子，而弄得起英看看老板，再看看面碗里的那些肉丝，起英觉得很不好意思。

“小起，你是不了解你余大哥我啊，以后你有什么事只管找我。你们知识分子喜欢曲里拐弯，不比我们大老粗，只有一根直肠子。”

看到起英不好意思，余仁还以为是起英看到他出了钱，对他有些感激。因此，余仁一边忙不迭地往嘴里塞面条，一边亲切地对起英说。

看到余仁被满嘴的面条撑得更加滚圆的黑脸，起英笑了，她记起来，在这十多天里，余仁不知在自己面前自称大老粗几多回了。

起英从几个新的女同事那里知道，在她作为“人才”引进法院之前，木双是音召县法院唯一一个文凭最高的中师毕业生，也因此在八二年才开始按文凭提拔人才的时候，他才能直接由一个审判员升任了副院长。成了音召县法院第一个没有当过中层骨干的副院长。

而小学没毕业的余仁，虽然是1972年法院恢复时的第一任刑庭的老庭长，但提拔为副院长的时间比木双还晚了二个月。这让余仁觉得太丢面子了，他甚至觉得是木双抢了他的风头。因此，从此后他们两人之间的芥蒂就一直越来越深。

为了在争斗中分个高低，木双和余仁背着吉庆各自为政，他们都想在法院拉拢一批自己的人，培植起自己的势力。

起英一边慢慢地吃着碗里的面条，一边想起了这些杂七杂八的事。不经意间，起英抬起头来，看到余仁正在若有所思地注视着她。没有处世经验，更没有从政经验的起英，知道余仁也许会向自己提出木双那样的问题，她不由得为还没有想好对策而有些担心起来。而且，还没学会掩藏情绪的起英，将那份担心明明白白地写在了她的脸上。

就在起英还没有想好任何对策的时候，余仁单刀直入地问起英："小起，老吉今天留下你不是要写什么材料，而是有别的事情吧?"

余仁说完这句话，他停止了咀嚼，眼睛直视着起英。

"也没有什么具体的事啦。"

有了木双的前车之鉴后，起英本想回避关于人大代表的问题。因此，她淡淡地说了这么几个字后，也尽量镇定地回视着余仁的眼睛。

余仁那黑黑的脸皮似乎颤动了一下，他先是将头往上一仰，然后马上放平了脑袋，眼睛也不再看着起英，鼻子里突然就莫名地冷笑起来。

"小起，你还太嫩了，连谎都不会撒，在我们院里你可不要站错了队哦!"

余仁的话，听起来冷冰冰的。旁边桌上的一个客人也忍不住看了他们一眼。

仿佛自己内心有什么见不得人的秘密突然被人揭露出来了，起英满脸通红，一不小心，让半口面汤呛进了气管，起英来不及答话，只顾猛烈地咳嗽起来。

余仁接着说了很多中伤吉庆和木双的话，而且在说这些话的同时，还意味深长地盯着起英看。

咳了一会，起英的脸色慢慢地恢复了正常，她是一个不喜欢论人长短的姑娘，她听着余仁的话越来越说得难听，心里慢慢地充满了对余仁的厌恶。但起英害怕一不留神表露出来，只得将一丝僵硬的笑一直挂在了她的脸上。

见起英只是含笑当着他的听众，表情丰富的余仁似乎也觉得说得够了。他突然停止了说话，很快地将面条吃了个精光，连汤都喝得干干净净，到最后只丢下"我先走了"四个字，就头也不回地朝与法院相反的方向消失了。

"不是说要在院里加班吗?"越来越浓的夜色里，只剩下起英一个人自言自语的，对着自己吃剩的半碗面条发愣。

起英今年二十六岁，老家也是本县的，不过是在一个小镇上。起英高中时代就成了中共党员，正由于这个优势，再加上成绩出众，因此，她是他们学校第一批从中学直接推荐保送的大学生。

从高中开始，起英就喜欢写一些东西，尤其是诗歌。特别是经过中文系几年的熏陶后，起英现在已经参加了省会举行的两届青年业余作者大会了。

起英身上的文人气息很重，而且充满了某种文人的单纯和天真，有时即使是在白天里，她也会陷入某种幻境里。

虽然起英手中的那支笔能够写出一些有时令人匪夷所思的东西，但现在她面对自己所处的尴尬境地，竟然不知道要从哪里说起。望着余仁消失的那个方向，起英突然觉得鼻子里酸酸的，她不由得轻轻地叹息了一声。

大概是听到了起英的叹息，小面馆的老板打算向起英走来。看到自己引起了小面馆老板的注意，起英只得赶紧站起来，逃也似的离开了那里。

在同一天里，起英经历了三位顶头上司分别的拉拢、提醒、甚至是威胁。他们那些意味深长的话语，以及变幻着的表情，不断地出现在她的面前。起英沮丧地觉得，自己并没有作好进入官场的准备，起英觉得她的人生好像遭遇了冷太阳，心里透凉透凉的。

“要怎样做才算没有站错队呢?”起英喃喃自语，她特别记得吉庆和余仁都要求她不要站错了队的话，起英觉得，他们在讲这些话的时候，那口气和神情可都不是闹着玩的。

一路上，起英就这样想着自己的问题，心不在焉地走着，不一会就恹恹地回到了那间小房子里。

坐在宿舍的窗前，起英感到一张无形的网似乎正在自己面前张开。十几天来，她终于第一次有点后悔自己现在的选择。想起以前自己教的学生的天真无邪，同事之间的毫无芥蒂，起英不由得默默地流泪不止。

起英流着泪，从床头拿下了那把二胡，她熄灭了房里的灯，拉起了二胡。黑暗中，一曲阿炳的《病中吟》如泣如诉地流淌着。起英在黑暗中泪流满面，她拉出来的病中吟也仿佛被泪水浸泡得软软的，使听到的人也想流泪。

拉了很久，二胡的乐曲才戛然而止。起英终于不再流泪，她知道，现在后悔已经迟了，她已经没有了退路，唯一的出路只能是直面自己遇到的问题。就像在那冷太阳下，除非你有本事变成一阵大风吹散遮盖了太阳的阴霾，否则，你就得学着适应在冷太阳下的生存法则。

起英突然觉得很想要找人诉说。不过，起英知道，音召县城很小，这些敏感的问题是不能跟身边的任何朋友说的，因为如果说了，很快就会传到当事人的耳朵里的。

发现无法倾诉，起英的思绪变得有些漂浮不定，她最后决定，给自己大学的恩师，文学的引路人安春教授写去一封长信，将自己的所有苦恼、迷茫，在纸上一股脑地向安春教授作一番倾诉。起英知道，安春教授熟读《资治通鉴》和《史记》等等经世治国的文章，解决自己目前的苦恼和迷茫，应该是易如反掌的事情。

流着眼泪，起英一口气花了几个小时，给安春老师写去了一封长信。在应该有回信的日子，起英收到了安春老师的回信。已经七十多岁的安老先生，洋洋洒洒地给自己的学生写了一封十二页材料纸的长信。

老先生在信里引经据典，学贯中西，苦口婆心，倾注了一颗恩师和父亲的心，想要引导自己的弟子走出迷茫，走出彷徨。

收到来信的那个下午，起英在办公室里流着眼泪，反复地读着老师的信。经过反复研读，起英最后在她恩师的长信里圈出了六个字“同流而不合污”。

二

夜色渐浓，但街灯还没有开放。木双离开起英后，心情是舒畅的，他一边甩动着手里的小铁桶，一边迈着轻盈的步子。

从看到起英的第一眼，木双就对这个高挑漂亮的女孩很有好感。起英的脸有着某种儿童的纯真，眼线很长，睫毛很浓，特别是皮肤像婴孩般粉嫩，嘴唇微微地翘着，牙齿又白又细，笑起来纯纯的。

某种直觉告诉木双，这个纯真的，还没有在官场被污染的女孩，今后一定会成为自己在法院最好的帮手和同盟军的。

黑暗中，木双独自默默地笑着，刚才在起英的宿舍里，起英对他的毫不设防，更加让木双坚定了自己的这种感觉。

木双知道，在法院，或者说在官场，新来的起英还是一张几乎没有被污染的白纸，只要你够聪明，这张宝贵的白纸是能让人绘制出最完美的蓝图的。想到自己的发现，木双的心中喜滋滋的，脸上的笑容也荡了开去，现出了两个对称的酒窝。

木双的家就在音召县县委大院里，他的母亲虽然是个没有工作的慈祥老妇人，但他的父亲可是个南下的老干部。他的老婆是个蔬菜店的售货员，十多岁的女儿长得活泼可爱。

木双是家中的独子，他的母亲一生就只养了他这个儿子，他就是他父母的一切。因此，木双身上既有不少干部子弟的好高骛远和敢想敢做，还掺杂着一丝被惯坏了的孩子的任性胡为。

回到家里的木双，与妻子是没有多少交流的。木双认为妻子虽然漂亮，但长期在蔬菜店里从事的短斤少两的工作，已经让本来就初中没有毕业的妻子变得更加的市侩、更加的势利。

而正是这种赤裸裸毫不掩饰地市侩和势利，让妻子显得非常的无知，那是一种夹杂着市侩与势利的无知。木双经常觉得，那是一种令人无法忍受的无知，而且这种无知让木双觉得窒息，一种根本无法与之进行交流的窒息，一种天天不得不面对的窒息。

晚饭以后，木双虽然陪着母亲坐在那台黑白电视机前，但他其实一分钟电视也没看。起英的话对他的影响很大，因为木双虽然在法院脱颖而出，但他的目标可不是一个小小的副院长。这次法院的这个人大代表名额，他是志在必得的。

一旦当上了县人大代表，离法院院长的宝座还会远吗？木双暗暗盘算，论年龄，论学历，论关系，论这几年的业绩，他都远比余仁要强。

"吉庆为什么还要死死抓住一个人大代表的身份不放呢？一把手的位子都要丢下了，为什么还这样不为后辈考虑呢？"木双想着想着，将心里的话说了出来。离开起英以后，木双反复地想着这同一个问题。

余仁是不是也在一心打着这个人大代表名额的主意呢？他在想着怎样的办法那？这个问题突然横在了木双的心里。木双立刻觉得心里有点乱，他不停地告诫自己：这个人大代表的身份，即使自己最后不能得到，也千万不能落到余仁的头上，他情愿与余仁谁也别得，甚至不惜两败俱伤。

在这个天气还很冷的日子里，木双突然觉得浑身燥热，手心里有一层薄薄的汗气，让他不由自主地搓着双手。

这个事情我得马上找人商量！这个念头让木双稍稍平静了一些。当然，他要找的第一个人，就是由他主管的法院办公室主任郑可。

已经快到晚上九点的时候，木双和郑可在办公室里见面了。到处静悄悄的，小县城的人们没有多少娱乐活动，这个时间，有不少人已经进入了梦乡。木双和郑可原本就是熟人，他们都是在小县城长大的，只是郑可是以部队排级干部的身份转业进入法院的，虽然年龄比木双大，但进入法院的时间比木双晚了许多。

郑可比木双还要大几岁，头顶的头发已经变得稀疏，长条的脸上一双圆圆的眼睛，那双眼睛看人的时候，总喜欢滴溜溜地转动，让人看起来觉得他有些不实在。两人坐定以后，看到郑可带着询问的眼神，木双将自己目前掌握的情况，以及他的担忧一一对郑可摆出之后，他就不再作声，而是默默地用探询的眼神看着郑可。仿佛郑可那张没有轮角的脸上，会显现出某种他想要的答案一样。

“木院长，我们法院这个人大代表的产生，有几个关键性的步骤啊？”

郑可习惯性地将他的右手插在稀疏的头发里，若有所思了几分钟后，眼睛滴溜溜转着，试探性地问木双。

“关键是我们本院干警投的那一票，得票最高的那一个人，只要得票超过了半数就能当选。但是，下个星期就要进行投票选举了，我只怕大家习惯性地在每张选票的第一个名字上打钩，那样就无疑又会是吉庆当选了。”

木双的眼睛有点肿胀，脸上没有什么血色，显得忧心忡忡的。

木双的话让郑可心中有些不安，进法院只比木双晚了一点的郑可觉得，吉庆对木双是有恩的，而现在木双的言语只能说是忘恩负义。郑可的脸色有些凝重，他一抬头，发现木双在全力注视着他。郑可猛然惊醒，他意识到，现在木双连最隐秘的事都来找他商量，以木双的性格，自己如果还想在音召县法院里立足的话，这次就只能与木双一起顺势而为了。

“如果是这样，你就不要亲自出面了，那样对你不好。我们办公室的人都听我的，民庭的那些选票我也有把握，只有吉庆亲自主管的刑庭，我想还是不要去惹为好。而且，这样一来，少数服从多数的话，我们的选票也足够了。”

吉庆就快完蛋了，余仁又不靠谱，今后只能一心一意投靠木双了。想透了这一层的郑可不再犹豫，他边说边讨好地看着木双。

郑可的话音一落，笑意在木双的脸上荡开，木双心想：真侥幸，我能够及时地决定邀郑可做同盟。

“能这样那就太好了。而且，即使是刑庭，也有几个对吉庆意见大的，稍微争取一下就行了。”

看到郑可满脸笑开了花，木双的心里按捺不住地激动，为了掩饰，他一边说着，一边上前紧紧握住了郑可的手。

郑可紧紧地回握着木双那双胖胖的手，使劲地点着头，眼神温软地看着木双，像极了一条终于找到了主人的狗。

两手相握大概十多秒钟之后，木双率先松开了手。看着将目光投向自己身后的木双，郑可不自然地又将一只手放在他的头发里，若有所思地看着木双。

郑可做事一贯有些摇摆，虽然他答应了木双的邀约，但他内心并不平静，此刻他的心里想得最多的就是：在一个单位几个领导的争斗中，他作为办公室主任，是一定要跟定一条路线的。只是他现在并没有把握，不知今天到底跟对了人没有。

一回神，木双正看见郑可在若有所思，木双以为郑可还是在想着他刚才布置的事情，木双非常满意，不由得脸上笑意盈盈的。

“郑可主任，从今天开始，我俩就是同一战壕的战友了。我可以向你保证，今后如果我有饭吃，就决不会让你喝粥的。”

郑可没有答话，只是会心地对木双笑着，两人再次紧紧地握手后，这两个同一战壕的战友就各自去行动了。

木双离开郑可后，直接就回到了家里，其余的人都睡着了，只有他的母亲像往常木双晚归一样，轻轻地咳了一声，表示知道儿子平安回来了，她也就放心了。

木双朝父母的睡房望了一眼，自他懂事时起，他就没看见父母的卧室关过门，总是白天黑夜地敞着，木双随时都可以找到他妈妈。即使现在木双的女儿都十几岁了，木双还是会时不时地走进父母的房间，哪怕只是站一会儿，他都会觉得能够找回一些心灵的宁静。不知怎么的，今晚木双突然很想看看母亲。因为他越来越觉得，在风起云诡的人世间，似乎只有母亲才是他最安全最温馨的港湾。

父亲的睡眠一直不太好，木双不想吵醒父亲，木双犹豫了一下，最后还是放弃了要去看看母亲的念头。他简单地洗漱了一下，就准备睡去了。

躺在发出轻微鼾声的妻子身边，木双睡意全无。他一会儿觉得，今天该办的事都已经办完了。一会儿又会自己吓唬自己，觉得自己对什么事都没有把握。特别是对于办公室主任郑可，郑可是一个连走一条老路都会疑心重重的人，难免他不会中途摇摆，木双觉得今天他在郑可身上可以说是走了一步险棋。

夜已深沉，四周除了妻子的鼾声，其余什么动静也没有。木双在黑暗中努力地大睁着眼睛，极力地回忆着郑可和他商量事情时的表情。

什么事都经不起细细的揣摩，木双越是细想，心里就越是有点乱。头变得胀胀的，木双决心什么也不去想了，他觉得，他现在必须孤注一掷地信任郑可，因为他要成大事，就得用人不疑。

最后，木双默默地祈祷，祈祷郑可也跟他有一样的想法，那就是信任他木双，这一次跟随他不顾一切地往前冲。

其实，木双争当这届县人大代表，就是争当吉庆退位后的法院接班人位子。音召法院院长的宝座，是木双梦寐以求的目标。木双知道，他在法院的资历并不是很老，能当上副院长也只是刚好借了自己中师文凭的光而已。就为这，法院有几个资历比他老的人还时刻对他虎视眈眈的。

在过去的几年里，吉庆对他本来还是不错的。木双也是一个知恩图报的人，吉庆家里的大小事情都是木双在操持着。

谁知到这次吉庆有权推荐法院院长接班人人选的关键时候，吉庆对木双的态度却有些暧昧，他的心不再偏向木双这一边，似乎余仁又重新获得了他的信任，这才让木双最后下定了与吉庆争夺县人大代表的决心。

在谋划的过程中，木双还有一块最大的心病，那就是他非常担心余仁，他不知道余仁会在他的背后搞些什么动作。

一想到余仁平日在他面前表现出的傲慢，一想起白天余仁的那副嘴脸，木双就清楚地知道，往后，吉庆不在一把手位子上了的话，音召县法院就会有他就没有余仁，有余仁就没有他。

“无毒不丈夫。”木双喃喃自语。木双终于决定要动用一些不得已的手段，一切能够让他达到目的的非常手段，来争夺县人大代表的身份，争夺法院一把手的位子。

木双是一个为了自己的目的不肯轻易罢休的男人，既然有了郑可的帮助，法院干警选票的事已大致有了把握，他就准备将精力大量花在与县、市两级相关部门搞好关系的大事情上了。

木双的人生在经历了很多的事件之后，他曾经告诉他的死党：现在的环境下，一个人能不能在他现有的环境里很好地生存，很好地发展，他的能力只占三分，而各种可靠的关系，却要占去七分，甚至更多。因此，近年来木双开始特别注意网罗各种有朝一日用得上的关系。

对于那些木双也许用得上的关系，他一直摸索着他们的身家底细，以及各种爱好，并且，很快就摸得清清楚楚。这又完全得益于他的初恋情人，县委组织部办公室主任夏兰。

夏兰与木双年龄相仿，长着一张小巧的瓜子脸，眼睛很大，眼睫毛又黑又长，牙齿细白，笑起来媚媚的，个子不高，不过身条匀称，显得丰满，富有曲线，是很容易使人产生好感的那种女人。

夏兰与木双从高二开始同学。那时，夏兰随转业的父亲来到了音召县城，老师将他们安排同坐，因为木双很调皮，老师以前还没有安排女生和他坐过同桌。

初到县城的夏兰，对身边的一切都感到新奇。在音召这样的小县城里，当初只有新来的夏兰，敢于穿着音召县城的姑娘都不敢穿的连衣裙，独特的穿着让她显得活泼而飘逸。

对于这个与自己坐在同一条长条凳上的女同学，木双一改往日的霸道，第一次没有在课桌的中间划上隔离线，也一次都没有欺负过夏兰。就这样，两个情窦初开的小儿女，先是羞羞答答，若即若离。后来，夏兰的美丽和木双的敢作敢为互为吸引力，两个人就像模像样地恋爱起来。

木双的妈妈知道以后，对儿子的早恋没有作过多的干涉。倒是夏兰的父亲为了挽救女儿，通过他的老战友想办法将夏兰送到了军中。

一开始，木双和夏兰几乎每天都书信往来，一年后才渐渐地淡了下来。又隔了一些时日，木双消沉了一段时间，天各一方的长期隔离，让本来就缺少一些耐性的木双，在痛苦中失去了一直等待的勇气。

后来，夏兰在部队提干，木双也参加了工作，一直在犹豫的漩涡中挣扎的木双，在别人的介绍下，认识了现在已经成了他妻子的这个女人，夏兰和木双才真正分开。

等到夏兰发现木双不愿意再空等下去的时候，已经迟了，那时木双已经与现在的妻子闪婚。

从父亲的来信中得到消息，夏兰病了一场。住院十来天后，痛失木双的夏兰，为此与她的父亲闹了很久的矛盾，至今还没有真正原谅父亲。

早几年夏兰转业的时候，她放弃了很多大城市，不顾父亲的反对，毅然转业回到了音召县城，成了音召县政府里第一个女性的转业军人，并很快在县委组织部里站稳了脚跟。

最开始，夏兰对木双既无法忘记，对两人之间的点点滴滴无法释怀，但又对木双有些怨恨，独处时，她经常会莫名的流泪。

以至她回到县城之后，都尽量地避免与木双碰面。直到有一次，在一个偶尔的机会里，夏兰碰见了木双夫妻，木双老婆的那种无知，甚至是愚蠢，以及木双的那种无奈，及木双对自己老婆的那种漠视，让夏兰似乎瞬间就读懂了木双心里的苦，夏兰终于在心里完全谅解了这个她爱着的男人。

分别多年后，他们再次单独见面的时候，两个相互谅解了的昔日爱人曾经约定，今后一定要在各自的能力范围内尽量地帮扶着对方。

与郑可商定好了的第二天，木双稍作打扮，晚上八点多钟就将夏兰约到了母校的操场上。

学校在夏兰和木双离开多年后，还是一点也没有变样。只是老操场边小树林里的树们长得更高了，枝条也茂密了许多。这处小树林一直是木双和夏兰私下里有事商量的时候会选择的地方。因为只有当他们回到了这里，他们早年的相知与坦诚，才会彻底地回到他们的身上。木双和夏兰都觉得，这片已经长成的小树林，是他们两个人离不开的风水宝地，那里留下了他们很多美好的回忆。

娇俏的夏兰迈着一种女军人特有的步伐走在木双的身边，已是三十多岁的夏兰，眼角带有些许淡淡的忧郁神情。她一边尽力地跟在走得很快的木双身后，一边用眼角的余光关注着身边的木双。

夏兰已是一对双胞胎女儿的妈妈，她苗条的身形犹如少女，而且，似乎生育让她比少女更有风韵，身上的曲线呈现着一种只有少妇才有的风韵，浑身上下散发着一股甜甜的幽香，那种似有似无的香味沁人心脾。

木双的心思都在官场上，他的眼睛并不看着夏兰，只是皱着眉头想心事，对夏兰的万千风韵没有更多别的感觉。

两人径直来到那棵银杏树下的石头前，木双像往常一样一屁股坐了下来。夏兰稍微打扫了一下，在石头上垫了一块纸，也在木双的身边慢慢地坐了下来。

两人坐定以后，木双来不及跟夏兰客套，直接就将他昨晚做出的打算和想法都告诉了夏兰。木双在夏兰面前，有种来自本能的信任，他唯独在夏兰的面前，可以不用一切的伪装，变成一个想说什么，就可以说什么的男人。

在这一点上，木双曾经对夏兰说，这是他与夏兰初恋留下的“初恋后遗症”，这种幸福的后遗症使他们心心相印，两人之间不用戒备，也不用设防。

夏兰时不时看看木双的脸，她一直默默地听着木双的话，渐渐地，夏兰觉得木双的声音好像离得越来越远，她急忙集中精神，不让自己想别的。夏兰一边思考木双的计划，一边借着操场上已经亮起的灯光，专注地看着一直在不停说话的木双。

木双一边不停地说话，一边注视着小树林的深处，那里黑漆漆的。渐渐地，夏兰的心里涌起了一股难言的酸楚，虽然眼前的这个男人对自己非常的信任，但他怎么可能一点也不注意自己今天特地为他做的发型，特地为他进行的精心打扮呢？

木双一口气将他的计划讲完，转过脸来看着夏兰的时候。夏兰知道，现在木双心里只有他的计划，官瘾已经在彻底地搅扰眼前这个男人了。此刻，某种过于强烈的欲望，让这个男人原本还有几分无邪的眼睛里，充满了渴望和焦虑，有点雾蒙蒙的，第一次让夏兰产生了有些无法看透的感觉。

夏兰的心里有了一丝痛楚，她不由得轻轻地叹息了一声。木双又在浅浅地笑着，露出一对浅浅的酒窝，投在夏兰脸上的目光也变得纯纯的。夏兰的眼睛里泛起一层薄薄的泪花，她很快就被木双那种带点童稚的笑脸打动了。

静静的树林里只有他们两个人，夏兰的心里酸酸的，她一到木双的跟前，仿佛就失去了自我，一切都会随着木双转。这还是那个我真心爱过的男人！夏兰知道，不管眼前这个男人决定走怎样的路，只要自己还有一点能力，她就要全心全意地帮他铺路，在精神上永远做他身后那个坚强的女人。这一次自己一定要帮助木双达成他的心愿。

“阿木。”

夏兰的声音很悦耳，柔柔的，自从转业后，只有他们两人在一起时，夏兰就总是这样称呼木双。

“你想要顺利接替吉庆，第一步是必须要当上这个人大代表。当然，在这个同时，我们一刻也不能放松罗织各种关系。等下我们就来列一个更具体详细的联络图。”

“中院和政府这边，我有一定的把握，县市两级的组织部门，就全仰仗你了。”

木双拍拍夏兰的肩膀，接过了夏兰的话头。

“阿木，还有一点必须要记住，那就是一定要保持低调，不能让任何人有所防备。”

木双心领神会。接下来，两人开始列出了一系列的人名。

名单拟定之后，木双一边将夏兰开列的名单放入他的口袋里，一边站起来，准备离开小树林。夏兰知道，木双是一个讲求实际，性子很急，不够浪漫的男人。因此，她虽然还有很多话想要和木双聊聊，但看到木双不想再作逗留，她也立即站了起来，什么也不再多说，跟着木双走出了那片小树林。

操场上的灯光将两人的身影打在水泥地面上，灯光下两个拉得长长的影子，一个急急地朝前走去，一个有些流连地拖在后面。

三

就在木双开动了所有的脑细胞，施展着各种手段的时候，余仁经过反复的考虑，也在准备行动了，余仁在打着他的如意算盘。

这几年来，余仁都是生活在水深火热之中，当他惊恐地发现吉庆的天平完全倾向了木双的时候，他也曾经心灰意懒，几乎完全丧失了斗志。

直到最近，还有年多就会退位的吉庆变得越来越多疑，他不再像以往那样完全信任木双，不少时候还露出了对木双的不满，特别是在最近的这次党组会上，吉庆对木双甚至还有了某种怀疑。

一直在旁边观察着的余仁简直欣喜不已，他认为自己终于守得云开见月明。余仁觉得，在法院内部的争斗中，只要吉庆不偏心，他就有信心与木双 决高下了。

余仁出身贫寒，原本只是某部队的一名普通战士，“文革”中支左的时候，他作为军代表来到了当时的音召县公安局。余仁虽然其貌不扬，文化程度也不是很高，但他还算有些小聪明，写写一般的大话文章，也还拿得出手。

当年，余仁以他军代表的特殊身份，很快就成了音召县公安局革命委员会的一名骨干成员。

“文革”后期，结束支左，余仁没有再回部队，他凭借关系，复员留在了“文革”后刚刚开始筹建的音召县公安局里。

久而久之，公安局里毕竟有不少人知道他的底细，所以，到法院恢复建制的时候，余仁又不知道通过什么门路，挤进了音召县法院里，从而一举成了“文革”后法院八个开院元勋之一。

在那些日子里，余仁本来很快就成了吉庆依靠的力量，并且，很快在法院里站稳了脚跟。

那时的法院，似乎只负责审理一些简单的偷窃或打架的刑事案件。诸如杀人，绑架，贩毒等等如今很普遍的案子，那时基本上是碰不到的。

为数不多的民事案件之中，有百分之九十以上的是婚姻案件。而且，那时有不少的婚姻当事人之间的矛盾也很好调解，因为对于自己的婚姻，有不少当事者的口头禅竟然会是：我听组织的。

因此，法院这个纯粹的专政机构，只有刑庭是它耀眼的星星，法院的一切工作都以刑庭为衷心。而余仁就是炙手可热的刑庭庭长，吉庆对余仁非常信任，院里的大事吉庆做决定之前都会主动找余仁商量。

余仁是个虚荣心很重的人，换到法院这个环境收敛了一段时间后，他终于又旧病复发了。面对吉庆的倚重，他慢慢地有些飘飘然。有一次，喝了一点酒，口无遮拦的余仁竟然说大话，他公然对刑庭的弟兄们说：“你们知道音召县法院的工作主要是靠谁吗？不是靠吉庆，而是靠我这个刑庭庭长余仁呢。”

这几句要命的话，当天就不知由谁添油加醋地传到了吉庆的耳朵里，也很快在法院干部中传开来，一时弄得吉庆下不了台。

吉庆虽然也还算是一个男人，但他却是个很记仇的人，当时他虽然在传话的人面前不露声色，但余仁马上在他那里失去了信任。并且，吉庆当即暗暗决定，一有机会就得狠狠地挫挫余仁的傲气。

正在吉庆苦苦寻找着这种机会的时候，突然在全国上下掀起了一股重文凭的热潮。从中央到地方，每个单位，每个部门，每个系统，都是打着灯笼寻找有高文凭的“人才”。有的拥有大学文凭的人，昨天还默默无闻，明天可能就被指名成了这个长那个长的，一夜连升几级的事情到处都在发生。不少地方甚至以引进或提拔了多少有大学文凭的“人才”来论一方领导的政绩。

这股只重文凭的狂潮，让不少手下没有这样的“人才”，或者引不来这样“人才”的领导们，立刻变得矮人一截。

其实，吉庆心里对这股风潮很不屑，他认为，他就没有文凭，连小学也没有读完，不是照样将一个法院领导得很好吗。而且如果有机会，就是要他领导一个县，甚至一个省，他都保证能够胜任。不过，他还是很感谢这股风潮给了他一个对付余仁的机会。

领会了上级的文件精神之后，仅仅和县委通了一下气，吉庆就毫不犹豫地破格提拔了他手下唯一拥有中师文凭的木双。

在这次意外的提拔前，木双一直都是一个默默无闻的民庭普通审判员，他最大的特点就是善于沉默，对谁都是一副浅浅的笑脸，小心隐藏着他的野心，从不多说什么，办理的案件也从来没有差错。不过，不知什么原因，他却长期与余仁不和。

当木双突然一跃成了音召县法院第一个副院长的时候，几十年来习惯于论资排辈的人们目瞪口呆。余仁更是受到了致命的打击，人们发现他的脸都肿了好几天。

余仁终于不再张扬，他的眼神迷茫，仿佛一下被人打断了脊梁。吉庆用这样的手段彻底地整治了余仁，余仁再次臣服之后，吉庆为了能够平衡地掌控富有野心的木双，也为了在法院里笼络人心，平衡好身边的关系，他又回过头来提拔余仁当上了副院长。

刚开始，破格得到提拔的木双对吉庆心存感激。锉掉了傲气的余仁也乖巧了不少。他们之间都想得到吉庆的信任，相互间免不了勾心斗角，尔虞我诈的。吉庆在两个副职的争斗中得心应手，左右逢源，他欣慰地以为坐上了轻松的钓鱼船。

吉庆虽则在木双之后提拔了余仁，不过，他的内心不再信任余仁。自从木双与余仁都成了副院长之后，院里一旦有了什么需要班子决定的人或事，吉庆总是先找木双商量，他们两人达成一致后，才召开仅有三个正副院长的领导班子会议。

每次的班子会议，总是由吉庆提出议题，很快便得到木双的赞同，这样一来，余仁在法院党组会议上的意见总是少数，每次都只有服从吉庆和木双的份，余仁一直为这些事苦恼不已。

自从上次党组会上吉庆拿出那沓检举材料，用怀疑的眼神看着他和木双之后，余仁就认为他的机会终于来了。余仁从吉庆的话里，以及看木双的眼神里，察觉到吉庆明显地对木双有了不满，甚至是怀疑。余仁决心抓住这个难得的，也许还是唯一的机会。

到底要怎样才能抓住这次机会呢？余仁想了很久，不过，想来想去，他发现自己并没有很好的打算和计划，余仁觉得身边也没有很可靠的人能够与之商量，这让他多少有些失落。最后，余仁决定先去吉庆家看看，探探吉庆的底再作下一步打算。

当晚，余仁吃完晚饭，看完新闻联播之后，从家里翻出别人给的两包茶叶，他随手将茶叶纳在宽大的夹克里，向吉庆家走去。

县城虽然不大，但余仁住在南边，吉庆住在西边，还是有一段距离。余仁刚到法院的时候，经常是吉庆家的常客，那时，他与吉庆的老婆也从不见外，无论余仁什么时候去，都像是回到了自己的家里。只是近年走动得太少了，以至临到要敲门的时候，余仁的心里竟然有些忐忑。

吉庆家周围的环境一点也没变，只是那张门的油漆有些脱落。余仁犹豫了一下，还是敲响了吉庆家的门。来开门的是吉庆的老婆玉霜，在见到余仁的刹那，玉霜的脸上闪过一丝诧异。

“嫂子！”余仁像以前一样亲热地叫着，他试图淡忘这之前疏离的那些日子。听到余仁像以前一样地叫她嫂子，玉霜连正眼也不看余仁，只在鼻子里哼了一声作为回应，转身就往房子里走去。

装着满腔热情的余仁，立刻尴尬地呆在门口，看到玉霜头也不回，余仁也只好跟着玉霜走了进去。

玉霜进了里面的房间，吉庆端坐在客厅的木质靠椅上，手里拿着当天的省报，好像没有发觉家里来了客人。

“吉老板！”余仁只得喊了吉庆一声。吉庆这才懒懒的抬起头来，他并没有放下手里的报纸，只是对着余仁点了一下头，连站起来的意思都没有。在吉庆夫妻冷淡的接待中，余仁明显地感到了自己与这个家庭之间无可挽回的疏离，余仁的脸慢慢地涨红起来，他紧了紧身上的夹克，觉得没有必要将衣服里的茶叶掏出来。

余仁望了望玉霜进去的那张房门，玉霜从进去后，竟然没有再出来，房子里没有一点声息，好像没人一样。吉庆也不让座，更没半句客套，余仁觉得他来得不是时候，甚至根本不应该来。不过，事已至此，余仁也只好硬着头皮自己找地方坐了下来，心里不由得恨恨地想：等我利用完吉庆这个老东西再说。

“吉老板，上次你在会上说有人举报的事，我好像有了一些眉目。”

吉庆虽然不再看报纸，但睡眼惺忪的，对余仁的话不置可否。

“在举报材料发出的那段时间里，有人看到木双一直在他的办公室里偷偷地写东西，而且，这样的情况还持续了好几天。”

吉庆无精打采地看了余仁一眼，漠然地坐在那里，对余仁的话仍然不置可否。

那种强装出来的讨好笑容立刻从余仁的脸上消失了，他眨巴着视线有些模糊的近视眼，脸色变得很难看，他一时不知道接下来该说什么。

“好了，我知道了，对于在我背后搞小动作的人，我早就心中有数了，你放心吧。”

看到余仁的尴尬表情，吉庆终于这样说，吉庆说话的时候，眼睛看着余仁的头顶，让余仁觉得他有点居高临下的样子。

也许是吉庆觉得刚才对余仁太不客气，说完这几句话之后，他在余仁进门之后，第一次给了他一个笑脸。受到这种鼓励，余仁活跃了一些，东拉西扯地和吉庆攀谈起来。虽然吉庆的话并不多，但余仁却一直兴兴头头地说着。

“现在规定六十岁退休的这个政策真的不合理，像吉老板你这个年纪，正是富有能力和经验的年纪，这是国家一笔多大的财富啊。”谈话快要结束的时候，余仁对于一个单位劳苦功高的一把手，也得按规定在六十岁就退休，他对这项国家的政策表示了他的不能理解。

听了余仁最后的这几句话，吉庆的脸色更加缓和了一些。话已说到这个份上，看到吉庆的脸色有了不少的缓和，余仁适时地站了起来，一边辞行，一边倒退着离开了吉庆的家。

吉庆家的门在余仁的身后轻轻地关上了，斑驳的油漆像鱼鳞一样炸着，让人有种想要刮去那些油漆的冲动。对着那张门，余仁的眼睛里马上冒出了一股怒火，他忍不住将玉霜刚才的冷淡模样，与以前偷偷求他帮忙时的那种热情相比较，“让我帮忙了难了多少案子啊，现在居然敢这样对我。”余仁的心中不由得又恨又气。

余仁突然之间觉得胸中憋闷，一股无名怒火直冲胸口，余仁强压着心中的怨毒，将一口浓痰吐在了吉庆的家的门上。看着那口黄中带青的浓痰黏在吉庆家的门上，余仁才觉得胸中舒坦了一些。

终于听见余仁走了，玉霜才从卧室走了出来，玉霜一眼看见吉庆朝着门口正在冷笑，玉霜的脸色变得更加难看。

“你这是怎么啦？为余仁这种人生气，根本不值得。”

平常很少干涉丈夫事业的玉霜，知道一点举报的事情，她以为吉庆还在为那件事生气，因此她淡淡地劝着吉庆。

“他们两人都想玩我，哼，到头来看谁能玩死谁!”

庆吉继续看着余仁离开了的房门口，并不正面回答玉霜的话，只是没头没脑地说着，拉长了的脸上阴冷阴冷的。

玉霜知道吉庆的性格，他从来不喜欢妻子太多地过问他的事情，因此，平日里别人因为案子的事找她帮忙的时候，她总是越过吉庆去找余仁或者木双。看到吉庆不搭理她，玉霜自顾自地进了厨房。

客厅里又只剩下吉庆一个人，想起余仁和木双，吉庆的心里犹自怒气难消。悔不该当初在自己身边提拔了木双和余仁，一想到当时的考虑不周，吉庆就后悔不已，他就生自己的气。

当时，法院的各项工作已经基本走上正轨，上级要求法院建立较为规范的领导班子，可以设立一正一副，或一正两副的领导职位。吉庆为了手中的权力不旁落，并且一心认定由自己亲自提拔的身边人到底要比外人好掌握，因此他才先后提拔了木双和余仁。

开始还好，在两个副职的相互争斗中，为了获得他的支持，木双和余仁都是拼命地讨好他，让他觉得无论在哪个方面都得到了一个一把手应该得到的绝对权威和尊重。

谁知这两年随着他离任时间的渐渐临近，余仁和木双居然在他背后搞起了小动作。吉庆知道，那份举报材料，一定是出自他们其中一个人的手笔。

一阵隐痛从心底升起，那种被自己同一阵线的人从背后捅刀子的感觉，那种被自己豢养的狗咬伤后的愤怒，再一次让吉庆心痛欲裂，让吉庆感到窒息、怨恨难消。

“无中生有，我叫你们举报，我叫你们举报。”为了不让玉霜听见，吉庆小声地嘟囔着，并且终于打定主意，他退位以后，音召县法院院长的宝座，除了木双和余仁，其余谁都可以来坐。

走在路上，余仁回想着与吉庆见面的每一个细节，最后觉得吉庆对他的前后态度还是有很大的区别。他甚至认为，如果今天换上去吉庆家的是木双，他的态度很可能还要恶劣一些。这样一来，余仁的心情舒展了许多，他并不想马上回家。

“人大代表要到手，我还得去看看邢坤。”对着夜空，余仁一边自言自语，一边朝着他的老乡、县人大办公室主任邢坤家的路上走去。

几年没走动，余仁发现通往邢坤家的路有些变化，在一条新修的岔路口，余仁稍微犹豫了一下。余仁没有当副院长之前，几乎每个礼拜都会去邢坤的家。

当上副院长之后，除了邢坤偶尔会因为案子的事要找余仁帮忙而到法院找他外，余仁和邢坤就很少联系了，更别说去到对方的家里。

不知邢坤会不会想我！余仁终于找到了那条去邢坤家的路，同时，这样一个念头突然出现在他的脑子里。这个突然出现的念头让余仁有点不安，他觉得邢坤并不会想他，而且，他突然觉得自己应该经常去邢坤家走走，后悔近年来没再去过邢坤的家。就在他的脚步变得有些犹豫的时候，余仁开始安慰自己：邢坤是值得我信任的，我和他是铁哥们，我要向邢坤全般托出计划，这样邢坤才好帮我谋划。

和余仁同一批从一个公社参军出来的邢坤，他的年龄和家境都与余仁相仿，复员后又先后进入了音召县城。按道理两人应该是志同道合的，而且余仁也一直是这样认为的。

余仁在县委机关里并没有几个熟人，因此，即使是在一些与他只有一面之缘的人面前，余仁也往往喜欢提起他的死党和老乡，县人大办公室的主任邢坤。

其实，邢坤是一个非常小心眼的男人，即使一点小事，他也会记仇。还是在余仁当上副院长之后，第一次举行庆祝聚餐，由于有些忘形，在邀请人员时，余仁居然遗漏了邢坤。事后，虽然余仁一再地道歉，并特地邀请邢坤一家到他家里好好地招待了一天。

不过，从那以后，余仁虽然在几个邢坤打招呼的案子上帮了大忙，但邢坤心里的怨毒并没消退，他在骨子里再也没有原谅过余仁。

邢坤认为，余仁是个地道的小人，为了余仁的提升，他曾给余仁通风报信，而余仁成功以后，竟胆敢将他邢坤丢在一边。

这件事让邢坤在心中对余仁暗暗地生恨，总想着要找个机会报复一下余仁。从此后，他虽然还是像以前一样地敷衍着他的这个老乡，但暗地里却在寻找着一切可能报复余仁的机会。

余仁是个不太细腻，而又自视极高的人，他对邢坤的这些变化，居然毫无察觉。他还以为在好几个案件上帮了邢坤，邢坤对他应该是感恩戴德的呢。

“阿坤，我来看你啦。”

余仁一手托着在吉庆家里没有掏出来的那两包茶叶，一边用力地擂着门，一边在门外就高声大叫的。

邢坤家里一时没人答话。余仁更加使劲地擂门。又过了一会，门无声地打开了，邢坤的妻子面无表情地看了一眼余仁，转身向屋里走去。

来到邢坤家的饭厅，余仁夸张地将那两包茶叶放在餐桌上。邢坤从卧室里走了出来，对余仁的茶叶不置可否。余仁像往常一样端起架子，一屁股坐在邢坤家那张唯一的竹子躺椅上。

躺椅嘎嘎地响着，似乎不能承受余仁的体重。躺椅是邢坤儿子的宝贝，平日里邢坤夫妻都不敢坐。只有余仁，不管是以前还是现在，每次总是大咧咧地坐在那张椅子上。

余仁坐在那里兀自晃动着一条腿，有些洋洋自得的样子，他根本就没注意到，邢坤看他的眼神已经满是鄙夷和怨毒。邢坤的妻子，也用一种鄙夷的眼神偷偷地斜瞄着余仁的后脑勺。

余仁一边晃动着一条腿，一边只顾用手摩挲着那已经半秃的头顶，他并不看着邢坤和他的妻子，独自坐在那里，脸有点微微的黑红，余仁完全沉浸在自己过于美好的构想里，根本没有注意到邢坤夫妻的可怕表情。

屋里没有人找他答话，同样沉默着的余仁脸上带着一种令人不舒服的微笑，那神情仿佛在暗示他身边的人们：我就有好计划要告诉你们了，你们就准备为我鼓掌吧！

一丝不屑在邢坤的眼睛里堆积，他看到余仁就心中有气，而让邢坤特别痛恨的，就是余仁现在的这副表情。

还是没有人开口，可能是感到屋里太安静，余仁摇晃了一下脑袋，这才打量起邢坤夫妻来。邢坤的妻子根本不让余仁看到她的脸，在余仁的目光刚要转向她的时候，她转身去了厨房。

看到余仁抬起头来，邢坤的脸上像变戏法一样，立刻换上了一脸亲切的笑容。余仁这么晚了还走进自己的家门，邢坤知道，很久没有来过的余仁一定是有什么事要求他帮忙，因此，他用鼓励的眼神看着余仁。

"余院长，好久不见了，今天有好事吗？"

邢坤看着余仁，脸上笑吟吟的，尤其是声音里充满了关切。

"阿坤，我的副院长快当到头了，这次只要你能在我们院里这个人大代表的名额上帮上我的忙，那吉庆离任后的法院院长位子，就肯定是我余仁的了。"

余仁得意地说完，抬头望了一眼邢坤，他这才发现，邢坤的脸突然涨得通红，连眼睛也突然变得红红的。

"阿坤，八字才刚刚才有一撇，我自己都不激动，你为我激动什么？"

看着邢坤那张突然有些变形的脸，余仁莫名地挠挠他的头发，不由得这样问。

听到余仁的话，邢坤浑身一震，他担心心事被余仁看穿，邢坤连忙站起身，一边笑着，一边向着余仁的跟前紧走了几步。

"这是天大的好事啊，我是不行了，只有你这是在为我们家乡，为我们这些老乡争光呢，这个忙我是一定会帮的。”

邢坤的声音虽然有些低沉，脸上却显得很热情。

受到邢坤的鼓励，余仁将法院的状况向邢坤全盘托出。当然，谈得最多的还是余仁自己的打算。邢坤一边听着余仁的如意算盘，一边转动着眼睛，他越来越觉得余仁真的是自不量力。不过，邢坤没有让余仁看出半点端倪，他只是一再向余仁保证，保证他一定会帮忙的。从邢坤那里一再得到了会全力帮忙的保证，夜也深了，余仁才终于心满意足地走出了邢坤的家。

“你是疯了还是怎么的？姓余的还只是个副院长，就是这个不得了的样子，要是真让他当了法院院长，那还得了吗？我们还会在他的眼睛里吗？”

余仁刚一出门，邢坤的妻子就将余仁喝完茶的杯子重重地摔到了洗碗池里，她愤愤地数落着余仁，埋怨着自己的丈夫不该答应余仁帮忙的事情。

“我问你，你去年为什么被你朋友家的狗咬伤了呢？”

邢坤表情严肃地看着他妻子，问这句话的时候，还带着一脸莫名的深沉。

“那还不是因为我经常去朋友家，跟那只狗很熟了，当时一点也没防备它吗？”

邢坤的妻子一边回答着丈夫的话，一边撩起右腿的裤管，小腿上还留着一个疤痕，那是去年在她朋友家被朋友的狗咬伤的。看到那个旧疤痕，邢坤的妻子好像还心有余悸。

“是啊，你不知道吗？我就是要余仁这个蠢东西对我没有丝毫防备啊。”

邢坤得意地说完这句话，他的妻子想了一下才算明白了丈夫的手段。夫妻俩会心会意地笑着，邢坤妻子的怒气也烟消云散了。

余仁非常兴奋地走在回家的路上，他的手不由自主地亲切抚摸着能够碰到的一切物件，余仁觉得在他的生命里，没有几天能像今天这样的获得成功，能像今天这样的事情办得顺利。因为在前后短短的几个小时里，他就获得了吉庆和邢坤这两份最重要的支持。

半个月亮已经接近西边的山峦，要不是已经到了晚上的这个时间，余仁真想找一个地方吼上几嗓子。余仁觉得，只要吉庆不偏心，只要有了邢坤帮忙，要达成他的愿望，就只是一个时间的问题了。

昨晚拟订了全盘的计划，第二天一早，邢坤就来到了每天早上都有不少头头脑脑去锻炼的云水公园。邢坤很快就发现了他要找的木双，因为在邢坤的计划里，木双是必不可少的。与余仁相比，邢坤觉得木双会做人一些，对他比余仁还要实在一些，客气一些。

邢坤一走进公园里，就看见木双和人大的一个干部在一起打太极。

“邢坤主任，你今天怎么也来了呢？”

远远地一看到邢坤，脸上汗津津的木双立即停止了太极，他热情地走迎住邢坤，擦干净手上的汗渍，紧紧地握住了邢坤的手。

邢坤也热情地紧握木双的手，不过，他并不答话，而是趁着另外一个人一时没注意，他给了木双一个比较明显的眼色。然后笑着朝两人点了点头，就独自向公园深处走去。

看着邢坤向自己使的意味深长的眼色，不知道原因的木双心里突突的，木双不敢怠慢，他急忙找了一个借口离开了那个同伴，也从另一个方向朝公园深处追去。

在一处无人的水塘边，木双找到了正在等他的邢坤。没有什么客套，邢坤就像对待老朋友一样地，将余仁昨晚找他的情况都告诉了木双。

“木老板，以你的能力，下一届院长应该是你的。只要你有想法，我们就先来搞定人大代表的事。至于余仁，他在你面前真的是自不量力。”

邢坤讲到最后，身子更靠近木双，他一只手扶着木双的肩膀，一只手在胸前舞动着，直接向木双挑明了一大早就来找他的主题。

认真听着邢坤的话，木双的眼睛不敢离开邢坤的脸，脑子则在急速地转动着。邢坤和余仁是老乡，难道这是圈套？再看邢坤的笑脸，眼睛里满是诚意，并不像是圈套。如果不是圈套的话，就千万不能拂了邢坤的好意，而且，木双也确实急需要有人大的内线帮忙。

“邢主任，你真是我的救星，我正在不知道从哪里下手才好呢。你这样帮我，你就是我这一辈子都要感激的人。我一切都听你的，你准备要我下一步怎么搞？”木双的语气很坚决，他终于决定，要冒险走走邢坤这一步棋。而且，木双知道，既然邢坤主动找到了他，如果不答应合作的话，是会要吃大亏的。

邢坤将他部分的计划告诉了木双，并帮木双拟订了一系列的行动方案。在接下来的日子里，邢坤先是找到了吉庆，因为人大代表的选举是差额选举，吉庆如果是应该当选的红花，那就还得配一个只作陪衬的人当当绿叶，美其名曰：二选一。

“吉老板，这个充当绿叶的人，资格一定不能太老，还要便于你好掌握，以免对我们的选举造成不便。因此，我们人大的几个人通过气，都觉得副院长木双比较符合条件。”

明白了邢坤的来意，吉庆临时开始考虑能够陪衬自己而又便于掌握的人选，邢坤直视着吉庆的眼睛，不容吉庆细想，他适时地表达了作为人大领导的意见。

“也好，那就听主任的安排吧。”

吉庆的语气不是很自信，他对木双充当绿叶不是很放心，但吉庆久历官场，知道邢坤说话在法院人大代表产生这件事上的分量。因此，他也只好表示了同意。

邢坤满脸笑盈盈的，他对吉庆的态度很满意，因为到目前为止，事态正在顺利地按他的安排发展，邢坤知道，他很快就可以给予余仁致命的一击了。

四

在音召县法院即将举行人大代表选举的前一天晚上，木双将郑可和民庭的庭长李力召集到了县委招待所三楼的一个房间里。

这个房间很大，中间一圈实木圆桌，一色高背实木靠椅。靠墙摆着两套棕色的真皮沙发，一应软垫俱全，是个开会或休息的好场所。

这个招待所的书记铁战，是当年和木双一同下放农村的知青，在那些迷茫无助的日子里，他们两人结成了死党，至今还是无话不谈，互相帮扶着的好朋友。

自从铁战在招待所当上书记后，这个舒适而隐秘的房间，就是铁战长期为木双以及他们的朋友准备着的。

一米八〇的李力在木双和郑可面前显得更高，二十八岁的李力长着一张长条脸，脸上的线条很粗放，皮肤显得坑坑洼洼的，与他的年龄有点不相符。也许是第一次单独坐在木双和郑可中间，李力的脸上露着抑制不住的喜色，一个本性鲁莽的人，此刻满脸的卑恭之色，看着令人有些不忍。

李力的主管领导本来是余仁，对于木双今晚能将他纳入小圈子，李力有点受宠若惊的感觉。他不时地望望木双，似乎不知道自己到底是在梦里，还是在现实中。

音召县法院的干警们都知道，在法院，刑庭是老大，因为他们通常都是由一把手主管，人力物力得天独厚，到了年底，就连评先进的名额也会比别的庭室多。

平常的好处就更不用说了，法院只有唯一的一部警车，除了刑庭的人，其余没有人敢动。就连外出学习的机会，也只有刑庭最多。

第二则是副院长木双主管的部门，木双有一个最大的特点，那就是他非常袒护他的手下，他决不会以牺牲手下弟兄们的利益来取悦于任何一个人。

这些年来，吉庆也知道了木双的这个秉性，因此，他也尽量不在木双主管的部门为刑庭索取好处。

而无端牺牲自己手下利益的事，却是副院长余仁经常干的。一把手主管的刑庭不想要的人员，余仁会接受下来，然后强行做工作塞给他主管的部门。

每到年底评先进，只要吉庆主管的刑庭认为先进名额太少了。余仁就会立即出面，动员由他主管的部门让出先进名额来优先满足刑庭。他对手下的骨干心腹们说得最多的是这样的话“现在支持我的工作咯，以后我当了院长，自然不会亏待你的。”

余仁的这些行为，不但让他的手下受尽了委屈，觉得自己像个三等公民，在法院里没有一点什么指望，因而总想着有朝一日能够跳出余仁的主管。

对于余仁的百般迁就和忍让，吉庆并不领情，反而将他看成一条没有用的，不用喂食也会摇尾巴的狗。

李力就是一直处在余仁的阴影里，他几乎有些精疲力竭，心灰意冷的李力，以前做梦都梦见木双变成了他的主管领导。

以前，李力虽然有心想攀附木双，但一直苦于找不到有借口。现在看见木双亲自找他，李力真是恍若梦里，整个人有种绝处逢生的感觉。

看到木双一直用亲切的眼神看着自己，李力等不及知道木双到底有什么事情要找他，李力在心里就立即将木双当成了他能够为之去死的知己，李力突然热泪盈眶，他也为这份心情感动得唏嘘不已。

“李庭长，从今晚开始，我们就不是外人了。你有的是能力，办法又多，我们齐心协力的话，在音召县里，没有什么事是办不成的。”

木双一边将他坐的在凳子挪得更靠近李力，一边对李力慎重地承诺着。

“木老板，你放心吧，从今往后，我只听你的。”李力的声音竟然有点哽咽。

木双示意郑可简单地跟李力讲了一下他们筹划的事情后，他面带微笑地看着李力，木双知道，他在法院里又网罗到了一员干将。

其实，木双和郑可决定找李力帮忙，是经过了深思熟虑的。首先，因为李力的民庭是法院最大的部门，总共有十三个人，而庭里的弟兄们，一般都是听他们庭长的话的。在法院人大代表选举的问题上，对于木双和余仁来说，谁得到了民庭，谁就能稳操胜券。

另外，木双早就知道，民庭的干警对余仁的都不满，其中特别不满的是庭长李力。因为去年李力的优秀庭长名额，就是在余仁的故意打压下，生生地让给了刑庭的庭长。

“木院长，你放心吧，我等下就行动，我们庭里的弟兄们全都听我的，我向你保证，民庭的十三张选票一张也不会少。”

李力已经恢复了平静，看到木双对他这样的信任，他兴奋得满脸通红，慎重地站起身来，像宣誓一样地在木双的面前表示着他的态度。

木双知道，在现实生活中，只要一把手和副职们不是同时在场的时候，人们对于副职是从来不以“副”字相称的，都会在职称前面省去那个恼人的“副”字。

看着李力一番郑重其事的表态，木双会心地笑了，他朗声对李力说：“那就拜托李庭长了，你去行动吧。”

李力应声站了起来，不伦不类地在木双面前行了一个举手礼，然后凛然地离开了房间。走出招待所，李力用力舒展了一下身子，立刻感到神清气爽。“我终于找到出路了！我终于找到出路了！”李力对着空无一人的招待所门前的大街小声地喊着，喊声一落，李力忍不住再次有些哽咽。

泪眼蒙胧里，李力仿佛看见了余那张模糊的脸。这些年来，李力在余仁的鞍前马后没有少劳心劳力。余仁是一个不太能识好歹的人，有时只是为了当事人的那么几斤谷酒，他就可以要求李力在某个案件里搞名堂。而办理案件的过程中一旦稍有风吹草动，余仁却是绝对不会承担任何责任的。

李力一边走着，一边不由自主地老是拿余仁与木双做着比较。在不断的比较中，李力更坚定了从今往后背弃余仁追随木双的决心。

李力接受了任务，并且像风一样消失后，木双与郑可相视一笑，他们知道，李力是死心塌地地追随着他们了，木双拍了拍郑可的肩膀，一切都在不言中。

“木老板，余仁昨天到了我的办公室呢。”

快要和木双分手的时候，郑可就像才想起来一样，来了这样一句话，却不再接着说下文。

“哦？”

看到木双似乎觉得有点意外，郑可又说：“余仁告诉我，县人大的邢主任要他竞选法院这个人大代表名额，他说想征求我的意见，我当即就说我们办公室会全力支持他。”

木双一听就笑了，因为邢坤早已是自己的同盟军，木双现在进行的所有步骤都是和邢坤一起酝酿好的。

不过，木双在郑可面前不露声色，他觉得与邢坤的这层关系，可不能让第二个人知道，哪怕是身边的郑可，也是绝对不能让他知道的。

“你做得好，一定不能让余仁有半点怀疑。”

木双正在思考，一抬头，发现郑可在观察他，木双立即收起了那丝高深莫测的笑容，认真地对郑可说。

得到了木双的肯定，郑可的脸上笑开了花，立刻觉得他真的成了木双旗下的功臣。因此，郑可总想着他还应该在木双跟前多多的献计献策。稍微犹豫了一下，郑可终于又斟酌着，以商量的口气对木双说："木老板，明天的一切应该都在我们的掌握之中，只是不知道起英这个妹子怎么样？是不是对我们的计划会有所察觉？甚至有些影响。"

"人家说美丽和智慧不能并存，我看起英这个妹子不单漂亮，而且有头脑，还有一手好文笔。对我们几个头之间的这点事，她会心中有数的，至少她一定不会坏我们的事。"

木双笑盈盈地说着，眼睛里竟然有一丝很少见的柔情。郑可有点诧异地看着木双，张了张嘴，最终还是什么也没有再说。

临近法院人大代表的选举了，余仁的心情也是舒畅的，他找过了邢坤，找过了吉庆，找过了郑可之后，连他亲自主管的李力，他都认为没有必要去找了。

余仁不去找李力的理由很简单，余仁觉得他是李力的主管副院长，这次选举是李力巴结讨好他的大好机会。再说，在余仁看来，李力不支持他余仁，那他还能支持谁呢！到时候他的名字一出现在那张选票上，他主管的干警们毫无疑问都会将自己的选票投给他。

余仁经过一番分析，认为他已经胜券在握了，因此，这几天走在法院里总是满脸殷殷的笑意，变得对谁都平易谦和而亲切。

就在木双、郑可、李力密谋后的第二天上午八点三十分，音召县法院除了刑庭的一名女干警临时有事无法出席之外，其余三十一个干警，都着装整齐地集聚在法院二楼那个能容纳四十来人的小会议室里。

县人大办公室主任邢坤身穿一套深蓝的中山装，表情严肃地站在主席台上的讲台旁边。为了保证法院这次人大代表选举的民主、公正和公平，会议将由人大的邢坤主任亲自主持。

和以往法院召开大会一样，三个正副院长都一一端坐在主席台上。

院长吉庆的座位居中，他的表情，像往日一样显露着一种王者的威严，吉庆谁也不看，而是让目光扫过人们的头顶，空洞悠远地落在了会议室后面的宣传栏上。

余仁新理了一个往后梳着的发型，脸上黑亮黑亮地放着光，眼睛时不时从邢坤的身上亲切而快速地扫过，他尽力控制着不去过度的注意邢坤，好像怕人发现他心中的秘密。而且余仁总是亲切地直视着他迎面碰上的每一个人，显得对谁都有些恭敬。

木双没有刻意装扮，他还是穿着平常的衣服。而且，像往常一样，对每个与他目光相遇的人都客气地笑笑。进得会议室来，木双倒是认真地看了一下会议室里各部门座次的排列。

这次会议室里各个部门的座次，是郑可主任亲自安排的：刑庭被安排在最前面靠近主席台的位置，接下来是政工室和办公室，最后才是民庭的几排座位。

看了这个座次的排列，木双显得十分满意，他却不动声色，只是不易察觉地朝郑可点了点头。

郑可坐在座位上一直紧张地注意着木双的表情，看到木双偷偷地对他点头，郑可终于长长地松了一口气，朝着木双会心地笑了。

“小起，我们会场的人不多，等下选举正式开始后，发选票，收选票，包括唱选票都由你，办公室主任郑可往黑板上计票，我来监督一下就行了。”

会议开始不久，邢坤主任讲解了一番关于这次选举人大代表的意义、程序，及大家的政治民主权利和注意事项后，邢坤主任将政工室主任起英叫到了他的跟前，一边将他手里那沓珍贵而神秘的选票慎重地交到起英的手上，一边安排着接下来的事情。

法院制服穿在起英身上显得很合体，起英肃然起敬地从邢坤主任的手里接过了那一沓选票，她拿起手中的选票一看，上面第一个候选人的名字是吉庆，第二个候选人是木双。

虽然邢坤主任开始已经反复交代了本次选举是二选一，但在这两个名字的后面，还有几个空格，因为按照法律规定，选民如果对上述的两个候选人都不满意，从民主的角度出发，选民还可以在空格里填上本人，或者其他任何的人名。

不过，起英知道，人们往往会漠视这种看似与他们的日常生活没有多少关联的所谓权利，大都会按照领导的暗示，或按照选票排名的先后，要选一个，就会在选票的第一个名字上打勾。要选两个，则选票上排在一二位置上的人名肯定当选，依次类推就是了。

知道了选票上的第二个候选人名字是木双，看到被蒙在鼓里的余仁还一直在用感激而热切的目光追随着邢坤的身影，起英突然对余仁心生怜悯，鼻子有点酸酸的。

起英记得，这几天里，余仁曾多次地暗示她，这次的人大代表选举他是胜券在握的，因为到时来法院主持选举工作的，就是他的老乡加死党，县人大的邢坤主任。

起英的脸有点微微的涨红，她极力回避着大家热切的目光，起英现在不敢想象，等下余仁拿到选票的时候，究竟会怎么样。

起英忍不住看了一眼有余仁在的主席台，发现主席台上三个领导都在用焦渴的目光看着她。邢坤微微地皱着眉头，正在用眼神示意起英赶紧发放选票。发现自己当众走神，起英立刻集中了自己的思想，她知道，选票应该从主席台开始发放才对。

起英快步走上主席台，将第一张选票恭敬地递给了吉庆。

第二张选票，起英发给了余仁。

当起英将选票放到余仁的手上时，她甚至没有办法抬起头来看余仁一眼，似乎那张选票上没有余仁的名字，这都是她起英的错，是她起英对不起余仁。

选票发到最后剩下了两张，起英知道，一张是自己的，一张是刑庭那个临时有事不能出席的干警的。

刑庭的那个干警在向起英请假的时候，曾经顺带地要求起英帮她行使一下选举人大代表的权利。而且讲明，起英将选票投给谁，她也同意将自己的选票投给谁。她还说，绝对相信起英的判断力。

起英发完选票站在会场后面，不少干警已经举起了他们打完了勾的选票，示意起英前去收取。起英手里还握着两张空白选票，起英知道，看今天的气氛，如果稍有不慎，自己就有可能得罪什么人。

“郑主任，我马上要去收选票了，我绝对相信你的判断，麻烦你帮我在这两张选票上打两个勾勾吧。”

起英到底聪明，她只犹豫了几秒钟，就拿着两张空白选票走到了郑可的身后。并且，一边小声地要郑可帮忙，一边轻轻地将选票放到了郑可的面前。

不经意间，起英将自己和另一个干警的选票经由郑可的手送了一个漂亮的顺水人情。

而且，从现场来看，起英说的也是实情，因为当她手里的选票还没有完全发完的时候，有些最先拿到选票，而又性子急的人，已经高举着他们打完了勾勾的选票，在催着起英去收。

郑可迅速地拿起起英放在他面前的那两张选票，有些感到意外地微笑着对起英点着头。他怎么也没有想到，起英这个新来不久的姑娘，竟然这样的聪明而精通世故。

起英则似乎丝毫没有注意到这些，她开始走向主席台，因为她觉得选票是从主席台开始发放的，即使从礼仪的角度，收选票也应该从主席台开始才行。

大家都已填完了选票，在等着起英收取的时候，会议室里变得嘈杂起来，不少人都在交头接耳的。起英一边走，一边向主席台望去，只见吉庆将那张选票对折着拿在手上，笑容满面地向走近他的起英点着头。

坐在吉庆左边的木双则一脸的无辜，他的表情好像告诉大家，对于选票上怎么会有他的名字，他比大家还吃惊。只是他的眼睛明显地比平日里要亮，熠熠地闪着光，腰也挺得笔直的。

交完选票，吉庆和木双都站起身来愉快地和邢坤交谈着，气氛融洽而轻松。只有余仁一个人仍然在原处坐着，脸色变得比往日更黑，余仁紧紧地握着手里的那支笔，浑身微微地颤抖着，紧紧闭着的嘴唇也是颤动的。余仁泪眼蒙胧地看了一眼起英，余仁眼睛里的那种悲哀，那种无助，让起英觉得他像极了一条突然被主人抛弃的老狗。

大概是起英给了余仁一个充满怜悯的眼神，泪水在余仁的眼眶里涌动着，他咬紧嘴唇，不再看任何人，坐在台上慢慢地闭上了他的眼睛。

吉庆，木双和邢坤在余仁的面前站着，一边欢快地交谈，一边时不时扫视着不大的会场。邢坤阴毒地扫了一眼痛苦万状的余仁，脸上突然笑得十分的开心。吉庆和木双则对余仁和余仁的痛苦视而不见，他们像任何一个胜利者一样，沉浸在自己的喜悦中。

起英仰了一下头，好像要让涌出的眼泪回到胸腔，她极力地控制住情绪，看到吉庆和木双都在开始注意她，起英收完三个领导的选票后，终于默默地从会场的第一排开始收选票。

起英首先收到的是三个正副院长手里的选票，她虽然不敢单独打开三位领导投的票，看看他们的投票情况，但她特意地将那三张选票单独夹在小手指缝里，起英准备将这三张选票留在最后，等下唱票的时侯，自然就知道他们三个领导投票的具体情况了。

所有选票都收齐之后，郑可和起英站到了那块计票的小黑板前面，邢坤也表情严肃地走了过去，准备监督计票结果。

起英清了清嗓子，举起手里的选票，开始认真的唱票。郑可紧紧地握着一节白色的粉笔，满脸通红地站在那块小黑板跟前，将选票上的两个名字工整地列在小黑板上。为了等待结果，大家都自觉地坐回了原位，小小的会议室里一片肃静。大家不再交谈，也没有人打闹，都是全神贯注地看着小黑板上的变化，特别是那些没有将选票投给吉庆的人，紧张得额头上汗津津的。

开始的九张选票全部都是吉庆的，木双的名字下连一笔也还没能划上。

随着小黑板上吉庆名下的第二个“正”字也仅仅只差了一笔，吉庆挺了挺坐得笔直的腰，原本拉得很长的脸上，不由露出了欣慰的笑容，他的两只大手合在一起，两只手相互握得紧紧的，好像在默默地祝贺自己。

“木双、木双、木双……”吉庆脸上的笑容还没有完全展开，形势就发生了急转直下的大变化，起英嘴里大声唱出来的名字突然从吉庆变成了木双，而且，后面接连的二十张选票，竟然都是投给木双一个人的。

随着木双得票的增加，吉庆脸上的笑容僵住了，变成了一种有些怪异的表情，他的双手握得越来越紧，牙关也紧紧地咬着，脸色渐渐地有点潮红。

吉庆知道，法院里加上自己总共就只有三十二个干警，木双已经获得了其中的二十票，看来木双已经是胜券在握了，而自己却输了，莫名其妙地输了，毫无准备地输了，而且输得很惨。

吉庆不知究竟哪里出了差错，他有点张惶地望着会场，目光扫过会场里每一个干警的脸。他不明白，会场里这些昨天还一直对他恭敬有加的人们，为什么一夕之间会背弃他，转而将手里的选票投给了副院长木双。

倒是早就胸中有数的木双显得非常的平静，他只是将看不出表情的目光停留在自己那双又白又胖的手上，木双将两只手的手指交织在一起，那表情就像一个无辜而又随时准备接受大人责备的孩童。

从黑板上的计票结果来看，二十九张选票已经出来了结果，起英手上只剩下了最后三张选票。这是起英特意留待最后的三个正副院长手里的选票。起英唱票的时候留意到：第一张选票在吉庆的名字上打了勾，在木双的名字上划了叉，显然这一张选票是吉庆投的。

第二张选票上面没有打叉，只在木双的名字上打了一个很漂亮的勾，这张选票应该是木双投的。

第三张选票的情形就不同了，选票明显地被人揉搓过，显得皱皱巴巴的，前面两个名字上没有打勾，也没有打叉，而是在第三个空格里，孤零零地躺着两个惨淡的汉字——余仁。

“余仁”二字作为起英嘴里唱出的最后一个名字，会场里出现了一点轻微的骚动，坐在民庭座次上的干警面面相觑，用疑惑的眼神相互打量着，不知道谁临时又背叛了庭长李力。为了这次选举，李力在庭里组织了两次会议，大家都是信誓旦旦的。现在出现了余仁的名字，李力的脸上不由得有了一丝疑惑。

听到起英突然唱出了余仁的名字，郑可愣怔了一下，才赶紧在小黑板上添上了余仁两个字，并在这个名字下面郑重其事地画上了一横。随着余仁的名字最后孤零零地出现在那块小黑板上，计票工作终于结束。

邢坤幸灾乐祸地看了看余仁摆在小黑板上的名字，再看了看强忍着不想让眼泪当众流下来的余仁，邢坤终于忍不住笑了，他悄悄地与木双对视了一眼，才气昂昂地站到主席台前，慎重地向全场宣布：“本次音召县法院县人大代表的选举，发放有效选票三十二张，收回有效选票三十二张。其中吉庆同志得票十票，木双同志得票二十一票，余仁同志一票。这次选举合法有效，恭喜木双同志当选为下一届县人大代表。”

邢坤还来不及宣布散会，小会议室里就乱了起来。不少干警热情地围住了木双，纷纷向他表示祝贺。特别是刑庭几个没有将选票投给木双的干警，他们的祝贺显得格外的真诚而热烈。

郑可一边整理着他的笔记本，脸上喜滋滋的，一边回过头去和身后的李力相视一笑。李力的脸上容光焕发的，他和郑可一样，一切的欣喜，一切的兴奋，都在不言之中。

邢坤宣布结果后还一直木然地坐在主席台的吉庆冷眼看着这一切，他感到血全部涌到了他的头上，整个脸火烧火燎的，心里却是冷冷的，浑身禁不住地寒战。吉庆无奈地看了看小黑板上无法挽回的结果，他狠狠地盯了木双一眼，他不再与邢坤客套，夹起那个公文包，准备要尽快离开会场。

吉庆走过木双身边的时候，十分复杂的眼神在木双的身上停留了一下，好像在重新审视着他亲手提拔起来的这个变得越来越强的新对手。

木双有意不去注意吉庆的愤怒，他的眼睛亮闪闪的，为了增强讲话的效果，一双手在胸前打着各种优雅的手势，高兴地与他身边的干警应答着。木双觉得，现在已经不必像以前一样太在意吉庆了，不久的将来，说不定吉庆还得在他的手下拿退休工资呢。

余仁一脸茫然地走到主席台下，突然发现他的公文包还丢在主席台上他坐的位子上。余仁无助地四顾了一下，发现谁也不在意他，余仁只得蹒跚着回到主席台上，拿起那只公文包夹在腋下。余仁将目光投在他正要走过的地面上，走路像个机器人。

余仁走下主席台，步履变得有些勉强，好像还有些犹豫，他一边走，一边回头，用疑惑的凄惨眼神看着那块小黑板上公布的结果。他第一次觉得“余仁”这两个字孤零零地摆在那里很不顺眼。

余仁走过木双身边的时候，木双脸上那丝故意隐藏着的得意笑容，以及郑可和李力们的欢欣鼓舞，深深地再次刺痛了他的心。

起英没有走近三个头中的任何一个，她默默地站在离那块小黑板不远的地方，注视着会议室里上演的一切，直到看到余仁和吉庆相继形影相吊地走出了会议室，起英才转身开始用一块抹布擦起小黑板来。

起英举着抹布，在三个名字上面犹豫了一下。最后，起英终于将抹布放到了第一个名字上面。在起英的抹布下，第一个消失的名字是吉庆，第二个消失的是木双。

起英最后抹去余仁那个孤零零的名字的时候，突然觉得黑板上出现了余仁那双无助而哀怨的眼睛，起英感到身边那张无形的网似乎已经成形，在各种各样的念头里，起英只感到像那天在云水公园里一样，整个身心都再次感到有些冷。

五

当天下午四点来钟，吉庆派人叫起英去他的办公室。听到吉庆单独找她，起英的心情是复杂的，起英之所以能以“人才”的身份被引进到音召县法院来，应该说，主要是吉庆能欣然地接受她。

而且，自从起英进入法院之后，吉庆就将她当成了心腹来培养。起英知道，现在出了这样大的事，吉庆对他身边的每一个人肯定都充满了失望、怀疑和忌恨，其中一定也包括她。

起英不敢怠慢，她立刻放下手里的工作，急急地向吉庆的办公室走去。一路上，吉庆上午在主席台上的种种表情，轮番出现在起英的眼前，起英突然觉得她还没有足够的勇气在这个时候去与吉庆单独面对。

不过，该来的总会要来，作为一个政工主任，这个时候不单独面对吉庆是不可能的。想到这里，起英开始告诉自己——现在尽量地什么也不要去想，在吉庆面前只要像平日一样的表现就行。

即使是这样进行着自我安慰，起英心里还是隐隐地不安，其实，以起英的聪慧，她私下里早已知道木双和余仁的小动作，但她却什么也没敢对吉庆说，就那样让吉庆一直被蒙在鼓里。

很快，起英来到了吉庆的办公室门外，她站在那里，让自己冷静了几十秒钟，然后才开始轻轻地敲门。

吉庆办公室的门是虚掩着的，起英轻轻推门进去的时候，吉庆正将他的头仰靠在办公桌后那张猪皮靠椅上。听到轻微的脚步声，吉庆坐着的姿势恢复了正常，他丢掉了手上一个还有半截的烟头，掸了掸缭绕在他身边的烟雾，一副睡眼朦胧的样子，在烟雾里平视着起英。

起英透过满屋子的烟雾看了吉庆一眼，不由猛地转身捂住了嘴巴，起英这才强压下了一声惊呼。

前后仅仅只有短短的几个小时，吉庆本来有些灰白的头发，显得更加灰白，两鬓几乎一片雪白，而且还有些凌乱。两只又大又黑的眼袋，垂挂在他那已有些昏花的眼睛下面，一双大而无神的眼睛里布满了粉红的血丝。桌上的烟灰缸里堆满了烟头，此刻还有烟头没有熄灭，正在冒着袅袅的白烟。

看到吉庆的状况，起英有点心惊肉跳的，她不明白，究竟是一种什么样的痛苦，居然能在短短的时间里，将人摧残得这样的面目全非？

起英在大吃一惊的同时，心中有些隐隐地作痛。她想：早知道会这样的话，自己手里的两票无论如何都会要投给吉庆了，这样虽然也会于事无补，挽不回吉庆还是要失去县人大代表的局面，但起码自己会心安一些，良心也不至于这样地受到责备。

一种由自责引发的深切同情，让起英走进吉庆的办公室后，轻轻地帮吉庆打开了那扇窗户，让窗外的微风吹了进来。接着，又动手帮助吉庆清理着烟灰缸里堆得满满的烟头和烟灰。

起英拿起烟灰缸一转头的时候，吉庆发现了起英眼里的泪花。这个时候的吉庆是最脆弱的，就在起英还没来到他的办公室之前，他本来还有些怀疑，怀疑起英是否早就知道木双的阴谋，甚至参与了木双们的阴谋。

而此刻，吉庆完全被起英眼中的泪花融化了，看到起英像往常一样关心着他，吉庆不由得心中酸楚，已经很少能相信别人的吉庆，此刻他相信，眼前的这个姑娘，是绝不会有意伤害他的。

“小起啊，你以前从没见过这样的事吧？我这个一把手当得窝囊呢！被自己亲手培养的人卖了，还在帮他们数钱呢！”

吉庆抹开了一把披在额头挡住了视线的头发，他的眼睛明亮了一些，同时身子一震，似乎顿时被从窗户外面吹进来的新鲜空气唤醒了。吉庆开始站起来拍打身上的烟灰，而且，一边拍打，一边对起英说着话。

起英不敢直视吉庆，也不知如何回答吉庆的话，她只得笑笑，一边不停手地继续清理着凌乱的房间，一边默默地点头。

“小起，我现在能够相信的人也没有几个了，我想要你帮我送一封信到县人大去，我懒得邮寄，直接请你送去会更好一些。”

吉庆一边给起英交代任务，一边若有所思的看着起英，脸上的表情有些阴晴不定，似乎这是他考虑了很久才作出的决定。

“好，我马上就去。”

起英放下手里的抹布，连声地答应着，她的心里终于松了一口气，刚才起英还一直在担心，她最怕吉庆问起关于选举的事情，因为起英担心一时心软会说错什么，那样一来，她今后在法院里就会里外都难做人了。

看到起英答应得很爽快，而且正在等着他拿出要呈送人大的东西，吉庆摸索着从他办公桌的最底下一层的一个上了锁的抽屉里，拿出了一个大牛皮纸信封。吉庆有点夸张地掸了掸那个信封，随手将它交给了起英。

“哼，我要让背叛我的家伙都尝尝‘姜还是老的辣’的厉害。”

起英双手接过吉庆手中那只厚重的大信封，转身往外走的时候，吉庆在起英身后恶狠狠地说。

起英刚刚走到门口，听到吉庆的话，她浑身一个激灵，但是，她佯装什么也没听见，低着头快步走出了吉庆的办公室。

虽然已经是下午四点多了，但从县法院到县人大并不远，即使慢慢步行，也只要十多分钟。因此，起英知道她不必着急，还有时间。起英看着手上的信封，自从上次党组会上的举报材料事件后，起英突然对吉庆交给她的信封充满了好奇，起英想偷偷地一探究竟。

起英打定主意后，她不再耽搁，出发去县人大前，她悄悄地溜进了她在法院后面的宿舍。起英谨慎地钻进她的办公桌下面，小心翼翼地用小刀将结实的牛皮纸信封挑开，一沓信纸掉了出来。

怀着做秘密工作一样的紧张心情，起英展开了那一沓材料。

材料是用碳素墨水写的，材料上的字迹刚劲有力，只是字里行间隐隐约约地藏着一股怨气，抬头的标题是：关于音召县法院有关领导拉帮结派的情况检举。

来不及看具体内容，起英急急地只想看看检举材料的最后署名。材料一共有七页，最后一页只有几行内容。材料结尾的署名是：正义的干警。

虽然想到这份检举材料应该是出自吉庆的手笔，不过看了最后的署名后，起英又觉得心里没有底。起英只得回过头来急急地浏览了一下材料的大概内容，结果发现，这个材料通篇都是针对木双的。

起英不敢耽搁太久，看了检举内容后，她肯定材料是吉庆写的，起英有些心慌意乱地将信封重新封好，几分钟后，起英特意换了一件上衣，才匆匆地离开宿舍，急急地向县人大走去。

吉庆办公室的后窗口，正好斜对着起英那间宿舍的前走廊。起英离开他的办公室后，吉庆就来到了后窗口。他看到起英拿着他的那封信走进了宿舍，而且似乎还耽搁了一点时间。

正在吉庆有些怀疑的时候，他发现起英换了一件衣服走了出来，前后也不过几分钟。直到这时，满怀心事的吉庆，才终于露出了一丝难得的笑容。

一路上，起英拿着那个大信封，想着信封里的那些内容，她真的恨不得将信封丢进路旁的垃圾箱。起英忽然觉得，吉庆也不是像他自己标榜的那样正大光明的。

由于偷看了检举信的内容，起英对吉庆的那份同情正在渐渐地减弱，她心里的天平又逐渐向木双倾斜。起英一边往县人大走的时候，一边就想着要怎么样来帮帮木双。起英猛地记起，刚才吉庆并没交代她将这封信交给县人大的谁。那么，将信交给谁手里才能够帮到木双呢？

不能交给邢坤吧，从选举的那天看，虽然邢坤跟木双应该很近，或者还不是一般的关系。但起英觉得，邢坤那个人有些小心眼，应该是个喜欢搞阴谋诡计的人，不能让这样的人抓住木双什么把柄。

而且，经过了这一次选举后，吉庆对邢坤也应该充满了怨恨，如果将信交给了邢坤，吉庆肯定会不满意。因此，起英决定，这封信绝不能交给邢坤。

起英一边思考一边急急地赶路，很快就走到县人大办公的地方，起英突然记起，木双似乎与人大法工委的赵主任关系很铁，吉庆与他的关系似乎也不错。

好吧，起英想，将吉庆的信交给赵主任应该不会有错吧。起英终于有了主意，她变得轻松起来，快步朝人大法工委的办公室走去。

离着法工委的办公室还有四五个房间的时候，邢坤突然从走廊的那头走来，看见起英，邢坤亲热地向她打招呼：

“小起，这个时候还来人大有事吗？”

由于有了在法院选举中的交往，邢坤见到起英似乎很高兴，他来到起英的跟前，一边亲切地笑着，一边竟然像个老朋友一样看着起英。

“我们吉老板临时要我送一份信访材料过来。”到底年轻，不想撒谎的起英只得将自己到人大的真实目的向邢坤直言相告，只是有意将检举材料说成了信访材料。

“送信访材料啊？这一摊子正好是由我们人大办公室接待的。”

起英的话音一落，邢坤就一边答话，一边从起英手上接过了那只信封。

看到邢坤不准备将那个信封还给自己，起英知道，这封信再也到不了法工委赵主任的手里了。眼看这样一封信落到了邢坤的手中，起英的心中有些忐忑，她谢绝了邢坤要她进办公室喝茶的好意，她要急急地赶回法院。起英知道，这次她只能尽早将信的下落如实地告诉吉庆了。

“你做得好！你真的做得很好！”

听了起英的详细汇报，看到起英走得脸上有点汗津津的，吉庆高深莫测地朝起英点着头，连声称赞着站在那里发愣的起英。

听了吉庆的连声称赞，起英虽然有点莫名其妙，但她看到吉庆笑容满面，比上午开心了不少，似乎在送信这件事上对她并没有什么不满，起英也就放心了。

起英刚刚离开，吉庆又埋头开始写情况反映了。吉庆是土改时期出身的老干部，应该说还算是正直和本分的老一辈。因此，他的情况反映都还是多少有点根据的。

吉庆的眼睛和整个脸都浮肿，他完全沉浸在选举事件里，一时无法解脱，他的心中一股股怒气无处发泄，只能不停地写着情况反映，似乎只有在笔尖上不停地发泄，他的心脏才不会因为恼怒怨恨而爆炸。更让吉庆痛苦的是，木双——从背后不声不响捅了他一刀的木双，竟然是他亲自培养，破格提拔的。

又写好了另一份检举材料后，吉庆心情平静了一点，他开始能够思考整治木双的途径和办法了。

好在也快退位的县委书记是吉庆的老战友，市委组织部长又曾经是吉庆女儿高中时的班主任，要解决他或木双的这点问题，目前在吉庆还只是举手之劳而已。

不过，吉庆不是一个喜欢张扬的人，除了家人，对于他与这些高层的关系，是再也无人知晓的。

吉庆是个一贯来只相信自己能力的人，他在自己的能力没有耗尽之前，是轻易不肯求人的，因此，吉庆以前从没真正动用过这些关系。过去，吉庆也曾听到过不少被手下架空或遭到手下背叛的一把手的凄惨遭遇，那时，吉庆总以为是那些一把手的手段和能力不够，才会落得那样的下场。

谁料想，现在这样的事情竟然轮到了他的头上，而且处境比以前听说的任何一个一把手都要惨。如今，吉庆这个自信的男人，也终于准备求助于他的这些关系了。

正当吉庆将他的一腔正气湮灭了少许的私心，努力地想着反击的途径的时候。在这场争斗中失败得一塌糊涂的余仁，在外面漫无目的地游荡了好几个小时，中饭也没吃，才踉跄着回到了家里。

房子里静悄悄的，妻子上班去了，孩子们肯定去了学校。余仁懒懒的度进厨房，厨房里什么吃的也没有，热水瓶也空了。“这是什么生活啊!”余仁一边嘟囔，一边喝了半瓢自来水。喝进去的凉水让余仁感到很饿，他走进卧室，一下仰躺在床上，大睁着无神的眼睛，似乎想要望穿房子的天花板，余仁又一次尝到了心如刀绞、欲哭无泪的滋味。

孤独，无边的孤独，寂静中一个人的孤独被放得无限的惨烈，这样的时刻，身边连一个说话的人也没有，两行有些混浊的眼泪，从余仁的眼角流了出来，余仁只得拼命地压抑着喉咙里的哽咽，房子的隔音效果不好，他害怕邻居听见他家里的动静。

余仁的眼前，再次出现了上午的情形，就在上午，选举大会一结束，当他无助、憋屈而又痛苦地想要离开会场的时候，有的干警竟然有些幸灾乐祸地看着他。

“余老板，你的那一票，是我投给你的呢。”

还有几个人，余仁认为平日里待他们并不薄，但在那样的场合，他们竟然还偷偷地在他耳边这样撒谎骗他，从背后用刀捅了他，还希望他对那些人赔笑脸。

当时，余仁不想回答任何人的话，他痛苦得只想尽快地逃离，因为这些人的谎话无异于在他鲜血淋漓疼痛难忍的伤口上再洒上硫酸。

余仁只能无奈地看着昔日的同事，昔日的手下肆意地在他的面前表演，袒露着各种令人生厌的嘴脸。

面对这种种羞辱，余仁却只能无言以对，因为他知道，那“余仁”二字之所以孤零零地躺在计票的小黑板上，那是他给自己造成的难堪。当时余仁拿到那张选票后，一看到选票上居然没有他的名字，没有像邢坤当面向他承诺的那样，保证他可以选上，余仁就气得什么也来不及多想，鬼使神差地只一门心思将他的大名标在了他手上那张选票的空格里。

在余仁写完自己名字的时候，在等待起英收取选票的时间里，有几个他主管部门的干警还时不时很神秘地望着他笑。余仁当时就想，自己毕竟主管的人数不少，总不见得一个个都忘恩负义的吧！给自己投票的应该会不止一个两个的呢。

起英开始收选票的时候，余仁甚至天真地想：要是选票上没有自己的名字，而自己最后也能胜出的话，那在音召县里就会名声大震了。到那时，什么吉庆，什么木双，也就都不在话下了。

谁知计票结果一出来，余仁那个名字下，竟然只有他本人投的那一票，那一道白色的划痕让坐在主席台上的余仁无地自容。那可怜的一票让他蒙羞，让他对人性绝望。余仁当时只有一个念头，那就是尽快地离开会场。

其实，余仁是个可怜的人，他的老家在一个贫困的山区，幼年父母双亡，从小寄住在他的叔叔家里。

绝对的贫困，往往能够让人失去同情心，甚至失去良知。余仁的婶娘就是一个这样不幸的女人。余仁的婶娘生有四个孩子，贫困让她的孩子吃不饱穿不暖，在这种境况里，还平添了一个余仁要他们负担。因此，世间一切寄人篱下的人该要受到的白眼、冷遇、甚至是折磨，余仁从小在他的婶娘那里就都受够了。

参军以后，特别是在要复员之前，余仁很想要有个自己的家，但余仁没有能够帮助他的亲人，更没有经济能力，出于“贫不择妻”的心态，他只好娶了一个战友智商有一点问题的妹妹迟宝莲，在战友的帮助下，勉强和迟宝莲组成了一个家庭。

迟宝莲虽然善良，但长得又胖又矮，智商几乎只相当于一个七八岁的儿童，余仁即使真有什么事，也是从来不敢让她知道的，更不要想与她作什么商量了。

也许是平日里总是在心里藏着这些苦，这时却一一地涌上心头，眼泪怎么也止不住。余仁只得抽出身下的枕巾，不断地擦着眼泪和鼻涕。

余仁没有胆量反抗，也没有能力反抗，在人前连发个脾气也不敢，想到自己只能这样躲起来偷偷地哭泣，余仁的心中血气奔涌，一股咸咸的东西直冲他的喉咙。

“邢坤！邢坤！该死的邢坤啊?!”

余仁抓挠着他的胸口，撕心裂肺地压低声音呼喊着，血红的眼睛瞪视着房门口，仿佛只有这样，他才不会痛苦得疯掉。

余仁在自家空旷静寂的房子里这样呼喊了一阵后，他不再流泪了，人也觉得轻松了一些。他知道，目前对于别人对他这样的背叛和伤害，他是毫无还手之力的。这不由得让余仁记起小时候父母去世后，他寄居在叔叔家的那些日子。

余仁清楚地记得，贫困让他的叔叔变得窝囊而软弱，根本无力保护他，或许也无心要保护他。冷饭，剩汤，以及堂弟们都不要了的破烂衣服，相伴着他的少年时光。

最痛苦的是，在那些寄人篱下的岁月里，他在任何人面前，永远都得无条件地作出各种忍让。被误会，甚至被冤枉的事是经常会发生的，而且，还从来没有人会听听他的解释，或者给他一个解释的机会。

可怕的贫困和叔叔的窝囊，又恰恰让他的婶娘，变成了那个家里的暴君。在日常的生活里，似乎余仁每吞咽一口食物，都是在抢夺她孩子口里的那点食粮。每次吃饭的时候，婶娘都会凶狠地瞪余仁一眼，余仁每吞咽一口残羹冷炙，都是小心翼翼战战兢兢的。

这样的一种生存环境，让余仁从小就饱尝一种无望、无助而又无依的酸楚，他时时都像一头惊鹿，很小就学会了忍让，退缩、忍气吞声，这让他渐渐地变得毫无担当。

即使是此刻，虽然余仁非常的愤怒，好像只要邢坤或木双在他的跟前，他就敢挽起衣袖和他们对着干。其实不然，像余仁这样的人，哪怕邢坤和木双真在出现在他的面前，到头来，他还是会藏起他的愤怒和痛苦，转而笑脸相迎，事后又为自己的卑躬屈膝而痛苦不已，甚至恨得想要毁灭自己。

与吉庆和余仁的所处场景完全不同的，是木双设在县委招待所里的庆功宴。

在一间设在二楼的中等餐厅里，供十人围坐的圆桌摆了三张，七点不到，居然就只空下了几个座位。

每个受邀参加这次盛宴的人员，基本上都是法院的干警，相互之间显得很亲热。餐厅里喜气洋洋的，大家都像是自己遇到了特大的喜事一样，在彩灯的照耀下，个个兴奋得脸上都是流光溢彩的。

郑可和李力并不闲着，他们忙前忙后地帮着木双张罗着，不少参与庆功宴的干警都向郑可和李力投去羡慕的目光。

“谢谢大家，今晚大家一定要随意。”

木双满面春风，双手相握，和他的死党铁战一起站在中间的桌子前向另外两桌的人们拱着手。

和木双坐在一桌的，县人大包括邢坤在内，一共来了好几个头头。

起英本来也在被邀请之列，但她因为觉得似乎有些不妥，借故予以了回避。因此，今天宴席上在座的，基本上就都是男人了。

“在座的各位，今天我木双就不多说，以后只要我真正走顺了，今天在座的，我都会一一记在心里。”

酒过三巡，木双轮番到每一桌都敬完酒后，他似乎有了半丝醉意，满面红光的木双，再次站了起来，他抱拳对大家表示着自己的谢意。

在木双再次拱手转着圈致谢的时候，似乎在某个角落里，有闪光亮了几下。不过，大家都满乘着酒兴，谁也没有去注意。

那一届音召县人大代表会议召开的时候，法院的正式代表是木双，而吉庆作为法院的一把手，理所当然地作为会议的列席代表，也至始至终参加了县人大会议。

会议期间，在一种奇异的氛围里，吉庆和木双这两个貌合神离的搭档，表面上不显一点端倪，暗地里其实是较着劲的。

其他的县人大代表，都是一些和吉庆木双差不多身份的人物，这些人或多或少都是带“长”字的，也许是兔死狐悲的缘故，他们普遍地有些排斥有抢班夺权之嫌的木双，同情和暗地里支持着吉庆。

因为他们很多都像吉庆一样，是单位的一把手，他们都将木双看成了养在身边的狼。当然，也有的人认为是吉庆无能，居然让一个副职赢过了自己。

敏感的木双，从一开始就发现了这种对他极为不利的气氛，他极力地对每个参会的人都小心地赔着笑脸，只想挽回一些影响。

但是，他的小心更让他失去了平日的敢作敢当，代表们更加将他孤立起来。有时在分组发言的时候，只要没有人大的工作人员在场，轮到木双发言的时候，有的人就会故意大声地交谈，根本不听木双的发言内容。

在县人大会议期间，木双明显地感到，他受到了排斥和打击，似乎吉庆织就的一张网，束缚得他失去了挣扎的力气。

在法院人大代表选举中大获全胜的木双，这时才意识到，他企图早日当上院长的抢班夺权行动，可能进行得太早了一点，也太露骨了一点。渐渐地，他的心中有种不祥的阴影挥之不去，这层阴影让他焦虑、让他不安。

人大代表会开完以后的几个月里，音召县法院干警们的日子，就那样波澜不惊地过着。

木双经过那段县人大代表会议以后，变得谦虚和平易了许多。

余仁的变化更是不小，他对由他分管的部门更加放任起来了，哪怕是讨论案件，他有时也会自顾自地打着瞌睡，他的鼾声经常会打断汇报案情的干警的思路，似乎一场争斗中的挫败，就耗干了他的全部精力。

在这些等待的日子里，只有李力比木双还着急，他现在生活在水深火热里。余仁虽然不敢对邢坤或木双怎么样，但他对李力则事事处处表示出他的愤怒和不满。

李力庭里的疑难案件拿出来讨论的时候，余仁就尽可能地为难他，不是说没有时间讨论，就是说案件的证据收集得不全，还不到拿出来讨论的时候。有些余仁打了招呼的案件，只要李力稍有不慎，就会招来余仁的百般刁难。这让李力的日子很不好过，李力只盼着有朝一日木双掌权以后，可以帮他赶走余仁，或者帮他脱离余仁的主管。

就在大多数人们渐渐地淡忘了法院人大代表选举事件，以为一切已经雨过天晴的时候，大概在一年多以后的某一天，不知从谁开始，反正在音召县法院里，开始流传着两个惊人的消息。

开始，只有极少数消息灵通的人在背地里偷偷地传说着。到后来，知道的人越来越多，消息也似乎越传越真实。

大家传说的第一件事，是音召法院一把手吉庆离任后退休前的去向，有确切消息说，吉庆将被安排去县人大担任一个副主任的闲职。这是目前不少级别相当的基层一把手，组织上让他们下位后正式退休前养老的一种惯常处理手法，大家也不以为怪。而且，对于吉庆来说，下位后不用呆在法院受白眼，那也不失为一种很好的安排。

真正让大家吃惊，甚至让一部分人惶恐的是第二个消息：吉庆的接班人既不是木双，更不是余仁，而是新上任不久的县政法委书记，只比吉庆小了几岁的康立。

对于康立，大家并不陌生，特别是一线的办案干警，因为自从康立当上县政法委书记这一年多以来，经他打招呼的案子特别多。而且，有些案件，上午原告刚送来康立打招呼的条子，下午又会收到被告拿来的，康立也帮忙打招呼的条子。因此，康立的这些条子，经常让办案的干警左右为难，哭笑不得，大家背地里都称康立为“条子书记”。

余仁是最后才听到这个消息的人，他愣怔了一下之后，心中平静了许多，余仁长长地舒了一口气，只要一把手不是木双，他就能平静地接受。因此，自从那次选举后就半死不活的余仁暂时又活过来了，余仁还专门找李力进行了谈话，余仁告诉李力，他会不计前嫌和李力一起将院里的民事工作搞好，不让新的领导操心。

这个惊人的消息让木双在铁战给他安排的一个僻静房间里呆了一天一夜，吃的东西都是铁战亲自送进去的。木双不是默默地翻看他的那个人事联络本子上登记的几十个各种关系的名字，就是无言的独自沉思。“我败了，败得很惨，很彻底。”偶尔，木双会这样喃喃自语。铁战除了送茶，送吃的，其余并不去打搅他，铁战知道，木双需要时间静静地舔治伤口，人在这种场合，任何劝慰的语言都是空泛而烦人的。

还是在人大会议期间，看到吉庆和周围人们的态度，木双就知道他操之过急了，随之而来的后果也许会很沉重，没想到他的担忧变成了现实，木双心中的后悔和痛苦无法言表，更不能在人前稍有显露。

在过去的这一年多里，木双认真按照夏兰的人事图联络过了不少的领导，但就是在这些联络中，木双才真正感到他低估了老辣的吉庆，吉庆的背景似乎硬得出乎木双的意料之外。直到这时，木双才意识到，他贸然与吉庆争夺人大代表，是一件有生以来做得最失策的事情。

在余仁和木双各怀心事，一线办案的干警惶惶恐恐的日子里，音召县法院新院长康立，终于走马上任了。

那是一个星期二的上午九点，康立穿着一套法院办公室早已给他送去的法院制服，那套制服很合体，连康立平日里腆着的大肚子也显得小了许多。大盖帽下的那双小眼睛亮闪闪的，四处张望着，仿佛一条头狼在巡查他的地盘。

康立一走进法院，就忙着和认识或不认识的人们握手，那种洋洋自得溢于言表。木双和余仁早早地等在那里，陪着康立一行走向平日里几个正副院长开会的小会议室。康立笑容满面地看着两个新手下，他已经将木双和余仁的情况打探得一清二楚了，他知道今后该怎样掌握和利用他们。

康立是一个非常相信风水之说的人，上班以后，康立并没有搬进吉庆的那套旧办公室，他要了一个小型的会议室，重新装饰以后，就成了他的办公室。

当上音召法院院长后，康立做的第一件事就是分别找余仁和木双谈话。那一天，木双到他的办公室坐下不久，康立随手就给了木双一个信封。

“这是我刚刚收到的东西，现在交给你，我相信你能够处理好。”

康立说话的神情和口气让木双有点不舒服，好像他给了木双一个很大的见面礼一样。不过，木双拿不准信封里到底是什么东西，他只得感激地朝康立点着头，康立与木双的谈话，就这样开了头。

回到自己的办公室，木双打开那个信封一看，竟然是一组他选上人大代表后，在县委招待所里和郑可、李力们举行庆功宴会的照片，还有一封不长的检举信，信的内容是检举木双在人大代表的选举中拉选票，搞小团体，闹得法院内部四分五裂的。

木双从检举信行文的语气和格式断定，材料应该是出自吉庆的手，到这时，木双才真正懂得了“姜还是老的辣”的道理。木双忍不住轻轻地给了自己两记耳光。

木双知道，按照法律规定，一届院长，任期至少五年，还得求神拜佛，要一把手的年龄不能够连任。否则，一个人在一个一把手的位子上，一下就可以待上十年。

康立在法院至少会掌权五年，在这五年时间里，木双都将与音召法院一把手的宝座无缘。而官场的风云变化，一个人仕途的诡谲变迁，有时又是瞬息万变的。想起这些，木双总是不寒而栗，寝食难安，但又毫无办法，表面装得平静的木双，在独处的时候总是感到欲哭无泪，心如油煎。

每当这种独自无法承受的时候，木双就会去找夏兰。夏兰虽然从来不用言语安慰木双，但她总会在木双最痛苦的时候静静地倾听他的诉说，像一个母亲对待在外面受到了欺负的孩子，包容着木双的后悔、痛苦、委屈和无奈。

在与夏兰一次次长谈之后，木双知道，在最近的几年里，确实是大势已去了，他要想在今生还指望能当上音召县法院的一把手，一定得与现任的一把手康立搞好关系才行。

“夏兰，你相信我吧，我一定要卧薪尝胆，从头来过。”一次夏兰听完木双的倾诉，又用温婉怜惜的眼神看着木双的时候，木双终于这样对她说。

木双真的重新振作起来，他觉得，当初在争夺人大代表身份的时候，他曾经对很多人都有过承诺，即使只是为了那些承诺，他也得咬牙挺住。

那天回到家里，木双从女儿的书包里找出了女儿用来学习油画的一管血色油彩，书写了一个足有一米见方的“忍”字，默默地挂在他的床头。

六

木双再出现在康立面前的时候，他恰到好处地表达了对康立的感激，并主动将那封信和照片送到了康立的面前。康立并不察看信的内容，似乎早就知道了信封里的东西是什么，康立只是小心地将那些材料装好重新交给了木双。这以后的几天里，木双就像当初刚刚当上副院长以后对待吉庆一样，鞍前马后，尽心尽力地为康立安排着一切。让本来不太熟悉法院工作的康立，很快就对法院的各项工作有了较为全面的了解。

余仁看到康立是在找过了木双几天之后再来找他谈话，他的心里有些不安，甚至有些惶恐。他不知道木双会在康立的面前怎么说他，他害怕康立听了木双的谗言会对他先入为主，形成不好的印象。

因此，轮到他和康立在办公室里单独面对的时候，余仁显得拘谨，而且有点心神不宁的样子。

康立像一只老猫一样稳坐在他的办公桌后面，目光炯炯地打量着余仁，看到余仁在他面前拘谨地赔着小心，康立不由自主地笑了。对于余仁和木双之间的纷争，康立是早就知道的，但康立表面上装得一无所知，他知道，只有这样，才能便于他好好地利用两个副职之间的矛盾。

“余院长，你是法院的元老，以后的工作还得靠你的大力支持啊。”

谈话一开头，康立给了余仁一顶高帽子。而且，接下来也一直是恭维话不断，好像康立真的有些崇拜余仁，以后的工作也真的得依靠余仁一样。

康立的赞赏，让余仁慢慢地不再那么拘谨了，一丝讨好的笑浮上了余仁黑黑的脸颊。正在余仁有些得意的时候，康立的口风一转，开始在余仁面前赞扬木双。看到余仁一边听着，一边露出了满脸的怒色，康立心中窃喜，他及时地停止了这个话题。

从试探和观察的情况来看，康立判断，他要掌控余仁这样一个没有自己个性的人并不难。倒是木双，虽然表面恭顺，但却不是一个可以让人随意掌控的人。谈话结束的时候，康立在看不起余仁的同时，心里对木双有着一份深深的戒备。

康立来到法院以后，仿佛给余仁注射了一支强心剂，余仁确实振作了一段时间后，民庭的工作有了一些起色，李力的日子也舒服了许多。

余仁原本以为他在法院是一个老资格了，康立要想在法院站稳脚跟，肯定是离不了他的。谁知康立并不倚重他，反而渐渐地让木双春风得意。余仁弄不明白其中原因，因此，不久之后，余仁又开始消沉起来，工作的时候再也提不起精神来。

看着余仁日渐消沉，他主管的工作也越来越拖了全院工作的后退，康立可不想去迁就余仁，更不想去理解余仁，他反而觉得余仁这是在他的面前摆老资格，凭着一点业务能力企图拿捏他，这让康立越来越看不惯余仁，并开始公然冷落余仁，转而更加倚重着木双。

怎么样才能让木双对自己真的忠心耿耿，全力协助呢？康立觉得最好的办法是帮木双除掉眼中钉余仁。这个时候，刚好县政法委需要配备一个懂得法律的副书记，康立全力推荐余仁。也不知余仁出于什么考虑，他居然欣然同意，很快便到县政法委去当了一名副书记。

余仁还没有正式离开，康立就将余仁空出来的副院长职位送了中级人民法院一个人情，音召县法院接收了中院行政诉讼庭一个叫梅青的庭长，做了挂职锻炼的副院长，全盘接替了余仁主管的工作。

梅青三十刚出头，出生在一个高知家庭，身高一米七四，白皙的脸上配着一副淡紫色的眼镜，额头生得很高，也很开，让他看起来像个学者。梅青走在音召县城的街道上，与周围的人群相比较，显得格外的典雅，气质不同。

特别是梅青紫色眼镜片后面的那双眼睛，虽然常常含着笑，但总是让人觉得很深很深，深得让人充满了猜想。

负责接待和安排梅青住处的是起英。

梅青的家在中院宿舍，梅青在音召挂职期间，就只能离开妻儿独自住在音召法院后面临时作为宿舍的空房子里了。那一排连带起英的宿舍在内，一共有五个房间，起英住在最东头的一间，她将梅青的宿舍放在最西头的那一间，与她的房子相隔了三个空房间。

当晚，等到梅青把带来的东西都安顿好了之后，起英来到了梅青的房子里。梅青的床铺陈得很简便，床的一则放了不少书，一个不大的装衣服的箱子放在床头，西边墙根的一个简易书架全部被梅青放满了大部头的书。因为与梅青不是很熟，独自来到梅青的宿舍，起英本来还有些不自然，看到那些书，起英立刻有了一种亲切感，她快步走到那排书架前面，双手抚摸着那些书，有些喜出望外。

“梅院长，你的书真多，以后我能借阅吗？如果可以，今后你借书给我，我负责帮你搞卫生。”

起英的眼睛并不离开那些书，她一边用手指点着那些书，一边向梅青提议着。

白天起英带人帮他布置房间的时候，梅青并没有很注意她。现在在朦胧的灯光下，起英身条修长，脸上呈现出一层粉嫩的桃红色，眼线极长，看人的眼神纯纯的，亮亮的，让人很想要对拥有这种眼神的人说点什么。梅青笑眯眯地看着起英，他实在惊异于音召这样的小法院，竟然会有起英这样的美女。

“只要你愿意看书，你随时都可以来拿，如果嫌不方便，还可以放一片我房间的钥匙在你手里。”

梅青突然很喜欢起英的那种笑，很喜欢起英在他面前的爽朗，他用带有磁性的男中音温婉地对起英说。

“太好了，谢谢梅院长，那我就不客气了，我好久没有看到这么多好书了。”

起英像发现了什么宝藏，立刻兴高采烈的，她马上贪婪地从书架上拿下来好几本大部头的书，这才扬起脸来等着梅青首肯。

梅青发现起英拿在手里的全部是国外的名著，他一边欣赏着起英清纯亮丽的笑脸，一边伸手从书架上拿下来一本《简·爱》，梅青一边将《简·爱》放在起英捧在胸前的那沓书上，一边说：“这也是差不多同一个系列，只是写作手法决然不同。”

起英酷爱文学，当然知道梅青说的是对的，起英欣喜地看着梅青，她惊异于梅青这样一个大男人，竟然熟读过国外的这些名著。不经意间碰上了爱好文学的同路人，起英的心里有些感动，为了掩饰，她急忙抱着那沓书走出了梅青的宿舍。

起英抱着书高兴地离开，起英的背影在走廊的灯光下变得更加修长，曲线分明，脑后的那把马尾用一圈黑绒纱松松地挽着，随着起英的步子一晃一晃的。梅青站在宿舍门口望着，有那么一刻竟然有些心神不定。

对于梅青的空降，木双可远没有起英这么轻松，木双觉得，与余仁相比，梅青这样年轻而且具有一定背景的人，才是他最难应付的真正敌手，他无法掉以轻心，没有办法漠视梅青的存在。

梅青进入中院的时间不短了，木双对他还是有一些了解的。木双知道，与梅青相比，无论是哪个方面，他都不可能与之相敌。即使在中院，梅青也是一个公认的内秀外刚的强势男人。只要是他想办的事，或者是他想要得到的东西，梅青几乎是从来没有失过手的。

面对强手，木双觉得不能坐以待毙，必须主动出击。经过他与夏兰的分析，他知道，万里长征脚下始，他必须吸取与吉庆之间的教训，首先得让康立对自己绝对的满意。

究竟怎样才能让康立绝对满意自己呢？夏兰说："阿木，我认为，像康立这个年纪的领导，升官再也无望，那么贪婪的本性就再也不用掩盖，只有能够到手的利益，才是他们最想要的东西。"

以木双对人的了解，他非常认同夏兰的观点，木双知道，康立就是一个这样的人，而且是一个贪婪而又胆小的人。

"阿木，对于康立这样的人，只有既抓住他的弱点，而又让他觉得毫无风险，他才会对你投桃报李，让你从他的手中得到你想要得到的东西。你现在最重要的是找到并牢牢抓住康立的某些弱点才行。"

夏兰说话的时候，显得忧心忡忡的，她担心木双一时无法找到攻克康立的突破点。

"你放心吧，寻找别人的弱点，可一直是我的强项。"看到夏兰为他担心，木双半开玩笑半认真地对夏兰说。

就这样，木双开始着手全力寻找康立的弱点，他开始出入康立的家里，从与康立亲人的交往中，木双获得了很多的信息，对康立的秉性，喜好，渐渐地摸了个清清楚楚。

康立几年前才从一个公社挤进县城来，一家四五口人住在相连着的两间平房里，和另外三家共着厨房，公共厕所离康立家足有五百来米，家中像样的电气是一台十几寸的黑白电视机。

康立的儿子正在部队当兵，妻子病退在家。家里的两间房子，一间住着康立夫妻，另一间住着康立的小女儿和依靠康立生活，有着脑膜炎后遗症，终生未嫁，已经四十多岁的残疾小姨子。

前几年，康立为了挤进县城，向亲友借了不少的债。女儿要读书，妻子和小姨子得治病，康立的家里几乎家徒四壁。

康立虽然好不容易挤进了县城，但眼看只有几年就要退休了，人生最重要的房子、票子、儿女的工作、一样都还没有落到实处。再加上残疾小姨子这个包袱，没有哪一样不让康立着急上火，在无人的夜里，康立感到他的生活焦头烂额的。

摸清了康立的底细，木双欣喜不已。关系网广阔的木双，要想在小小的音召县城里解决康立的这些问题，在他是很有把握的。

而且，木双也坚信，只要他努力帮助了康立，康立也会懂得"精诚所至金石为开”的道理，最后终究会对他投桃报李的。

现在，让木双真正感到有些棘手的，只有新来的梅青了。梅青不但抓工作很有一手，而且还很善于与人打交道，特别是极善于处理与中层骨干之间的关系。近来木双觉得，连他主管部门的头头们，都乐意跟新来的梅青来往。

经过一番思考，木双决定，在摆平康立的同时，还要尽量搞好与几个中层骨干的关系。木双突然想到李力和起英都是他首先应该要笼络的人，一想到李力对起英的暗中爱慕，一个主意来到了木双的心里。

为了稳妥，木双最先找到了李力，李力虽然帅气，但文化不是很高，多少还有些鲁莽。李力听到木双要给他和起英牵根红线，他当即激动得满脸通红。

李力的家里，只有守寡多年的母亲，母子俩相依为命，李力是他母亲的命根。

“木老板，起英是我李力这一辈子最喜欢的姑娘，只要你能促成这桩婚事，今后我死了都是你木老板的鬼。”

李力喜出望外，说话的时候，激动得满脸通红。

听到李力这样说，木双的心中突然有些忐忑。他不是不知道李力有很多方面配不上起英，但要在小小的县城里找出一个男人来与起英相匹配，那又是实在难得找到的。

“李力啊，对这件事，你也不要抱太大的希望，我还根本不知道起英会怎么想。”

看到李力信誓旦旦的，木双想到事前并没有征求过起英的意见，木双的心里突然变得没有一点把握，说起话来没有一点底气。

听到木双这样说，李力默默无言，只是轻轻地叹息了一声。

一个周六的晚饭后，木双在云水公园的那条小溪边找到了起英。寒暄过后，木双装得不经意地在起英面前谈到了李力对她的追慕。

“起英啊，你对李力庭长的看法怎么样啊，你们也都到了要找朋友的年龄了呢。”

只要天气好，起英总喜欢在这个公园里看书，起英听了木双的话，用手里的书轻轻地敲着她的头，若有所思地不出声，眼神也变得朦朦胧胧的。

木双曾经从起英以前的同事那里，听到过不少起英以前的一些文人的怪癖。所以，现在看到起英的表情，木双一点也不为意，木双以为，起英是因为对李力不满意，而在他这个领导面前又不好说，所以才会是这副表情。

更让木双吃惊的是，起英的眼睛里竟然慢慢地有了一层泪光。木双是个很会察言观色的人，他不再讲李力的事情，转而和起英聊起了县城的趣闻和小吃。

看到木双转移了话题，起英虽然仍然不是很热情，但也不再沉默，开始积极地回应着木双。木双和起英这两个下班以后最不可能在一起的人，竟然在那条小溪边谈了很久。

八点来钟，人们都吃完了晚饭，公园里散步的人们多了起来，木双和起英起身离开了公园。告别木双回到宿舍以后，起英闷闷不乐地坐在寝室里那张旧的书桌前。

起英像不少喜好文学的女孩子一样，是个多愁善感的姑娘，今天木双的话，触动了她心中一种不愿示人的痛。坐了一会，起英慢慢地打开抽屉，看着躺在抽屉里的那个黑色大日记本，这个日记本跟随了起英很多年，起英不曾告诉任何人，那里面有着她懂事以来全部的心事和秘密。

起英的父亲起毅，身材伟岸，帅气，部队转业的时候，回到家乡的公社当了一名普通干部。母亲姜玉琴则是一个地道的，善良的农村妇女，会拉二胡。起英的父母生养了儿子起功勋十一年之后，又生下了女儿起英。

按道理，这应该是一个非常幸福的四口之家。不过，自从起英有点懂事开始，起英就觉得父亲不但对母亲像一个陌生的人一样，就是起英有时想和父亲撒撒娇，父亲也是用一种拒人千里的态度对待她。

记得有一次母亲病了，天上下着大雨，不少同学都是由父亲送了伞来，亲亲热热地接了回去。起英那天却被雨淋了个透湿。回家的时候，正碰上父亲恰好在家。

“爸爸，你在家怎么也不去接我啊，我们同学都有爸爸去接，我好羡慕呢。”

起英撒娇地抓住父亲的一只衣袖，想让父亲看看她被雨淋湿的样子。

“英子，爸爸没时间，以后你自己要记得带伞。”

起毅并不看一眼女儿，声音也有点冷冷的。

泪水立刻模糊了起英的视线，泪水和着雨水，让起英没有办法看清父亲的脸。自从那次以后，起英就再也没向父亲要求过什么了。

渐渐懂事的时候，起英有时会想：难道我是被收养的吗？不过，她觉得，从母亲对她的态度来看，至少母亲应该是亲生的。从那时开始，对于亲情或男女之间的婚姻，起英的幼小心灵里，就有了一丝淡淡的阴影。

起英小学六年级的那年春天，学校组织他们春游，在那座她们不常去的山腰的一个亭子里，起英意外地看到了父亲，她看见父亲居然亲热地搂着一个年轻的阿姨。

“素华、素华。”

更让起英吃惊的是，父亲一边吻着那个阿姨，一边还在轻轻地呼唤着，起英从来没有见过父亲竟然还可以这样温柔地对待一个女人。

那个被父亲叫做素华的女人，一边试图挣脱起毅的怀抱，一边柔声对起毅说："毅哥，快别这样，被人看见不好。"

"别人看见了又怎么样？我是真的爱你呢！为了你我什么都能舍弃。"

起毅更加猛烈地亲吻着怀里的女人，同时大声地这样说。

看到父亲这异样的表现，还不太懂得男女之间复杂关系的起英，虽然由于惧怕父亲而当时没有前去打扰。但一回到家，她就将看到和听到的一切，原原本本地告诉了她的妈妈姜玉琴。

想起母亲当时的表情，起英忍不住打了一个寒颤。即使事情过去这么多年了，但她母亲那一刻的表情，起英永远也无法忘记。

姜玉琴当时正在准备晚饭，听了女儿的话，手上的菜碗掉在地上成了碎片，整个人一下跌坐在地上，脸色惨白，嘴唇颤抖，额头上一颗颗汗珠冒了出来，眼睛张皇失措地盯着女儿。起英看着顷刻间变得陌生的母亲，她吓得往门口退去，似乎想要逃离姜玉琴。看到自己的反应吓坏了起英，姜玉琴又一把搂过女儿，浑身颤抖着将女儿紧紧地抱在她的怀里。

"英子啊，如果你不想爸爸离开我们，那你一定要记得，今天你什么也没看见，今后对谁也不能说，哪怕是跟你哥哥也绝对不能说。"

姜玉琴早就知道起毅爱着别的女人，不过，姜玉琴痴爱着她的丈夫，她想要包容他的一切，哪怕是一个女人无法容忍的外遇。为了不让起毅觉得没面子，姜玉琴尽量为他保守着秘密。现在女儿知道了，为了替丈夫守住秘密，姜玉琴一边小声地求着女儿，一边用近乎绝望的眼神看着女儿。

有些倔强的起英本来还想问问母亲：爸爸怎么能对别的阿姨比对他的女儿还好呢，起英非常嫉妒那个阿姨。不过，母亲眼睛里有点吓人的光，让心疼母亲的起英不但不敢这样问母亲，反而不由自主地朝母亲点了点头，算是答应了母亲的恳求。

看到倔强的女儿眼睛里本来含着泪，但为了安慰她，却勉强挤出一张带泪的笑脸，姜玉琴顿时哽咽起来。

"英子啊，妈妈没有能力，妈妈对不起你呢。"

说完，姜玉琴抚摸着怀里的女儿，母女俩痛哭失声。

自从这个事件后，起英开始喜欢独处，唯一可以让她倾诉心事的，就是她的这本日记了。

起英读到高一的时候，起毅更不顾家了，基本上都是住在公社的单身宿舍里，即使偶尔回家，也总是到了起英早已熟睡的时候。那时起英隐隐地听人说，那个默默地跟了父亲十来年的女人，终于离婚了。

母亲姜玉琴渐渐变得神经兮兮的，父亲不回家的日子里，母亲不是将饭烧煳了，就是菜里忘了放盐，或者在同一个菜里连续地放上好几次盐。

那时，起英的哥哥早已经在她的部队驻地成家，住进了他的将军岳父家里，音召的家里只留下起英陪着母亲。

起英最孤独，最害怕的日子，就是姜玉琴变得神经兮兮的时候，起英的心中充满了对母亲的怜悯。日子一长，起英对大人之间的婚姻，慢慢地竟然充满了一种厌恶和绝望。同时，起英对父亲的恨意也在与日俱增。

在那样的日子里，起英总是全力关注着母亲。她有些不明白，母亲有了她和哥哥，为什么还会那么在乎父亲这个早已变心的男人呢？

起英经常半夜里听见母亲偷偷地哭泣，早上起来眼睛都是肿肿的。有几次，起英看到母亲竟然站在父亲那张穿着军装的旧照片下久久地出神，久久地流泪。起英不明白，父亲为何要在母亲心里留下深深的伤口，让她的母亲经常独自偷偷地哭泣呢？

实在痛苦的时候，起英唯一一次向她的同桌好友小涵诉说了一些父母间的秘密。看着泪流满面的起英，小涵立即告诉她，他的父母本来不和，后来因为他的成绩越来越好，为了他，父母亲居然从此和好了。

小涵的这个提示让起英欣喜不已，对于用成绩去打动父亲，起英充满了信心，因为她的成绩一直非常好。

那一个期末的成绩出来后，起英没有像以往一样地将成绩单交给母亲，而是特地骑上自行车，送到了离家十几里路之外正在上班的父亲那里。

“爸，我给你送成绩单来了。”

一眼看到父亲站在公社食堂的门口，起英一只手扶着还没有放下的单车，一只手高兴地扬着成绩单。

“怎么给我啊，我正在忙，去，去交给你妈妈看。”

起毅并不去帮女儿扶住单车，对女儿扬着的成绩单连一眼也不看，反而拉长了脸，声音也显得生疏而漠然。

正在兴头上的起英不由得鼻子一酸，眼泪模糊了她的视线。朦胧的泪光里，父亲变得遥远而陌生，起英没有勇气再走近父亲，她一抬腿重新跨上单车，发疯一样地往回蹬着她的车。

“英子，蹬慢点。”

也许是觉得自己太过分，起毅在女儿身后喊着。起英连头也不回，只是尽力蹬车，身后父亲的声音，变得越来越遥远。

后来，起毅当上了他所在乡的乡长。一天深夜，起英被一阵哭声惊醒，起英忍不住起身来到母亲的卧室门口侧耳细听，原来不知何时父亲回来了。而且，父亲和母亲正在他们的房间里用压低的声音剧烈地吵架。

“我可以为你死，但我绝不会答应你离婚!”

父亲的声音充满愤怒和无奈，说的话起英一句也听不清。母亲压抑着哭声，用低沉而坚决的声音，不断地重复着这样一句话

离婚？起英大吃一惊，她虽然觉得父亲可恶，但她毕竟不想父母离异，起英可不愿变成那些很另类的孩子。因为她的同学中有几个父母离异了，他们马上就变得很另类，或者说，是大家将他们打入了另类。

起毅和姜玉琴还在激烈而低声地争吵着，起英只能在门外默默地流泪，默默地祈祷。

起英从小就听别人说，母亲当年可是十里八乡的大美人，追随者如云，母亲最后选择了家境贫寒的父亲。对于这一点，父亲当初是很感激的。不想随着父亲从部队提干转业到地方，他就爱上了乡里的一个已婚的会计，一个叫做时素华的女人。

正是为了这个女人，起毅开始让姜玉琴遭受各种冷遇，让自己的儿女得不到一点来自父亲的爱怜。起毅的这种做法，让唯一的儿子在部队结婚后，很少回家。让女儿起英还没长成，就对成人间的婚恋产生了一种深深的厌恶和畏惧。

一直坚持着偷听父母动静的起英，不知什么时候熬不住了，她只得回到了床上，并很快就睡着了。起英早上被闹钟叫醒的时候，家里已经没有人了，父亲就像没有回来过，母亲也不知上哪去了。

厨房里没有母亲熟悉的身影，餐桌上也是什么都没有。起英虽然有些担心，但上课快迟到了，她也只得第一次空着肚子去了学校。

整个一上午，起英都不知老师们在课堂上讲了一些什么，心里只担心她的母亲。中午的下课铃一响，起英就不顾一切地往家里冲，起英知道，父亲恐怕是挽留不住了，但她无论如何也不能再失去母亲，哪怕是要她以生命为代价，她也要保护好母亲。

“妈！妈!”

还没跑到门口，起英就急切而紧张地叫着。

姜玉琴用一块抹布擦着手，应声从厨房里走了出来，除了脸色有点惨白，眼睛有些浮肿之外，其余并没有什么。终于看见母亲平安地呆在家里，起英这才长长地舒了一口气。

饭桌上摆着两个起英最爱吃的菜，母亲接过女儿的书包，给自己和女儿装

了两碗饭出来，极力装得若无其事的样子。

起英不想问母亲与父亲到底怎么样了，也不想问母亲一大早去了哪里，她的内心只想回避这些事情。起英有意地给母亲讲着同学中的种种笑话，见到母亲笑了，起英撒娇地搂住了母亲的脖子。

“妈妈，谢谢你，这一辈子我一定会让你幸福的。”

看到母亲有些消瘦的脸，起英的鼻子发酸，她觉得应该更加努力，才能由她给母亲带来幸福，只有她才永远不会背叛她的妈妈。

这件事过了一段时间后，起英发现母亲又有了变化，她开始为起英准备一些暂时都用不着的东西，而且总是告诉她，家里的钱放在什么地方，起英的不同季节的被褥衣服又放在什么地方，一副准备出远门的样子。

还有几天的深夜里，母亲居然不睡觉，久久地坐在起英的床边，一边痴痴地看着女儿，一边伤心地流泪。害得起英真想起来抱住母亲问个究竟，只是起英不想惊吓母亲，只能强忍着眼泪装睡。

这一切都让起英痛苦万分，起英发现，无论她再怎么努力，也无法让父亲回到母亲和她的身边。起英变得越来越恨父亲，她在心里和日记里都称父亲为“那个无情的男人”，她极想报复她的父亲，只是因为不想伤害母亲，起英只得忍住满腹的怨恨。起英在痛苦中显得束手无策，她只能将所有的心事都藏在她的日记本里。

一天晚饭前，起毅多年来第一次破天荒这么早就回家了。起英心里很高兴，表面却只是淡淡地和父亲打了一个招呼。母亲那晚准备的，都是父亲最喜欢吃的菜。

“玉琴，你没必要准备这样多的菜。”

父亲的眼睛盯着满桌的好菜，说话的口气温温的，对母亲不再像陌路人，虽然仍旧有点冷漠，但还算客气。

母亲脸色惨淡，但笑眯眯的，无比温柔地看着起毅，客气得就像对待一个刚刚从远处归来，很快又将离去的亲人一样。

晚饭桌上，起毅默不作声，吃得也不多，妻子给他夹菜的时候，他不再像过去一样露出满脸的嫌恶，只是默默地伸出饭碗，接住姜玉琴夹着的每一样菜。看到起英注视着他，起毅破天荒地给姜玉琴和女儿夹了几次菜。起毅给姜玉琴夹菜的时候，姜玉琴端着碗的手都在微微的颤抖，眼泪在她的眼眶里盈盈地闪着光。

看到母亲这样，起英的心里酸酸的，她发现，自己对父亲的恨意，居然只是对父爱的渴求会错了意。因为此刻坐在父亲身边，起英感到她对父亲的恨似乎正在消融。这让起英不但觉得母亲可怜，同样觉得自己也很可怜。

一碗饭都没有吃完，起英就默默地离开了餐桌，因为她不想当着父亲的面流泪，同时也想给母亲多留下一点与父亲独处的时间。

“英子爸，你今晚就留下来吧，字也签了，以后你就是想留只怕也没有机会了。”

姜玉琴在起英的身后这样对丈夫说。起英不敢回头，她不敢看母亲的表情，也不想看父亲拒绝母亲的绝情样子。

“好吧，玉琴，我听你的。”

让起英没有想到的是，起毅虽然停顿了一下，最后还是答应了姜玉琴的恳求。起英的心里突然觉得暖暖的，顿时觉得家里也变得暖暖的。

起英终于忍不住回头看了一眼她的母亲，母亲和父亲并没有注视对方，父亲仍然在慢慢地喝酒，母亲则向右边别过脸去，脸上露出一丝有点古怪的笑，正是这一丝笑，让起英的幸福感顷刻间消失得无影无踪。

为了让母亲能够单独多与父亲相处，简单地洗漱之后，起英就以要学习为名，躲进了她的房间里。

晚上九点多钟，母亲给父亲煮了夜宵。起英没有宵夜的习惯，仍然没有走出她的房间。起英虽然听不见屋外的动静，但那一晚，她为父母终于能再一次走到一块而感激莫名。

因为父亲回来了，起英很久以来第一次放心地沉沉睡去，直到凌晨四点多钟，熟睡中的起英突然被父亲那变了腔调的惊呼吵醒了。

“姜玉琴！姜玉琴！玉琴！玉琴啊？”

父亲的声音急促嘶哑而充满恐惧，就像是一只掉进了陷阱的野兽的哀号。天色正是黎明前最黑暗的时候，起英来不及穿上鞋子，赤着脚冲进了父母的房间。一走进去，起英只见父亲跪在床头抱着母亲，父亲怀里的母亲，耷拉着脑袋，手脚僵僵的，任由父亲边摇边喊，一点回应也没有。自从起英懂事起，父亲对母亲总是“嗯呀啊的”，从没听父亲这样地叫过母亲的名字。

母亲在父亲的怀抱里默默地一声不吭，只是随着父亲的摇撼，机械地晃着她的脑袋和手，父亲的声声呼喊，像刀子一样，一下一下地扎着起英的心。

“你对妈妈干了什么？你对妈妈干了什么？”

愣了一下，起英就像疯了一样冲到父亲的身边，她伸手想从父亲的怀里接过母亲。起英的双手刚刚接触到母亲的身体，马上，起英又惊恐地缩回了手。因为她的手所接触到的母亲身体，已经散发着一种她从未接触过的死亡的寒意，这股寒意浸人胆魄，让起英顿时丧失了木真。

“是你杀了妈妈，是你杀了妈妈。”

起英突然越过母亲的躯体，两手向她父亲的脸上抓去，一边抓一边撕心裂肺地惨呼。一时陷入疯狂的起英，两眼喷着仇恨的火焰，像一只受伤的野兽一样号叫着，只顾发疯般抓挠她的父亲。

突然，父亲脸上冒出来的条条血痕，以及沾在她手指上的鲜血，终于让起英清醒了一些。她十分惊愕地看看父亲的脸，又看看自己带血的手，起英突然转身回到了她的房间里。

看见女儿“咣”的一声关紧了房门，起毅的鲜血直流的脸上满是惊恐。他没想到自己对妻子的背叛，对妻子和女儿的伤害竟然是这样的巨大，这样的深重，更想不到女儿竟是如此的恨他。

结发夫妻几十年，近年来起毅的心思虽然都在情人身上，但他毕竟不想让姜玉琴落得自杀的下场。看着怀里妻子已经僵硬的尸体，想起当年的恩爱，想起姜玉琴对他的痴爱和包容，想起姜玉琴在离婚协议书上签字时的绝望，起毅潸然泪下，心里不免涌起一阵阵的悔意。

听不到女儿的一点动静，害怕女儿出事，起毅放下妻子，失魂落魄地在女儿的门前走了几个来回，始终鼓不起上前敲门的勇气。最后，他绝望地走出家门，融入凌晨的朦胧中，他觉得要找邻居们来帮他处理妻子的后事才行。

起英的哥哥当时正在中越边界上，家里和他联系一次来回有时要花上几个月。因此，姜玉琴死后，起毅决定干脆不去打扰儿子。

父亲处理母亲后事的几天里，起英坚守着她的那扇房门，不吃不喝，而且，谁来叫门也不开。她的舅舅曾在门外骂她不孝，她也只是默默流泪，绝不吭声。起英觉得母亲居然就这样忍心丢下了她独自走了，这世间的一切对她来说，就都变得无所谓了。

起英几天来都将自己关在房子里，她的内心无法承认母亲已经离她而去了的残酷事实。她不想承认她在人世间已经永远地失去了母亲，母亲——那个给了她生命，然后为了她的生命，可以去做任何事的那个女人。

神志模糊的时候，起英又会有种幻觉，她觉得，母亲一定不会丢下她独自一个人离开。母亲一定还在这世上的某个地方，或者，就在她的门外，只要她有足够的耐心等待，也许就在下一秒，母亲就会像平日里哄赌气的女儿一样，做好她最爱吃的饭菜，然后门外就会传来母亲的声音。

“我的英子乖啊！妈妈刚才错了。”

两天后，起毅处理完了妻子的后事。那一天，满脸凄怆的起毅捧着姜玉琴的骨灰坛子回到了家里。起英没有来迎接母亲，任由起毅在门外哭着，起英就是呆在房子里默不出声，就像房子里根本没人一样。

起毅害怕女儿也出事，他派人请来了起英的班主任，终于强行撬开了起英的房门。

房门一开，大家看到起英眼窝深陷，瘫在床上，那种悲痛欲绝的神情，让起毅都不忍再去责备自己的女儿。

“英子，最后看看你妈妈吧，明天我就要将她的骨灰拿去寄存了。”

起毅一边幽幽地说，一边双手捧着妻子的白色陶瓷骨灰坛子，流着眼泪站在起英的床边。

起英首先好像什么也没有听见，她一脸茫然地看着屋子里的人。起毅轻轻地又重复了一遍，起英才霍地坐了起来，怔怔地看着父亲手里那个白色的坛子。父亲在流泪，舅舅在流泪，连班主任老师也在流泪，似乎明白过来的起英突然跃起身子，飞快地从父亲的手上抢过她母亲的骨灰坛，猛地掀开坛口上盖着的红布，伸手抓了一把坛子里的骨灰，周围的人们还在发愣，只见起英猛然将她母亲的骨灰放进了嘴里。

“妈妈，你回来，你快回来呀，我要你和我在一起。”

起英长嚎的时候，嘴里的骨灰飞扬着，围在她床边的人不由自主地退后了一步。

人们目瞪口呆，有些措手不及，大家还来不及反应，起英又抓起了她母亲的第二把骨灰。

起英的班主任老师，一个比起英大了十六岁的男老师郭秋华，看到起英痛苦得近似疯狂，他赶紧上前握住了起英抓着她母亲骨灰的手。

“起英，你醒醒吧，你妈妈绝对不想看到你现在的这个样子。”

郭秋华感到抓在他手里的起英浑身滚烫，手在剧烈的颤抖，郭秋华的声音也有点发颤。

“妈妈！妈妈！”

起英哭喊着将手中那撮母亲的骨灰扬在了脸上，起英哭声中那种山崩地裂的心灵痛楚，让在场的人都禁不住潸然泪下。

四天后，痛失母亲的起英终于看到了妈妈留给她的“妈妈绝笔”。

起英在母亲的绝笔里，看到了事情的真相。

姜玉琴在绝笔中写道：“英子，妈妈是多么想永远能够这样地叫着你啊，我的宝贝，我的女儿。但我不能，我不能在没有你父亲的日子里也这样地叫着你，这会让我更加心碎。因为妈妈一生对你爸爸的退让已经没有了后路，我退到了自己生命的尽头，但你的父亲还是将丢下我。”

也许是当时信纸被泪水打湿了无法下笔，姜玉琴在纸上空了几格，那上面留着一些浅浅的泪痕。

“我深爱着你的父亲，正是这样，我的爱有多深，恨就有多切。而且，我还知道，除了我的生命，其余我毫无办法报复他。英子啊，我只求你原谅妈妈的自私，原谅妈妈连女儿的挚爱也不再留恋。我将用安眠药在你父亲的身边结束我的一生。我还要求我的女儿不要恨你的父亲。我的死虽然是我女儿最大的痛苦，但也是对你父亲最大的报复。妈妈去了，希望你能代替我好好地爱你的父亲，好好地为妈妈活着吧，英子！英子！妈妈的英子啊！”

起英一口气看完母亲的绝笔，看完后，她狠狠地揉搓着母亲留下的那两张纸。母亲的信既让她觉得万箭穿心，又让她对母亲也有了一丝丝的恨意。她不停地想：难道一个母亲就不能为自己的女儿活着吗？难道一个母亲竟然忍心在惩罚丈夫的同时，不惜毁了子女的全部人生吗？

想到父母的自私，起英的心中增添了怨恨，正处在容易叛逆年龄的起英，无处发泄她的痛苦和愤怒，她决心要报复她的父亲。

也许是心中愧疚，也许是怕起英出事，安葬了妻子之后，起毅默默地将宿舍里的东西搬回了家里，一直默默地照顾着女儿。

起英对父亲的变化视而不见，每当听到父亲在厨房里忙碌着，她就在心中暗暗发誓，她要毕其一生，一定不给父亲任何赎罪的机会，一定要用她的方式，永远地报复这个带给母亲无尽痛苦的男人。

起英拒绝父亲的任何关心，甚至还包括父亲为她做的饭菜。她宁愿啃食学校食堂的冷馒头，也拒绝起毅为她做的任何食物。

慢慢地，在班主任老师郭秋华的帮助下，起英虽然不再拒绝父亲的劳务，但绝不与父亲说话。在极端的痛苦和叛逆中，起英为了让父亲痛心，她在父亲面前表现出对班主任郭秋华的爱恋与日俱增，甚至当着父亲的面，她将郭秋华老师的照片贴在床头。

看到父亲虽然生气，但又不好发作的样子，达到目的的起英知道，她终于找到了报复父亲的最好办法，以及最直接的途径，那就是糟蹋自己，尽量爱上不该爱的男人，让父亲去痛心。

为了有朝一日能够逃离父亲身边，起英的学习更加勤奋。高中要毕业的时候，大家都在争渡独木桥，而起英被学校确定保送某著名大学。起毅从郭秋华老师那里知道女儿被保送之后，起毅高兴得泪流满面。

起毅花了几天的时间，为起英准备了很多的东西，他想要尽量做得完美，弥补女儿没有母亲的缺陷。

“英子，明天你请几个同学到家里来，让爸爸搞几个菜帮你庆祝庆祝。”

就在起英快要离家去上大学的前几天，起毅来到女儿的房门前，隔着那张紧闭的房门，起毅小心地向女儿提议。

“除非妈妈能活过来，不然我和你就没什么可庆祝的。”

起英的房门仍然紧闭着，只是从门里送出这样一句冷冰冰的话。起毅什么也没有再说，他含着眼泪，默默地在女儿的房间门外站立良久。

自从姜玉琴死后，一直到起英上大学离开家，父女俩也没有好好地说过话。起英带着内心的伤痛离开父亲的时候，甚至没有正眼看一眼她的父亲。

送走女儿，起毅非常的伤心，在愧疚和伤心中，起毅任由自己每天形单影只，他甚至不再与一直痴痴等着他的时素华联系。

起英离开家乡后，在大学的四年里一次也没回过家，仅仅只与班主任郭秋华老师保持着书信的往来。大二的时候，心智日渐成熟的起英，终于了断了对高中的班主任老师郭秋华的那份青涩暗恋。

起毅给女儿写过不少的信，那些信就像泥牛入海，没有一点回音。正当起毅以为女儿由于恨他，毕业后不会回县城来的时候，起英却在已是县一中教导主任的郭秋华召唤下，回到了音召县一中教书。

看到女儿终于回到了自己的身边，起毅真是又喜又忧。他喜的是女儿终于回来了，这样一来，他就总有一天能挽回女儿的这份亲情了。忧的是小县城里与女儿同龄的女孩们都已谈婚论嫁，而起英却从来不和任何男孩来往，这让起毅忧心忡忡。

起英回到家乡的县城，对父亲虽然仍然冷淡，但已经没有了年少时的那种极端。起英独自住在县一中的单身宿舍里，但她不再拒绝父亲的探视或关心。

起毅到一中的宿舍探视过女儿几回，每次看到女儿总是形单影只，他终于忍不住小心地向女儿提起了她的婚姻大事。

听到父亲在她面前提起婚姻，起英像看一个陌生人一样看着他，还不由自主地在鼻子里冷笑了一声。

“请不要和我谈起这样的事情，因为从妈妈死的那一刻开始，我对世上人类所谓的婚姻就已经绝望了，我的人生字典里早就没有了‘婚姻’、或‘丈夫’这两个词。”

起英的声音决绝而冰冷，眼神有些迷离，她并不再看她父亲一眼，仿佛她的眼睛里看不见任何的人。

从此后，起毅虽然痛苦，但再不敢在女儿的面前提起关于婚恋的事情。看到自己的不检点行为，不但杀死了妻子姜玉琴，而且还在影响着他的女儿，起毅开始有些绝望了。

这么多年来，他再也没有勇气给时素华一个妻子的名分，沉重的打击使他变得有些神经质，仕途也从此没有了进展。每当夜深人静的时候，起毅就会觉得，妻子姜玉琴的死，带走了他很多的东西，而且都是一些永远无法恢复的东西。

其实，起毅不知道的事更多，起英在大学里不但美丽，而且学习出类拔萃，她是不少男生孜孜追求的目标。

不过，起英正像在她父亲面前说的那样，她从不给任何一个追求她的人机会。久而久之，男生们背地里都叫她“学海冰山”。在大学里，起英不单是从不交男朋友，就是女性朋友也不多，她的活动范围，基本就在宿舍、教室、图书馆。她痴迷文学，痴迷历史，仿佛那些知识就是她治疗自身伤口的良药。

回到县城后，追求她的人曾经很多，只是无论对于哪一种情况，起英都从不对任何人表示好恶，在感情上，起英就像一口深潭，不管丢进去什么样的石头，也是波澜不惊，这样才冷了不少男人的心。

不管身边有些怎样的变化，起英总是把自己埋在各种书籍里，除了她的学生，她的课堂，她的书本，起英似乎不再在乎别的东西。

只有她的父亲痛苦不已，想不到女儿多年前对他讲的那些话，竟然是真的。小县城的女孩儿出嫁都比较早，看着同事和朋友们的女儿纷纷地成了家，起毅的心里很不是滋味。不过，看到这么多年来在他面前一直郁郁寡欢的女儿，起毅什么也不敢多说。

现在，木双由于不了解起英的这些情况，竟然直接地向起英提起了李力，关心着她的婚恋，这让起英不由得又想起了这些不堪回首的往事。

窗外的月色淡淡的，窗口没有一丝风，天空显得幽深而高远。起英知道，在这样周末的晚上，法院的这个后栋都会特别的安静。每当这样想起往事的痛苦时刻，起英就会特别想拉二胡，或者只是静静地抚摸那把母亲留下的二胡。

夜已经深了，起英并不打算马上休息，她一边收起笔记本，一边从床头的墙上取下了那把二胡。

还没打定主意到底要不要在这夜深人静的时候拉二胡，宿舍的门上响起了轻轻缓缓的敲击声。

起英吃惊地望着那扇薄薄的木门，心中不免有一丝紧张，这样的时刻，又是周末，谁还会来敲响自己的房门呢？

“起英，你睡了吗，不过，你怎么不熄灯呢？”

是一个温温软软的男声，那声音竟然有点像梅青。

起英犹豫着，不过还是打开了房门。走道里静悄悄的，梅青站在门口的灯光里，脸上笑得很温暖，镜片后的眼神柔柔的，手里拿着一只空水杯。

“小起，有开水吗？我看了一晚上的书，开水也喝完了，想要出来透透气，正好看见你的房子里还亮着灯。”

梅青一边说，一边用探究的眼神打量着起英。

起英的脸色有些苍白，脸上有两条浅浅的泪痕。看到梅青注视她，起英的脸突然有点红，起英极力想要隐藏的那种少女的羞涩，让她显得更加动容。

“小起，女孩子不要睡得太晚了，这会影响你的皮肤。”

梅青的声音带着一种温暖的磁性，让起英突然有些莫名的感动。

“小起，你会拉二胡吗?”看到起英的手里拿着二胡，梅青有些惊喜，忍不住从起英手上接过了那把二胡。

起英不好意思承认，也不想否定，她突然很希望梅青能留下来陪陪自己。

“小起，这个时候不适合拉二胡，帮我倒点水，你就早点休息吧。”

梅青看到起英一脸的疲惫，情绪也不是很好，他放下手里的二胡，将水杯递给了起英。

接过起英倒好的开水，转身离开起英的时候，梅青看到了起英眼睛里的那一丝落寞，梅青似乎犹豫了一下，最后还是默默地离开了。

梅青到音召法院已经有几个月了，他知道，每到周末，后栋的宿舍里一般就只剩下不愿回家的起英。梅青隐约知道一些起英的身世之后，他就能够理解，像起英这样的女孩，在周末这样的时刻所要承受的孤独和寂寞。

不过，尽管法院的单身宿舍里只住着他和起英，梅青也从不去探寻起英心里私密的事情。了解女人的梅青知道，像起英这种有些高傲的女孩，并不想让他这种相识不久的同事窥见她心中的秘密。因此，梅青今晚只想这样暗示：在这样一个周末的夜晚，只要起英需要，他就在她的身边。

看着梅青的背影，起英很怅然，她突然想起了她的班主任老师郭秋华，那个她视作父兄的男人，那个她曾经为了让父亲痛苦，在青涩的年纪里爱恋过的男人。

看着梅青的身影终于消失在走廊尽头，起英觉得她的心灵慢慢地变得安宁而恬静，在这样夜深人静的孤独时刻，身边不远处还有一个人，哪怕这个人只是相识不久的梅青。

猛然，起英好像被自己的这个想法吓到了，她用力地摇着头，似乎想要抖落脑子里的什么念头，她有些惊慌地看着刚才梅青站立过的地方。

父母不幸的婚姻，母亲在她面前痛苦而决然的离去，从性格上彻底地改变了起英，让起英在感情生活上早已病入膏肓，而且无人能够救赎，长成以后，起英似乎不容许自己从感情的角度去评判任何一个男人。

七

不管起英在感情上暗自作着怎么无助的挣扎，音召县法院的各种变化还是在悄无声息地进行着。

为了实现自己的计划，木双通过县房产公司的书记，也是他在当年的知青点结交的一个好朋友帮忙，在县城南边的红旗区里，帮康立搞到了一套建于七十年代末的两室一厅的二手公房。那套房子在一栋六层楼房的第三层，房主全家去了省城，退出了这套公房，虽然是旧房，但与康立家原来住的房子相比，还是显得很气派。

就在康立一家欢天喜地地搬进新居的当天，县委招待所的书记铁战，又以木双的名义给康立送去了一台白云电冰箱，和一台一般人家都买不起的十四寸的大彩电。

为了让康立收得心安理得，木双还以特价商品的名义，收了康立百分之三十的货款。当晚，康立和他的老婆很晚了还不想睡觉，他们看着气派的房子，抚摸着冰箱和彩电，就像在梦里，夫妻俩对木双的聪明和会办事心存感激。

从那以后，木双就经常出入这个家庭，到后来，连康立那个话都说不清的小姨子只要一看见木双，就会高兴得“阿木，阿木”地乱叫。

梅青则不同，他是空降部队，到基层只是挂职锻炼，以后还是要回中院去的。所以，聪明的梅青一开始就将自己置身于音召县法院的权力之争以外，除了搞好他主管的工作之外，梅青特别注重的就是与上级法院，上一级组织部门的各种联系了。

一开始，梅青每个月几乎会有三分之一的时间不在县里。因为他的家，他的妻子和孩子没有跟来。而且，他似乎还要兼顾一些中院的工作，照顾中院的一些关系。不过，只要他在音召县法院的日子里，工作的时候，他最喜欢的就是跟一线办案的人员在一起。

渐渐地，梅青在音召县法院的时间多了起来，有些心细的人发现，即使是周末，梅院长也经常会留在他县院的单身宿舍里。

休息的时候，梅青总是喜欢拉二胡，那是他一种放松自己的独特而有效的方式。梅青的二胡拉得具有专业水平，他总是将二胡拉得如高山流水。梅青在拉二胡的时候，他那眼镜片后面的目光，有时就会显得深邃而略带忧伤，令人不禁会猜想：这究竟是一个怎样的男人啊。

每当夜里梅青拉二胡的时候，起英就会停下手中的一切，坐在自己的房子里静静地听。起英的母亲姜玉琴生前就很会拉二胡，只是她拉的都是花鼓调，婉转而凄清。

从小耳濡目染，起英也会一些基本功，只是母亲死后，她就很少拿起母亲遗下的那把二胡了。梅青拉的二胡总是让起英想要流泪。

又一个周末，梅青反复地拉起阿炳的《病中吟》时，他被从起英房子里传出的轻轻哭泣吸引了。起英的房间没有关门，当他走近起英的时候，看到了起英脸上的那种悲伤，那是一种与起英的年龄身份处境都极不相符的绝对悲伤。在默默流泪的起英面前，梅青觉得他心中的某个地方，突然变得很痛很柔软。

吉庆离开法院一些时间后，他的儿子吉阳飞从部队以战士的身份复员要回来了。喜欢穿制服的吉阳飞冲着法院那套神气的制服，他决心要进法院。

复原回到家里，吉阳飞就给父亲下了通牒，除了音召县法院，其他单位他都不去。

吉庆的女儿早年已经被吉庆塞进了中院。为了唯一的儿子，吉庆只得硬着头皮找到了康立。吉庆要求康立帮忙答应接收他的儿子吉阳飞进法院。他给康立的回报则是，帮康立将他的小姨子作为正式编制，放到吉庆的一个侄子当所长的派出所去搞内勤。

康立知道，这几年公检法机关进人的环境比以前宽松和自主了许多，吉庆又是一个很会用权的人，因此，他说的话应该是真的。

康立在家里是个出了名的妻管严，他和妻子结婚后，小时候得过脑膜炎，留下了严重后遗症的小姨子，就一直成了他的包袱。

以前，他窝在一个小小的公社里，他连做梦也没有想过，自己有朝一日能够甩掉小姨子这个沉重的包袱。现在一经吉庆提出，康立这才发现，原来他想要丢掉这个沉重包袱的欲望，竟然是如此的强烈，如此的急切。

康立几乎不用考虑，当即就高兴地答应了和吉庆合作。

康立知道，在这笔交易中，自己确实是占了大便宜，因为吉庆的儿子虽然是作为战士复员，但按照政策，复转军人父母或配偶所在的组织上应该对他们作出安排。至于他代表法院接收一下吉阳飞，仅仅只是送了吉庆一个顺水人情而已。

吉庆和康立达成交易之后，又过了二十多天，虽然大家不知道康立的小姨子究竟去了哪个派出所，但吉阳飞却是正式进了法院上班了。

吉阳飞二十多岁，长着一副娃娃脸，遗传了吉庆的身高，脸色却很白皙，眉眼间透着一种英俊，有着一点军人的气质，举手投足间，又隐隐地带着一点吉庆的秉性，只是显得比吉庆要憨厚一些。

吉阳飞以战士的身份复员，即使进入法院，也是工人编制，但被作为代理书记员，直接分配到了木双主管的办案第一线。

对于将吉阳飞放在木双的手下，吉庆不是没有顾虑，吉阳飞高中没有毕业，在部队也只是一个普通战士。而且，不知什么原因，直到快复员的前两个月，部队才接收他为中共预备党员。

也就是说，吉阳飞不但将要在法院办理入党转正的手续，更重要的是，还得依靠法院的名额，才能在有朝一日将工人身份转为公务员身份。这就像青虫要变成蝴蝶，需要经过不少的岁月，还得承受很多不可预料的风险。

但是，临近退休的吉庆对于儿子进入法院以后的安排，已经没有过多的能力插手了。

吉阳飞的加入，让县法院增加到了三个工人编制，其中一个是打字员，一个是警车司机，只有吉阳飞一个人留在办案一线。

吉阳飞以工人身份承担着只有正式干警才能承担的审判工作任务。这样一来，有些原来就对吉庆有些意见的人，小题大做，向县委，县人大告状，说执法单位自己违法，让没有审判资格的人担任审判职务，大有要好好收拾一番吉阳飞的气势。

最先收到县委，县人大转发来的举报材料的人是主管副院长木双。木双没有让这些举报扩散，他站出来告诉那些举报的人，要他们拿出相关的文件，看哪一条规定像吉阳飞这种情况不能参与办案。

当时，从文革后恢复公检法开始，在检察和法院，参与办案的并非个个都是有合格资质的法官、检察官，而且这还是当时比较普遍的现象。因此，见吉阳飞的身后有了木双，那些告状的人顿时变得哑口无言。

木双对吉阳飞的这种维护，不但让郑可、起英和李力都觉得自己跟对了人，也让康立对木双更加的欣赏和信任。

就连吉庆，也在慢慢地消除心中对木双的怨恨，有时还会反思他过去对木双的种种打击和报复。

由于梅青并不参与县院的各种争斗，木双虽然并不把他当成朋友，但还是与他相处得非常融洽。

木双虽然知道梅青是他潜在的对手，但他相信梅青只善于搞阳谋，也许不屑于在一个小小的县法院里搞阴谋，而他对于阳谋是从来不怕的。而且，木双猜想，梅青一定不会有意于一个小小县法院的一把手，梅青的志向不在此。

日子久了，木双不但不反对他的手下与梅青打成一片，而且还鼓励大家尽量能够接近梅青。只是跟随木双的人都很自觉，他们虽然也跟梅青相处融洽，但对于他们了解到的一切，他们从来不对木双有所隐瞒。

这些人中间只有吉阳飞有些例外。他可不同于他的父亲吉庆，表面的憨厚无法掩饰他心中远大的目标和野心。而且，无论木双表面上怎么对他好，他还是忌讳和防备着木双。

梅青是从中院空降的，不知道哪天又要走，因此，不少干警都只和他淡淡地处着，特别是没有几个中层骨干会忠实地追随他。正是梅青在县院的这种无形的孤立，让吉阳飞看到了希望和努力的方向。

吉阳飞知道，如果他想要有些发展，就必须紧紧地抓住一些像梅青这样有很大机率往上走的人。

而且，吉阳飞的适度市侩，加上少许小县城市民的油滑，以及见过一些世面的那种达观，与梅青的那种儒雅，以及知识分子型的质朴形成了很好的互补效用。很快，他们两人暗地里结成了牢固的同盟，吉阳飞成了梅青在音召县法院的铁哥们。

时间过得很快，吉阳飞刚刚熟悉了法院的办案程序的时候，他预备党员的转正时间终于到了。支部会议上，有几个在吉庆手下受过气的党员干部首先发难，他们收集了吉阳飞不少的小缺点，在一一列举的同时，坚决不同意吉阳飞按时转正。有的干部更是抓住吉阳飞在办案中偶尔几次小失误大做文章。

按照程序，会议的最后，其余党员表决的时候，吉阳飞站在门外等着，他时不时地看看那张紧闭的门，再看看手腕上的表，时间过得太慢了。在此之前，吉阳飞也参加过两次类似的会议，他知道，他的转正应该是遇到了困难，不然不会要这么久的时间。想起屋子里那些人给自己提的那些意见，汗珠慢慢地从吉阳飞的额头滚落下来。

第一次举手表决的时候，到会党员二十一个，只有七个举手同意吉阳飞按时转正，其余的人，不是低头不语，就是东张西望的拿不定主意。

看到表决的结果，木双皱起了眉头，他记得，自从他来到法院以后，也参加过很多次类似的表决，有些比吉阳飞的表现还差一些的人，人们在表决的关键时刻也会放他们一马，法院从来就没有不能按期转正的党员。而且，如果真的出现这样的状况，最终将要影响到年底县直工委对法院党务工作的考核。

第一次表决的结果出来后，木双看到还有几个没有举手的党员脸上有些愧色，木双建议大家再次考虑考虑，提议大家慎重考虑之后再行表决。梅青比木双更着急，看到木双有意拦下第一次的表决结果，他率先再次发言，列举了吉阳飞很多的优点，并希望大家能本着“治病救人”的原则，让吉阳飞能以一个正式党员的身份更好地接受大家的帮助和教育。

等到持反对意见的几个人的情绪有些缓和的时候，木双及时地再次组织了举手表决。有几个干部眼看大势已去，他们见风使舵，倒向了梅青和木双。最后的表决结果，终于让吉阳飞以不大的优势度过了那次难关。

会后，梅青简单地和吉阳飞交换了意见，他和吉阳飞一样，他们都没有料到，在这件事上力挽狂澜的竟然会是木双。梅青离开后，吉阳飞一个人还愣愣地想了很久很久。

当木双终于通过夏兰的帮助，将康立中专毕业的女儿安排进了一个办事处的司法所之后，木双成了法院实际上的二把手——音召法院党组副书记。

随着形势的变化，法院新增了经济庭等好几个业务庭室，还开始在辖区内设立了一个外派法庭，人员也增加了不少。

随着人员的增加，法院干警的待遇也慢慢地有了一些变化。在这个变革的过程中，工人和干部的待遇开始有了悬殊。首先是拉大了工资差距，其次是享受的待遇，奖金都大大的不同。吉阳飞在一线办案，连两套法官制服也得自己掏一半钱才行。在音召县法院里，吉阳飞和打字员，以及那个警车司机，都在为了想要改变他们的工人身份而苦苦挣扎。

看到吉阳飞受到的委屈和痛苦，梅青不动声色地暗地里运作着。不久，梅青通过他的关系，帮吉阳飞直接从市里搞到了一个干部的指标，指标下到音召后，市委有关领导指名道姓地将名额落实到了吉阳飞的头上。不知不觉间，吉阳飞摇身变为了真正的公务员，真正的法院干部。

吉阳飞也很配合这种身份的变化，那一年，他不但成了中院奖励的办案能手，还考取了法院系统的业余大学。因此，在吉阳飞获得了公务员身份二十几天后，他就被音召县人大任命成了一个正式的审判员。

一个人的时运来了，也许挡都挡不住。第一个试点法庭很成功，法院准备再增设三个法庭，便利民众诉讼。法庭从事的主要是民事类诉讼，在梅青的极力推荐下，吉阳飞到郊区的法庭去当了一个庭长。就这样，在短短的时间里，吉阳飞顺利完成了他从一个工人到中层骨干的巨大蜕变。

吉阳飞所在的农村法庭因为离法院本部路途比较远，连带吉阳飞一起，法庭配备了五个年轻干警。吉阳飞虽然只管着四个人，乡下法庭的条件也确实艰苦，但作为法庭庭长的吉阳飞，他享受的是副科级待遇，这是不少干警都很羡慕的。

法庭坐落在一处废弃的旧小学里，周边绿树成荫，法庭前面就是一条清澈的小河。四周的农民也远比小县城的市民们质朴，纯真。吉阳飞对他的处境比较满意，他有意想将他的法庭领导成一个活泼温馨的小家庭。

吉阳飞由于追随了梅青，在几年的时间里，从工人到干部，再到法庭庭长，简直是青云直上，这让追随木双的人们出现了分化，不少人看到自己跟随木双一场，到头来毫无收获，不免心里酸溜溜的。

只有郑可和李力因为没有别的出路，只得还是对木双、对未来怀着一些渺茫的希望，那就是随着法院编制的扩大，据说即将会要再增设一个副院长职位。副院长职位虽然只有一个，但在没有人正式坐上去之前，还是给了跟随木双的人们不小的盼头，大家心怀侥幸，觉得到底还是有着一些希望。

正在郑可、李力和另外一些人引颈长盼的时候，县里和法院一些在县委有熟人的干警中传出了一个惊天的消息。消息来得很突然，一夜之间，不知从谁开始，都在传说音召法院要新增的副院长人选，竟然是音召县政法委一个三十多岁的副书记吴易。对于要到法院来当副院长的吴易，似乎没有多少人熟悉，据说也是县委早些年作为有本科文凭的人才引进县政法委的，不知为什么时间不长又要放到法院来。

很快，这个消息就成了真的，那一天上午不到十点，吴易就在县委相关人员的陪同下来到了法院。吴易敞着西服，里面配着一件红艳艳的衬衫，洒满摩丝的头发黑亮亮的向右后边梳着，在阳光下熠熠地闪着光，一米七不到的身高，走起路来雄赳赳的，一点也不显得生疏，和迎接他的康立木双谈笑风生，一副意气风发的样子。只是在顾盼间，他的眉宇间隐隐地有着一丝失落，让人觉得他好像在强颜欢笑的样子。

法院副职的再一次空降，让苦苦奋斗的中层骨干们普遍感到非常失落，大家都觉得这不公平，不免都有些泄气。这样一来，在很长一段时间里，音召县法院里的人们议论纷纷，气氛不免显得有些怪怪的。

渐渐地，康立年事已高，身体也大不如前了，放下了家庭的包袱后，康立在各方面都没有了斗志，他心里打算退休前轻松一下混混日子算了。

最近在木双的建议下，康立不再主管具体的业务，木双说让他腾出手来抓全盘，具体的业务由他和几个副院长负责。康立正想这样做，他同意了木双的建议，并在班子会上宣布，以后他不在法院的时候，由木双全权代理他。

木双也为康立安排了更惬意舒适的生活，在康立退休前的大部分时间里，康立都是带着老婆和一个木双专门为康立配备的办公室副主任，到全国各处的山川名胜进行考察。不单只是考察，考察的过程中，康立的老婆还采购了不少特产、名产。已经主管财经一支笔的木双也总是有办法帮他解决。

有一次在天山脚下，康立的老婆用一万多元买了一些野生天麻，实在无法作为考察费用报销，木双就托朋友在当地为康立开了两万多元的住院费，不但顺利地报销了那笔钱，还将剩余的钱也全部交给了康立。

一晃，时间到了九十年代中后期，随着诉讼成本的增加，由法院单独收取，自由支出的巨额诉讼费，让法院成了继税务之后油水很丰厚的部门之一。

在制定法院奖惩政策的时候，大权在握的木双将诉讼费与办案奖金直接挂钩。一线的办案人员，完全以收取诉讼费的多少论英雄。每个一线办案干警所收取的诉讼费的百分之二十五，全部返还给直接办案的干警做奖金。

剩下的行政人员，则按职务从一把手的百分之一百二十，依每级减去百分之十计算，到煮饭的师傅，也能拿到一线办案人员奖金的百分之五十五。办案奖金，一度成了音召县法院干警们比工资还要多得多的一笔额外收入。

刚刚发放了第一个月按照标准计算出来的奖金之后，一次就拿到了六千多元办案奖金的康立，在退休前三个来月的时候正式退位了。

又由于办公用房的紧张，康立在那一个星期里就在办公室的一再催促下让出了那间最宽大的办公室。接着，办公室在一楼的拐角处给了他一个小小的休息室，让康立在正式退休前有个休息的地方。

看到别人成了他原来办公室的新主人，康立免不了一脸凄然，失落和恐慌，他勉强笑着的眼睛里有一层薄薄的泪花。

本来，当康立的包袱在木双的帮助下一一放下之后，康立只准备安心退休养老了。不过，第一次拿到一个月六千多元的院长平均奖金，这笔奖金彻底地搅扰了康立内心的平静，让他对不得不撒手的院长宝座充满了留恋，更让他不舍的是因为这个职位除了权力，还连结着每个月百分之一百二十的丰厚办案奖金。

卧薪尝胆，正一步步达成目的的木双，几年来韬光养晦，逢年过节从来不走亲戚，甚至岳母家也走得不多。他的假日几乎全部用来拜访了夏兰给他提供的，而且经常变换着的，各个关系户的办公室或家里。至于康立的家，更是木双一刻也不敢忽视的地方。

这中间的酸甜苦辣，只有木双清楚，有的领导的家门，他一次次敲开，又一次次在他面前砰然关上。

有年春节，还是大年夜，木双丢下父母妻儿，提着一些连父母也不曾孝敬的高档烟酒，专门去市里一个领导家里拜访。

“也是这些东西啊，你看，我们家这样的东西已经没地方放了。”

一进门，那个领导的妻子满脸不高兴地嘟囔着，随手接过木双送去的烟酒直接就往门角落里一丢，转身不再理睬满面笑容的木双。

好在木双早有准备，他马上以上洗手间为名，在厕所里偷偷装了一个四千元的红包，出来时顺手给了那个领导的小女儿当作压岁钱。这才总算大功告成，那个鼓鼓的大红包终于赢得了那位领导夫人的一张灿烂笑脸。

至于康立，木双这几年虽然身为一个副院长，简直成了康立家的万能佣人，有几次康立妻子因为家里突然没煤气了，也来找木双。更离奇的是，有两次康立家的厕所堵住了，也是在家都从来不干这些事的木双亲自疏通的。

早在木双帮康立解决好他小女儿工作的时候，康立就曾明确答应木双，离任前他一定推荐木双做他退位后唯一的接班人。

谁知夏兰偷偷看到的康立下位前写给县委关于接班人的推荐书里，不知是一种怎样的心态，康立竟然将梅青列在他推荐的接班人的第一位。这让木双觉得真是人心难测，觉得康立这个人真是险恶，但在康立没有下位之前，木双对康立的怨恨不敢有半点的表露。

好在木双汲取以往的教训，将他的政治投资投了多层的保险。康立的这种行为除了引起木双对他的怨恨之外，并无法动摇木双已经牢牢扎稳的根基。很快，组织上已内定木双为康立的接班人。

"夏兰，这些年难为你了。"

那天，从夏兰那里最先得到这一内部消息的时候，木双在夏兰的面前感叹，眼睛里竟然含着泪花。

夏兰正在看着木双的反应，木双的感叹让她觉得仕途真的艰难，木双眼睛里突然浮起的泪花，让默默地在一旁看着他的夏兰心里酸楚不已。

木双刚刚正式接手，就在音召县法院里加大了改革的力度。他给每个一线的干警都规定了具体的诉讼费任务。超过任务之外的，诉讼费返还比率达到百分之四十，每个干警的福利与办案的多少，以及收取诉讼费的多少直接挂钩，音召县法院彻底地实行了多收诉讼费多得奖金的制度。

有两个子弟在院里无法完成任务的退休老干一再去中院告状。中院为此三令五申，不准将办案与诉讼费挂钩，但木双与县领导们结成铁板一块，就是有胆量我行我素。

木双上台后做的第二件事，就是召开党组会议决定，在康立退休前的这三个月时间里，取消康立作为院长的一切特权，退休前的行政人员平均奖，也随即降至一般审判员的水平。

而一般审判员的奖金水平，足足比一把手少了百分之三十，这让康立无法接受。

“木双，我一定要告你。”

康立得到消息后，红着双眼，叉着腰在木双的办公桌前大声地威胁他。

木双正坐在桌前审批几个案件，康立一大早就站在他的办公室说着好话，不能达到目的后，康立开始谩骂，咆哮。木双仍旧一声不吭，脸上挂着一丝不卑不亢的胜利者的微笑。正是这丝微笑，彻底地激怒了康立，加剧了康立的失落和痛苦。

几天里，从受人尊敬的云端跌入尘埃，即将退休前受到这样的对待，康立一时无法承受，他先是在法院里大闹，甚至号啕大哭。木双视而不见，一概不予理睬。

最后，康立只好老着脸找县委和中院领导告状。可到处碰到的都是木双罗织的铜墙铁壁。痛苦和后悔中，康立最后不得不重新估量木双的能量，他终究只得老老实实地拿了三个月审判员的平均奖金。

康立下位后，在县政法委混了几年的余仁，由于在那里也受到排挤，他似乎忘记了与木双之间的芥蒂，很想回到法院来，并频频向木双打出投降的白旗。

或许是想显得大度，或许是为了让失败者余仁看看他的领导风采，或许是觉得余仁不再是他的敌手，木双竟然同意接纳余仁回到法院，还是继续担任副院长一职。

木双上任半年后，还有一项惊人之举，那就是他一改法院一把手总是主管刑庭的做法，他只主管了掌握财权的办公室，以及掌握了人事权力的政工科和监察，他将政工和监察工作都放在让他放心的起英手里。其余的具体审判工作，一律由三个副职负责分管。

这真是一种绝妙的安排，这样一来，木双既紧紧地握住了法院的财权和人权。而且，他利用一把手的权力，天马行空，什么案子都可以打招呼，还用不着承担具体的责任。

木双春风得意的时候，梅青已经被证实将回到中级人民法院去担任副院长一职。从年初开始，中院进行过几次全程的英语审判开庭，每次都是临时抽调梅青担任审判长。那时人们就有些传言，说梅青很快将回到中院去，担任中院主管刑事审判工作的副院长。

不过，梅青之所以能够以三十几岁的年轻资历顺利回到中院，荣升中院历史上最年轻的副院长，其实在背后起决定因素的还有两个人。

一个是刚刚下位的一位省委的主要领导，他虽然下位了，但余威不减，培植的关系网仍在。更重要的是，他退位后，当了梅青父亲所在大学的客座教授，又正好与梅青的父亲同在一个研究室里。而且，他见过梅青几次后，竟然非常欣赏梅青。

第二个人，则是梅青的岳父——省司法厅的一个即将下位的副厅长。梅青的妻子是他的第二个女儿祝政，祝政虽然满脸的雀斑，身高不到一米六，但她与梅青是高中时的同学。

有了这样两个重量级的靠山，加上梅青的才能，所以，梅青身边的几个铁杆以前就知道，音召县法院里的几个头头，将来真正有大发达的就只有梅青。

梅青将要离开音召的消息传出之后，梅青一连消失了好几天。那些夜晚，起英望着梅青那间没有灯光的宿舍，心里竟然觉得有点莫名的失落。她有时久久地望着那间屋子，希望灯光能再一次亮起。有时起英还会默默地流泪，就像是突然失去了一个最知心的朋友那样。

有一天晚上，窗外弯月如勾，起英的心里一阵凄然，鼻子里也是酸酸的，不由自主的一声接着一声的叹息。为了平复心境，起英破天荒地拉起了母亲的二胡，虽然时隔多年，起英还是把阿炳的《二泉映月》拉得如泣如诉。

起英端坐在窗前，淡淡的月光轻柔地洒在她的身上，起英沉浸在二胡的乐曲里，《二泉映月》被拉了一遍又一遍，起英泪流满面，在月光里像极了一座美女的雕像。

突然，虚掩的门外似乎响起了另一把二胡的和音，起英吃惊地睁大眼睛，她以为那是平日里梅青拉二胡留下的回音，她以为那是她心中涌起的某种幻觉，她为了那份幻觉不至消失，久久地不敢睁开她的眼睛。

是另一把二胡的乐声，而且越来越近，起英的心剧烈的跳动，她的琴声戛然而止。起英慢慢地拉开门，门口站着梅青，梅青在门口的灯光里儒雅帅气，铁灰的西装配着天蓝的衬衣，领口松松地敞着，他停下了二胡，满目温柔地看着起英。

“英子，我只在中院呆了几天，想不到你的二胡竟拉得这样好，我都不敢再在你的面前拉二胡了。”

梅青一边走进起英的房间，一边很自然地改变了他对起英的称呼，梅青和木双他们一样喊着起英的小名。

突然看见梅青，起英真的喜出望外，为了掩饰她突然看到梅青的那份喜出望外，起英纯纯地笑着，脸变得红彤彤的。

那一夜，他们坐在起英房间的那扇窗前，聊二胡，聊人生，一直到弯月西沉，曙光初起，两人都还是神采奕奕，毫无倦意。

吴易还没有摸清法院全部情况，法院的格局就发生了巨大的变化。在政法委受到排挤后，吴易同意到法院来任副职是有着双层目的的，他有本科文凭，当初就是因为这一纸文凭，才从一个乡里的一般干部提升为县政法委的副书记。虽然后来文凭不是那么起作用了，但吴易认为他已经有了向上爬的基础了。

吴易想得很好，他准备在法院干那么几年，要么在法院当个一把手，要么回县政法委去接替那里的一把手，到那时，他要让那些排挤他的人们尝尝他的厉害。

不过，到了法院以后吴易才发现，一个小小的县级法院，其实很不简单，除开内部的争斗不说，业务上的麻烦也不少。

因为他是主管民事审判的副院长，不少案件都有方方面面的领导打招呼，这些案件按照领导的意图办好了不见得有功，但如果万一有哪件没办好，得罪了某位领导，说不定他的前途也就完蛋了。

一想起这些，吴易就经常失眠，他只能一边给他主管的部门不断地施加压力，一边一心想着要怎样才能快点升官，早点离开目前的尴尬境地。

也许是心中时时充满惶恐和焦虑，吴易变得越来越自私，越来越不为手下考虑，脾气也让身边的人越来越难以接受。

吴易在音召县法院里本来就没有什么根基，新来的短短几个月里，吴易渐渐地觉得在法院里受到了无形的孤立，工作起来没有一件事能够顺意。

八

余仁回到法院后，有一段时间他的心里比较平静，比起在县政法委受到的冷落和排挤，余仁觉得木双对他还算客气。

不过，余仁回法院的时间稍微久一点之后，他看到木双春风得意，看到人们在木双跟前的小心奉承，余仁的心里到底还是打翻了五味瓶，他骨子里对木双的怨恨终于还是开始慢慢地渗透出来，背地里，在余仁的心灵深处，他与木双仍然是势不两立的。

木双因为一个朋友打招呼的案子接连在余仁那里碰了软钉子，木双开始重新审视他接纳余仁这件事。木双终于发现，余仁只是表面顺从，骨子里是跟他对抗着的，这让木双后悔不已。

“我这一辈子做得最蠢的，恐怕就是让余仁回到了法院里。我和余仁的关系，真的是农夫和蛇的关系呢。”

在木双的办公室里，木双多次在起英面前这样自嘲，言语间透着一种深深的悔意和无奈。

更让木双有些棘手的是近几年来音召县委每年都要在全县评选最团结，最和谐，最合作的单位或部门领导班子。木双为了这份荣誉，对外还只得装作与余仁们精诚团结，亲如一家的样子。

“英子，你得帮我留意余仁和吴易，他们好像都想拉帮结派，这可不是好现象。”

一次党组会议之前，木双发现吴易与余仁有拉帮结派之势，他决心要采取一些措施的时候这样交代起英。

法院本来实行的是行政首长负责制，按照常规，一把手要遏制副职的权力是轻而易举的事情。不过，木双在法院里遇到了空前的阻力，每当法院党组会议要就什么事情作出决定的时候，余仁和吴易就会临时勾结在一起和木双作对。每次党组会上，木双都会感到势单力薄，像过去的余仁一样经常成为党组会上的少数，不少事情都不能完全按照木双的意愿行事，这让木双忧心忡忡，寝食难安。

经过了几次这样的失败以后，木双终于愤怒了，他知道，他再也不能这样当一把手了！木双当机立断，他要采取措施，绝对不能让手中的权力旁落。

“阿木，你这么聪明的人，要解决这个问题还不简单？你只要增加几个你能够完全掌控的党组成员不就行了吗？”

一次在党组会上又遭到挫败以后，木双忧心重重地找到了夏兰。听完木双的诉苦，夏兰立即给了木双这样一个绝佳的主意。

“聪明的女人真是可怕，阿兰，你的主意太妙、太绝了，这样一来，既笼络了人心，又增加了我的势力，法院党组就真的是我个人的党组了。”

夏兰一语点醒梦中人，木双欣喜万分，他一边拍着夏兰的肩膀，一边赞赏地看着她。

木双心里不由得想：夏兰到底是在组织部门混的时间久了，出的主意就是这样绝。因为这样一来，既狠狠地整治了敌手，弄得他们没有话说，他还可以兑现当初选举人大代表时对郑可们作出的部分承诺。

“阿木，事不宜迟，你回去要政工赶紧将新党组成员的名单制作成文呈报上来，我这里好帮你尽快办下来。”

“阿兰，这件事这么容易吗？是不是要惊动县委？”

“这你就放心吧，一个可以说只是凑数的党组成员，既不关乎实际的行政级别，也不涉及任何的经济或政治待遇，没有谁会在乎它是怎样通过的。余仁和吴易更没有这个能力。”

夏兰的话让木双绽开了满脸的笑，在听夏兰讲话的时候，两个新增党组成员人选已经在他的心里。

与夏兰分手后，木双径直回到了法院，他来不及回到他的办公室，就通知起英去跟他会面。

“英子，赶紧做一份报告，这份报告是要向县委组织部夏主任呈报的，内容是报批你和郑可新增为法院的正式党组成员。材料出得越快越好。”

看到起英应声而来，木双一边下达着指示，一边满意地看着起英，木双就是喜欢起英的干练，沉稳而又不失精明。

木双当权后，起英在党组会议上作记录的时候，早已感到了木双在党组会上的尴尬。有几次，当木双的意见在党组会议上反而成了少数服从多数原则牺牲品的时候，木双也曾用眼神向起英表示过他的无奈。起英虽然同情，但也爱莫能助，因为她毕竟不是有发言权的党组成员。

起英的脸上一副吃惊的表情，她没有想到木双突然会拉她和郑可进法院党组。在担任这么多年的党组会议记录之后，自己也成了一名正式的党组成员，有权力在会上发表意见，起英的心里感激和惊喜纠集在一起，脸上浮现一层红云。

顾不上起英有点吃惊的表情，木双当即口授着要呈报的文件的主要内容，起英默默记录着木双口授的指示。

“英子，马上打印出来，今天就由你送到组织部夏兰主任手里去。”木双对着转身准备去打印文件的起英风风火火地说。

回到自己的办公室，起英虽然不再激动，但心里还是感激木双，起英非常珍惜木双对她的这份知遇之恩。

为了减轻夏兰的压力，也为了法院呈报的两个新增党组成员能够顺利得到批准，起英的报告打印出来后，木双临时又改变了主意，他从起英的手上接过报告，决定由他亲自出面去处理。

“英子，为了做到万无一失，还是由我亲自出面算了，这毕竟不是小事。”

当晚，木双怀揣着那份报告，用公款在县委招待所——已改名知音宾馆的贵宾包厢里，宴请了县委组织部部长，县政法委书记和主管政法工作的一个县委副书记。

就在酒宴即将结束，下一个娱乐活动就要开始的时候，木双拿出了他怀里的那份报告。

“邵部长，法院的情况，我们也交流过意见，木双想新增两个普通党组成员，这只会增加法院班子各方面的透明度和工作力度，有利于木双抓班子建设，你看怎么样?”

木双简单地向邵部长说明情况后，早已与之商量某划定的县政法委书记适时地与邵部长这样商量。

邵部长和木双，其实早已是比政法委书记更亲密的哥们，先让县政法委书记当场表态，是他们宴会前就已经商量好了的。看到目的已经达到，邵部长微微一笑，当即在那份报告上签下了“同意”两个龙飞凤舞的大字。

接过那份报告，政法委书记神秘地偷偷对木双笑着，他越过邵部长的后脑勺用眼神告诉木双，他们的小计策成功了。

从那一晚开始，音召县法院院长木双，就在县区一级法院开创了办公室主任和政工科长既是党组成员，他们在班子表决中的表态也算硬硬的一票，但又不算真正的领导成员，在很多方面不能真正享受班子领导人待遇的先例。

从此后，起英和郑可的身份，介于副院长和中层庭室长之间。用不少干警的话来说：他们的身份具有音召县法院的“木双特色”。

因为预先就知道了这一变故，而且亲手制作了报告，正式宣布后，起英对这件事的反应很平常。

“起科长，这是什么时候的事啊？我怎么事先一点也不知道呢?”

得到确切消息的郑可激动得满脸通红，手都在不由自主地抖着。对于自己一夕之间突然成了法院党组成员这件事，似乎还是无法相信。一个上午，郑可私下里几次来到起英的办公室里，一再向起英确定这件事是否是真实的。

起英只得一次次很肯定地回答着郑可同样的问题，她甚至两次将文件放到了郑可的手上，看到郑可每次得到肯定答复后那种欣喜和自得，起英突然很可怜他。起英反思着，她不能容忍自己也有郑可那种可怜的想法和表现。

起英和郑可成为法院的党组成员，木双总算实现了当初选举人大代表时对郑可的承诺。

郑可一时心满意足的时候，另外几个追随木双的人却心怀嫉妒。其中，李力是最痛心疾首的一个。得到这个消息的当天，李力在家里将自己灌得烂醉，让他那不明白原因的母亲，为他担心了一夜。

其实，木双上任以后，并没忘记对李力的承诺，他早就给李力调换了庭室，让李力当上了法院经济实力最好的经济审判庭的庭长，早已脱离了余仁的掌控。

最开始，看到木双只兑现了对他一个人的承诺，李力很感激木双，工作也很拼命。但是，一旦郑可和起英获得了党组成员的身份，李力就没有办法保持他内心的平衡了。因为他觉得，他如今的身份根本没办法与“党组成员”的头衔相抗衡。

木双早就注意到了李力的变化，为了安抚李力的情绪，木双也作出了不少努力。

郑可和起英成了党组成员不久，经过木双多方的努力，终于让李力获得了全省“十佳青年”的光荣称号。木双想通过这种途径，慢慢地帮李力谋划一条好的出路。

面对着那份不少人羡慕的“十佳青年”荣誉证书，李力得到了些许的安慰。第三天的晚上，他宴请了几个班子成员。

木双坚持只能吃饭，不愿意进行别的娱乐活动。因此，晚上不到十点，大家酒足饭饱后，就各自分手了。

李力有点醉意，他害怕妈妈担心，想到他的办公室里去休息几个小时，好醒醒酒。

李力走在通往法院的那条小巷子里，想起敬酒的时候吴易那张不阴不阳的脸，想起吴易眼睛里那点琢磨不定的东西，李力的心情突然变得有点差，他正想再找个地方将自己彻底灌醉的时候，昏暗的路灯下，有两个人挡在他的前边拦住了他的去路。

“你是音召县法院的李力吗？”

声音冷冷的，硬硬的，仿佛来自于另一个世界，李力有些困惑地点了点头。

“请你跟我们走一趟吧。”

像不少影视里的镜头一样，其中一个人这样说的同时，另一个人亮出了他的证件。李力也依稀认出来了，拦在他前面的两个人都是县检察院的，只是平常没有打过交道而已。

李力来不及再说什么，就被那两个人紧紧夹持着走上了一部检察院的警车。很快，载着李力的车子开出了县城，最后在县郊一座山下的一处房子前面停了下来。

突如其来地受到控制，李力虽然很紧张，但他毕竟从事了多年的法律工作，不但熟知法律，而且，在应付侦讯方面的心理素质也很好。

一路上，李力坐在汽车的后座，两边的检察人员都一声不吭，只是用身子将李力挤得紧紧的，目光都不与李力的目光相碰，不给李力任何开口的机会。李力也懒得搭理他们，他望着车窗外，脑子里拼命地想着对策。很快，李力调整好了他的思路，他决定不管怎样要抗争到底，直到得到木双的救援。

在接下来的那一天一夜里，李力面对检察院发起的无数次心理上的凶猛攻势，李力始终都是满脸无辜，而且沉默不语，弄得检察机关也束手无策。

沉默中的李力知道，他在多年的民事和经济审判工作中，确实有不少问题可以由检察院来讯问他，就说前不久判决后，已经执行了的那个标的有二十六万美金的经济案件吧，原告的律师本来就是与他长期合作办案的一个朋友。

“李庭长，只要你帮我收回这笔本金，我不但不要所有的利息，还要重谢你。”

这个案件到了李力手上之后，原告就当着自己的律师向李力作出了承诺。对于原告来说，这笔钱被告应该归还的时间早已超过了，只因被告耍赖，眼看连本金也收不回。

二十多万美金可不是小数目，这在县城是数得着的大经济案件，几年的利息也是一笔不小的数目。

李力当即展开了调查，结果惊喜地发现，原来被告不是没钱还债，而是有意赖账。

李力当机立断，当天冻结了被告有三百多万现金的一个账号。李力很快对案件做出了审理，及时下达了判决。这个案件虽然标的不小，但并不复杂，因此宣判后被告并没有提出上诉。

判决一生效，李力联合执行庭的一个副庭长，当即就按照黑市九点八元人民币兑换一美元的比价，将被告账号上的人民币现金冒险划到了那个律师的一个账号上。

原告千恩万谢地按银行的正常兑换，从自己聘请的律师手上拿回本金后，当即背着律师偷偷地塞给了李力一个装着三万元人民币的信封。

事后，原告的律师又和李力平分了那笔本金的巨额利息，以及兑换的差额部分。为了长期笼络李力，律师还有意给自己少分了九千元钱。

至于平常那些几千、上万的小数目，李力一般都没有放在心上。

因此，在检察院的这个秘密关押他的地方，李力虽然一直保持沉默，但他的心里其实很不踏实。他既不知道是在哪一件事情上露出了马脚，以至被请进了检察院。也搞不清到底是谁在暗算自己，即使交代，他不知道究竟应该交代哪一件。李力表面装得很镇定，心里其实像装着一锅翻滚的开水。

当然，李力能够坚持的另一个重要原因，是他始终相信，木双如果知道他被检察机关扣押，一定会竭尽全力的解救他，也一定会有能力解救他。

在法院圈子里，大家都知道，木双是个绝对维护手下干警的好领导。特别是紧跟他的干警，木双甚至会不惜姑息和包庇。

尤其李力又是木双刚刚捧出来的全省“十佳青年”，这样一个木双亲自培养的法院干部都出了事情，木双最怕失去的，就是领导们对他的信任。因此，李力知道，这一次木双是怎么样都会要保住他的。

软禁李力的那间房子，唯一的窗户朝着北边，离地面足有一米五高，外面装着防盗网，两块小小的玻璃布满了灰尘，一点都不明亮，弄得房子里大白天也得开灯。进进出出的只有检察院的三两个干部，每当只剩下李力一个人的时候，李力就会变得手足无措，无所事事，手心里都是汗，他总是害怕在下一秒就会坚持不住。李力无法让自己坐下来，或者让脑子休息一下，他的眼睛里布满血丝，人也变得很憔悴。

每当快要崩溃的时候，李力就在心里叫着自己的名字，他反复念叨：李力，只要你不能坚持，你就完蛋了。

李力这样坚持的时间一长，检察院的领导们心中没有了底。因为他们接到的是匿名举报，情况说得并不是很明了，只说李力有个银行贷款案件受贿了，但检举没有提供具体数据，也没有提供具体情节，一切都显得扑朔迷离。

当初接到这份举报后，如果检举的是别的单位的人员，也许就会因为是匿名而不了了之。但检举的是法院的干警，与木双有些芥蒂的刘检察长如获至宝。因为在别的县、市，早已经有不少法官倒在同级或上一级检察院反贪局的手里了。

只有音召法院木双的手下，明明觉得有些人有问题，但就是没有破绽，让检察院抓不住什么把柄，年年县里评先还因为有钱疏通关系而屡屡走在检察院的前面。因此，得到那封检举信后，刘检察长立即指示反贪局，立马将李力秘密请到了他们的据点，检察院一心只想抢先挖出萝卜带出泥。

不料刚一动手，就捡了一块硬骨头，让他们白忙一场不说，刘检察长还不知应该怎么收场。

正在检察院和刘检察长有些骑虎难下的时候，木双从他在检察院的哥们那里，得知了这一惊天的消息。

当时木双正在市里开会，在电话里得到这一消息的时候，冷汗从他的鼻子尖上冒了出来，他马上电话与县政法委书记，以及主管政法工作的那个县委副书记进行了联系。

联系好这些领导之后，木双又连忙赶回音召，与铁战进行了一番布置和密谋。

就在木双得到消息的当晚，音召县县政法委书记就按照与木双商量的结果，在铁战的宾馆里，亲自召集了公检法三家头头的小型聚会。

大家都知道，音召县这三家权力部门里，只有检察院是个清水衙门，而法院是最富的。县政法委最维护的就是法院，凭着木双的面子，竟然可以随时调动政法委书记为他所用。

“依我看来，我们这样的小型聚会，以后要形成制度，完全有必要每年都小聚这样几回才行。”

聚会开始，县政法委书记按照与木双事前的商定，不经意地这样提议，在座的几家头头都高兴地直点头。

“今天的聚会，先要告诉各位一个好消息，我想以县政法委的名义，组织你们三家头头，再邀请有关的县委常委，以及市政法委书记一行八到十人，花半个月时间赴欧洲考察一圈，如果大家没意见，我们想办法在下个月里成行。”

“我们怎么会有意见呢？确实是需要去学习他们的很多经验啊。”

公安局长听到这个消息非常高兴，他忙不迭地回应着，公安局虽然没有法院富裕，不过只要有政法委的考察通知，他的出国考察经费是不成问题的。

“这趟考察，费用最少得要五到七万块钱吧？”

只有刘检察长脸上的光辉一闪而过，刘检察长知道，一次这样的欧洲考察费用要好几万元人民币，检察院的账上目前是很难有这笔余钱的。

“木双，我们一行人，其余的人都不要你管，你们法院只负责我和刘检的全部考察费用就行，加上你自己的，只要二十多万也就足够了。”

正当检察长意兴阑珊的时候，政法委书记又发话了。

“求之不得，求之不得，正好平日也没有机会为两位效力，这次就听书记的安排。”

这本来就是政法委书记和木双商定的一计，因此，不等刘检察长犹豫，木双马上就接过话来了，并且，热切地朝着刘检察长直点头。

刘检察长的脸上立即笑意盈盈的，只是默默地还来不及开口，似乎在大家面前还有一点点不好意思。

“刘检，我们难得打木双一次秋风，别的什么都不说了，就这样定下来吧。”

政法委书记将一只手搭在刘检的手臂上，用热切的目光看着他，似乎一切都在不言中。

“那就谢谢了。”

看到政法委书记的热切眼神，看到木双正在笑意盈盈地看着他，刘检微笑着朝书记和木双点着头，三人喜笑颜开的，赴欧洲的好事，就这样在谈笑声中定下来了。

在随后的娱乐活动中，一开始，刘检在木双的面前多少有点不自然，但最终经不住木双的热情和客气，到凌晨三点多钟大家分手的时候，木双和刘检之间，不但没有了任何的芥蒂，而且，还成了最亲密的朋友。

谈笑间，对于李力或与李力相关的任何事情，木双和刘检两人都似乎有种默契，那就是两人连一个字也没有提起。

第二天清晨，太阳刚刚从东边的山尖露出脸来，法院里静悄悄的，楼上楼下空荡荡的没有半个人影。李力神情疲惫，眼睛里满是粉红色的丝网，他像突然消失一样，一大早就突然出现在他办公室的门口。

摸索着打开办公室的门，办公室里的一切仍旧安静而整齐地摆在那里，显得无比亲切。仅仅只隔了两天的时间，李力就感到好像失去了很久很久的自由，他贪婪地深吸着办公室里那带着一丝烟味的空气。李力抚摸着再熟悉不过的办公桌，突然热泪盈眶，他终于知道人失去自由是什么滋味了。他在心里感谢上苍，终于让他逃过了一劫。

还是在昨晚的午夜，李力几天来吃不下，睡不着觉，精神处于崩溃，他真想一番坦白之后，任由命运来处置自己。正在李力反复地作着最后的挣扎，眼看着就要全般放弃的时候，陪着李力的反贪局的一个科长莫名地接听了一通电话后，也没做任何解释，就莫名其妙地对李力说："李庭长，你现在可以回家了。"并随即将刚来时收走的东西退给了他。

听到那个科长突然冷冷地这样说，李力一边接过那个科长递过来的手机和水果刀，一边懵懂地看着他，直到房子里剩下他一个人，李力偷偷地在大腿上掐了一把，生疼生疼的，才知道他并不是在梦里。

走出那幢房子，夜色深沉，李力好像突然掉进了一个黑洞，除了身后的那一丝亮光，山野里黑黢黢的。李力顾不了这些，他大致估摸了一下方向，就不管不顾地朝他认定的地方走去，不一会真的来到了一条土路上，直到确定身边一个跟踪的人也没有，李力才敢相信，他确实获得了自由。

"木老板！"李力朝着法院所在的地方喃喃着，只有木双才有这样的能力，李力不由得哽咽不已，开始拼命与木双联系。李力被扣押的地方离县城并不远，他清晨就来到办公室。

"李庭长，你辛苦了。"

还不到上班的时间，李力从窗户里远远地看见木双的车来了，他赶紧到了停车坪里等着木双。木双一见李力，上来就是一拳，虽然打得很轻，李力还是吃了一惊。

木双一边问候，挥完一拳之后眼睛紧盯着李力。

"我还没什么，倒是检察院的那几个王八蛋辛苦了。"李力像一个伤疤还没有好利索就忘了痛的人一样，这样说着的时候脸上竟然有一丝得意之色。

"李力啊，我多次跟你说了，男子汉做事要干净利落，什么时候都一定不能露出马脚，你怎么就是这样不小心呢？"

看到李力刚刚脱离樊笼，还在得意扬扬，木双终于有点按捺不住他的火气。

“我实在是注意了的，也许检察院看我们院里连年先进，这次想拖我们法院下水。”

李力显得有些委屈，一脸执拗的神色，好像他倒成了法院的替罪羔羊。

看着李力的表情，木双知道，这个时候对李力说什么都没有用，他生气地从口袋里掏出了一个厚厚的信封，随手从信封里抖出几张打印的文字，一封匿名举报信，骇然呈现在李力的眼前。

“木老板，我看这封信的语气很像吴易或吉阳飞，而且，这个信里提的那几万元的事，其实是吉阳飞的一个同学介绍的一个案子。”

李力看完举报信，一副心有不甘的样子，极力想把矛头扯到吴易或吉阳飞身上去。

“你怎么这么不小心呢？怎么能让吉阳飞身边的人知道这么重要的情况呢？你不知道自己和他是竞争对手吗？”

木双的语气很急促，眼睛不再看着李力，拉长了脸，表情变得很难看。

看到木双真的着了急，这时的李力才真正感到了一种巨大的压力。

“李力，你要是真正相信我，现在就要向我坦白可能会给我们造成麻烦的所有问题，只有这样，我们才好商量下一步的对策。”

木双的话，让李力一时没了主意，他扭捏着，仔细权衡之后，他只得向木双坦白了可能和吉阳飞有点牵连的另两笔小钱，隐瞒了最近美元案件中得到的那几笔大钱。

在木双面前交代完其他两笔因为案件而收受的贿赂，因为隐瞒了几笔最大的，李力心怀忐忑地不敢直视木双，看到木双若有所思地看着他，冷汗从李力的脸颊渗了出来，李力强忍着，不敢在木双的面前用手去擦。

“赶快去叫起英来。”

听到李力又吐出了两笔合计也有几万元的受贿款项，木双的脸色更加难看，他有点不屑地看了看李力，要他赶紧去招呼起英前来。

李力原先以为这样的丑事只是他和木双之间的秘密，不应该让第三个人知道，现在听到木双叫他找起英来，李力犹豫起来，用乞求的眼神看着木双。

“赶快去叫起英来啊，只有她才能帮你呢。”

李力这才很不情愿离开木双前去找起英。一路上，李力的心里很不安，他知道起英是个正直的姑娘，不知道以后会怎样看他。李力的脚步缓缓的，似乎一直拿不定主意。

其实，是李力不知道实际情况。近年来，法院经常有干警将当事人或律师送的那些咬手的小额钱物上交到院里。自从木双当家以后，这些上缴的物资在起英那里登记以后，烟酒一律用于法院对内、对外的招待，钱则都放在起英保管的小金库里，以备领导们额外的不时之需，真正退还到当事人手上的极少。

“起英，你赶快帮李庭长登记两笔礼金的上缴情况，时间一定要提前，提前到收到礼金的当天最好。”

看到李力和起英相跟着来到他的跟前，木双开门见山地给起英交代着。

起英一听就知道是什么事了，她在木双手下常常干这样的事情。当某个干警的贪污受贿事实就要曝光，就要大祸临头的时候。木双就会指示她，帮那个干部登记上缴法院的礼金礼物，而且，时间还必须提前到收到金钱和礼物的那一天，最迟不过第二天。每次以组织承担责任的方式，来帮助犯罪错的干警渡过难关。

事已至此，李力毫无办法，他只得带着起英来到他的办公室，李力从办公桌的内阁里摸出两个存折，和起英一起到银行将五万多元钱取出，转入了起英掌握的小金库的账号里。

取钱的时候，李力不断轻轻地叹息着，久久地看着手里那几沓厚厚的钞票，就像在跟他的爱人作最后的诀别。

自从起英对李力的追慕没有回音之后，他俩就很少单独在一起过。不过，在这次的礼金登记的接触中，李力发现起英虽然始终不言不语，但脸上没有嘲笑、窃喜或类似让李力觉得不舒服的地方，反倒显得谦恭，体贴和善解人意。

“李庭长，你也不要着急，这笔钱木老板很可能到年底就会还给你。”

看到李力对手里的钱十分不舍，想起李力与木双的交情，起英同情地轻叹了一声，幽幽地对李力说。

经过这样一番处理，木双虽然让李力化险为夷，不过他的心里究竟有些不舒服。

经过这样一番折腾，李力的心里对木双并不感激，反而与木双之间有了一丝嫌隙。因为他经过分析觉得，在他没有出问题之前，木双就没有将他纳入党组。现在既然不小心露出了马脚，以后他在木双那里就更得不到真正的信任了。

而且，木双这次对犯了大错的他，连半句也没有骂过，这让李力特别介意。李力知道，只要是木双的手下，特别是他看重的人出了差错，都会被他骂得灵魂出窍、狗血淋头。以前，李力就曾经多次被他那样地骂过。而这次木双连一句也没骂他。这让李力有了大势已去的感觉，这种感觉让李力觉得很无助、孤独而痛苦。更让他不敢想的是，在音召县法院他一旦失去木双的信任，特别是这次事件以后，他将在与吉阳飞的争斗中不堪一击。

离开了起英之后，李力再也没有心情回到木双的办公室去，早上那份刚刚获得自由的好心情已经荡然无存。

回到他的办公室里，李力懒洋洋地坐在办公桌前，还在为失去了一大笔金钱的同时失去了木双的信任而痛苦不已。这么多年来李力深知，一个人在单位没有靠山是不行的。

现在看来，势必得在木双之外另外寻求一条出路了！这个念头搅得李力更加心神不宁。

梅青与自己不会是一路人，因为梅青看起来知识分子的味道太浓了，李力从小就知道“百无一用是书生”。除了起英，李力历来不太喜欢知识型的人。

吴易呢？只要吉阳飞跟他很铁，李力就知道自己没有希望。李力思前想后，剩下的似乎就只有在人大代表选举的时候被他背叛过一次的余仁了。

自己曾经背叛过一次余仁，虽然余仁是个糊涂虫，但要重新和余仁走到一起，李力觉得他也还是需要有些策略的。

九

自从起英进入法院后，党组的会议记录一直就是由她担任，但当起英第一次正式作为党组成员参加党组会议的时候，她的心里还是很高兴的。

守口如瓶虽然是起英的生存原则，但以前每当在党组会议上看到木双势单力薄的时候，她还是会想要是她也有表决权，能够帮到木双的话，那该有多好啊。

现在终于如愿以偿了，起英觉得今后即使不为自己，也要为木双好好努力。

起英第一次以法院党组成员的身份参加党组会议的时候，她像以往一样，一个人早早地来到党组会议室，在记录本到会人员一栏里，她像以往一样写上木双，余仁，吴易。然后慎重地加上郑可，最后才写上了“起英”两个字。

看着那个只剩下了几页空白的党组会议记录本，起英感到它今天特别的亲切，可爱。

至于这次党组会议的主要内容，木双昨天就和起英以及郑可交代好了，就是关于赞助县政法委组织的赴欧洲考察人员的经费问题。在正式召开党组会议之前，他们三人已经达成了绝对一致的意见。

接下来，郑可是第二个进入会议室的，这也是郑可第一次走进法院党组正在开会的会场。

郑可的手里捧着一个大而厚的黑皮笔记本，就像县委领导们平常在会议上掏出来的那种一样。崭新的制服，配上了一个头发全部往后梳着的发型，正是这个发型，让起英觉得今天的郑可有点好笑。

郑可一脸严肃，他打算坐到起英的右边去，在落座之前他靠过来，装作不在意地在起英作记录的本子上瞄了一眼，发现他的名字写在起英的前面，他满意地对起英笑了笑。

“英子，今天什么事又要开会啊？”

第三个进来的是余仁，他两手空空，睡眼惺忪的样子，一边走进来，一边懒懒地问，仿佛起英是一把手。

起英虽然从心里有些看不起这个男人，但她对余仁一贯有些同情，所以她笑着对余仁说：“那得问木老板啊！”

余仁从起英那里没有得到答案，懒洋洋地在他的那个老位子上坐了下来。这时，余仁才发现郑可也坐在会议室里，消息不灵通的余仁有些愕然地望着起英，起英则装作什么也没看见的样子，只顾翻看她手里的那个记录本。

吴易是走在木双的前面，早几步进会议室的，只见他一边玩着砖头一样的手机，一边目不斜视地走着，对于今天参加党组会议的新成员，吴易采取的是视而不见的态度。

“人到齐了，在欢迎党组新成员郑可和起英的同时，我们开始正式开会了。”

木双是最后一个走进会议室，他一边随手关上会议室的门，一边走向自己的那个中心座位，嘴里一边说着，一边煞有介事地和郑可起英握了握手。

任由余仁用疑惑的眼神看看郑可，再看看起英，吴易却连眼睛也没有抬起来。简单的开场白之后，党组会有序地进行着。

“今天的最后一项，就是县政法委组织公检法三家行政一把手赴欧洲考察，要求我院负担政法委书记和检察院刘检的考察费用，总计大概十多万元的样子。大家没有意见的话，就这样定下来了。”

党组会议上，通过了几件无关痛痒的事情之后，木双终于像最后才想起来一样地，将县政法委组织的赴欧洲考察一事，以及政法委想要法院赞助另外两个参加者的意思讲了出来。只是他有意将钱数减少了不少，因为只要决定了同意赞助，最后的钱多钱少就完全由木双的一支笔去决定了。

讲完之后，木双意味深长地看看余仁，又看看吴易，因为今天他将胜券在握。

一直有点心不在焉的吴易和余仁听了木双提出的最后议程，两人会心地对视了一下。

“木老板，你去欧洲考察，即使花再多的钱，我也绝对没意见。但我不同意赞助别的人，特别是检察院的刘检，要赞助他，还不如我们自己多去几个人。”

说完，吴易低头摆弄他的手机，眼睛不再看着任何人，似乎正在专心等着某人的电话。

“是啊，你打算去，我们当然没意见，就是赞助县政法委书记，为了以后的工作，这我也能理解。但要赞助刘检，我也想不通，不能白白地承担他的五六万元钱的旅游费。”

不等木双接过话头，余仁马上附和着吴易的发言，态度显得很坚决。

余仁的这番话，比吴易的更露骨，意思很明确，你一把手要去玩，我们副职没办法阻拦，但你想要拿法院的钱去送人情，那就没门。

听了吴易和余仁的意见，木双将目光轮流地停在这两个人的脸上。虽然吴易和余仁都回避着木双的目光，但木双今天特别地有耐性，他让会场沉默了足足有几分钟。

起英知道，这要在以往的党组会议上，这个议题就算这样被否定了，再也别想通过。

“郑主任、起科长，你们今天是第一次正式参加党组会议，虽然你们不是正副院长，但既然是法院党组成员，那么，在党组的圆桌会议上，你们对任何事项的表决权和我们正副院长是绝对平等的。对这件事，你们都谈谈意见吧。”

木双成竹在胸，他最后大度地看了看吴易和余仁，淡淡地对郑可和起英说。

起英其实在记录本上已经写上了她的意见：同意木院长的意见，同意木院长提出的赞助事宜。

不过，已经在旁观法院权力之争中学到了不少的起英，不等到郑可开口，她是不会将写在记录本上的这几句话讲出来的。起英假装低头在作记录，她在等待着一直涨红着脸坐在那里的郑可先开口。

“我同意木老板的意见，花点小钱跟政法委，检察院搞好关系，只有好处，没有坏处。”

郑可翻弄着他的笔记本，看到起英忙于记录，他终于知道没了退路，郑可只得小声地表明了他的意见。

“我同意木老板和郑可的意见。”

郑可的话音刚落，起英抬起头来声音朗朗地说。

民主集中制原则，是实行少数服从多数的原则，木双的意见，得到了同为党组成员的郑可和起英的赞同，这样一来，木双的意见一下成了余仁和吴易必须服从的多数。

看到这个结果，吴易和余仁面面相觑，有口难言，两人在苦笑中领教了木双的厉害。

“英子，我今天才真的有点像当一把手的样子呢，好久没有这种感觉了。”

当会议室里只剩下了起英和木双的时候，木双笑眯眯的在起英的面前感叹。

“郑可这个人真的不干脆，上不得大场面，关键时候要他发个言，还扭扭捏捏的，没有一点硬气，根本不像一个大男人。”

看到起英只是微笑，木双眼睛望着门口，有点嫌恶地又补了一句。

对于木双给予郑可的这番评价，起英虽然从心里赞同，但她还是没作声，只是笑得很明朗。

木双知道起英不是一个多嘴的姑娘，他发完这些感慨后，也准备要离开会议室了。

“谢谢你呢！我不会忘记的。”

看到木双准备离开，起英突然在他身后说。

木双回了起英一个笑脸，他们不用多说，都知道各自心里在想些什么。

在以后的党组会议上，因为有了郑可和起英这两个可靠的帮手，木双始终保持着做任何决定时绝对的多数，工作起来更是得心应手。

木双掌舵以后，音召县法院收取的诉讼费，年年都是节节攀升，没几年，音召县法院就成了远近闻名的富裕法院。本来，木双是个没钱也能办成事的人，现在有钱了，办起事来就更顺手了。

法院有了钱后，木双先是向县政法委赞助了一部小车，连带司机和每年的油料消耗和修理。然后是定期不定期地邀请县委常委们到法院现场指导工作。每年年底，除了市委的相关领导，县委常委的过节红包也总是由木双亲自送过去的。

当然，渐渐的，公检法三家的领导班子用各自的公款相互给对方发过年的红包，也已经是约定俗成的事情了。

起英以她的义气，干练，稳重，能力和智慧，慢慢地成了木双身边的同盟。

起英做人低调，从不在人前显露自己的思想，有时还显得没有棱角，基本上还算正直和随和。所以，连吉阳飞，李力，吴易，余仁这些七争八斗的人，互相之间不服气，但都不拒绝与起英保持着良好的关系。

这也源于起英做人的另一条原则，那就是她虽然自愿成为木双的同盟，但决不像原来的李力那样让自己成为木双的奴仆。

起英总是力求与木双及身边的争斗保持一定的距离，一种能让她做到“同流而不合污”的适当距离。

对于与木双的相处，起英有着自己的原则，在法律和道德底线容许的前提下，她愿意帮木双的任何忙。

就在前不久，起英就利用她主管人事的便利，背着其余的党组成员和木双密谋，将市委组织部一个副部长已经下岗的小舅子，以工人的身份调进了法院的食堂里。紧接着，作为交换，木双刚刚大专毕业的女儿木小青，才有幸进了另外一个县的检察院里。

起英从不明确过问正副职之间的明争暗斗，与木双权力无关的人和事，起英在木双面前也绝口不提。起英知道，要怎样才能保持好这个必要的距离。

不过，每当起英独自一个人的时候，她还是经常感到有些迷茫。每当这样的时候，起英要么会看看安春教授的信，要么，她就会打电话和梅青聊一聊。

起英虽然从来不把父亲起毅的话当作一回事，但她很听安春教授和梅青的话，仿佛那两个人才是她的父兄。在法院这个围子里，在外人看来，起英混得还算不错。其实，起英的心里仍然时常有些迷茫，她力求想做到“同流而不合污”，但在现实中，要达到这样的效果，渐渐地变得有些不可能，起英在周旋中觉得越来越力不从心。

随着参加班子的决策越多，起英就越是感到了激烈的权力之争。一个身在权力漩涡里的人，始终是无法置身事外，真正做到“同流而不合污”的。

十

在法院那间简陋的宿舍里，起英简单地生活着。即使是星期天，人们也很少看见起英外出。也很少有人来探望起英，除了书，起英似乎没有别的什么爱好。有些不知情的人，还以为起英是独自一个人住在县城里。

“你是起英吧，你快回来，你爸中风了。”

一天下午快下班的时候，起英突然接到了她父亲邻居打来的电话。

当时，吉阳飞正在起英的办公室里，因为他们法庭有一份材料需要盖由起英保管着的党组章子。

“起主任，你有什么事吗？”

吉阳飞与起英平时打交道并不多，他刚刚才盖完章，正准备离开的时候看到起英一边接电话，脸上慢慢地露出了惊慌之色，吉阳飞不由得很关心地问。

“我爸中风了，得马上送医院。”

起英胡乱地锁着抽屉，急得流下了眼泪。

“不要急，县医院我有熟人，伯父不会有问题。”

得知起英的父亲中风，吉阳飞急忙收起那份材料，一边给县人民医院打了一个电话，一边催促着起英跟他走，显得热心而很有决断，让正感到无助的起英平静了一些。

猛然听到父亲中风的起英，失去了往日的冷静。这种时候，她第一次深深感到身边并没有一个真正能够知冷知热，在这样的关键时候能够完全依靠的人，她突然莫名地想起了不在她身边的梅青。

在吉阳飞的引领下，起英跟着吉阳飞上了他们法庭配备的黄色吉普车。起英一坐上去，吉普车就载着她风驰电掣地来到了父亲的住处。

起英他们赶到的时候，县人民医院的急救人员已经将起毅搬上了救护车。吉阳飞和其中的一个医生打了个招呼，就急急地让起英随她父亲上了救护车，吉阳飞开着吉普车在后面紧紧地跟着。

“爸、爸、爸。”

起英平日里一直对父亲装得不闻不问，此刻泪流满面，浑身颤抖，她在嘴里小声地呼唤着，母亲死去的镜头不断地在起英的眼前重现。

此刻，她的父亲就躺在那里，瘦削而苍白的脸上毫无生气。那双曾经为女儿望眼欲穿的眼睛，现在也紧紧地闭着，不知还能不能再睁开来看女儿一眼。

起英记不起自己到底有多久没回家了。她很少回去，其实，也不单单因为怨恨父亲，只是那个家已经成了起英心中一份深深的伤痛，不到不得已，她宁愿不回家，孤独地留在宿舍里，也不愿再撕揭心中的伤疤。

谁知旧伤尚未痊愈，要是父亲就这样去了，心里的伤痕会更深更痛，起英将无法原谅自己。起英泪流满面，她不敢眨眼，生怕只要一个不小心，就会失去她的父亲。

一进县医院，起毅马上被安排进了一个老干专用的单间病房。起英还来不及给父亲去办住院手续，起毅就被推进了医院的急救室。

“起科长，医院的党组书记是我姨妈，一切由我来安排，你就放心吧，伯父不会有危险的。”

正在起英不知是先去办父亲的住院手续好，还是在急救室门外等着父亲好的危难时刻，吉阳飞像超人一样又出现在起英的面前。

从吉阳飞嘴里听到父亲没有危险，起英放心了一些，她这才感到浑身发软，冷汗淋漓。起英再看吉阳飞，也是忙得满头大汗。

“起科长，你这里需要人不？需要的话，我就从法庭给你派一个人来。”

看到起英疲惫不堪，一下子显得憔悴了不少，吉阳飞一边擦着额头上的汗，一边对起英说。

以前，起英与吉阳飞之间虽然因为吉庆的关系，两人之间很客气，但起英没想到，在这样的危难时刻，吉阳飞竟然是这样的帮助了她。

“谢谢你，阳飞，从今往后，你也像木老板他们一样就叫我英子吧。”

往日的“吉庭长”，此刻在起英的嘴里变成了令人感到亲切的“阳飞”。

“英子，总之一句话，伯父要是有什么需要人帮忙的，就记得找我吉阳飞。”

听到起英突然改变了对他的称呼，吉阳飞欣喜地笑着，他马上回应着起英喊他时称呼的变化，像木双他们称呼起英一样地叫着起英的小名。

“真的谢谢你，阳飞。”

看到吉阳飞笑得很真诚，起英重复着她的感谢，眼睛里突然湿湿的。

几个小时后，参加抢救的医生告诉起英，幸亏送得及时，抢救及时，起毅没有了生命危险，只是由于中风严重，醒来的时间还很难估计。

听到医生的话，起英悬着的心放下了一半，她再一次泪流满面，起英深深地感谢父亲，感谢父亲终于给了她一个可以弥补的机会。

“起主任，阳飞和我说了，要我无论如何要救活你的父亲，因为你是我们阳飞最好的朋友。”

起毅被送进病房的时候，医院的书记——吉阳飞的姨妈，一个五十多岁的精干妇人在吉阳飞的陪同下，特地来到了病房看望起英父女。

起英很感激，她一时不知对吉阳飞的姨妈说什么才好，只是一个劲地点头致谢。起英一贯是个有恩必报的人，她看了看脸色有些好转的父亲，又看了看吉阳飞，不知日后她该怎么来回报这个男人。

“英子啊，我姨妈爱开玩笑，这没什么，你不必放在心上的。”

看到起英有些脸红，倒是一旁的吉阳飞被他的姨妈说得有些不好意思起来。

“英子，伯父住院的这段时间，你和伯父就在医院的职工食堂就餐吧，卫生条件好一点，伙食也有保障一些。”

吉阳飞从袋子里掏出一沓餐票，一边递给起英，一边对起英说明着原因。吉阳飞的姨妈配合着侄儿说的话，也朝起英频频地点头。

吉阳飞和他姨妈离开后，病室里安静下来，起英轻轻地在父亲的床边坐了下来。起毅仰躺在洁白的床单下面，显得又瘦又小，要不是那伸出被子的满头灰白头发，谁也料不到床上睡了一个大男人。

起英第一次这么近距离地看着父亲，起毅非常安静地躺着，两腮塌陷，眼眶很深，以前浓黑的眉毛好像也稀疏了不少，父亲的容颜很枯槁。

起英知道，父亲之所以这样枯槁，并不单单是他对自己疏于照顾，父亲最痛最苦的是心里。而父亲这些苦痛，有一多半是来自于她这个女儿，因为她一直不曾原谅或真正接纳她的父亲，这也是现在起英最痛心的事情。

看着父亲异样的安静，起英记不起到底有多久没和父亲正式谈过话了。还是在母亲死的时候，起英决定终生要报复父亲的那天开始，她就曾无数次地想到过父亲的死，想象过自己在父亲死时一定要潇洒，潇洒地冷漠，潇洒地不让自己流下一滴眼泪。

可是现在，也就在刚才，当医生告诉她，她的父亲虽然没有了生命危险，但是不知何时才能醒来的时候，她的心居然会剧烈地疼，眼前一片漆黑。

起英终于知道，到底是血脉亲情，关键时候，根本由不得你表现出真正的决绝或潇洒。

看着父亲的惨状，起英很后悔为什么不能早点去看望父亲。起英的脑海里不断出现那年父亲听到她终生只会喜欢班主任郭秋华时的绝望，以及得知她大学毕业后将回到县城时的惊喜。不知不觉中，起英的心里又痛又悔，随着怎么也止不住的泪水，起英在心里彻底地原谅了父亲起毅。

不知又过了多久，起英被房子里一种轻轻的，悲伤而压抑的哭声惊醒。病房的窗外已经亮起了灯光，起英赶忙打开了病房里的灯。

原来，已经很累的起英不知何时睡着了，突然惊醒，拉亮电灯的同时，起英猛地一抬头，发现父亲的病床边站着一个虽已年过半百，但仍很精致，风韵犹存的女人。

起英有些疑惑地望着她，女人一边歉意地擦着眼泪，一边慌乱地想要离开病房。

起英猛然记得，眼前的这个女人，就是已经好多年没有见过了的父亲的旧日情人时素华。母亲死后，起英就不再过问父亲的一切。想不到今日在父亲的病床前，还能出现这个以往令她特别痛恨的女人。

“时阿姨!”

起英已经原谅了父亲，心里对过去的事情放下了许多，看到时素华有些慌乱，起英心中不免有些触动，在时素华的第二条腿即将迈出病房的时候，起英终于叫了她一声。

起英的这一声“时阿姨”，让已经走到门口的那个女人浑身颤抖了一下，她转过身来，吃惊地看着起英，可能怀疑自己听错了。

“时阿姨，谢谢你来看我爸爸。”

看到时素华不敢相信她已经得到了原谅，起英迎上去几步，拉住时素华的一只手，眼含泪水看着时素华的眼睛再一次说。

时素华并不答应，她只是定定地看着起英，眼睛里的那丝疑虑正在慢慢地消退，回头看到病床上生死难料的起毅，时素华禁不住悲从中来，向前伏在起英的肩头，浑身颤抖着放声哭了起来。

天底下起毅最珍惜的两个女人，这一晚终于在他的病床前和解了。而躺在床上的起毅，不管他以前对这一幕是如何的期盼，现在他却是静静地躺着，一点反应也没有。

“毅哥，你听见了吗？起英原谅我们了，你的女儿原谅我们了啊！”

时素华悲痛欲绝，她转身扑到起毅的床前，从被子里抓起起毅的一只手，一边摇晃一边喃喃自语。

起英看到时素华放开自己扑倒在父亲的床边，也不由得悲痛莫名，潸然泪下。

起英记得，自从母亲死后，不知是多深的愧疚和后悔，一直让起毅无法原谅自己。加之起英和她的哥哥至今都不曾原谅父亲，因此，起毅这十几年来可以说是生活在自己掘成的炼狱里。

即使是时素华十几年来对他不离不弃的苦苦等待，也未能缓解起毅心中的痛苦于万一。

如今看到父亲鬓已衰，容颜改，时素华对他还是不离不弃，到底血浓于水，起英的心中五味杂陈，疼痛不已。

起英也来到父亲的身边，看到父亲像一个植物人，起英突然想起她的初中语文老师曾经把父亲比作他们儿女的太阳。起英想，如果她的父亲也要算作太阳的话，那也只能算是一轮“冷太阳”。

而且，现在连这轮“冷太阳”也只剩下夕阳了。

时素华，这个起英曾经非常痛恨的女人，坐在病床边握着起毅的一只手，尽情地哭泣。时素华头发间偶尔闪动的银光，让起英知道她也不再年轻了。如果说，自己的母亲痛苦，那么，时素华这个女人，为了她的那一片痴心付出的代价也许更沉重，而且没有人愿意理解、愿意同情、愿意去懂得。

想到这些，起英对父亲，对父亲的情人时素华，突然充满了深切的同情和悲悯。

看着耸动着瘦削的双肩，一直在痛哭不已的时素华，起英在心中暗暗地决定：只要父亲和时素华的爱能经受住这一次的生死考验，她就一定帮他们办一场迟来的婚礼。

“英子，你也累了，你还有工作，你就先回去吧，这里有我呢。”

哭了很久，终于哭出了满腹悲痛和委屈的时素华，终于停止了哭泣，小心翼翼地向起英提议。

“那好，时姨，父亲就拜托你了。”

看到时素华熟练地帮起毅整理着衣物，及床头的药品，起英感激地点了点头，起英不单单是因为太累，她更想给爱着父亲的时素华创造与她的父亲单独相处的机会。

送走了起英，时素华重新坐到起毅的床边，她竟然惊奇地发现，起毅的眼角有点湿湿的。时素华激动地开始抚摸起毅的脸颊，她知道，起毅虽然一时还不能完全清醒，但她相信，起毅一定知道她就在他的身边，他们两个人的心灵是相通的。

当年，起毅刚一转业来到公社，身着那套令人羡慕的旧军装，浑身透着军人的魅力，但是那双眼睛里，却流淌着一般男人少有的柔情，让不少姑娘心动，那是一个尊尚军人的年代。

时素华当时已经生下了她的儿子罗时尊，刚刚度完产假，浑身散发着哺育期少妇特有的诱人体香，脸上的皮肤粉雕玉琢，柳叶眉下的双眼，眼线极长，有的人甚至说她的那双眼睛能够勾魂摄魄，令男人过目不忘。

其实，时素华并不是一个风骚的女人，也不是一个轻易就见异思迁的女人。她的丈夫是经人介绍的一个货车司机，虽然很爱时素华，但他一点也不懂得像时素华这样的女人，真正需要的到底是什么。

时素华虽然从一开始就对起毅有些好感，但真正征服她的，却是半年后的两件小得不能再小的事情。

那是起毅来到单位半年的样子，公社派她和起毅去邻县出差。当时正直春初，天气总是阴晴不定。但是那天，他们按预计当天可以来回，天气预报又没有雨。因此，起毅和时素华两人都只挎了一个文件包，其余什么也没带就出发了。

在邻县很快就办完了事，他们就在小县城的一个小餐馆里解决了中餐。吃饭前，起毅拿着时素华准备用的筷子到厨房去专门为她消了毒。到吃饭的时候，菜里所有的辣椒都被起毅选了出来。他的理由很简单：生完小孩的女同志不到一年是绝对不能吃辣椒的，不然会生病。

那天，他们吃完饭，准备到长途汽车站去赶车的时候，天公竟淅淅沥沥地下起雨来。为了赶时间，他们不能等着雨停。起毅二话不说，脱下他的外衣，不由时素华拒绝，帮她披在身上，拥着她走进了那场春雨中。

刚刚从起毅身上脱下的衣服带着一股浓郁的男子汉气息，这股气息牢牢地笼罩着满脸红云的时素华，想起吃饭时的细节，想起身边的起毅与丈夫相比的那份细腻，那份体贴，时素华的心里觉得，如果一个女人的生命里有了这样的男人，那是死而无憾的。

正是这一次的相处，起毅惊喜地发现，时素华竟是一个还从来没有真正被男人感动过的女人。

起毅在部队的时候听战友们谈过，一个被男人真正感动了的女人，对于这个男人来说，就是无价之宝，因为这个女人将会给予丰厚的爱的回报。而且，这种爱还将取之不尽。

起毅并不是一个登徒子，也不是一个特别贪恋女色的男人，他的妻子姜玉琴就很漂亮。

但起毅觉得，如果妻子的美丽主要体现在一个“艳”字上的话，那时素华吸引他的美丽之处，就在于一个“嫩”字。已经为人妻，为人母的时素华的一颦一笑，都像婴孩一样嫩嫩的，纯纯的，正是这一点，让起毅无法抑制心里对时素华的深爱。

又是几个月后，一直表面平静，关系没有什么进展的起毅和时素华，双双被公社送进了县委党校学习半个月。

那半个月里，集中的住宿，以及陌生的环境让两人有了更多业余时间单独在一起的机会。那段日子里，一般男女在最后跨越界限前的彷徨，猜疑，揣测，犹豫，在同样爱着起毅的时素华身上表现得尤为强烈。她对待起毅有时像一团火，有时又像是一坨冰，那种发自内心的惶恐，焦虑，犹豫和痛苦交缠着时素华。

学习班结束的那一夜，联欢以后，住在县城的学员们都回了家，党校里只剩下一些下面公社当晚赶不回去的学员，起毅和时素华双双属于这种情况。

当晚十二点多钟，起毅无法控制自己，他知道时素华的宿舍里只剩下了她一个人。起毅进门的时候，正在看一本杂志的时素华仿佛被雷击中，虽然早就预感两人之间会发生一些事情，真正面对起毅张开的双臂，时素华脸色惨白，就像面对一处无法抗拒的深渊。

时素华站在原地，张大双眼，满脸由白转红，最后脸上像泼了油彩，全身无法动弹。起毅张开双臂走过去一把搂住时素华，给了她一个长长的，令她窒息的吻。

“素华！素华，我该怎么办啊？”

起毅发现时素华正在浑身战栗，他害怕时素华并没有准备好，起毅的吻戛然而止，满眼是泪地看着怀里的女人，表露着他对时素华那种无法控制的爱恋。

仿佛热血全部涌到了时素华的头上，她满脸通红，满脑子火烧火燎的一时无法做出回应。起毅慢慢地松开时素华，深情地看了时素华一眼，像刚才突然拥抱时一样，起毅突然转身轻轻地拉开房门，转眼间消失在宿舍的走廊里。

四周一片死寂，时素华摸摸自己的脸，滚烫滚烫的，唇也火烧火燎，心在胸膛里猛烈地蹦着，时素华独自站在原地，似梦非梦，似醒非醒，只有双唇间的那种热辣提醒她，刚才的一切并不是在梦里。

毅哥还会回来吗？我是多么爱这个男人啊，即使是他站过的土地，怎么也会这样的亲切呢？时素华弯下身子，将她滚烫的脸贴在起毅刚才站过的水泥地面上。她立刻感到冰凉冰凉的，舒服极了。

我要不顾一切地爱一场，时素华一边将滚烫的身子放倒在床上，一边胡乱地想。起毅特有的那种强壮男人的体香飘散在时素华的周围，那是一种让成熟妇人无法忘怀的味道，想起起毅刚才的拥抱和亲吻，时素华浮想联翩，辗转反侧，无法入睡。

“素华，我爱你，我好想为你去死呢。”

凌晨，时素华朦朦胧胧地睁开眼睛，发现起毅紧紧搂着她，浑身发烫，一边急切地亲吻，一边小声地说着话。

时素华不再犹豫，她闭着眼睛伸手揽住起毅的脖子，将坚挺的胸部紧紧地靠向起毅的胸膛，两个人交缠在一起，一边胡乱地吻着，一边胡乱地扯着衣服，两个人喃喃着不管不顾地紧紧抱在了一起。

从此后，起毅和时素华情意缠绵，像一对热恋的少男少女，爱情似乎让他们找回了慢慢远去的青春。他们值各自的子女家庭于不顾，疯狂地痴爱着对方，即使后来姜玉琴知道了，他们仍然是不管不顾。

姜玉琴深爱着起毅，其实她早就察觉了丈夫的变化，但她深爱丈夫，不想因为她的揭发而使起毅和时素华受到丢掉公职的处分。正是姜玉琴的包容和忍隐，让起毅越走越远。直到最后，要姜玉琴用生命都没能保住她作为起毅妻子的这点名分。

直到姜玉琴自杀，姜玉琴的死，终于将良知并未泯灭的起毅和时素华推到了良心的审判台上。

“素华，我终于杀死了姜玉琴。”

出事的第一时间，起毅打电话给时素华的时候，第一句话就是这样哭着说的。

起毅在电话里恸哭失声。直到时素华连连追问，起毅才告诉她，姜玉琴自杀了。对于姜玉琴的自杀，他们两人都无比震惊。

姜玉琴死后的第三天傍晚，满头乱发，胡子拉扎的起毅，突然走进了时素华离婚后的单身宿舍里。

“素华，起英吃她妈妈的骨灰！孩子心痛得吃她妈妈的骨灰呢！”

起毅目光散乱，胆战心惊地重复着这样几句话。

“素华，我没有脸和你在一起了，是我杀了姜玉琴，毁了起英啊！”

看着近似疯狂的起毅，时素华心慌意乱，她只能怜惜地将起毅抱在胸前。

在时素华的胸前，起毅这个大男人，竟像一个无助的孩子一样哭了很久很久。泪眼蒙胧中，他总是看见姜玉琴最后那一晚对他的温情。那一夜，因为即将真的分手，两人重燃激情，如新婚燕尔，那时，他就曾经犹豫过，他也终于知道妻子有多爱他了。

起毅告别时素华离去的时候，他步履踉跄，反反复复地告诉时素华，等一切恢复了，他再来找她。

就为了起毅的这一番诺言，时素华痴等到了今天。

过去，就是眼前的这个男人，用他的爱彻底地搅扰了她的生活，她的心灵。当这个男人不再召唤她的日子里，时素华感到她简直变成了一个没有灵魂的女人，那种刻骨铭心的思念，刻骨铭心的痛楚，只有有过相同处境的人，才能了解万一。

时素华颤抖着，轻轻地将一只手放在起毅的额头上，然后轻轻地将起毅灰白的头发往后推着。

这是他们两人以前独处的时候，时素华最爱做的一个动作。现在重复着这个动作的时素华，一边慢慢地用手指为起毅梳理，一边将她的眼泪滴落在起毅的脸上。

夜已深沉，病室里静悄悄的。

十一

起毅住院的第二天，木双一得到消息就到了医院里。

“英子，你这一段的主要任务，就是照顾好你的父亲，有什么困难就说。”

木双找完起毅的主治医生后，这样安慰着起英。

起毅住院期间，音召法院从领导到一般干部，几乎都来看望了。李力单独到了医院，在起毅的病床前给了起英一个装了一百元钱的信封。

吉阳飞一直为起英的父亲跑前跑后的，医院里的一切都由他帮起英作了最好的安排。

起毅入院第二天的晚饭后，时素华回家去给起毅拿新的换洗衣服，病房里只留下了起英父女俩。起英坐在父亲的床前，看到父亲的病并没多少起色，起英忧心忡忡的，以至暮色渐浓，起英也不想打开病房里的灯。

"英子!"

随着这声熟悉的轻柔呼唤，一只手轻轻地搭在了起英的肩头。起英一抬头，已是中院副院长的梅青，竟然在这种时候独自来到了起毅的病房里。

"梅院长。"

起英猛地站起，惊喜地看着梅青，刚刚开口叫了一声，起英早已是泪流满面的。父亲住院以来，起英在木双面前都没有哭过，竟然在梅青面前痛哭失声，好像一个满腹委屈的孩子见到了最亲最亲的人。

"英子，这么大的事情，你应该在第一时间告诉我的。"

梅青轻轻地扶住起英的肩膀，眼睛里分明有了泪光，他看着眼前有些消瘦的起英，梅青觉得心灵深处的某个地方突然变得很痛，很柔软。

是啊，梅青喜欢起英，他虽然离开了音召县法院，但他一刻也无法忘记起英。

看到起英无声地流着眼泪，梅青的心里突然变得酸酸的，他变换着站的姿势，转而紧紧地握住了起英的双手。起英的手温温的，软软的，好像没有骨头，白皙而柔嫩。

梅青那双滚烫的大手紧紧握住起英的手，起英浑身一震，但她并没抽回自己的手。

"起英，伯父的这种病我特地请教过省人民医院的一个同学，这种病是急不来的。而且，只要坚持总有一天会恢复。"

起英第一次容许一个男人将她的手揽在胸前，而且一点也不反感，起英都觉得有些异样，听着梅青体贴的话，脸上不由泛起了一层红晕。

看到起英羞涩地回避着他的目光，梅青知道，起英这座人们传说中的"冰山"，正在他的似火柔情面前慢慢地融化。

主治医生查房的时候，梅青对起毅的病情问得详细而比较的专业。起英在一旁看着，觉得梅青的表情就像是一个儿子在担心他的父亲，起英的心里暖暖的。

"英子，你在音召这样的小地方干太可惜了，等我有了足够的能力，你可愿意跟我到市里去发展?"

住院部关门之前，起英陪伴着梅青走出病房的时候，梅青一边注视着起英，一边这样问她。

“如果你都觉得我行，我当然愿意离开这个地方。”

起英并不看着梅青，她的脸再次有点红。

看着梅青的车子开出医院的大门，起英的心里突然变得有些忐忑。在医院这个特殊的地方，在父亲病重的特殊时刻，久别之后的重逢，梅青眼睛里的那份柔情，都让起英不敢多想。

也许是我太孤独，太伤心了吧！起英拼命地想用这个理由安慰自己，因为她发现，梅青刚一离开，她竟然就对梅青有着一种异样的思念。

起英一边往父亲的病房走，一边拼命地用手擦着有些发烧的脸，她似乎想努力擦去脑子里的某些思绪。

就在起英被父亲的病搞得焦头烂额的日子里，李力觉得他自从到检察院去了那一回以后，身边的朋友就莫名其妙地越来越少了。

最让李力痛苦和介意的还是木双，自从他被检察院秘密请去了那一回之后，木双不再像以前那样信赖和倚重他了。以前，李力就像木双的弟兄，木双家的家务事他都可以参一把，即使是每次党组会议的不少内容，他也比几个副职知道得更早。

那时，李力能明确地知道，他和木双是休戚相关、荣辱与共的。不过，现在不同了，木双总是客气地对待他，他们之间不再涉及任何秘密或实质性的问题。

李力觉得，如果说以前木双是他人生路上的太阳，那么，现在这个太阳正在慢慢地变冷，无法挽回的慢慢变冷。而且，这种变化很明显，他只能眼睁睁地看着，除了心痛之外竟然毫无办法。

就在前次木双的女儿木小青参加工作的时候，为了尽量挽救与木双的关系，李力趁机给了木小青一个六千元的红包。这要在以往，木双夫妻是会笑着接受的。

但这次却不是这样，木双当时虽然收下了。但不到十天，借着李力母亲的生日，木双破天荒地还了一个六千六百元的大红包给李力的母亲，无非想表明，他们不敢再欠下李力的任何人情。

那一天，从来没有收过这样大红包的李母，高兴得眼睛里全是泪，对儿子的上司感激涕零的。

“小力啊，我们孤儿寡母能有今天，全靠着大家帮忙呢。特别是你们木院长，对你真是不错，你看见有哪个领导给群众送过这样大的礼，你一定要好好地报答人家，要不，你就拿着他送的这笔钱，去帮他的孩子买点贵重的东西吧。”

当晚，客人散尽只剩下母子俩的时候，李母还不忘语重心长地交代儿子。

“好的，您就别操心了，这笔钱您自己留着，木双那里，我会处理好的。”

李母欣慰地拍拍儿子的肩膀，安心地休息去了。

李力家的房子在一楼，还是他父亲在的时候，父亲的单位分的。房子没有客厅，两间房子带着一个厕所，母亲在进门的左边另外开辟了两个来平方的地方，围上几块木板，做成了一个小小的厨房。

李力坐在他的卧室里，他不想开灯，室外虽然没有路灯，也没有月亮，但还是显得比屋子里要亮堂。刚才在母亲面前强忍着，在这夜深人静、独自一个人的时候，李力终于忍不住泪流满面。

李力现在终于知道，他以前在木双身上的投资，是再也不会有任何回报了。一种被遗弃，被羞辱的感觉，深深地刺痛着他的心。

“我不能坐以待毙，我必须自谋出路。”

黑暗中，李力突然大声地自语。李力在黑暗中大睁着眼睛，思考着他应该怎么办。不过，李力很快就绝望地发现，他几乎没有更多别的退路。在音召县法院里，他似乎除了木双，在班子里就没有了其余的知己。而且，正因为他和木双的这种关系，还得罪了身边的不少人。

在县城，除了几个律师，李力在政府里连熟人也不多。市里和中级人民法院就更不用说了，除了梅青，除了经济审判一线的几个人，他和中院别的人几乎没有什么联系了。

李力想到已是中院副院长的梅青，他的心里更是冷冷的。因为他知道，像梅青这样一心向上的领导，对于他这种曾经引起检察机关注意，身后不干净的人，是会唯恐避之不及的。

至于自己法院的副院长吴易，那更不能提，这一点让李力想起来就后悔。

想当初，吴易新来，只想网罗手下，第一个就是向他李力示好。李力当时跟木双正是同坐一条船的人，又明知木双对吴易不是很喜欢，因此他一直不为吴易所动。不但让吉阳飞捡了一个大便宜，自己还将吴易得罪得干干净净，现在连回头的机会也没有，因为吴易是个很爱记仇的男人。

李力猜想，上一次检察院收到的检举信，肯定就是吉阳飞和吴易联手搞出来的。李力思来想去，在自己的能力范围内，最后能够抓住的救命稻草，恐怕只剩下余仁了。

而对于余仁，李力实在是太看不起他了，不然，当初选举人大代表的时候，他也不至于敢明目张胆地背叛他。李力想起余仁特别窝囊的为人，想到自己最终也许只能回到没有一点血性的余仁身边，李力就忍不住想要逃，想要大声地喊叫。

不过，再怎么说，余仁毕竟是个党组成员，李力知道，他想要在法院再往上发展一步是不太可能了，但如果想要保住庭长的职位，在法院领导班子里没有一个自己的人，那肯定是不行的。

李力思前想后，最后得到一个让他非常痛苦的结论，那就是他李力还是只能回头去投靠余仁。

虽然明知不会再有别的人可求，但过去在余仁手下受的那些委屈，还是让李力对重回余仁的怀抱心有余悸。那时，李力和他的手下，只因为他们的主管领导是余仁，他和手下的弟兄们几乎成了音召县法院里的贱民，一个庭长，甚至还不如一个刑庭的一般审判员。

两天以后的一个傍晚，李力在内心的不断挣扎中走在了那条几年前他经常走的，通往余仁家里的小巷里。街景依旧，李力的心情则远非往日，那时，他踌躇满志，是不少人都想拉拢的法院中坚力量，而现在……

容不得李力多想，不一会儿就来到了余仁家的屋门前。站在那张熟悉的门前，李力到底还是犹豫了很久，最后才敲响了余仁家的门。

应声来开门的是余仁，看到门外的李力，余仁似乎有些吃惊，稍微停顿了一下，余仁还是默默地将李力让进了屋里。

“余老板，吃饭了吧，我过来看看你。”

李力一边跟进门，一边没话找话地和余仁寒暄着，试图找回以前的感觉。

“嫂子，你怎么越来越漂亮了啊？”

一进门，正看见余仁的妻子迟宝莲从厨房里走出来，李力试图像以前一样亲热地和她打趣。

“你怎么还好意思到我们家来呢？”

迟宝莲不但毫不领情，她还瞪着李力，话语里丝毫不掩饰她对李力的厌恶。余仁没有让妻子说完后面的话，他只用眼睛瞪了一眼，迟宝莲就乖乖地缩回了厨房里。

“你知道我老婆不懂事，你别听她的。”

看到李力听到迟宝莲的指责脸色发白，进退两难，余仁上前拍了拍李力的肩膀，算是他对李力的安慰。

“余老板，早几天你生日，我有事没有赶过来，今天其实是特地来为你添寿的。”

李力望了望厨房，有些尴尬地笑了笑，慢慢地从裤子的口袋里掏出一个信封递给了余仁。

“这么多年了，难为你还记得我的生日。”

余仁一边接过李力手上的信封，一边随口说。李力的脸又红了，他看着余仁没有轮廓的脸，猜测余仁是不是讽刺他多年不曾来看过他们了。

看到李力的脸色变红，余仁知道他说漏了嘴。因为以前每当余仁生日，李力都会前来祝寿。自从这几年李力背叛他跟了木双后，这还是李力第一次到余仁家来。

站在余仁面前的李力，变得有些不修边幅，脸色苍白而疲倦，眼睛里也是雾蒙蒙的。院里除了木双和极个别的人，大家都不知道李力曾被检察院关押一事，余仁更是不知道这件事，看到莫名落魄的李力，余仁在李力的身上似乎照见了自己。

“李庭长，你要努力喔，我们班子里的几个人，木双的眼睛里只有郑可和起英，吴易在重点培养吉阳飞，你是怎么搞的？我都有点替你泄气呢。”

看到李力一副灰心丧气的样子，余仁心中已经有了主意，他决定不管怎么样，首先得挑起李力心中的不满和怨气。

听到余仁这样说，李力仰起头，极力地回避着余仁的注视。因为李力觉得让余仁这样的人居高临下地注视着，是令人很不舒服的事情。

而且，李力的心中突然犹豫不定：自己回头寻求余仁的保护，到底是不是明智之举？不过，不管李力怎么想，他都突然有些伤心。

“以前只怪我瞎了眼，院里真正对我好的只有余老板你啊！”

李力低下头来的时候，他的眼睛红了，因为他发现现在只能顺着余仁的话来说。

余仁听了李力的恭维，只是不置可否地笑了笑。从李力进门开始，由于余仁的妻子不再露面，李力连一口水也没喝到。又因为是刚刚重新接上头，余仁只是不冷不热的，两人谈了一些无关痛痒的事和人之后，李力就知趣地离开了。

十一点以后的晚上，县城里几乎只剩下了一些主要的路段还亮着昏黄的路灯。四周静静的，县城的街道，消散了白日的喧嚣，仿佛变成了一座寂静的孤城。那些黑黢黢的房屋，像一群群怪物立在那里，沉默着没有一点生气。只有偶尔闪过的流浪狗的身影，才能让李力知道自己确实不是走在荒漠里。

两颗冰冷的眼泪突然滚出眼窝，李力满腹委屈，满腹心酸，为堕落得只能低声下气地再次投靠曾被他抛弃了的余仁，李力对自己，对他周围的人，突然充满了恨意。

李力突然很想找人聊聊，不管聊什么，也不管对方是谁，他只是很想找人聊聊。

快到家的时候，李力忍不住反复想：是不是还是该去找找吴易呢？他虽然有吉阳飞，但多养一条狗与少养一条狗有多大的区别吗？不管他，病急乱投医，还是先抓住比较容易掌握的余仁再说吧。

李力的身影刚刚在门外消失，余仁夫妻就迫不及待打开了李力留下的信封。看到崭新的十张百元大钞，看到对着那沓钱瞪着一双大眼睛的迟宝莲，余仁意味深长地笑了。

“李力肯定是有什么事要你帮忙，你能帮他不？”

因为很久没有人这样无缘无故地给家里送钱送物了，连迟宝莲也担心地问余仁。

余仁不置可否地望着窗外，神情有些莫测高深，他不屑回答妻子这样幼稚的问题。就在刚才，余仁开门的瞬间看见李力的时候，一时的冲动，差点让余仁做出了将李力狠狠地关在自家门外的过激举动。

不过，在吉庆手下，在康立手下，以及现在在木双手下经受屈辱磨炼所产生的韧性，以及忍住反抗冲动的耐性，让余仁在一瞬间又终究控制住了自己，没有让自己的怨恨和愤怒爆发，而且恰到好处地接待了李力。

想当年，人大代表选举结束的时候，余仁真的很想杀死李力和邢坤。不过，再次在自家的门口看到李力的那一瞬间，余仁的想法变了，他对李力另有了打算。余仁知道，时至今日，像他这样的人，帮人是没有能力了。但要想害人，特别是如果还有了李力帮助的话，那还是有这个能力的。

余仁自认为对于李力还是了解的，李力虽然也还算不蠢，但他冲动，有些鲁莽，而且嫉妒心很重。关键是，只要他认准了谁，就很容易被人当枪使。

余仁再次接纳了李力，他决定利用李力的这些特点，好好地在音召县法院掀起一点波澜，好让木双们不得安宁。

余仁主意已定，三天后，他打发迟宝莲带着孩子回了娘家，专门在家里约请了李力。

李力接到邀请后，主动带去了一件本地产的啤酒。在余仁家四个多平方米的客厅兼餐厅里，各自消灭了两瓶啤酒后，李力觉得他与余仁的关系似乎又近了许多。望着坐在对面两鬓已有些斑白的余仁，李力也不知是怎么了，开始滔滔不绝地回忆起以往和余仁一同出差的点点滴滴。

“李力，我记得那批庭长你是上得最早的，可惜这几年的进步就比别人慢了一些。”

余仁不想让李力高兴起来，他对李力当头一瓢冷水，余仁那双眼睛里慢慢地溢满了恨意，他几句话就将李力重新拖进了失落和怨恨的泥沼里。

“余老板啊，这有什么办法呢？时至今日是我李力背时跟错了人，这是没有办法的事情呢！”

余仁的那几句话似乎充满了魔力，立刻让李力哽咽起来，一口气灌下了一整瓶啤酒。

看见李力有些上钩，余仁站起身来走到李力身边，附在他的耳边神秘地说：“也许我们还有办法。”

余仁特地将“我们”两个字讲得很重。

李力抬起头来，有些迷茫地看着余仁。

“你只要有心拿着相机每天凌晨到县城几大宾馆的去看看，可能就会收获不小，有了意外的收获后，我们就有办法了。”

听了余仁的话，李力吃惊地睁大了有些醉意的眼睛。李力早就参与了余仁提到的县城越来越开放的夜生活，凌晨才从酒店或宾馆之类的地方或疲惫，或醉醺醺地走出来，这在李力近几年的生活中也是家常便饭了。

听到余仁提出的这个阴招，李力非常吃惊，因为不用余仁说李力也知道，黑夜里的这些场所到底都藏了一些什么。

不过，李力默不作声，只是不懂似的望着余仁。

“找找他们那些人的把柄看啊，有些事情只要有了把柄，我们就主动了。”

余仁说得很露骨，说话时的表情阴冷而有着一种莫名的向往。

李力其实早就知道余仁的意思，他知道，余仁这几年不但落魄，而且在夜生活上也早就落伍了。因为要经常过得起夜生活，没有可靠的经济来源是不行的。而一个失势了的单位副职，是不会再有多少人来提供可靠的夜生活经济来源的。

李力听了余仁的话，心里暗暗吃惊。他以前只是知道余仁无能，谁知对木双，吴易的仇恨，竟然让余仁变得这样阴险，这是李力原先没有料到的事情。

李力不再看着余仁的眼睛，因为李力突然觉得，余仁脸上那双不大的眼睛里，突然闪着狼一样的目光。

余仁的话已经讲到这样的程度，李力在一旁沉默不语，似乎一时拿不定主意。余仁和李力互相望着对方，两人都觉得今天似乎已经无话可说了。

一件啤酒将要喝尽的时候，李力装作不胜酒力，向余仁告辞。望着眼神散乱，走路有些趔趄的李力，余仁不动声色地让他离开了。

出得余仁的家门，走在月光皎洁的县城的巷子里，李力忍不住时不时地望望西边天空那半轮清冷的月。那高高地挂在天空的半个月亮，显得冷冷的。这让李力突然想起有一次，起英将一个冬日里阴沉沉的太阳叫做“冷太阳”!

当时，李力只是觉得起英这个姑娘有点怪。但在这冷清的深夜里，李力不由得突然有些明白了起英的话，是啊，也许太阳只是因为乌云的遮挡才会暂时地显得“冷”，不过，自己的人生似乎就一直生活在各种“冷太阳”下。

起英，这个让李力至今也没能全部忘记的名字，这时不合时宜地出现在他的脑海里。李力停住脚步，站在一棵樟树下一动不动，在酒精和月色的双层作用下，李力终于忍不住轻声地哭了起来。

李力曾经在哪本书上看到过一个词，那是一个李力很喜欢的词——命运多舛。近来他越来越觉得，这个词简直就是根据他的实际情形造就的。直到今晚，就在刚才，他才又一次模模糊糊地意识到：他再一次屈尊投靠余仁也许是大错而特错了。

对于今晚余仁给他出的阴招，李力以前不是没有想过。不过，李力知道，每当深夜或者凌晨，还能够有资格出入那些高级酒楼，宾馆的，不但有本县的各路人物，还有不少市里的头头脑脑，甚至有时还能看到省里下来检查工作的某些领导。似乎只有余仁被排斥在这些时尚生活之外了。

而且，对于木双喜欢哪类场所，吴易又爱去那些地方，李力都很清楚。但对于一个只能在县城里混下去的人来说，谁会蠢到按照余仁的阴招去做呢？因为那样一来，不但得不到什么好处，甚至还会惹上杀身之祸。

李力流了一会眼泪，觉得轻松了许多，他继续朝家里走去，李力一边走，一边忍不住将木双、吴易和余仁作着多方的比较，比来比去，李力还是觉得木双最好。

在这样的比较中，李力心中的仇恨又涌上来了。李力并不恨木双，他最恨的是那个写检举材料的人。是那个人让他进了检察院，是那个人让他失去了木双的信任。他不能轻易放过那个人，而李力的心里认定，那个人一定就是吉阳飞。

十二

就在李力挣扎着寻求新出路的时候，木双在整个音召县已经很有名气了，这名气一是来自他的魄力，二是来自他罗织各种关系网的能力。在小小的音召县里，简直就没有木双办不成的事。这不，连往日在官场上给了他不少指点的夏兰，也在木双的帮助下，正在谋求音召县县委组织部副部长的职位。

像夏兰这样的女同志，要在小小的县城里走到这一步是很难得的。因为夏兰在县委几十个女干部中，并不是很突出。

因此，当初木双向夏兰提出要帮她争取县委组织部副部长职位的时候，夏兰还认为木双想得太天真，夏兰觉得那几乎是不可能的事情。夏兰虽然不忍心当面泼木双的冷水，但她当初确实没有把木双的这个提议当成一回事。

不过，夏兰从来都不会反对木双的任何提议，她心里虽然有不同想法，当面还是默认了木双的主意，决定听从木双的一切谋划和安排。

"阿兰，今晚打扮得漂亮一点，等下我来接你去见一个人，你一定要打扮得漂亮一点喔。"

木双和夏兰商定好之后的一天晚上九点多钟，木双打电话给夏兰，在电话里木双这样对夏兰说。

夏兰刚刚回到家里，还来不及检查孩子的作业。接到木双的电话，夏兰来不及问为什么，木双就匆匆地挂断了电话。

夏兰本来就是一个美人坯子，不过，为了木双第一次提出要她打扮的话，她挽起了一个发髻，为了配合晚上的灯光，夏兰上了一点金色的眼影，抹了玫瑰色的口红。

夏兰匆匆赶到约定地点的时候，发现县委管组织人事的第一副书记和台新，以及在县城房产界赫赫有名的老板田雨，正和木双坐在一起。

在包间有些朦胧的橘黄灯光照耀下，夏兰显得小巧，甚至有些妖艳，根本不像一个坐行政机关的职业女性。夏兰本来是为着木双的叮嘱，特地为了木双而作的打扮，现在看到另外两个男人正直勾勾地看着她，夏兰竟然羞红了脸，羞涩让她显得更加娇媚，走路也有一点扭捏，这份扭捏放在夏兰身上恰到好处，让她浑身上下更加风情万种。

"小田啊，看见没有，谁说我们政府就没有美女呢！县城里有几个我们小曹这样的大美女啊。"

看到夏兰应约来了，和台新不由眼睛一亮，和身边的田雨打趣着她。

"我们和书记手下哪里会没有美女呢！只是也太美了，像眼前这样的美女，我还是头一次看见呢！今晚算我有眼福。"

听到和台新对夏兰的称赞，田雨及时讨好地附和着。

"和书记，你说的是不是真的啊，我真的有那么美丽吗？你可别骗我，我可是最容易相信领导的话哟。"

到底是在县委组织部门工作多年的人，夏兰很快明白了木双今晚要她打扮的用意，夏兰恢复了正常，她落落大方地在和副书记身边的那个位子上坐了下来，一边说着话，一边意味深长地看了和书记一眼。

与此同时，夏兰瞟了木双一眼，木双此时脸上的表情，让夏兰心里暗自高兴。因为这么些年来，木双一直都在她的心里，只是她一直没有把握，那就是她到底还在不在木双的心里。

不过，从今晚木双眼睛里瞬间传出的信息，夏兰知道，她也一直在木双这个男人的心里。夏兰终于决定：不管通过什么途径，她也一定要将组织部副部长的职位搞到手，今后在她的帮助下，让木双在音召县里混得更加如鱼得水。

夏兰放下了往日的矜持，在杯盏间谈笑风生，每当她的目光与和台新的目光相遇的时候，她都让自己的眼神看起来显得有些意味深长，一只显得娇弱无力的芊芊玉手，轻握着那只斟了半杯白酒的杯子，媚眼朦胧地频频与和台新碰着杯。

木双喝得有些勉强，田雨则显得有些谨慎。夏兰知道，近年来县城里传闻，虽然和台新身边美女如云，但他还是绝不能容忍谁打被他看中的美女的主意。

也许田雨正是忌讳这一点，木双则是怕她会喝醉。

只有夏兰，她像不少知道自己很漂亮的女人一样，对自己掌握男人的能力充满了自信。

喝到第三杯的时候，凭着女人敏感的直觉，夏兰知道和台新上了她的道，但她还是决定要试探一下和台新。

对于夏兰这种平日里并不风流的良家妇女，一旦为了某种目的风流起来，那种风流不但别具风味，而且，往往让男人无法抵御。

再一次举杯的时候，夏兰假装没有端好酒杯，洒了一点酒在和台新的大腿上。

夏兰一边道歉，一边用空着的另一只手替和台新擦干酒渍，夏兰刚一接触到和台新的身子，不由得暗暗心惊，和台新的身子滚烫，大腿竟然微微地颤抖。

夏兰非常吃惊，按理来说，久经各种女人考验的和台新，本不该有这样的反应。因此，和台新有些意料之外的反应，让夏兰有些心慌，接下来再也不敢试探了。

夏兰虽然不算顶级的美女，但她有一种令某一类男人着迷的特质，那就是夏兰具有一种带着一丝忧郁的、冷艳的女军人式的美。对于有些男人，特别是那种认为自己很有魅力的男人来说，征服这样的女人是他们终生的梦想。

而音召县委第一副书记和台新，就正是这样的一个男人。

在整个音召县里，很少有男人的体貌能和他相比。和台新一米七八的身高，即使是长期在外吃喝，也绝对没有啤酒肚。脸上的轮廓，有点像日本的影星高仓健，冷俊而富有某种成功男人的魅力。

在县城，一般人为了减肥而锻炼，经常进出健身房的和台新，他的锻炼却是为了增长身上的肌肉。因此，还是在和台新没有今天的权力和地位的时候，他的身边就不缺心甘情愿追随他的众多美女。

不过，和台新对于美女，他自有一番独特的品评。

和台新认为，那些主动向男人投怀送抱的女人，是下品。稍作努力就能弄到手的女人，也只是中品。一再努力，极难到手的女人才是上品。

只有冷艳中稍带忧郁，旁若无人而又暗香涌动的女人，才是真正的极品。

和台新就曾在私下里对他的死党说过，在音召县的政府机关里，只有女转业军人夏兰，才配得上这样的极品价位。

以前和台新不是没有发现身边的夏兰，而是因为一直没有好的机会。

一直自认为很懂得女人的和台新知道，对于像夏兰这样的女人，一旦一个男人在她的面前碰壁，就意味着你永远也没有了能够得到她的机会了。和台新可是一个永远不愿意让好机会丢失的男人。

这不，为了一个县委组织部副部长的职位，县法院院长木双就亲自将这样的机会送到了他的面前。

木双与和台新一直有着很密切的联系，就在几个月前，在木双和他一同前往新疆考察的旅程中，木双就向他提出，要和台新帮夏兰解决组织部副部长的职位问题。本来就一直在寻找接近夏兰机会的和台新，听到木双的提议，他真是欣喜若狂，和木双一拍即合。

和台新知道，在目前的公务员人事架构管理体制里，他一个有实权，而又绝对会用权的主管领导，要单独一个人决定升迁某一个部门的正职虽然不太可能，但要提拔一个自己主管部门的副职，却并不是很难的事情。这就像钱钟书在《围城》里讲的：丫鬟升为姨太太容易，而姨太太要升为太太很难是一样的道理。

看到夏兰满脸绯红，帮他擦干酒渍就再也不能正视他的眼睛，和台新知道，他碰到了真正的女人中的极品。

为了稳住夏兰，也为了不让另外的那两个人看出破绽，和台新装作对夏兰的表情变化一无所知，开始对夏兰施展一种欲擒故纵的伎俩，在席间不再格外理会夏兰，倒是和那两个男人谈笑风生起来。

“和老板，我们换下一个节目吧。”

酒足饭饱的时候，田雨向和台新提议。

“我还有一份文件今晚必须得处理，我就不参加了。小田，你替我好好地陪陪他们两位吧。”

和台新看了一眼有点心不在焉的夏兰，一边回答田雨，一边已经站了起来，腋下夹着那个真皮的公文包。这样一来，足以表明他的去意已决，不容别人再挽留他。

到了真正分别的时候，和台新最后很绅士地，轻轻地握了握夏兰伸出来的那只手。而且一改刚才的淡然，目光热切地和夏兰对视了那么几秒钟，表露了一种对夏兰的深深赞赏和一丝留恋。然后，和台新谢绝了任何人的陪送，潇洒地转身，瞬间消失在莫测的黑夜里。

随着和台新的提早离去，夏兰的心中莫名地有着一种遗憾。虽然和台新在座的时候，夏兰并不觉得很有趣，但一旦在某种场伙有一个人率先离开的话，特别是本来就人不多的时候，留下的人们就会产生这种遗憾，甚至是某种莫名的怀念。

夏兰就是这个样子的，她突然对和台新有了一丝莫名的感觉。只是夏兰并不知道，和台新之所以故意提早离开，他想要的就是这样的结果。

没有了观众的戏是没有必要再演下去的。和台新离开以后，各怀心思的木双和夏兰都失去了玩的兴趣。

田雨虽然极力鼓励木双和夏兰继续他们的活动，但木双和夏兰似乎都只想离开。最后，田雨也不再挽留，木双和夏兰就跟田雨分了手。

出得门来，木双要夏兰上了他的车，微弱的车内灯光下，木双脸上的表情有些阴晴不定。

“夏兰，你觉得和台新这人怎么样？你今晚打扮得太漂亮了，和台新可是著名的美女杀手呢。我现在就开始有些后悔今晚要你出面了，不要到头来反而害了你呀。”

车子默默地前行了几百米之后，木双将车停在路边的一丛树影里，看着陷入沉思的夏兰，木双终于小心地说出了他的担心。

“你别担心，有资格成为我心灵杀手的男人，这世上还只有一个，可惜他这一辈子是永远都不会出现在我的感情里的，即使我甘愿，人家也不会收下我的心呢。”

夏兰一边说，一边看了看木双，眼睛里的那份酸楚，让木双也不忍多看，两人都沉默了，在这沉默中，仿佛有些什么东西在两人的心中流淌。

木双对于夏兰的话不是不明白，就像以往一样，他只能保持着一份沉默。对眼前的这个女人，木双的心里其实是真正爱着的。

不过，表面开放的木双，骨子里却很保守的。在他看来，对于一个男人真正爱着的女人，如果你不能给她应有的名分，那就不能和她有肌肤之亲，不能轻易去搅乱一个女人心灵的平静，这样既是对那个女人的大不敬，也是对自己心中那份爱的大不敬。

而且，现在的木双更不能告诉夏兰，在他心灵的某个角落，不知不觉地还有了另一个让他更加深爱的女人——起英。

木双是个传统的男人，他虽然无法抛开没有大过错的发妻，但他欣喜自己拥有了另外两个女人的真心。虽然他知道年轻的起英对于他，既像女儿，又像妹妹。但他知道，起英是这个世上最了解他的一个女人。就凭这一点，他就不能控制自己的心，木双默默地爱着起英。

看到木双像以往在她提到感情时一样的保持沉默，夏兰的眼睛里泪光莹莹的，她偷偷地擦拭了一下，默默地转头望着车窗外。没有月光，车窗外黑黑的有点吓人，夏兰不由自主地往木双的身边靠了靠。

木双开始再次慢慢地发动汽车，车窗外那些朦胧的景色一一往车后退去。看着车窗外的这一切，夏兰真的希望自己心中的那些往事也能从她的心里这样自然而快速地退去。

这个晚上之后，夏兰在县委的大院里曾经几次碰上了和台新，夏兰没有发现和台新对她有任何异样的表情。与和台新见面夏兰心中虽然不再忐忑，但木双的话她怎么也忘记不了，按理说，男人应该更了解男人，莫非自己没有具备一个漂亮女人的魅力？

夏兰作为一个女人，虽然并不风流，但她还是像所有的女人一样希望自己在男人面前是个有魅力的女人。

“夏兰，今天下班后来我的办公室一趟。”

就在夏兰对她在男人面前是否有魅力即将失去自信的时候，一天下午，和台新给夏兰打来了电话，和台新的声音缓缓的，完全是一副公事公办的口气。

对于这次谈话，夏兰猜想应该是关于她的任命问题。而且，对于和台新将谈话地点放在他的办公室里，而不是什么别的地方，让夏兰非常的放心。

和台新的办公室，设在县委办公大楼后栋的五楼。

县委办公楼后栋的三楼是县委组织部，党委办，县直工委的办公用房，县委的其余主要领导，基本都集中在前栋的三楼办公。只有和台新，不知为何独自选择了后栋五楼这几间走廊尽头的房子做了他的办公用房。

快要下班的时候，组织部长因为一份急需的文件找不见了，他找到了夏兰。凭着夏兰的记忆，四十多分钟之后才在部长的书柜里找到了。因此，直到晚上快七点，夏兰才急匆匆地来到了和副书记办公室的门外。

下午，和台新吃了午饭给夏兰打完电话就去了县里那个最大最豪华的洗浴中心。在那间专门供他洗浴的单间里，和台新美美地泡了一个澡，一阵按摩之后，还做了一个发型。让洗浴中心那个专门服侍他的姑娘讶异的是，和副书记第一次婉拒了她的其他服务。

和台新坐在办公室里耐心地等待夏兰，他一身休闲装，衣领敞到胸口下面，发达的胸肌让他看起来威武帅气，一种从他身上散发的异香，足以让人心驰神往。

“和书记，不好意思，部长临时有点事找我耽搁了一下。”

夏兰一边轻轻地推开和书记办公室的门，脸上带着一丝歉意。

“不要紧，时间刚刚好，我也忙得才坐下来呢。”

和台新很绅士地从桌子后面站起来，亲切地笑着，用手势将夏兰迎进了他的办公室。

夏兰进门后，和台新轻轻地走过去关上了办公室的门，示意夏兰走进里面的那间房子。

夏兰进到里面一看，和台新的办公室是经过了重新改造的，里外两间，里间房子朝北边的墙角上还增设了一个独立的卫生间。

以前夏兰偶尔给和台新送文件的时候，也到过和台新办公室的外间。那时，和台新办公室里气派的老板桌，万多元一张带升降的气垫椅，以及打印传真等全套的现代化办公设备，曾经让她感叹不已。

不过，当和台新将她引进里间的时候，夏兰还是被里间的豪华震惊了。首先是房间里竟然摆着一张在省城买到九万多元一张的双人电动按摩床。房间里冰柜，彩电，微波炉等生活用品一应俱全。从卫生间半开的门缝里望过去，卫生间里是坐式马桶，好像还有独立的整体淋浴房。

“小夏，恭喜你啊，副部长的事情定下来了，我今天找你来，主要是想单独为你庆祝一下，再谈谈你以后的发展。”

正在夏兰有些惊奇地打量着这一切的时候，和台新一边在一个小巧的酒柜前准备着什么，一边款款地对夏兰说。

夏兰还来不及答话，和台新就亲自端着一杯调好的，散发着酒香的淡红色饮料送到了夏兰的面前。

饮料的香味有些特别，虽然淡雅，但有种使人极想喝它的感觉。夏兰接过杯子一抬头，看见和台新正在一旁笑眯眯地看着她，手里也有一杯相同的饮料。

有人说，傍晚灯光下的任何一个年轻女人都会魅力四射，娇俏可人。在和台新房间里粉红色的灯光下，夏兰的脸粉雕玉琢，一双眼睛熠熠地忽闪着，臀部和胸部的曲线格外诱人。和台新像一个酒徒站在一池美酒面前，他压抑着身体里几乎无法压抑的欲望，用贪婪的眼神品尝着夏兰的全身。

看到夏兰正笑眯眯地注视着他，和台新向夏兰举了举手中的那杯饮料。夏兰条件反射一样，也朝和台新抬了抬端着杯子的手。

看到和台新一边津津有味地喝着那杯饮料，一边在自己的对面坐了下来，夏兰也将那杯热气腾腾的饮料送到了嘴边。

一股幽香直冲夏兰的口鼻，闻起来那股香气甜丝丝的。夏兰试着喝了第一口，滑溜而香甜的饮料顺着喉咙下去的时候，好像能将人的心都润透。在那饮料蒸腾的雾气里，夏兰感到和台新的笑容也变得越来越亲切。

与平日在机关大院碰到的和书记相比，坐在夏兰身边的和台新简直变成了另外一个人，对人体贴而且温柔，只要夏兰的杯子空了一点点，他就会温情款款地给她斟满，两人喝着饮料，和台新与夏兰一直亲切地聊着。

慢慢地，从卫生间里飘出一种馨香的气味，那丝气味若有若无的，有时似乎还带着一缕淡淡轻轻的烟。

夏兰一边慢慢地喝着饮料，一边吮吸着那股好闻的香味，夏兰感到好像越来越有些谈兴，朦朦胧胧中觉得和台新似乎不再是外人。不知不觉，窗外已是夜色沉沉。

"小夏，你要来一点泰国酒吗?"

和台新正从冰柜里拿出很多美食，那是他早就准备了的，他笑眯眯地看着夏兰，用很磁很温软的声音问。

"好啊，我正想要喝酒呢。"

夏兰不知怎么马上就答应了和台新的这个提议，她用平日里看木双的眼神看着和台新，心中涌动着一股难以抑制的莫名爱恋，她感到似乎回到了少女怀春的年龄。

和台新给夏兰倒酒的时候，不知在哪个角落打开了房间里的音乐，那音乐带着一种特别的异国情调，夏兰虽然听不懂，但觉得它悱恻缠绵，令人想起自己的初恋，禁不住会辛酸，忍不住想流泪。

后栋本来就显得偏僻，下班后更是寂寥无声，加上和台新的房间里都有厚厚的双层窗帘。因此，此刻和台新办公室的这个房间里，显得与世隔绝，仿佛是个与世隔绝的异域空间。

两杯淡红色的泰国酒在和台新的频频示意下慢慢地流入夏兰的咽喉。夏兰渐渐地感到浑身有些燥热，并且，对从洗手间里飘出来的那股神秘的香味越来越向往。

夏兰神情有些迷离，她慢慢地站起来，一边不断要和台新给她斟酒，一边拼命地吮吸着那股香味。

渐渐地，无论她怎么努力，就是无法满足渐渐不受控制的身心对那股幽香的渴求。酒让夏兰的脸变成了奶油的鲜嫩颜色，脸上那一颗颗细小的汗珠让她的脸恰似带露的桃花，眼神媚媚的，看人一眼勾魂摄魄。夏兰迷茫地靠近和台新，她越来越觉得那股无法抗拒的香味就是来自和台新的身体。

和台新满怀兴趣笑眯眯地欣赏着夏兰，他的脸在夏兰的眼睛里变换着，那张脸一时是木双，一时是和台新。夏兰摇了摇头，一股按捺不住发自骨子里的原始冲动，让夏兰将一种渴求的眼神投向了和台新。

看到夏兰在药物的作用下春心萌动，和台新心花怒放，但他并不急于收获，他有一种成事前尽情欣赏美女媚态的嗜好，夏兰的一切更是让他着迷。

其实，和台新卫生间里点的薰香，以及所谓的饮料和泰国酒，都是他几次前往泰国“考察”带回的一些在女人身上百试不爽的催情宝贝。

这几样宝贝都是有着持久作用的春药，无论怎样的冰山美人，只要碰上其中的一样，就没有不被融化的。

不过，为了理智而又冷艳的夏兰，和台新将这几样都用上了，以致弄得久经考验的和台新也差点控制不住场面，控制不住自己。

夏兰体内的欲望让她燥热难当，身体里那股原始的冲动越来越无法控制，夏兰竟在和台新的面前解开了上衣，乳房和腹部的皮肤白皙而细腻，像凝脂。和台新再也无法控制，他紧紧抱住扑进他怀里的夏兰，翻倒在他早已暗暗启动了按钮的那张电动按摩床上。

第二天凌晨，夏兰迷迷糊糊醒来，她刚想象平常一样拉亮床头的电灯，这才吃惊地发现，自己居然是坐在办公室里睡着了。夏兰茫然四顾，一时似乎还搞不清状况。

夏兰想要站起来，但她感到浑身疼痛，脑袋昏昏的。对于昨天的事，她突然有了一些隐隐约约，模模糊糊的记忆，但就是怎么也不能完全记起来。

夏兰冷静地思考了很久，当意识到和台新与自己已经做出了无法挽回的错事的时候，夏兰的心里翻江倒海，后悔不已。

正在夏兰考虑要不要去找和台新的时候，发现她的办公桌上竟然多了一张光碟。夏兰将碟放进桌上的电脑里，荧屏上显示的，竟然是她对和台新主动投怀送抱的全过程。

录像里，吊在和台新脖子上的夏兰，脸上有些淫荡，身姿无比娇媚，还在喃喃细语。和台新脉脉含情，紧紧拥着夏兰的腰。接下来两人在电动床上的翻腾更是不堪入目。

看到这些，夏兰脸色煞白，浑身颤抖，她几次努力才拨通了和台新的电话。

“阿兰，昨晚我棒不棒？这么快又想我了吗？”

电话一接通，电话那头和台新的口气里充满着欣喜。

“和台新，你真卑鄙，你现在要不和我说清楚，我等下就留下一封揭露你本来面目的遗书，然后从你办公室门前的楼上跳下去。”

夏兰不容和台新插话，决绝地表明了她以死相搏的决心，啪的一声挂断了电话。

夏兰泣不成声，闻着身上残留的那股异香，夏兰意识到是和台新在熏香和酒水里做了手脚。

此刻，一个良家妇女偶尔出轨后所有的彷徨，慌张，痛苦和惊恐，全部来到了夏兰的身上，她一边骂着和台新，一边将那光碟砸得稀烂。

夏兰的话终于让和台新慌了神。和台新早就知道夏兰的个性，因此他才在事前玩了那么多手段。他知道，夏兰在电话里说的话，那可不是说着玩的。

本来，昨晚就是为了控制或防止有什么后遗症，和台新才特意启动了他房间里的几处摄像装置，将夏兰从进门以后的一举一动都摄得清清楚楚。

就在接到夏兰的电话前，和台新还在兴奋地反复观看着他和夏兰的这盘录像，设想着什么时候能够这样重来一回。和台新觉得自制的这盘光碟比任何的淫秽光碟都来得带劲，因为这里面的主角，就是他和他喜欢的女人露骨而又回味无穷的鲜活表演。

昨晚一切结束的时候，疲惫不堪的夏兰酣然入睡。看到赤裸的夏兰一身奶油色的肌肤，和台新忍不住又用相机拍下了几个诱人的镜头，准备留待以后慢慢地欣赏。

夏兰挂断电话后，和台新马上冷静下来，他重新拨通了夏兰的电话，在电话里尽力地安抚着夏兰，并且信誓旦旦，一再保证只有夏兰手上的那一个光碟，以后也绝不会有什么遗留的问题。

和台新还一再保证，只要夏兰不愿意，从此后，他一定会彻底地忘记昨晚发生的事，至于夏兰的人事任命，他保证在五个工作日里帮夏兰搞定。

夏兰的眼睛哭得通红，听到和台新在电话里的一再保证，夏兰流着泪，她沉默了。

“小夏，是我错了，我不该爱上你，如果你不相信我讲的话，我马上可以给你写个书面保证。”

电话那头的和台新声音有些嘶哑，反复向夏兰保证着，恳求着，完全没有了一点书记的架子。

书面保证？那是纸写笔载的东西，虽然对和台新有很大的制约，但一旦这种东西不小心遗失了呢？或者无意中被别人发现了呢？那不是反而害了自己吗？夏兰虽然心乱如麻，但她的思路却很清晰。

“好吧，我愿意相信你讲的一切是真的。以后你走你的阳关道，我过我的独木桥吧。”

夏兰沉吟了一下，她知道事已至此，也只能相信和台新了。

这个事件过后的第四天，夏兰县委组织部副部长的任命文件就正式下来了，这让夏兰多少得到了一些安慰，也对和台新放心了不少。

那一天，办公室里只剩下夏兰一个人的时候，夏兰久久地站在那块穿衣镜前面。夏兰看着镜子里的自己，仅仅几天时间，她就眼窝深陷，脸色蜡黄，一种深深的负疚感，以及一种来自内心深处的惶恐，几天时间就让夏兰的脸上失去了往日的光泽。

终于得到了木双帮她谋划的职位之后，夏兰没有丝毫的喜悦，心里反而只有不安。

正在夏兰顾影自怜，暗自流泪的时候，电话响了。

“阿兰，恭喜你，我就来接你，让我帮夏部长好好地庆祝一番吧。”

木双从和台新那里得到消息，他在电话里故意变换着对夏兰的称呼，高兴地不容夏兰推辞。

几个小时后，木双和夏兰双双坐在了县郊的一个小酒店里，老板给他们的包间也很有意味，因为那包间的门楣上贴着三个字——“伊甸园”。

走在前面的木双并不注意这些小节，只有身为女人的夏兰，她在心中默默地念着这三个字，想象着亚当和夏娃当年在这个园中的处境，夏兰跟在木双的身后走进了“伊甸园”。

“阿兰，你病了吗？你的样子怎么会变得这样厉害呢？你哪里不舒服啊？”

木双本来兴高采烈的，他刚刚在夏兰的对面坐下来，马上又吃惊地站了起来。

听到木双连续地追问着，语气显得又担心，又焦急。夏兰的心里很感激，她有些不好意思地望着木双，看着木双眼睛里的神情，夏兰终于意识到，自己与和台新的事是无论如何不能让木双知道的，不然那会出大事。

“我在减肥啦。”

夏兰不再注视木双，故意淡淡地说。

“你的胖瘦正好，男人就喜欢稍微丰满一点的女人，你减什么肥啦。”

夏兰假装没有听见，眼睛只是望着别的地方。看到夏兰的神情，木双明白，她不想继续同一个话题。他和夏兰之间一般什么都能谈，但夏兰这样一副表情的时候，就是她不想继续那一个话题的表示。木双并不计较，他在乎的是他与夏兰之间不用戒备，不用提防，心有灵犀的那份情谊。正是这一点，让他们两人对彼此都很珍惜。

虽然外界也有人怀疑他们两人是否逾越了一般意义上的男女关系，其实他们在这个方面是绝对清白的。因为夏兰虽然不能忘记木双，但她迷恋的其实只是木双身上那种现代官场少有的江湖义气，木双的这种气慨让他有时显得顶天立地，特别能够给予一个女人足够的安全感，而安全感正是不少女人都很希翼的东西。

木双则是当今世上少有的对肉欲不是很迷恋的男人，他更喜欢在自己心灵的某一个地方珍藏他所心爱的异性。他认为只有这样，才真正富有韵味，富有想象的空间，是一种男女交往的最高境界。也许在他的内心世界里，只有没有得到的东西，才是最好，最值得珍贵的。

“夏部长，夏兰部长。”

木双知道夏兰只是在减肥，他放下心来，小声地叫着夏兰的新职称，像个大孩子一样顽皮地对夏兰笑着，脸上的酒窝浅浅的，一种童稚的表情呈现在他的脸上。看着一院之长的木双在她面前像个大男孩，夏兰的心里突然有种莫名的感动。

“阿兰，在今后的五年里，你争取坐到副县级的位置上去。我呢，争取调到中级人民法院去搞个副职。”

听完木双的打算，夏兰笑了，她像看着一个刚刚吃完了一支冰棒，又想要没有什么钱的姐姐给他买另外一支冰淇淋的孩子一样，夏兰脸上微笑着，心里却突然充满了对木双的怜悯。

因为夏兰知道，像她和木双这样一些没有铁血背景的平凡人，在官场上能够努力地爬到今天的高度，恐怕前面的路就不会太多了。

正在夏兰就要开口说话的时候，木双突然对她做了一个暂停的手势。夏兰顺着木双的目光向窗外望去，就在窗口那里，一个男人的身影刚刚像鬼魅一样“嗖”地离开了。

木双急忙纵身一跃，跳出窗外，在隐约的灯光里，木双觉得那个神秘的背影好像是吉阳飞。

目送着吉阳飞头也不回地离开了酒店，木双的心里有了一层淡淡的阴影。他不知道吉阳飞是特地跟踪自己来的酒店，还是偶尔路过，看见他和夏兰在一起觉得好奇，才在窗口窥视的。

十三

吉庆正式退休以后，法院的人们普遍认为吉阳飞在县里缺少了一个靠山，以后的发展堪忧。吉阳飞比谁都清楚这一点，他曾经多方设法，想在县委里建立一条可靠的关系。不过，经过一番努力后，吉阳飞绝望了，因为他的父亲在县里这几年提的意见不少，得罪了不少的领导，人们都对他敬而远之的，这让吉阳飞欲哭无泪。

正在吉阳飞对他的未来有些绝望的时候，音召县新来了一个县委书记。还是在新的县委书记没有正式到位的时候，梅青就曾告诉吉阳飞，音召新来的书记叫时建，是他大学里最要好的同学。

从那以后，吉阳飞几乎天天盼着时建来上任。谁知时建来了之后，吉阳飞和梅青才发现，要在一个县委书记面前无缘无故地引见一个普通的干部，即使是梅青和时建这种亲密关系也不是那么容易的事情。

梅青一直为吉阳飞留意着这样的机会，吉阳飞更是像热锅上的蚂蚁。正在吉阳飞束手无策的时候，也许是水土不服，从市里下来的时建不知怎么感染了肺炎，住进了市里的一家医院。

时下轮到像时建这样级别的领导们住院，对身边的一般干部都是保密的，即使有人想趁这种时候拉拉关系，也总是找不到地方。

因此，能够有资格得到时建病了或住在哪个医院这种消息的，就都不可能是一般的人了。

梅青最早得到时建住院的消息，而且是时建自己打了电话给梅青。梅青当即赶到医院和时建的主治专家面谈之后，来到了时建的病房。

“老梅，你来得真快，我正在想你呢。”

梅青一进门，时建正在病床上输液，眉宇间显出一种突然生病的人特有的无助和孤寂。

时建和梅青既是多年的同学、好友。同时，由于他们是在不同的领域寻求发展，互相之间并没有利害关系，因此，他们经常还会在一起交流一些为官之道的诀窍和技艺。

还是在大学的时候，为了区别他们与其他人之间的那种特殊的友谊，他们就亲密地在各自的姓前面冠上了一个“老”字。

“老时，你再怎么拼命，也要顾及自己的身体啊，我们毕竟都已人到中年呢。”

梅青一边走近时建的病床边，一边温婉怜惜地责备着时建不会保护自己的身体。

看到时建笑着不反驳，梅青熟练地帮时建调整了一下输液点滴的速度。

时建虽然下到了县里任职，但他像梅青当年一样，家仍然安在市里。而且，他的妻子刚刚随一个欧洲考察团去了国外，一时半会是赶不回的。

看到梅青既是朋友，又像家人，正在病中的时建有些感动。也许无论什么人，只要是在病中，他就会暴露出脆弱的一面，甚至突然会依恋某个人。

“老梅，这个时段，你怎么会有时间的？”

“老时病了，我能没时间吗？”

“小文，现在有我的老同学在这里，你暂时去休息一下吧。”

看到梅青的眼睛时不时地瞟着他的那个男秘书，时建打发走了他。

“老时，你的体质有问题呢，这需要从根本上改善才行。我有一个最可靠的手下，是从西藏复员回来的，你要不反对的话，我可以通过他搞一些地道的野生虫草来，那个东西可是增强人体免疫力的好东西，对你目前这个病大有益处呢。”

看到秘书的身影消失在门外，梅青用商量的口气对时建说。

时建是个知识面很广的人，他不但知道梅青讲的虫草的药效是真的，而且知道虫草绝对稀少，因此很贵。因为在时建为官的这些年里给他送钱，送字画，珍贵鱼虫，人参燕窝，甚至送古董的都有，唯独还没有人给他送过虫草。

“虫草可是好东西，确实可以增强人的免疫力。”

听时建这样说，梅青当着时建的面，拨通了吉阳飞的电话。

接到梅青的电话，吉阳飞很兴奋。因为自从时建空降音召县后，梅青就一直在寻找能够让他自然地接近时建的机会。现在这机会就这样自自然然地摆在了吉阳飞的面前，怎能让吉阳飞不激动呢？

因此，在接听梅青电话的时候，吉阳飞兴奋得紧握着双手，好不容易才没有不由自主地笑出声来。

是的，吉阳飞确实是在西藏当了几年兵，虽然未能考取军校，但部队所在地出产上等的野生虫草，吉阳飞利用节假日深入腹地，带回了好几斤上等的虫草。

复员后，吉阳飞的妈妈看到虫草的价格飞涨，连一根虫草也舍不得炖着给吉庆吃，总想留着这些比黄金还贵的东西，有朝一日吉阳飞也许会用得上。

接完梅青的电话，吉阳飞火速给他的母亲打了一个电话，虽然在电话里不便多说什么，但他还是想办法让母亲明白了这一次炖虫草的重要性。

吉阳飞年近七十的母亲玉霜一放下儿子的电话，立刻去了市场买了一只老母鸭，挖出鸭脯肉，将那两块鸭脯肉切成规则的小块，然后从冷藏柜里小心地拿出了几根虫草放在一个炖锅里，配上另外几味中药，开始仔细地熬制起虫草鸭脯汤来。

吉阳飞时刻惦记着给时建送虫草汤的事，他等不及下班，提前一个多小时就回到了家里。客厅里静悄悄的，吉阳飞轻轻走到厨房门口，看见母亲小心地从炖锅里往外倒出一碗虫草鸭脯的浓汤，然后重新往炖锅里加进了一些开水。玉霜全神贯注地搅拌着锅里的汤，全然没有注意儿子回来了。

吉阳飞的嘴巴张了一下，他本想制止母亲，因为那是要给县委时书记喝的，他不想掺一点点假。不过，吉阳飞什么也没说，心里突然酸酸的，想起父母珍藏着他带回来的虫草，一次也不舍得炖着吃。现在母亲为了他，第一次在炖着虫草，只是这第一次炖的虫草，竟然是为一个从未谋面的外人炖的。

“妈妈，你儿子回来了。”

看到母亲没有发现他，吉阳飞悄悄地退出过道，重新回到客厅，像平常那样大声地叫着。

玉霜顶着满头的花白头发，应声从厨房里走了出来。

“儿子啊，你回来得正好，刚才隔壁的熊姨给妈送来了一盆排骨汤，我帮你留了一点，你赶紧趁热喝了吧。”

母亲回到厨房，给吉阳飞端出了刚才从炖锅里舀出来的那碗虫草汤。

吉阳飞仰着头，深深地吸了一口气，因为他的眼泪已经快要流出来了，他不想让母亲看见他的眼泪，他更不想让母亲知道他发现了刚才的小秘密。

“妈妈，我刚才在路上吃了十串羊肉串，肚子太饱了，你要不帮忙，这碗汤我就只能倒掉了。”

吉阳飞一边接过母亲送到面前的汤碗，一边摸着肚子对母亲说。

看到儿子要将那碗汤倒掉的样子，玉霜紧张地接过了儿子手中的碗，像吉阳飞小时候不爱吃饭的时候一样，玉霜将汤碗送到吉阳飞的嘴边说：“来，慢慢地多喝几口。”

吉阳飞听话地轻轻喝了几口，他的母亲在一旁欣喜地看着，脸上笑开了花，仿佛儿子喝的不是虫草汤，而是一种能让儿子永远健康平安的仙药。

吉阳飞喝着汤的时候想：以后自己当官了，别人送什么都可以不要，除非是送的虫草，到那时要让爹妈喝个够。

碗里还剩下大半碗汤，吉阳飞不再喝了。看到母亲打算将那半碗汤留待他晚上再喝，吉阳飞生气了。玉霜这才像捧着一碗生命的浓汤一样，小心地就着碗边喝了几小口。

晚饭时节，吉阳飞提着虫草鸭脯浓汤，开车赶到了时建所在医院，梅青在住院楼的一层迎住了吉阳飞。

“小吉，你在时书记面前千万别把虫草看得很贵重的样子，时建可不是什么人的礼都收的人。等下他能喝你送来的汤，那就是你的福气。”

看到走下车来的吉阳飞兴高采烈的，梅青及时提醒他。

吉阳飞虽然聪明，毕竟缺乏与时建这样的领导打交道的经验，他感激地对梅青点着头，收起了满脸的笑意，心里莫名地紧张起来。

因为吉阳飞也听说，时建仕途很顺，特别注意自己的形象，是个不容易和底下的人结交朋友的领导。

进到病房，吉阳飞看见躺在床上的时建戴着眼镜，也许是病体恹恹，让他显得比平日里更加文质彬彬。

“时书记。”

吉阳飞小心地叫了一声。

时建扭过头来看了一眼，对第一次谋面的吉阳飞只是笑着点了点头。

“时书记，我带来了我妈特制的一种汤，对身体恢复有些效果，请您尝尝。”

看到时建点头，吉阳飞受到这一鼓励，他一边谦恭地说着话，一边小心翼翼地从保温桶里为时建倒出了一碗虫草鸭脯汤。

因为吉阳飞是梅青带来的，时建也不见外，接过吉阳飞送的汤开始慢慢喝了起来。

鸭脯炖得刚刚好，一咬就有一股浓浓的农村土鸭的清香，汤并不是很浓，但喝起来口感很好。看到碗底那一根根上等的虫草，时建与梅青对视了一眼。

“小吉，这样太麻烦你妈妈了吧。”

听到时书记叫自己小吉，吉阳飞知道，他的付出是值得的。他感激地看了梅青一眼。

“时书记，一点都不麻烦，我母亲每天都喜欢炖汤，只要有人爱喝，她就非常高兴。”

吉阳飞极力压抑着他的兴奋，答话的语气谦恭而客气，让人觉得他很实在。

这样的汤喝到第三个晚上的时候，不知是药物起的作用，还是虫草鸭脯汤真的起了作用，反正时建觉得自己恢复起来，脸色比平日还鲜亮了许多。

时建住院的日子里，梅青来的次数很多，吉阳飞来得也不少。第四天，吉阳飞照常给时建送去了虫草汤，还另外要他母亲做了几个时令小菜。

吃着吉阳飞送的汤和小菜，时建显得很舒服，很放松，竟然主动和吉阳飞拉了几句家常。吉阳飞一边应答着，心里的高兴劲却怎么也有些难以控制。因为他知道，自己与时书记的交情真的是越来越近了。

晚上快九点的时候，吉阳飞正在收拾碗碟，有个吉阳飞不认识的男人送来了一个鼓鼓囊囊的信封。时建当着吉阳飞的面随手就将信封放在了他的枕头下面。

吉阳飞的心里别提有多高兴了，因为他知道，站在时建的立场上，连收礼这样的隐秘都不背着他，这就是明明白白地告诉吉阳飞，他已经是时建完全信得过的人了。

按照梅青给吉阳飞的指示，时建出院的那一天，吉阳飞早早地来到了医院。时建让吉阳飞和他的司机陪着回到了市区的家里。

时建的家足有两百来个平方米，室内全部用意大利进口的实木装修，地板和门都是清一色的玫瑰红，高贵、朴素而热烈。

“时书记，嫂子要明天才能到家，我在您的冰箱里放了这几天要吃的东西。如果还有什么不方便，我明天再来看看好吗?”

吉阳飞擅自做主打发时建的司机回去之后，一边开始动手打扫卫生，一边微笑着征询时建的意见。

“小吉，这几天还真是辛苦你了，你嫂子明天就回来了，你也回去好好休息一下吧，改天我再去看望你妈妈。”

吉阳飞一进门就忙前忙后，细致周全体贴，不是时建的司机或秘书可比的，时建默默地看了吉阳飞一眼，亲切地对他说。

“时书记，只要您好起来，我就真的太高兴了，其余的您不必放在心上。”

吉阳飞很感激时建的那份亲切，他与不少领导打过交道，不过，哪怕是相处得兄弟一样的梅青，也从没说过几时要去看看他母亲的话。现在时建亲口这样说了，不管是不是真心的，吉阳飞都感动。

“时书记，那我就走了。不过，我还没见过嫂子的面，我这里准备了一个小小的见面礼，请您转交给嫂子，希望她能喜欢。”

一切都收拾停当以后，时间也不早了，吉阳飞觉得应该让时建一个人安静地休息一下了，他一边准备离开，一边从上衣的口袋里掏出了一个首饰盒。

吉阳飞轻轻地将那个盒子放在茶几上，不等时建做出任何反应，吉阳飞快速地离开了时建的家，在自己的身后轻轻地关上门，吉阳飞才放心地舒了一口气，人也变得轻松了。

吉阳飞走后，时建把玩着茶几上那个精巧的皮质首饰盒，打开盖子，一枚钻戒赫然呈现在时建的眼前，盒底还附有一张香港某著名珠宝行的质量保证书，保证书上标明，这枚戒指的钻石足有一点三克拉。

这个礼物很特别，时建满意地点点头，随手将戒指放进了他的公文包。接着，他又来到冰箱前，一个精致的盒子里装着不少于半斤的上等虫草，十几片鸭脯在冷冻柜里放得整整齐齐。也许是怕时建找不到，几盒热一热就能吃的清淡小菜和面点，摆在冷藏柜最显眼的地方。

这次还多亏梅青调教的手下，老梅做人做事还真的有一套。时建暗自这样想着，脸上露出了满意的神情。

不过时建知道，天底下绝没有白吃的午餐，吉阳飞这样做是会有目的的。好在时建的心里也有绝对的把握，因为以他堂堂一个县委书记，要解决吉阳飞这样一个普通干部一级两级的提升，是没有一点问题的。

吉阳飞出得门来，下楼梯的时候他紧紧闭着一张嘴，吉阳飞生怕一不小心就会高兴得叫起来。以前，他曾设计过无数接近时书记的途径和办法，他怎么也没想到他和县委书记的交往竟然来得这样简单，这样快捷，媒介只是一点神奇的冬虫夏草。

吉阳飞一边开车，一边感到心里热热的，有一种想要唱歌的冲动。路上的车子不多，车内静静的，吉阳飞仿佛听到了自己那剧烈的心跳。

在吉庆的熏陶下，吉阳飞从小就深知“朝中有人好做官”的硬道理。而且到法院后，在身体力行中，他的经历也证实了这是一句颠扑不破的真理。

吉阳飞送出的钻戒确实是真的，那还是吉庆当年收下的礼物，到如今也忘了是谁送的了，原本是吉庆夫妻为未来的儿媳妇留着的。

想到自己终于拥有了时建的赏识，吉阳飞的心里很感激梅青。他知道，如果不是梅青引荐，像时建这种一心向上，年轻有为的领导，就是你捧着金山银山，恐怕也会找不到接近他的途径和机会。

对于梅青，吉阳飞不能像对时建那样送东西，以他和梅青的亲密程度，吉阳飞打算用日后的努力来回报他。一想到梅青，吉阳飞有点隐隐的担心，梅青也有个弱点，那就是感情还太丰富，往往对他心仪的女人用情太深。吉阳飞认为，这对一个想要有一番作为的官场男人来说，有时是致命的。

吉阳飞在县里有了时建，他非常希望梅青在中院能早日成功，这样一来他就有了双保险。吉阳飞知道，梅青在省委的好几个部门有着过硬的关系，但在省高院的高层里却没有过硬关系，如果梅青要想早日当上中院的一把手，在省高院没有过硬的后台是不行的。对梅青充满感激的吉阳飞，一心想要帮梅青找出通往结交省高院高层的某种途径。

再次与梅青碰面的时候，吉阳飞将与时建相处的情况向梅青作了汇报，只是隐瞒了钻戒的事情。

“阿吉，和时建的关系到了这种程度后，你就要十分注意分寸了。领导们最忌讳不知高低进退，甚至到处炫耀自己和某某领导有关系的人了。你和时建的交情，知道的人越少越好。”

“你提醒得好，我还真的没想得这样深。”

吉阳飞听了梅青的话一边点头，一边不由得想：我的身边有了梅青和时建，应该可以缩短十几甚至几十年的个人奋斗历程了。

“我们要趁热打铁，目前，你们法院的副职职位虽然超编了，但现在流行设立院长助理，木双到现在也没有配助理，我们将你的第一个目标就定在院长助理这个职位上，一把手的助理地位比一般副职还要高，为你以后的发展打下了好的基础。”

正在吉阳飞想着有了梅青和时建的帮助，自己可以缩短拼搏时间的时候，梅青给他规划了第一个奋斗目标。

“木双的工作不容易做，他对我不会很放心，不过我一切都听你的。”

“这就靠我们来运作，这个运作少不了起英，至于木双，如果他暂时不同意，那就先在县里那一头搞定，造成木已成舟的事实。万一不行，我们最后可以请时建出面。”

吉阳飞皱了一下眉头，他太了解木双了，如果那样，可能会事与愿违。不过，他不想对梅青说这些，他认为梅青总有他的办法。

在等待中过了一段时间后梅青告诉吉阳飞，想让木双本人提出来让吉阳飞成为他的助手几乎不可能，他们只能先斩后奏，走从上而下的途径才行。

对于梅青的打算吉阳飞有些失望，而且他知道木双在县里的实力，院长助理的事情想瞒过木双，来一个先斩后奏恐怕是行不通的。

焦虑中，吉阳飞决定另辟蹊径，他开始背着梅青寻找木双的短处，企图到时可以和木双达成一笔交易。

这不，老天关照，今天他刚好也在夏兰和木双所在的酒店里，这个酒店的经理是他的表哥李宗庆，吉阳飞下午一下班就来了。

刚才，吉阳飞下楼准备离去的时候，恰巧看见了木双和夏兰在一起。对于木双和夏兰的传闻，吉阳飞其实也是早有听闻，不过今天还是第一次亲眼看见两人在一起用餐，这让吉阳飞欣喜不已。

吉阳飞因为心里有病，刚才看到木双朝窗外看的时候，吉阳飞真的紧张了，他不由自主地拔腿就跑。跑到半道，吉阳飞后悔了，心里头责怪自己对这件事处理不当。他心里不由得总是嘀咕：要是木双认出了自己呢？夏兰和木双一个是组织部副部长，一个是法院院长，自己可是一个都得罪不得的呢。吉阳飞后悔当时不如大方地前去打个招呼，套套近乎。

木双跳出窗外，望着吉阳飞急急离去的背影，心中升起一丝不快。木双知道吉阳飞看见了他和夏兰在一起，所以他才仓皇逃离。木双轻轻地叹了一口气，只有男女之间的事是最难让世人相信其清白的。而且自己和夏兰又确实一同在这样一个背人的地方。

看到木双突然跳出窗外，夏兰也吃惊地站了起来，她跟到窗边，窗外这时除了向黑暗里张望的木双，其余什么也没有。

从窗外回到包厢，木双变得满脸焦虑，有些闷闷不乐，莫名地失去了刚才的好兴致。

看到木双在包间的窗口跳进跳出的，夏兰虽然有点莫名其妙。不过，她也早已适用了木双有时的奇怪举动，她只是关心地看了看木双，其余什么也没有说。

“阿兰，我们不能再到这个地方来了，下次见面我再告诉你新的地方。”

两人闷闷地吃完饭走出包厢的时候，木双对夏兰说。

夏兰所有所思地点点头，她看了看木双，到底还是什么也没有问。

木双感激地望了望身边的这个女人，这么多年来，夏兰对他的绝对信任，经常让他感动莫名。

渐渐地，吴易总觉得他一直抓在手中的吉阳飞有了很大的变化，对他不像以前那样俯首帖耳了。很明显的是有几个吴易打了招呼的案件，吉阳飞竟然没有像以前一样一一照办，并时时向他汇报。

这让吴易心里很不舒服，因为作为吴易这样的副职，表面是从县里空降的，其实说白了，他心里明白是自己在县里市里都没有过硬的靠山，从而被人从县里排挤下来的。凡是有过这种经历的人，在新的环境里，就会特别在意别人对他的态度。

吴易以前就知道，像他目前这种情况，一旦窝在一个小小县法院时间长了，很可能会要担任今天这个副职到老死，这是野心勃勃的吴易最不愿意看到的结局。

因此，吴易一到法院就尽力网罗中层骨干，对于他认为用得上的人员，全部列入了他要网罗的计划里。吴易觉得，只有一个领导的手里有了足够的棋子，那才真正好办事。

吴易下到法院后，因为有了一次被排挤的经验，他痛定思痛，终于总结出了很重要的一条，那就是一个人在官场必须要有过硬的靠山。至于自己要如何才能找到靠山呢？吴易想到了他手里唯一的资本——审判权力。

因此，自从吴易主管了几个法庭的审判工作后，对庭里一切与上级领导们稍微沾一点边的案件，吴易都尽力地给手下的干警打招呼，或者不惜施加压力，最后总是要将案件办得完全让领导们满意。

为此，上个月还闹出了笑话，有一个三十多岁的女人要离婚，因为这个女人红杏出墙，她的丈夫坚决不同意离婚。按惯例，这样的婚在法院起诉一次两次是离不掉的。

但那个女人直接就给吴易打电话，她告诉吴易，说她的好朋友时检告诉她，吴院长这个人很爱帮忙，她的事只要找了吴院长，是没有办不成的。

其实，这个女人认识的是音召县检察院五十来岁的检察员老时，人们总是习惯按职称叫他时检。

可怜吴易却听成了县委书记时建，他想不到竟然能够碰上时建的好朋友找他帮忙。得到这个宝贵的信息，吴易亲自主审这个婚姻案件。而且，三下五除二就作出了判决，让那个女人很快达成了离婚的目的。

谁知事情办成后，吴易拐弯抹角向时建邀功的时候，才尴尬地发现，原来他张冠李戴，匆忙中帮错了人。而且还弄得自己脱不了身，因为那个女人的丈夫至今还隔三岔五地来找吴易吵闹不休。

以往，在帮忙审理领导打招呼的案件方面，吉阳飞一直是吴易最得力，最放心的帮手。吉阳飞在业务上不但精熟，而且主意多，办法辣，做出来的事情不显山不露水，最能让人满意而又毫无负担。

在实际操作中一个案件既要打招呼的领导满意，又能让相关的承办人安然脱身，是极其需要能力和水平的。而吉阳飞却总是有能力做得最好。

当初，吴易刚到法院的时候，他曾仔细地分析过法院的很多人。当他分析到吉阳飞的时候，吴易觉得，由于吉庆的关系，木双不会完全信任吉阳飞。而吉阳飞又绝不可能去投靠无能，且曾被吉庆欺骗过的余仁。因此，当时吴易自信满满，他分析来分析去，最后得出结论：在音召县法院里，吉阳飞能够依附的，就只有他吴易了。

有了这样一个观点，吴易在音召县法院里唯独在吉阳飞的面前从来就用不着客气，也从来用不着掩饰自己。而且，一旦吉阳飞有什么地方不能如他的意，他还会发发领导的脾气。吴易原本以为，吉阳飞再怎么样，也是跳不出他的手掌心的。

因此，当他发现了吉阳飞最近的变化，他几乎有些惊慌失措了。

一方面，他觉得不可理解，不知道吉阳飞为何会变，也不知道吉阳飞凭什么要变。

另一方面，他发现对于吉阳飞的变化，或者说对于吉阳飞对他的疏离，他还毫无一点办法，他不知是应该尽力挽救与吉阳飞之间的关系，还是该狠狠地报复吉阳飞。

吉阳飞的种种变化，让吴易心中有了一股浓浓的恨意，就像当初才从县政法委里被挤下来时一样，忿忿的，但又不知要去报复谁。而且，吴易还悲哀地发现，他现在并没有能力去报复谁。

吉阳飞确实是变了。当初，梅青在县法院的时候，吉阳飞清楚地知道，只要梅青在县法院一天，他就一天是保险的。

梅青离开县法院后，介于木双以及余仁与他父亲的微妙关系，曾经让吉阳飞感到了真正的危机。

那时，吉阳飞正在有些茫然四顾的时候，吴易来到了法院里。这样一来，从县政法委空降的吴易，立即就成了吉阳飞急于抓在手上的救命稻草。当然，对于刚刚接触审判业务的吴易来说，他本来就正想拉拢吉阳飞。

因此，当初他们一拍即合，在外人看来，趣味极其相投。但在他们相处一些时日之后，吉阳飞就感到了更大的危机。

首先，吴易一上位，对于吉阳飞手上和吉阳飞庭里的案件，十件里就有七八件要打招呼开后门，其中不少需要了难的案件都是很棘手，需要触犯法律或良心的底线。

因此，在吴易的手下工作了一段时日后，吉阳飞就越来越感到惶恐，他知道再这样下去自己迟早都会出大问题。

另外，吉阳飞渐渐地还发现，吴易在县委常委和县委组织部里都没有什么用得上的关系。就是在法院的党组里，也仅仅只能自保而已。

总而言之，吉阳飞觉得副院长吴易除了拖累他和他的手下，也就只剩下在庭里弟兄们面前吹吹牛皮，发发脾气的本事了，这让吉阳飞下定了要脱离吴易掌控的决心。

梅青在中院站稳脚跟以后，吉阳飞终于开始行动，特别是在梅青的引荐下帮他和县委书记时建挂上钩后，吉阳飞就加速了脱离吴易掌控的步伐。以至可能因为近来做得有些露骨才引起了吴易的不满和怨恨。

本来，吉阳飞有了梅青和时建这两座靠山，是完全用不着惧怕吴易的。不过，吉阳飞的心里却实实在在害怕吴易，因为吉阳飞始终有一块心病无法向人诉说，即使是在梅青面前也无法说出。

就在上一次，在吴易的操纵下，吉阳飞和吴易联手差点扳倒了李力。虽然最后木双救了李力一把，但李力也因此大伤元气，失去了木双的信任，没有了丝毫的竞争力。

吉阳飞知道，吴易在搞小动作方面是专家级的人物，对这样的人防不胜防，如果一旦有人得罪了他，即使是山高水远，年深月久，他也会想尽办法报复成功的，吉阳飞惧怕的就是这一点。

因此，一直以来，吉阳飞想的就是如何既完全彻底地脱离吴易的掌控，而又不致太得罪他。谁知吉阳飞刚刚在几个吴易打了招呼的案件上试探了一下，就引起了吴易极大的不满。看到吴易青筋暴露，气急败坏地指责他，吉阳飞一方面不由得在心中暗暗吸了一口冷气，另一方面，也更加鼓起了他彻底与吴易决裂的勇气。

吉阳飞虽然有了梅青，不过，为了避免梅青对他有负面的想法，一直以来他与吴易之间的问题，吉阳飞一点也不敢在梅青的面前提起。直到吴易在他面前一副不能善罢甘休的样子，吉阳飞才不得不在梅青面前谈出了他对于吴易的担心，只是丝毫不敢涉及他们联手对付李力的事情。

“对于和吴易的关系，你先不要着急，对吴易表面还得好好的应付，一旦你成了院长助理，到时就用不着再怕他吴易了。”

梅青知道吉阳飞原先和吴易是一伙的，但不知他为何这样急丁摆脱吴易，这样怕吴易，梅青猜想，吉阳飞也许是落了什么把柄在吴易的手里，因此，梅青虽然这样说，眼中还是闪过一丝不易察觉的猜疑目光。

听了梅青的话，吉阳飞只能笑笑，因为他毕竟不能将他和吴易以前背地里做的那些小动作都一一告诉梅青。这样一来，并不了解吴易的梅青，就不会知道吴易真正的厉害之处了，也就不会知道他在吴易的手里陷得有多深了。

“阿吉，我们要向县里呈报你院长助理的材料，这个事是离不开起英的。党组的章子就在起英手上，虽然我要起英盖个章子她不会拒绝，不过，起英还不错，我们不能让她为难，得赶紧在木双身上寻找突破口才行，这个章子一定要让木双叫起英盖才好。”

“不要紧，木双的突破口在他女儿的身上，我听说他的女儿有时在县郊的一个酒店里乱来，只要我们掌握一些实在的证据就行了。”

其实，吉阳飞早就知道，不知什么原因木小青经常同时和儿个男人在吉阳飞表哥李宗庆的宾馆里开房间鬼混。

梅青听了吉阳飞关于木双女儿的话有点吃惊，他对于吉阳飞的做法很难认可，梅青犹豫着，最后也没有表示反对或认可。梅青一边沉思一边看着吉阳飞的脸，吉阳飞的脸上笑眯眯的，并没有很分明的棱角，这样的男人往往更有心计，更不易被人掌握。

不知是受了吴易事件的影响，还是此刻吉阳飞的神情里不小心露出了什么马脚，反正梅青突然觉得，他将来一定尽量不能让吉阳飞成为敌手。

十四

起毅在病床上一躺两年，不同的只是从医院里躺到了时素华的家里。自从起英默认了时素华与起毅的关系后，时素华就从起毅的身后走出来，进入了起毅父女的日常生活里。

时素华对待躺在病床上毫无知觉的起毅就像对待一个初生的婴孩，细心，周到，充满了母性，经常让起英感动不已。

起英终于知道，对于她的父亲而言，即使是母亲姜玉琴在世，也不过是时素华这样细心而充满爱意罢了。

起毅昏迷一个多月后，为了便于照顾，时素华提出让起毅住回她的家里。起先，起英有些犹豫，觉得毕竟父亲与时素华并没有什么名分。

“英子，你就满足我的这个心愿吧，我相信，有了我对你父亲的这份爱，有朝一日他一定会醒来再看我一眼的。”

已经不年轻的时素华，用恳求的眼神看着起英说完这几句话，竟然不由自主地潸然泪下。

起英感激地看着时素华，她为世上还有女人这样地爱着她的父亲而觉得十分欣慰。同时起英也感到惊异，她仿佛第一次才发现，原来爱情并不是年轻人的专利，有时上了年纪的人的那份爱，来得更加强烈，坚贞而又不失纯真。

起英当即答应了时素华，并和时素华一道将起毅送到了时素华的家里。

时素华对起毅的护理非一般的医生护士可比，自从起毅成了植物人之后，时素华几乎断绝了一切与外界亲朋的联系，她除了照顾起毅，就是开始阅读各种医学书籍。

开始，起英并不放心，每天不管多忙，都得到时素华家里去看看父亲。时素华不但为起毅制定了全套的康复按摩计划，而且，还专门配制了营养餐。看到父亲的脸色一天天的好转，起英知道父亲应该总有一天会醒来。

渐渐地，起英对时素华不但充满了感激，而且也深深地被时素华对父亲的那一份爱感动着。

起毅成为植物人的两年零十天的那个日子，又到了时素华的生日。自从起毅病倒以后，时素华内心深处一直有一个愿望，那就是她希望，在她的有生之年，起毅有一天能够醒来给她庆祝生日。

一个人默默地吃完晚饭，时素华像往常一样给起毅做完全面的清洁，然后在起毅的枕边摆上了一个小小的生日蛋糕。

“老天爷，你让毅哥早点醒来吧，如果他的寿命不够，我愿意与他共享我的余生。”

这一晚也不例外，只是时素华今天特别的伤感，几年来很少细心梳妆的时素华，在镜子里看到自己两鬓斑白不再年轻了。

就在点燃蜡烛前，偶尔在镜子里看到的那个苍老女人让时素华吓了一跳，憔悴而苍老，让她在起毅面前突然没有了自信。时素华点燃生日蜡烛后，站在久违的穿衣镜前为自己梳了一个起毅曾经很喜欢的发型，脸上敷了淡淡的脂粉。

蜡烛的火光照着起毅的脸，被照亮的脸苍白瘦削，烛影里的脸像一个熟睡的人，好像随时都会醒来，时素华给自己唱完生日歌，想起陪自己吃蛋糕的人也没有一个，她将头埋在起毅的胸前哭泣起来。也不知哭了多久，时素华突然觉得起毅的心跳有些强劲起来。

“毅哥，毅哥，老天爷听到我的祈祷了吗?”

时素华霍地站起来，抚摸着起毅的脸，紧张地连声呼唤。

“毅哥，我是素华，我是你的素华啊。”

起毅的眼皮似乎在动，时素华不顾一切地将她的脸贴了上去，一边流泪，一边继续呼唤。

时素华那单调而凄凉的呼喊在房子的角落里回响，余音在房子里缭绕着。几年了，时素华常常就是这样独自呼唤着她的爱人。尽管她泣血呼唤了几年，起毅却只是躺在那里，似乎没有任何的感应。

正在时素华就要像往常一样失望的时候，她觉得起毅好像动了一下。心脏不由得一阵乱跳，时素华惊喜地睁大了眼睛，她不敢相信会有奇迹发生。

过了不一会儿，起毅的手指想往上抬的同时，他居然奇迹般地睁开了双眼，像个婴儿一样有些懵懂地看着眼前的一切，似乎他是第一次接触到这个世界。当他的眼睛慢慢地习惯了屋内的光线，他发现了时素华。

“我睡了很久吗？素华，你是什么时候来的啊？你怎么不早点叫醒我呢?”

起毅有点吃惊地看着满脸泪花的时素华，一时似乎不知道自己发生了什么事。

时素华激动地紧紧握住起毅的手，唯恐只要她的手一松开，起毅又会成为植物人。

“毅哥，我是素华，你一睡就是两年多啊，这几百个日日夜夜里，我俩咫尺天涯，我是多么的想你啊！毅哥，你知道吗？你这是在我的家里呢。”

时素华一边喃喃地诉说着，一边近似痴狂地看着起毅。

起毅一时有些懵懂，有些难以置信，他神情迷茫地看着时素华，仿佛不能相信她说的是真的，他向时素华示意，他想要坐起来。

在时素华的扶持下，起毅颤颤巍巍地靠着垫高了的枕头斜倚在床头。当他看见了床头的大幅挂历，挂历上的年份与他的记忆相差了几年，起毅还以为他在梦里。直到时素华轻轻地拍了拍他的脸，起毅才确定自己是在现实的生活里。

“素华，起英呢？她找朋友了吗？结婚了吗？”

也许这是起毅失去知觉前最大的一份牵挂吧，起毅连连地问着这个让他梦魂牵绕的问题，全然没有注意时素华已是一脸凄然。

时素华听到起毅醒来第一个问起的是他女儿，她终于忍不住痛哭失声。

“毅哥，你难道想去起英那里吗？毅哥，我爱上你固然有错，但我已经为此付出了一切应该付出的代价，现在我在这个世上除了你，已经没有了值得我牵挂的人，如果你不让我牵挂，我也不怨你。”

望着眼前这个自己曾经深深地爱着，并且不惜为她抛妻弃女的女人，起毅的心里隐隐地痛。他不知是怎样的磨难，怎样的痛，让眼前的这个女人如此变了模样。

此刻，坐在他面前的这个女人，已经完全失去了昔日的风采，淡淡的脂粉再也遮不住她满脸的皱纹，斑白的两鬓呈现出无限的悲凉和沧桑，使起毅忍不住伸出微微颤抖的手，轻轻地为时素华擦拭着眼泪。

起毅的手触到她肌肤的刹那，时素华猛地抓住那只手，将脸埋在起毅那只瘦削，但仍很巨大的手掌中，时素华的脸滚烫滚烫，颤抖着哭得无法出声。

看着怀里女人那瘦削的双肩，想到在自己沉睡的这几百个日子里，就是这样的一副肩膀担负着世俗难以理解的一切，起毅不由潸然泪下，他终于不忍心再急于联系起英。

这一夜，这两个早已年过半百的男女，就那样相拥着、说着、哭着、笑着，直到晨曦在他们的窗口露出了第一丝曙光，时素华才想起要让起毅躺下来。

起毅像个孩子一样听从时素华的安排，不过他躺下后，示意时素华将电话递给他。

一串时素华熟悉的数字在起毅的指尖跳动，看着昏迷了两年多的起毅居然在醒来的第一天就完全记得起英以前的电话号码，时素华的心里一阵酸楚，眼睛里禁不住又有了泪花。

“你的电话我记得更清楚，你和起英都是我生命里最重要的人。”

起毅一直注视着时素华，留意着她的表情变化，一边将电话贴近耳朵，一边对时素华这样说。时素华眼睛里的泪珠滚落下来，她知道，那个细腻、体贴、浪漫、值得她用余生去爱的男人真的回来了。

此时的起英正在两百多里之外的市委党校学习。按照党内正常的提拔程序，干部得到提拔前一般都得进入党校学习一个时期，很少有人能像吉阳飞那样打破规矩敢想敢干的。

梅青在木双面前提起关于院长助理的事情之后，木双计划着加紧了对起英的培养，木双和夏兰商量之后，调动他在县委的关系将起英送进了这一期即将要得到提拔的学员队伍里。

“起英，工作和前途的事情我倒一点也不为你担忧，但你的个人终生大事你也该考虑了。以你这样聪明的人，难道还看不透人生只有一回，而且还很短！你就利用在党校的这段时间，一边学习，一边好好地考虑一下吧。”

起英临行前来到了木双的办公室里，木双对起英说话的时候像个兄长。

起英早已将木双当成了兄长，她听了木双的话眼睛发酸，一时无法回答，只好点了点头，走出木双的办公室，起英忍不住再三的回头。

木双真的对她好，这一点起英 直是知道的，起英没有想到的是木双在帮她谋划前途的同时，还这样地关注着她的个人生活。从木双想起自己的亲哥哥，要见一面都难，更别说要他关心了，起英禁不住泪流满面。

起英要进党校的前一晚，早就得到了消息的吴易，余仁，吉阳飞以及李力，都给起英打来了祝贺的电话。特别是吉阳飞，他在电话里不断地问起英需要一些什么东西，让起英有些感动。

看到余仁吉阳飞他们都衷心地祝贺自己，起英顺势邀请了他们几个当晚到一个小酒楼里相聚。

也许，在音召县法院里，只有起英有本事将这么几个人同时邀集在一起。

因为当这四个人在酒店碰面时，一开始都显得有些尴尬，有些不自然。他们都是分别受到的邀请，现在这种相聚的场面，是他们来之前怎么都没有料到的。

不过，大家同时都在想，我是受起英的邀请，那就只冲着起英吧。因此，只有瞬间的不便，他们接着就自自然然地相处了。

“今天我请的并非领导，也非同事，我请的几位兄长。各位都知道，平常我是从不喝白酒的，今天我要先干为敬，以表我对各位深深的感激。”

只有起英似乎对这些视而不见，在大家终于坐定以后，她将一瓶由服务员打开的白酒一次分别倒进了五个酒杯。在他们每人拿了一杯的时候，起英站起身，端着属于她的那杯酒，双手握着酒杯，抱拳对着大家。

看着起英说着话将二两高度白酒一饮而尽，吉阳飞的脸上挂满了担心的神情。

吴易则在一边鼓掌，心里不由得想：这个女人不简单。

余仁含笑看着起英，觉得这个姑娘对他确实还不错。

李力对于自己真正心仪过的女人是恨不起来的，看到起英什么也没吃就喝下了几两白酒，李力的眉头紧皱，紧张地盯着起英。

“起英，你喝得太猛了吧？”

四个人中，只有李力率先开口，语气里充满了关切和担心。

听到李力开了腔，余仁只是把玩着他手里的酒杯，并不抬眼看谁一眼。吉阳飞关切地注视着起英的表情。

“起英说得好，我们现在都为她干了这一杯，一切都在酒里了。喝完这杯酒我们好吃饭。”

和起英交情最浅的吴易站了起来，他率先端起了手中的酒杯。

四个人相视一笑，一口干下了手中的酒。

起英看着眼前的这四个男人，她知道他们平日里各自防备，鸡争狗斗的。不过，在餐桌上还是有点像一群大男孩。不论是年纪最大的余仁，还是比较年轻的吉阳飞、李力，他们都暂时不去想各自的职位或利益，他们只是作为起英邀请的客人，欢欢喜喜地相聚在一起。一起议论着各自酒量的高低，品评着菜色的滋味。

其实，这样的场景是起英特意安排的，她想让他们知道，她对他们四个都不曾防备，她也绝对不是他们任何人的对立面。

起英的心里非常明白，她真正要有所戒备的也只有吴易。熟悉吴易的人曾经跟她说过，吴易这个人在名利上面是不择手段的。而且，当初吴易和吉阳飞联手对付李力的事情，她也是很清楚的。

大家散去之前，起英不希望和他们一起走，她告诉他们，因为另外有人找她，她还得留下来等等。

其实，起英并没有约请别的人，她只是想独自静一静，而且，她想步行回宿舍。

结完账在大厅里坐了一会，估计大家已经走远之后，起英独自走出了酒店。一走出酒店廊下，起英看到吉阳飞的车子还停靠在她必经的那条路旁。

“我有些事要一个人想一想，所以还没有走，你的事情办完了吗?”

正在起英犹豫着是否该继续往前走的时候，吉阳飞从车里下来，迎着起英走来。

起英点了点头，两人在吉阳飞的车前站了下来。

“英子，你没喝多吧?”

看到起英闷闷不乐似乎有什么心事，吉阳飞轻轻地问。

起英并不回答，只是看着吉阳飞默默地摇了摇头。

自从起英的父亲住院以后，她和吉阳飞就成了很好的朋友，他们两人相处起来很相投，很随意。

“英子，明天你不要坐办公室派的车去党校，我开车去送你。”

临到两人要分手的时候，吉阳飞决定第二天送起英去党校。

“好啊，我正嫌派的车不自由呢。”

起英轻轻地拍了一下手，朗声回答着吉阳飞，仿佛正在努力驱散心中的某些阴霾。

第二天一早，吉阳飞就载着起英准备去市委党校，车子驶过县城的街道，由于太早，街上的车子非常稀少，吉阳飞的车子一下就快要驶出县城。起英一直默默无语，总是时不时回头往县城望去，似乎有无尽的牵挂在拉扯着她。

吉阳飞默默地看着起英，想到起英的父亲是个植物人，也没有一个男友，临走连个要告别的亲人也没有，心中一定觉得凄凉。想到这些，吉阳飞的心情也变了，他似乎有话要对起英说，但几次欲言又止。

吉阳飞的车子很快驶上了一条高等级公路，两旁的景色更加开阔。吉阳飞知道起英喜欢民族音乐，他播放的是阿炳的二泉映月。不过，起英一路上总是心事沉沉的，完全没有一点即将要得到提拔的喜悦。

“英子，今天这样的场合要是由你爱人来送你该有多浪漫啊！你就听我这个朋友的劝，即使不为结婚，人生也得轰轰烈烈地谈场恋爱啊。特别是现在，你的人生唯一缺少的就是一场能让你铭心刻骨的恋爱了。”

吉阳飞忍了很久，最终还是说出了他的心里话。

起英从车外收回目光，她转过脸看了一眼吉阳飞，轻轻地叹了一口气，神情漠然地说：

“阳飞，今生爱只怕与我无缘了，好像我爱的男人都已成了别人的丈夫，而还不是别人丈夫的男人我又一个都不爱。”

第一次听到起英坦诚地向自己说出这样的话，吉阳飞虽然心里有些吃惊，但他还是想对起英说一点什么。

电话铃声突然响起，起英接到了梅青的电话。梅青告诉起英，他正出差在外，晚上才能赶到党校为她庆祝。

对着梅青的来电，起英仍然很少说话，只是脸上明显地开朗了一些，在接听电话的时候，一丝淡淡的笑一直挂在起英的嘴角。

“英子，其实，真正的爱是没有任何阻隔和限制的，爱就是爱，不需要理由，甚至不需要理智。”

看到起英因为梅青的电话开朗了一些，吉阳飞想起起英刚才的那几句话，内心突然有所触动，他没头没尾地对起英说出了他的心里话。

“爱就是爱，无须理由，无须理智!”起英从侧面盯着吉阳飞，不由得心中暗暗吃惊，因为有时候起英面对着她心仪而又担负着责任的男人的时候，心里曾经就是这样想过——什么也不管，爱就是爱，只要能刻骨铭心，不管将来下场如何。

难道吉阳飞真的能够读懂我的心？起英满腹狐疑地看着吉阳飞，她再一次感到身边的这个男人有些深度。

党校的学员都是两个人住一间房。即使是市区的学员，也被安排了房间。起英和市检察院的一个女同志共一个寝室。起英她们的宿舍，紧靠着南边的一条绿化带，安静而又不与别的宿舍相连。

第二天才正式举行开学典礼，宿舍里暂时只有起英一个人，想着梅青要来给她庆祝的话，她的心里不知怎么的有些期盼，还有些不安，起英甚至觉得没有足够的勇气和信心在这种孤独的时候去独自面对梅青这个人。

正在起英杂七杂八地想着的时候，梅青手持一束红玫瑰敲响了起英宿舍的门。出发之前梅青刻意地修饰了一番，夜晚的灯光下，根本看不出他是将近四十岁的人，一种成功男人的成熟与自信，让他充满了让女人着迷的魅力。

几声轻轻的敲门声在起英听来就像是惊雷，她慌乱地站起来，脸立刻红了，她突然希望门外不是梅青，她希望梅青不要在她如此脆弱的时候单独来看她。犹豫了一下，起英扯下冷毛巾擦了一把脸，毅然打开了宿舍的门，起英表面平静地从梅青的手上接过玫瑰，坦然地对梅青笑了。

起英接过玫瑰的瞬间，梅青一把握住起英的手，突然像个西方的绅士一样，在她的手背上轻轻地吻了一下。

起英对梅青的这个举动毫无思想准备，腾的一下满脸绯红，她不知所措地立在原地吃惊地注视着梅青，起英尽力做出的一切掩饰都前功尽弃，她突然不敢直视梅青的眼睛。

自从在音召县法院与梅青相识，后来同住在法院单身宿舍以后，梅青确实是起英心仪的男人。但同时起英又知道，梅青是个已婚的男人，他担负着丈夫和父亲的责任，正是这一点带给起英的是无尽的彷徨和巨大的痛苦。

其实，梅青的这一看似随意的亲吻，也是经过了缜密思考的。知道起英将到党校学习两个月的消息时，梅青既为起英得到了一次升迁的机会而高兴。同时，他也决定要给他对起英的爱恋来一个了结，是做朋友，还是爱人，在这六十天里，他要和起英来共同做个决定，他再也无法忍受心中的那份爱恋和相思的煎熬。梅青不想让对起英那种刻骨的思念，咫尺天涯式的分离再折磨自己，折磨起英。

梅青的生活里一直不缺女人，他也不曾对哪个女人真的动心，当初在音召县法院见到起英时，一开始也只是觉得这个姑娘很漂亮，一定要想办法让她成为自己的情人，梅青当时也只是怀着一种猎艳的心。因为在与不少女人的交往中，梅青在内心深处总是从根本上越来越看不起女人，他不相信世上真的有男人会终生只希望守着一个女人。

梅青是一个很稳重的人，任何事情，在没有摸清状况之前，他是不会贸然行动的。在对待起英的问题上，他也是这样。

谁知通过一段时间的接触，梅青惊奇地发现，起英竟然是一个很有内才的漂亮姑娘，感情方面也很深沉，很难有男人让她真心爱恋，全心付出，这在最初只是激起了梅青的好奇心。

在男人堆里混着的起英沉稳、自尊、自爱，既在自己的身边形成了很强的凝聚力，同时又显得谦卑平易，凡是一个女人很难做到的事情，一个女人很难具有的品质，起英却似乎都具备。

时间一长，梅青的内心默默地发生了很大的变化，这种变化让梅青始料不及。当他发现自己竟然真正爱上了起英的时候，他也曾经不断地说服自己，劝告自己不要改变只是猎艳的初衷。

可是不管梅青怎么挣扎，不管他有时怎么故意与起英疏离，他就是无法自拔，他人生第一次对一个女人用情很深，让他不能将对付一般女人的手段用在起英身上。即使是今天的玫瑰，今天的亲吻，也是梅青经过反复思量以后，才下定的决心。

梅青满怀柔情地看着起英手捧玫瑰，满脸绯红，眼睛里满是极为复杂的神情，梅青知道，起英正在理智与激情之间挣扎着，很明显，起英挣扎在爱的痛苦深渊里。

梅青看着起英惨烈的表情，突然想到他这个已婚男人的爱可能带给起英的伤害，梅青不由有些害怕，心中突然有种隐隐的痛。

“英子！”

梅青重新轻轻握住起英的手，呼唤的声音颤颤的，眼睛里满是歉意。

“青哥。”

起英小声地叫了一声，并不挣脱她的手，只是低下了头。

梅青顺势抓住起英的肩膀，紧紧地抓着，轻轻地摇了摇。起英哽咽起来，她抬起挂满泪珠的脸，再次轻轻地叫：“青哥！”

两声“青哥”叫得梅青心里酸酸的，他放开起英，真的像个哥哥那样摸了一下起英的头。起英已经恢复了常态，她一扫满脸的羞涩，变得落落大方起来。

梅青恢复了往日的绅士模样，他一边在起英宿舍的窗前坐下来，一边笑着，他的心里有些感动，觉得第一次由起英叫他“青哥”很特别，很亲切，他笑眯眯地看着起英。

起英眼睛里闪着波动的光，嘴唇紧紧地抿着，樱桃般的嘴现出了一种很性感的轮廓，以至有那么几分钟梅青几乎停止了正常的思维，他的内心再一次有了一种冲动，他真想吻吻起英的嘴唇。

起英没有注意梅青的表情，她只顾着想要给梅青准备一杯茶水，拿起水瓶和杯子正走向窗前。

由于这一天才报到，学员之间并不熟悉，入住的学员也还不到一半，因此，梅青和起英突然停止说话的时候，四周显得静悄悄的。

“青哥——”，“英子——”也许是两个人都害怕这种不同寻常的寂静，起英和梅青异口同声地叫着对方，叫完以后，一时又不知道该说什么，两人又都同时住了口。

“英子。”到底还是梅青打破了两人之间的沉默，他叫了一声后，开始和起英聊起了他的婚姻和家庭。一般已婚的男人总是在他心仪的女人面前大肆贬低妻子，喜欢大谈自己婚姻的不幸。

梅青则决然不同，他在起英面前检讨着自己，说觉得对不起妻子，因为他再怎么努力都无法真正爱上他的妻子，而作为一个女人，得不到丈夫的爱是最可怜的。

“对于我妻子祝政，我觉得有点愧疚，我和她的结合好像从一开始就是一个错误。”

梅青对妻子的愧疚实实在在地打动了起英的心，一个男人无法真的爱妻子，那么，即使只是怀着一丝愧疚，也还算是一个有良心的人。起英知道，当一个男人不爱那个女人的时候，是最容易在那个女人面前丢弃良心的时候。

“那我可要为嫂子抱屈呢，没有爱的婚姻只能算是一处牢笼。”

“你认为不能爱上妻子的男人就不惨吗?”

起英的话让梅青立刻变得有些伤心，他用深邃的目光看着起英，说话的声音幽幽的，很像来自远远的地方。起英沉默着，她不知道该对梅青说点什么。

不知不觉间，窗外早已亮起了路灯，梅青和起英都并不是话多的人，只是在这样的一个夜晚，这两个对彼此都了解很深的人在一起竟有说不完的话。

直到别的寝室相继熄灯的时候，梅青才由起英送出了房间。

看到梅青消失在夜色里，起英转身回到房间，她将那只被梅青吻过的手举到了眼前，梅青深情款款的眼神像星星一样总是在她的眼前闪呀闪的，起英内心一时无法平静。

“青哥!”、“青哥?”、“青哥!”

起英分别用不同的声调独自小声地呼唤着这两个字，听着自己的声音在空荡的房间里回响，起英突然用手蒙着脸，泪水顺着她的指缝向地下滴落。

开车走在回家的路上，梅青独自笑着。他抬头看着车子的后视镜。后视镜里的那个男人脸色红润，深情款款，一脸的喜气。

车窗外，街灯不断地闪过，梅青脑子里的起英身影也像一幕幕电影，不断地变化着。就在刚才，他握着起英的手，好像握着一团软软温温的棉花，起英的手根本没有骨头。

梅青是个博学的人，他以前看到过有些描述女人的词，他最欣赏的是“柔弱无骨”这几个字，今天，起英的手让他体会到了这种让人着迷的感觉。

突然想到一些不能言表的东西，梅青拼命地摇着头，似乎想把脑子里的那些念头给甩掉。为了自己对起英的那份越来越深的爱，梅青决心改变自己，他有信心改变自己，最少在起英的面前。

起英伏在梅青坐过的凳子上尽情地流了一会儿泪，感到轻松了很多，她拿起梅青送的那束玫瑰花，玫瑰花带着亮闪闪的小水珠，一十一朵鲜艳的红玫瑰有序地排列着。

一十一，玫瑰花的数字再一次触动了起英，梅青可是个有妇之夫，他真能对一个妻子之外的女人一心一意吗？这个突然冒出来的念头，立刻让起英有了一丝惶恐，她害怕自己再想那花数的深意，起英来到窗前，慢慢地数着天上的星星。

接下来的日子里，吉阳飞的话不断在起英的耳边响起，母亲的痛苦她也无法忘记，不管起英如何反复挣扎，她对梅青的爱反而越来越强烈。爱与不能爱相互碰撞着，深陷爱的漩涡的起英徒劳地挣扎着。

那种被爱着的幸福，与必须压抑这种幸福感觉的痛苦纠缠在一起，让起英时而欢喜，时而忧伤，精神显得有些不正常。

这个时候起英非常希望能有某件奇迹突然出现在她的面前，能够分散她的注意力，最终帮她得到解脱，或者让她能够冷静地思考，不至陷入一种深深的爱的迷茫。

那个难忘的夜晚之后，起英几乎都无法睡眠。就在起毅苏醒的那个清晨，起英刚刚想要入睡，就被手机铃声惊醒。

起英本以为是梅青，因为这些日子以来，梅青总是在起英最意想不到的时间里给她打来电话。但是，这一次手机里那略带沙哑的男声一时让她有些迷茫。

“英子，我是爸爸啊！你听不出来了吗？我是爸爸啊！”

正在起英以为对方打错了电话而准备挂机的时候，电话里的那个男人哭了起来。

“爸爸？什么爸爸？哪个爸爸？”

一阵愣怔之后，起英突然意识到了什么，她一个激灵，手抖得有点握不住话筒。

“爸，真的是你吗？你真的醒了吗？”

电话那头的那个男人哽咽着，一时无法讲话。

得知父亲确实已经醒来了，起英一骨碌坐了起来，这些日子以来的羞愧、焦虑、思念、渴望、彷徨等等令她一刻不得安宁的东西，暂时全部被再一次得到了父亲的欣喜所代替。

也许是老天怜见，起毅突然清醒这个奇迹，暂时拯救了已经无法自拔的起英。起英决定当即请假，谁也不惊动，直接打车回音召县城。

起英到家的时候，起毅已经坐在时素华家大门口的一张藤椅上。起毅苍白，瘦削，花白稀疏的头发还是往后梳着。一直朝屋外望着的双眼炯炯的，似乎对女儿的思念重新点亮了他的生命之灯。

起英一出现在他的视线里，起毅立刻热泪盈眶，嘴唇哆嗦着，枯槁的手向前伸着。

“爸，你…你终于醒…醒来了啊，我好…好高兴呢。”

起英几步跑到父亲的跟前，单膝跪在父亲的膝前，无声的哽咽让她的问候也变得断断续续的。

“别哭，英子，别哭，爸爸这不是好好的吗？”

起英哭得很响，泪水真的像断了线的珠子。起毅自己一边流泪，一边伸出手给起英擦着眼泪。

稍微平静一点的时候，父女俩泪眼相对，父亲虽然复活了，但已满头霜雪，苍老异常。父亲大幅改变的容颜，让起英心痛不已，再次潸然泪下。

起毅望着眼前仍然靓丽，但显得疲惫异常的女儿，更是百感交集，他只知道一边流泪，一边像对待一个小女孩一样轻轻地拍着女儿的头。

时素华看着这一对父女，虽然她也在流泪，但还算平静。

看父女俩的情绪发泄得差不多了，时素华走了上来，和起英一起扶着起毅回到了房子里。坐定以后，起英告诉父亲，她这次请假回来，是要为两个老人举行一场迟来的婚礼。

听到起英这样说，时素华很高兴，起毅也只是要求婚礼要简朴，起毅和时素华相视一笑，显得幸福而有点羞涩。

第一个知道起英要给她父亲举办婚礼的人，自然是吉阳飞。

“英子，伯父的事就交给我吧，我请梅院长来亲自主持，你看怎么样?”

起英的父亲醒来了，而且还要操办喜事，吉阳飞真的为起英高兴，他一边和起英说话，一边掏出了手机。

对于由梅青来主持父亲的婚礼，起英有心想要推脱但又苦于找不到能够在吉阳飞面前说得出口的理由。正在起英企图寻找借口的时候，吉阳飞竟然等不及起英的回答，就擅自拨通了梅青的电话。

“梅院长，英子准备给她父亲举行婚礼，想请你来当主持。”起英还来不及制止，吉阳飞就直接向梅青通报了消息，并邀请他当婚礼主持人。

事已至此，起英也没有别的办法，她只得将起毅的婚礼庆典事宜全部交给了吉阳飞。

为了不让这件事再度地影响到自己，起英将父亲和时素华的婚期，就定在二天以后。

在定好的时间里，起毅和时素华的婚礼，终于在梅青和吉阳飞的安排下顺利地举行了。

婚礼虽然没有惊动过多的人，但起英和梅青最要好的朋友不管是请了的还是没有被邀请的，都纷纷地赶了来，似乎这是起英和梅青的婚礼一样。

在简朴的婚礼上，看到起毅和时素华相依相伴，幸福地相拥着，站在婚礼台上的梅青眼睛里含着泪花，时不时情意深长地看一眼起英。此时的梅青，感慨良多，他想到了自己的婚姻，不由得轻轻地叹息了一声。

梅青默默地注视着起英，看到起英有时似乎进入了自己独特的世界，视线越过她的父母，眼神有些迷茫。有时又若有所思，有几回吉阳飞问她什么问题，她都似乎充耳不闻。

梅青当然大致能够了解起英此时的内心世界，他稍微犹豫了一下，还是趁着起毅的好友致辞的间隙，走下婚礼台来到起英的跟前，轻柔地拍了拍起英的手臂。

看到梅青担心，起英浑身一个激灵，她意识到了一时的失态，起英马上振作起来，微笑立即回到了她的脸上。

看到青春尽失的时素华半依半扶地靠在父亲的肩上，一脸的幸福，一脸的憧憬，起英突然对时素华充满了同情和怜悯。因为只有起英才能知道眼前这个青春不再的女人，为了这份不能被人理解的爱牺牲了一些什么，这样一份牺牲不是人人都能承受的。

起英的脑子里忽然记起不知哪本书上的一句话：爱就是被征服者在自我的废墟上、协助那个征服者残杀自己。

一想起这句话，起英突然莫名地热泪盈眶，一时无法控制自己。

将这一切都看在眼里的梅青，心中有种被撕裂的感觉，他觉得不知怎样才能减轻起英心中的痛苦，他无法抑制对起英的怜爱。

“起英，即使你父亲今天双喜临门，你也用不着这样激动啊!”

吉阳飞的话及时地消除了起英在人前的尴尬。

十五

起英在父亲的婚礼当晚，决定回到党校去。

“英子，爸爸谢谢你呢。”

与女儿相处了几天的起毅，在起英出发前有些依依不舍地来到了女儿的身边，看到女儿在整理着简单的行李，起毅站在女儿的身后流泪。

“爸，我们是父女呢!”

起英的眼睛有些红，她不敢回头看着父亲的脸。

“英子，你要真的原谅了爸爸的话，就给我好好地找个女婿回来吧，你的婚事爸爸帮你办。”

起英沉默着，她无法回答父亲，她不敢让父亲知道她像当年的时素华一样，正在迷失自我，正在疯狂地爱着另一个女人的丈夫。

当晚，梅青也得返回市里，他载着起英一路同行。

车子驶出县城的时候，起英忍不住频频地回头。梅青看到起英似乎对县城充满了依恋，他将车开得很慢。渐渐地，苍茫的暮色里，车窗外的景物越来越模糊，只有起英的眼睛里闪着莹莹的泪光。

一路上，梅青似乎在专心地开着车，其实，他眼角的余光，一刻也没离开过起英的脸。

起英的神情时而有些悲凉，时而有些向往，时而沉思，时而轻轻地叹息，只是始终望着车窗外，有意避免与梅青的视线相触。

梅青知道，起英此刻正像就要溺毙的动物一样，在某种复杂的感情里作着无谓的挣扎，梅青心想：是我应该帮起英作出最终决定的时候了。

汽车在黑夜的海洋里游弋着，只有偶尔擦身而过，从对面开来的车子才能提醒他们是行进在人世间。

“是不是看不见啊？我们好像走错了路哦？”

直到梅青将车在通往邻县的公路上开出了几公里以后，起英才好像突然惊醒，急急地提醒梅青。

“英子，即使是我走错了路，你也会跟着我，不会弃我而去吧？”

听到起英的提醒，梅青并不转过脸来，也不再看着起英，而是意味深长地轻轻对起英说。

起英知道梅青这句话的含义，她一时无法回答，她不知所措地看了梅青一眼，低下头什么也没说。

梅青还是保持着眼睛向前的姿势，其实，他的心里很紧张，他害怕起英要他将车开回大路，他更怕起英直截了当地拒绝他。

好在起英什么也没有说，什么也没有做。

车子开到邻县的双凤宾馆，梅青熟练地将车停到了宾馆后面的停车场里。

帮起英打开车门的刹那，梅青轻轻地握住了起英抬起来的手，一边深情地看着起英，一边将他滚烫的双唇印在了起英滚烫的手心里。

当梅青的嘴唇触到起英那只手的刹那，梅青明显地感到了来自于起英体内的一种颤动。梅青知道，那是一种只有女人在初恋中才会有的震颤，这种震颤既让梅青着迷，也更让梅青对起英有着万千的怜惜。

体会到来自起英内心里的那种挣扎，梅青的心里暖暖的、酸酸的。

梅青缓缓地抬起头来，看到泪水溢满了起英的双眼。

“英子，你相信我吗？我今生今世是决不会辜负你的。”

梅青一边将起英的手继续轻轻地握在手里，一边喃喃地对起英说。

“青哥，即使我们彼此永远不辜负，我们在这个世上也会辜负很多的人。”

起英说出的这句话，似乎让她猛然惊醒，起英轻轻地想要挣脱梅青的手。

一直注视着起英面部表情变化的梅青，看到起英的脸上在一瞬间里就经历了欣喜和哀伤，梅青满含歉意地轻轻放开了起英的手。

“英子，我们今晚来个烛光晚餐，你说好不好？”

宾馆包厢里的餐点布置好后，梅青向起英举起了他手里的酒杯。

随着灯光的熄灭，烛台上几支错落有致的红烛的火苗忽长忽短，上下跳跃，哪怕是人影晃动产生的微风，也能让那火苗东倒西歪。

不一会儿，最高处那支红烛率先淌下了第一滴烛泪，那一点流动的红色液体很像人的眼泪，唯一不同的是，烛泪流着流着就凝结在蜡烛的半腰上，像被人刻上去的一缕缕伤痕。

看着越流越多的烛泪，相对而坐的两个极为熟悉，极为亲密的男女，突然变得沉默起来。

此刻，两人都不约而同地看着那一行行烛泪，梅青的脸上凝重而满是柔情，起英则满眼都是闪闪的泪，极力地控制着才没有流下来。

“蜡炬成灰泪始干！”

起英吟诵着，她突然感叹生命如蜡烛那样短暂。

“上邪，我欲与君相知，长命无绝衰……。”

梅青一边吟诵他和起英在音召的宿舍里吟诵过许多次的诗歌，一边从桌面上伸过手来，轻轻地替起英擦干了泪水。

不管前路如何，我也要丢下一切，今生一定要跟眼前的这个男人轰轰烈烈地谈一场恋爱，而且，哪怕这一场爱只有短短的瞬间，我也将无怨无悔，这样才不枉来过人世间一回。

这个决定像惊雷在起英的心中滚过，起英终于不再犹疑，不再惶恐，她决定将一切交给眼前的这个男人，从此和他共一个命运。

等到梅青举杯与起英的杯子相碰的时候，梅青看到了起英带泪的笑容。

“英子，你是我梅青这一辈子唯一爱着的女人，我以手中这杯酒向你发誓，给我心爱的姑娘戴上戒指的那一天不会太远了，我不会让你等得太久的！”

一贯冷静的梅青，这时端着酒杯激动地站了起来，将杯中的酒一口饮下。

“青哥，我怕的就是你为了我作出什么刻意的改变。不错，我也像每一个女人一样，希望自己爱的人能为我带上那终身相伴的戒指。但我又和别的女人不一样，因为我一开始爱的就是一个这样的你，我爱你，就包括你的一切，我会尊重你的婚姻，你的家庭。”

起英说完，终于让眼泪尽情地流了下来，她哽咽着，再也说不出话来。

"英子，你的爱让我的人生变得精彩，我梅青从此后死而无憾。"

梅青走过去紧紧地将起英搂在怀里，他第一次真的被一个女人感动得一塌糊涂。

这一夜，梅青和起英就像一对新婚夫妻一样，相互间充满了爱怜、体贴和温情。他们就那样相拥在一起，呢喃着只有他们两人才能交谈的话，一直到黎明的第一缕曙光撕破窗外的黑暗。

熹微的晨光里，梅青看着怀里一夕之间真正变成了女人的起英，梅青恨不得从此后能为她遮尽世上的风雨，将她想要的一切通通都得来献在她的脚下。

早餐的时候，梅青将他要争取当下一届中院院长，以及想要在音召县法院里培养吉阳飞的种种计划通通都告诉了起英。

经过了这样一个令任何女人都会刻骨铭心的夜晚，听着梅青对往后的打算，起英觉得今生今世不管风霜雨雪，她都会闭着眼睛只管跟着这个男人了。

"青哥，这几张空白函也许可以帮你运作吉阳飞的升迁，别的方面暂时我也帮不上什么忙。"

一到车子里，起英从随身坤包的夹层里抽出了几张盖有印章的空白函，一边说着，顺手交给了梅青。

"小傻瓜，我是不会让你为我操心这些事情的。"

梅青的眼睛里充满了爱怜，他一边接过那几份空白函，一边轻轻亲了起英一下。

十六

吉阳飞从他的表哥李宗庆的手上拿到木小青在宾馆里吸毒淫乱的录像带以后，一回到家他就拉上窗帘，独自看了起来。

光碟里，木小青和几个各个年龄层次都有，其中有一个还秃了头的男人在毒品的刺激下，一丝不挂地在一个有地毯的房间地上纠缠在一起，像一团低等动物一样地相互掐着、咬着、喘息着、尖叫着。

特别是木小青，扭动着白晃晃的赤裸身子，狂叫着，在那个男人堆里挣扎着，放荡得一塌糊涂。

吉阳飞看过不少黄碟，但与木小青的这盘光碟相比，以往那些都显得虚假而逊色。

也许是吉阳飞太熟悉碟中的主角，也许是碟中主角的一切都太过狂野，太过冲动，那股激情太过原始。因此，吉阳飞看到一半的时候，觉得眼热心跳，真有点看不下去了的感觉。

按下暂停键，吉阳飞走出房间，洗了一个冷水脸。

吉阳飞自从当上庭长后，他洗足、按摩，当然，最令他喜爱的还是每次按摩之外的那点活动，他曾一直以为自己时尚、风流、洞悉一切女人。

今天在木小青的那卷录像面前，吉阳飞终于明白，他以前的那些玩法只能算是幼儿园的小朋友都会玩的游戏罢了。

"这样的录像我是不能再看了，不然是会走火入魔的。"

吉阳飞在房子里绕着圈地走了很久，好不容易压下各种疯狂的欲念，自言自语地这样对自己说。

洗了一下冷水之后，吉阳飞觉得正常了许多。重新坐下来以后，他的心里转而有些同情起木双来，他知道，木双的名誉，不知什么时候就会毁在木小青的手上。

一旦对木双有了这么一点同情心，吉阳飞的心就有些乱，他当即决定，他和木双之间只要有一点可能，他就不会让这张光碟落到任何人的手中。

当然，即使到了万不得已，这也只能是他和木双之间的交易，这件事连梅青都是不能让他知道的，因为即使可以搞得木双父女身败名裂，自己到时也不会有好下场。

吉阳飞知道，在官场的历练中，梅青虽然也有不少的手腕，特别懂得怎样去谋划。但自己现在用的这种下三烂的手段，一旦梅青知道了，从此就会看不起他，更谈不上信任他了。而不管怎样，吉阳飞现在可不敢动摇梅青对他的信任。

吉阳飞和梅青在他们老据点的包厢里见面的时候，吉阳飞发现他眼前的梅青显得格外的容光焕发，就像一个正在热恋中的少年。

吉阳飞的心里猜想，梅青最近是否又有了什么新的艳遇？但他知道，如果梅青有了一般的艳遇，过后都会和他一起分享他的感受。如果碰上梅青不想告诉他的，吉阳飞也绝对不敢追问。

不过这一次梅青表现出来的，是一种吉阳飞以前从没见过的情绪。吉阳飞觉得梅青的眼睛里满是柔情，从心底里往外冒着一种真正的喜悦。

吉阳飞不由得有些吃惊，他不知道是一个怎样的女人能够改变梅青以往在女人问题上的玩世不恭，居然让见多识广，渐渐漠视一切的梅青，能够在一段感情里陷得这样深。

"小吉，我们上次商量要你做的几件事，你都一一做了吗？"

一见面，梅青避开吉阳飞有些好奇的目光，直接就问吉阳飞。

“都办好了，收藏这幅画的刚好是我的高中班主任，几乎只收了半价。我已经按照你的指示送到时书记家里去了。”

吉阳飞知道，梅青所说的几件事，第一件就是要他从县一中一个老师那里，买下那幅时建偶尔看见过一次就十分喜欢的山水画。

拿到那幅画的当晚，吉阳飞就将画送到了时建的家里。时建看到那幅画很高兴，时建一边欣赏着画，一边很随意地拍着吉阳飞的肩膀，亲切地笑着，也不问画是怎样来的，就高高兴兴地收下了。

看到时建并不见外，吉阳飞既感激，又很高兴。

时建的妻子带着孩子回了娘家，屋里只有他们两个男人。吉阳飞决定改变原来送完画就走的打算，坐下来和时建随意地聊着。

聊了一会，时建竟给吉阳飞谈起了他家里的苦恼，那就是他唯一的侄女中考失利，无望进入省会的一所重点中学，而这又恰恰是他侄女的一个梦想。

“哎，我恰恰在这所学校里缺少过硬的关系，要临时去找虽然也容易，但毕竟我不想太张扬。”

时建说到最后显得有些无奈。

吉阳飞一听，觉得真是老天帮忙，因为他的亲叔叔就是这所中学的教务处长，解决一两个学生的破格入学并不是什么难题。

不过，吉阳飞一点也不敢表露出来，他不想让时建知道，帮他侄女解决入学的问题，在他来说只是举手之劳。

“时书记，你放心，你侄女的这件事，我会尽力去办，应该很快就会有消息。”

吉阳飞的话，让时建很欣赏地看了他一眼。

第二件事，就是要吉阳飞既千方百计笼络木双，又要尽可能地寻找木双的弱点。

吉阳飞觉得，这一点他做得更好，因为一方面，他现在几乎成了木双家的一员，木双的老婆只要家里有了什么事，不是喊他当司机，就是要他出钱或出力。以至有时吉阳飞不由得想，自己以后有权了的话，老婆是一定要教育好的。

另一方面，他手里还握着木小青的那盘碟，这盘碟足可以对付木双。

吉阳飞将这些情况汇报给了梅青，只有关于木小青的那张光碟，吉阳飞在梅青面前只字未提。

梅青一边听着，一边用欣赏的眼光看着吉阳飞。他知道，在中院辖下的八九个基层法院里，像吉阳飞这样机变、灵动而又不显山不显水的下属，是很难碰到的。

“小吉，现在是关键时期，还有两年来时间，基层法院就会大交流，大换血，现在你们院里的副职位子又满员，我们再不把院长助理搞到手的话，你以后就被动了。”

梅青停下来看了一眼吉阳飞，吉阳飞正在全神贯注地听他讲话。

“因此，为了防止吴易和李力抓住你的任何辫子，在往后的这一段时间里，你一定要特别小心谨慎地做人做事才行。”

吉阳飞用力地点着头，表示他对梅青的话无条件的认同，并会执行到底。

经过了一系列的运作之后，当梅青再次与时建提到吉阳飞院长助理一职的时候，时建的态度彻底地变了。

梅青虽然知道原因，但他丝毫不露声色。

“吉阳飞这个人很不错，要给他个院长助理干干也不是不行，只是少了一份来自他们法院的推介公函，以及法院政工部门的个人评价材料，我和你也不好无风起浪。”

时建看着梅青，说话的语气缓缓的。

梅青也不答话，而是从随身挎包里掏出起英给的那几份盖了法院印章的空白公函给了时建。

时建展开一看，竟然是盖有音召县法院院印，党组印，以及政工印的空白公函各一份。

“老同学，你了不起，不知是何方神圣这么帮你的忙，吉阳飞有了你这样的上司，也真是他的福气，这下你要吉阳飞只等着听消息就行了。”

梅青知道时建讲的是真的，一个县委书记，加上一个他亲自培养的组织部长，要任命一个小小的院长助理这种打擦边球的官职，实在是易如反掌的事情。

梅青按照他和时建的商定，第二天晚上梅青约请了木双。两个人一番虚飘飘的“推心置腹”之后，梅青再一次委婉地征询木双对目前流行给一把手配置一个或多个助理的看法。

就在几天前，木双的好朋友，县环卫局的一把手周通就刚刚配上了第二个局长助理。

木双也曾想配一个得力的助手，自己也好轻轻松松地当几年甩手掌柜。但他放眼身边的人，似乎除了起英，就再也没有他完全可以信任的人了。

而起英又毕竟是一个漂亮的姑娘，忌于社会上对于女秘书的等等流言蜚语，他不想为难自己，更不想为难起英。

因此，音召法院院长助理一事，也就一直搁置下来了。当然，这些心里的东西是不能和梅青说的。

“梅院长，你在音召的日子不短，你能给我一些参考意见吗?”

木双目光炯炯，他试探着梅青。

看到木双敷衍的态度，害怕提出吉阳飞后，万一遭到木双的拒绝，就会失去回旋的余地，增加时建做工作的难度。因此，梅青立刻笑着岔过了这个话题。

梅青当初在音召法院的时候与木双之间并无芥蒂，两人讲起过往，确实有不少共同的话题。

梅青是有意要笼络木双，木双则绝对不想给梅青留下不好的印象。所以，两人述了很久的旧，只是都不再提起助理的事情。

第二天快下班的时候，木双接到了时建的电话。时建在电话里约他当晚九点在县宾馆的“欧洲”包厢里见面。

木双放下电话，坐在办公室里久久地没有动弹，他就让脑子和心里都那样空着，故意什么也不想，什么也不放在心里。

近年来，木双表面风光无限，不过背地里他常常会觉得孤独、疲惫而又有不少心事无法向人诉说。现在，他就正有这样的感受。

对于时建或时建的前任们，木双作为县法院的一把手私下里打交道的机会可不少。因此，对于时建突然来电话找他，木双早已是习以为常，只是今天接完时建的电话，心里莫名地有些不舒坦。

等到在包厢里坐定以后，木双这才发现，时建今天对他比平常还要客气。

“又又，你就配个院长助理吧，现在头头脑脑的都是这么配的，你一个人迟迟不配，人家还以为是你不提携后辈呢。再说，如果有了一个得力的助理，有些你不好出面的事情就可以交由助理去解决了。这样一来，你这个一把手才会当得既轻松，又潇洒呢。”

一阵寒暄之后，正在木双忙于琢磨时建什么事找他的时候，时建叫着他对木双专有的昵称，来了个单刀直入。

“我正要请时书记帮我在全县范围内物色一个好的助理呢!”

木双是何等机变的人？加之长年基层官场的历练又给了他足够的经验和教训，木双顺风顺水就将这个人情推给了时建。

时建舒心地笑了，来到音召后，他特别欣赏的就是木双的这种恰到好处的，令人满意的圆通。

时建没有马上答话，他用两个指头敲着桌面，眼睛看着自己的手指，好像正在思考。

木双知道，时建既然为了这件事主动找他，那就说明时建的心中肯定早已有了合适的人选。不过，为了配合时建，木双保持着沉默。

“又又，我看就暂时用着你们院里的吉阳飞怎么样?”

几分钟以后，时建将头伸向木双，轻轻地说着，似乎在和他商量。

吉阳飞？难道梅青上次也是想向自己推荐他？木双这才知道吉阳飞有着不同寻常的能量和背景。

“这也只是暂时的，你只要这次帮他将身份提高一点，等到你有了想要提拔的人，我就将吉阳飞提到县里的哪个部门来。”

看到木双无意间眉头皱了一下，时建给了木双一颗定心丸。

时建的话已经说到这个份上，木双不再犹豫，脸上马上布满了笑意。

“很好，书记的提议很好，其实我也喜欢吉阳飞这个人。”

“那就这么定了吧。”

时建边说，边向木双伸出手，以握手表示他们都同意了这笔交易。

梅青接到时建电话的时候，他正和吉阳飞在一起。

“小吉，时建来电话，你的事情他和木双敲定了，这一段时间你更得谨慎，只要你一天没拿到任命书，你就千万千万要保密。特别在木双面前，你一定不能让他察觉到你事前就知道内情。至于别的我想你一定知道怎么处理。”

看到吉阳飞喜不自禁的样子，梅青及时提醒他。吉阳飞马上收起满脸的喜色，神情变得庄重起来。

其实，吉阳飞不是一个轻易让情绪外露的人，刚才只是为了在梅青面前表示他的感激，一时没有掌握好分寸，有一点点过而已。

现在看到他的表现引起了梅青的注意，达到了他的目的，吉阳飞的心里喜滋滋的。要不是有梅青在跟前，吉阳飞真想跳起来大喊几嗓子。

走在回家的路上，木双的心里有一丝苦涩，有一丝无奈。他懒洋洋地开着车，路上的行人和自行车全都不按规矩乱七八糟地穿梭着，让他不敢分神去想什么问题。

木双知道，在院长助理这件事上，他其实是被时建们设计了的。这个想法让木双的眼睛涩涩的，心里很不是滋味。

车子开了一段路后，行人和单车都少了不少，木双也觉得轻松了。这时，他反过来又想，在当今年轻人吃香的年代，自己这个年龄已经开始过期了。而一个助理的人选就收买了三方实权派人物的心，这多少还是让他觉得划得来。

木双不再为这件事感到失落了，只是觉得他还是有必要通知起英，不然有点对不起她。

“木头，是你啊，你终于打电话来了，不然我真想回来看你呢，你现在在哪里?”

木双刚一拨通起英的电话，电话那头就传来了起英叽叽喳喳的声音。

木双听得出来，接到他的电话起英是真正的很高兴。这让木双有些伤感，突然有些思念起英，就像思念一个最亲的亲人。

木双微笑着，一声不吭地将话筒紧紧地贴在耳朵边，开心地听着起英在电话那头叽叽喳喳地给他汇报着党校一些有趣的事情。

直到起英觉得要留点时间给木双的时候，她才暂时停了下来。

知道起英在等着他说点什么，木双像刚刚想到一样，轻描淡写地给起英讲了将提拔吉阳飞当院长助理的事情。

“英子，在那里好好学习，县里准备要让余仁退居二线，你回来后就接余仁的位子，你什么都不要多想，家里的事有我呢。”

木双说完这几句话，突然觉得鼻子有点酸酸的，他准备要结束通话。

“木头，我告诉你，只要你是我的头，我在你手下有没有职位都是无怨无悔的。”

起英的这番话让木双很感动，木双还想说点什么，但喉咙里有一股热辣辣的东西让他无法再说话，眼睛也变得有些模模糊糊的，木双只得立即挂断了电话。

听到电话里的木双突然莫名地挂断了电话，起英凭声音就知道，电话那头的木双一定是因为什么事有些感伤了。

起英知道，生活中有一些男人，不管他地位多高，年纪多大，也不管他的外表多么强势，其实有时他们的内心是脆弱的。每当这种时候，他们就会额外地害怕孤独，渴望关怀，渴望温情。想到这些，起英顿时流下两行泪来。

起英突然觉得，在吉阳飞的事情上她是背叛了木双的，虽然那多半是为了爱，为了不让梅青为难。但她不由得想：要是木双知道了她的行为，该有多伤心啊，又该有多失望啊，起英有些不能原谅自己。

第二天，吉阳飞破天荒提前十来分钟就来到了法院，在统一的停车场里，他迎面碰上了已经停好了车的木双。吉阳飞停好车后，像什么事也没有发生一样，慢慢地走向木双，嘴里也像平日一样亲热地叫着：“木老板，你早啊!”

木双正在场边等着吉阳飞。

“吉庭长，你等下到我办公室来一下。”

一有正式的事情，木双就会像很多的领导一样，用职位来称呼自己的手下，似乎只有这样，才能充分显示他们的权威。

“木老板，我放下东西就来。”

知道是因为助理的事情，吉阳飞心中大喜，脸上却丝毫不敢表露出来。

三分钟以后，吉阳飞来到了木双的办公室，负责打扫卫生的临时工胡姐早已将领导们的办公室打扫得干干净净，开水也都准备好了。

一进门，吉阳飞像在木双的家里一样，帮自己和木双各自泡了一杯茶。拿茶叶的时候吉阳飞发现，木双喝的正是他从云南给木双带回来的最好的普洱茶。而这些普洱茶也是那次去云南执行一个百多万的标的后，随行的县农行赵主任买给他的。

吉阳飞泡完茶后，木双示意他坐到那张老板桌的右首去。

“小吉。”

吉阳飞听到木双不再像往常一样称呼“吉庭长”，他的神色也立刻变得庄重起来，端正地坐在椅子上，用恭敬的目光望着木双。

“小吉，我经过反复考虑，想要你上来当我的助手，协助我把院里的工作搞得更好，不知你的意见如何?”

吉阳飞就像是刚刚才知道这个消息的样子，立刻满脸的惊喜，然后又变得无比的感激，他腾地一下站起来。

“木老板，这是你对我的提携和栽培呢，我是永远不会辜负你的。”

木双淡淡地笑着，对吉阳飞的表态不置可否，紧接着谈起了下一步的工作。

木双要吉阳飞做好法庭工作的交接准备，说组织部门这几天就会下达正式的任命，到时好全力以赴，搞好新的工作。

离开木双回到办公室里，吉阳飞一拳砸在办公桌上，一边开心地笑着，一边忍不住蹦了几个高，并马上打电话将消息告诉了梅青。

做完这些事，吉阳飞长长地舒了一口气，突然觉得全身就像散了架。这一段时间里他的心太累了，想起从一个工人到公务员，到庭长，再到即将任命的院长助理，各种滋味全部涌进了吉阳飞的心里。

这些年外人都以为吉阳飞是坐飞机，平步青云，其实，只有他才清楚前进路上他究竟付出了一些什么努力，做了一些什么不是人干的事情。

静下来之后，吉阳飞突然想起手上木小青的那盘录影带，心中不免有丝隐隐的不安，他不由暗自庆幸，自己到底还是稳重，影碟的事毕竟只有他和表哥李宗庆知道。

吉阳飞当即决定，要去告诉李宗庆，要他完全忘记这一件事，并且撤出装在那间木小青包下的房间里的全部监控设备，以后还要尽量避免造成对木小青的其他伤害。

吉阳飞觉得，像木双这样的人，毕竟还带着一些老派的思想和传统。因此，像他那样的人再怎么不好，也还是会有他们做人、做事的大原则，这是他这样的年轻人怎么也学不来的。

“虽然爸爸曾经和木双有过不可调和的矛盾，但木双并没有什么地方对不住我。”

吉阳飞忍不住自言自语地给了木双一个总结。

吉阳飞打定主意，只要木双不为难他，以后一定要跟木双好好的配合，尽量不在木双的背后搞小动作。

有了梅青和时建，现在又搞定了木双，吉阳飞的心里很快又有了下一个新的奋斗目标，在全部的目标实现之前，吉阳飞觉得他还得忘我的战斗。

十七

就在梅青和吉阳飞加紧运作的日子里，吴易也许是凭借在官场历练出来的敏感嗅觉，他也加紧了对吉阳飞和木双的监视。

很快，吴易发现，以往也是娱乐场上骄子的吉阳飞近来竟然成了模范公民，除了一些干干净净的应酬，他居然总是规规矩矩地上下班，不再涉足任何娱乐场所。

吴易还懊恼地发现，吉阳飞虽然跟随他这么久，竟然没有在他面前露出任何的狐狸尾巴来。而且，不但吴易手中没有吉阳飞的任何把柄，倒是吴易有些地方在吉阳飞面前还是失了检点，恐怕吉阳飞倒是掌握了他不少的把柄。

一想起这些，吴易就非常的懊悔，他恨自己以前在吉阳飞的面前太过大意，膨胀的自信让他低估了吉阳飞。

吉阳飞是怎么也靠不住了，这让吴易又想起新近投靠他的李力。

“真是没用，怪不得谁都不待见他。”

一想到最近才投靠他，对什么事都束手无策，而又满腹牢骚的李力，吴易的气就不打一处来，就忍不住要骂人，要不是目前太缺少帮手了，他怎么也不会网罗李力这样的人。

就像几天前，吴易好不容易看到吉阳飞晚上开车外出，他马上布置李力前去跟踪。结果李力跟了不到十分钟，就把目标跟丢了。那一晚，吉阳飞一直到很晚才回家，尽管吴易觉得其中肯定有什么秘密，可惜，大好的机会就这样被李力弄丢了。

更可气的是，只要吴易在这些时候批评他，哪怕吴易批评得再怎么委婉，李力也会在他面前发狠。

“吴院长，你不必着急，实在不行的时候，我就干脆干掉他们几个再说。”

每次看到李力讲这番话时的淡然和阴狠，吴易的背心里就会渗出一阵阵凉意，使他不得不重新审视他与李力之间新结成的可怕同盟。

渐渐地，吴易陷入进退两难的境地，他既怕李力给他惹祸，又需要人帮忙对付吉阳飞。因此，吴易为了利用李力，不得不表面上保持与他的这种盟友关系。

李力接连失误几次后，吴易终于得出结论，在对付吉阳飞这样的关键问题上，一定要既隐秘又慎重，一些关键的手段是不能让任何人知道的，特别是像李力这种只可利用，不能信任的人。

根据吉阳飞近来的表现，吴易心中暗暗推断，觉得针对吉阳飞的变化随时都可能发生，而他还束手无策。发生在吴易身边的这一切都让吴易变得更加多疑，易怒，寝食难安。吴易感到失落，有时甚至觉得连人生也没有多少意义，势单力薄的吴易简直成了热锅上的蚂蚁。

吴易觉得他的日子会越来越不好过，有很大部分原因是吉阳飞造成的，他觉得吉阳飞背叛了他。你不仁我不义，为了整治吉阳飞，吴易觉得他应该向组织部门投递一封检举信了，这样也许还是打不倒吉阳飞，但最低限度可以让他像李力一样摔一跤。再说，如果组织上查来查去，不怕查不出一些问题。

吴易匆忙中发出的那封匿名举报信刚刚由内勤送到县委组织部司马部长办公桌上的时候，司马部长正带着他的秘书，在木双的亲切陪同下坐在了音召法院的党组会议室里，准备宣布对吉阳飞院长助理的人事任命。

等着人去叫吉阳飞的几分钟时间里，音召县法院的班子成员们在司马部长的面前亲切而热烈地交谈着，全然看不出平日里的勾心斗角，显得温馨而和谐。

快步走来的吉阳飞一身制服穿得整整齐齐，枣红的领带将他的脸衬托成了粉色，压抑的激动让他看上去显得有点不安，有点紧张，整个人站在那里直挺挺的，根本不像往日风趣而幽默的吉阳飞。

木双笑眯眯地看着吉阳飞，就像看着他新买下的一件东西。司马部长打量着吉阳飞，脸上的表情变得凝重起来，他搞不清眼前这个男人到底与时书记是什么关系。

余仁像什么事也没发生一样，无神地坐在那个固定的位子上，把玩着手上的那支签字笔。

吴易则显得有些尴尬，有些吃惊，看到木已成舟，他有些后悔贸然发出的那一封检举信。他没有料到吉阳飞的后台这样硬，动作这样快，不知不觉就让他进了法院党组的圈子，从今后与自己平起平坐的。

暗地里紧张了一会，吴易不由得又暗自庆幸，庆幸他幸好没有公开与吉阳飞翻脸。

就在吴易这样胡思乱想着的时候，组织部长已经宣读完了对吉阳飞的任命。

“祝贺、祝贺，祝贺我们的吉助理，你要记得请客哦！”

就在大家还没有反应过来的时候，由于思想开小差并没有听清任命内容的吴易，热情地站起身，带头鼓起掌来，并且，上前紧紧握住了吉阳飞的手。

伴随着吴易的热情祝贺，党组会议室里响起噼噼啪啪的掌声。

会议室里暂时静下来，木双若有所思地注视着吴易，他觉得吴易的笑脸是强装出来的，因为吴易虽然脸上笑意盈盈，眼神却是冰冷的。

吉阳飞与吴易一边握手，一边相视一笑。

只有余仁，连头也懒得抬起来。

司马部长一行人离开以后，党组领导们在木双的主持下，又开了一会儿小会，主旨就是欢迎吉阳飞新加入党组。

除了余仁没有讲过多的话之外，大家都对吉阳飞提了不少的希望，并纷纷断言他将前途无量。

在音召县法院的普通干部里，李力是最先得到吉阳飞当了院长助理消息的人员之一。一听到这个消息，李力的脸立刻涨得通红，好像有人突然抢走了他最想要的东西，李力气愤难当，一股无名的怒火烧得他心中隐隐地作痛，他挥拳将他办公室里的一个热水瓶打翻在地，碎裂的瓶胆散落一地。

李力咬牙切齿，不知怎样来平息心中的痛苦、愤怒和怨恨，一时间，李力的耳边似乎只剩下了一个声音——“毁掉吉阳飞！毁掉吉阳飞！”

好不容易看到吴易散会后回到了办公室，李力当即气冲牛斗地冲进吴易的办公室，仿佛这一切完全是吴易的错一样。

“我说让我去干吉阳飞这小子一下，你还死活不让，这下好啦，人家现在与你平起平坐了，我们还怎么和他斗？”

李力一走进吴易的办公室，将手上公文包往吴易的办公桌上重重地一摔，一脸的不屑，冷笑着用不管不顾的口气责问吴易。

就在李力进来之前，吴易正在后悔，正在气恼，他后悔和气恼匿名信写得太晚，后悔他用的手段还不够毒辣，不够阴狠，竟然让吉阳飞得逞。

正在吴易独自痛心疾首，满腔怨怒无处发泄的时候，李力突然冲进来，对他讲了一番大不敬的话。

“你这个草包，只知道要狠，成事不足败事有余的东西。”

同样痛悔难当，已经忍无可忍的吴易猛地站起身来，一掌将李力摔在他桌上的公文包扫到地下，指着李力的鼻子大骂。

吴易气头上说的这几句话，却实实在在伤到了李力的心灵深处，使得本来就不是伶牙俐齿的李力一时脸色惨白，眼睛里透出一种绝望、阴冷、忘乎所以而又令人颤抖的冷光。

李力只管愣愣地看着吴易，一句话也说不出，也许是一句话也不想说了。

当李力无声而决绝地转身，打算就那样离开吴易办公室的时候，吴易知道他闯祸了。他知道，平常就喜欢蛮干的李力，也许现在是真的什么事都能干得出来的。

这下吴易可真的害怕起来了，他虽然喜欢玩点权术，也喜欢搞点阴谋，但他知道掌握底线，那就是如果不到最后关头，或者没有十足的把握，他就绝不会触犯法律。

“李力，兄弟，你还不知道我吗？越是亲近的人，我讲话就越不注意分寸。”

看到就要冲出他办公室的李力，吴易马上转换了一种友好的口气。

“你讲得很对，我就是一个成事不足，败事有余的蠢东西，哪配做你吴副院长的兄弟啊！”

李力一边狠狠地说着，一边头也不回地消失在门外，留下吴易又成了热锅上的蚂蚁。

李力走了很久了，吴易还沉浸在深深的后悔中，他倒不是后悔不该要手段，搞阴谋。而是后悔为什么会用上李力这样的草包，为什么会与李力这样的人结什么同盟。

“人以群分，物以类聚”。

突然出现在吴易脑子里的这句话，让吴易下意识地拍了拍脑袋。他在心里觉得好笑，自己与李力相比，不管是智力还是能力，都是一个在天上，一个在地下，脑子里怎么会突然冒出这句话呢？

不想这个了，吴易强迫自己收回思绪。他知道，现在他已经无法掌控李力了，如果李力闯下什么祸，自己是怎么也脱不了身的。吴易越想越害怕，觉得他必须找一个可靠的朋友进行商量，好确定接下来的行动方案该怎么样进行。

吴易掏出随身带着的记事本，电话本，通讯录，他轮番地将这三个小本子从头翻到尾，又从尾翻到头。最后居然没有找出一个在这种时候真正值得信任的朋友。

“我这是怎么啦？平常似乎能呼风唤雨，关键时刻需要的真朋友，怎么竟然一个也找不出啊？”

吴易抬起头，无助的泪水溢满了那双有些空洞的眼睛。

起英！当这个名字滑过吴易脑子里的时候，吴易在开头的几分钟里，差点没有抑制住给起英打电话的冲动。

不过，吴易再一想，起英虽然和他的关系还不错，但她和吉阳飞的关系恐怕更近。

犹豫了一会，吴易不得不痛苦地打消了打电话给起英的念头。他转而暗自庆幸，庆幸他在关键的问题上还是与李力保持了一些距离。

最后，吴易向着空中挥了挥手，只得在心里暗暗发誓：吉阳飞，你等着，我永远都不会善罢甘休的。

十八

司马部长到法院宣布吉阳飞院长助理任命决定的当晚，吉阳飞表哥李宗庆的宾馆里，吉阳飞举办了小型的庆祝晚餐，法院的党组成员全部出席了。

余仁是吉阳飞请了两次才出席的，吴易倒是到得很早，他一到就热情地帮着吉阳飞张罗着，脸上也像吉阳飞一样，一直喜气洋洋的，好像只有他才是真正地在为吉阳飞的高升而欣喜。

晚上九点多钟，丰盛的宴席结束后，大家都有些喝高了。

吉阳飞的酒量出奇得好，他让大家走进了另一间豪华的包间，那里安排了各种消遣和娱乐，让人们足以愉快地消磨这个晚上剩下的时光。这都是吉阳飞和李宗庆精心安排的。

这时，走在最后的吉阳飞注意到，木双接到一个电话后，就回过头来看着他，神色变得有些凝重。并且，马上一边往包间外面退，一边用目光示意吉阳飞到他的身边去。

料定有什么不好的事，吉阳飞向李宗庆使了一个眼色，要他去招呼大家，自己快步走到木双的身边。

“刚才组织部司马部长来电话了，他的秘书马上就到，给我送一份很重要的材料来。”

司马部长的秘书亲自送，会是什么材料呢？吉阳飞不由得满脸惊诧。

“小吉，好险呢，好在今天宣布了对你的任命，不然就坏事了，今天下午组织部收到了举报你的匿名信。要是任命稍微晚一步宣布的话，组织上调查来调查去的，又不知会有什么样的变故呢。”

木双一边对吉阳飞说着，一边朝宾馆楼下的大堂走去。

几乎同时，组织部司马部长的秘书小周也到了宾馆的大堂。小周将一个有一些分量的牛皮纸信封慎重地交给了木双。

吉阳飞本来就与小周相识，现在看到小周给他们送来了检举材料，吉阳飞很是感激，他上前一把握住了小周的手，顺势将一个内装八百元钱的红包塞在了小周的手心里。

吉阳飞的口袋里刚好就有好几个这样的红包，那都是今天吉阳飞的那些手下孝敬的。为了瞒住木双，吉阳飞对还想推辞的小周眨着眼睛。

小周立刻心领神会，不再作任何的推让，而是连连地向吉阳飞道着恭喜。

“这次我不方便和里面的人见面，下次专程来向你祝贺。”

看到吉阳飞诚心相邀，还想要小周到包间里和他们同乐，小周将握有红包的那只手插进衣袋里，然后知心地笑着对吉阳飞说。

吉阳飞这才意识到原来是自己考虑不周，他感激地握住了小周的手，和木双一起将小周送出了宾馆。

木双和吉阳飞私底下进行着这一连串的行动时，别人都毫不在意，只有吴易始终在楼梯的拐角处观察着这一切。

木双和吉阳飞下楼的时候，吴易借口抽烟，从楼梯口向大堂望去，他一眼便看见了组织部的小周和他手里拿着的那封举报信。当时吴易这一惊非同小可，他怎么也没有想到，他向组织部的匿名举报会是这样的结果。不过，吴易又暗自祈祷，祈祷他的匿名举报千万不要被吉阳飞或木双揭穿。

送走小周后，木双和吉阳飞相跟着回到了那个包厢里。在接下来的时间里，虽然吉阳飞热情周到，包间也舒适宜人。但由于大家都看出木双似乎有点心不在焉，连吉阳飞也似乎在努力控制着他的某种不安情绪。因此，这场聚会不到子夜一点就结束了。

大家散去后，吉阳飞和木双留了下来。再次碰面之后，木双和吉阳飞来到了李宗庆专门为他们设置的密室里。身后的门一关上，木双就从包里拿出了那封匿名信摆在了密室里的那张桌子上。

木双和吉阳飞将信封翻来覆去地研究了一番，那是普通的来自邮局的信封，信封上所有的字都是打上去的，信封的开口处早已打开的，证明组织部长早已看过了匿名信的内容。

吉阳飞小心翼翼地将里面的信抽了出来，那是A4的打印纸，正反两面都有内容，一共有八页之多。

吉阳飞将信展开，双手交给了木双。木双接过信开始看了起来，木双每看完一页，就马上将那一页交给等在旁边的吉阳飞。

到底因为匿名信与自己没有直接的关系，木双在看那封匿名举报信的时候，他一直是心平气和的。

吉阳飞就不同了，因为信中说的很多东西，虽然举报者没有抓到实质，而且有些还只是臆断和推测。但即使是那些推断，举报者推断出来的也都是真的，只是举报者暂时没有提供真凭实据而已。

更让吉阳飞心惊胆战的是，从信的内容来看，这个匿名举报者，一定就在他的身边，只是他平日里早已有了防备，这封匿名信里才没有列出什么真凭实据来。

那八页举报材料还没有全部看完，吉阳飞的额头就已经汗津津的，他的心跳加快，只是在木双的面前极力地控制着自己。

木双一边看信，一边留意着吉阳飞面部表情的变化。他发现，吉阳飞从看到那封举报信的第二页开始，脸上红了又白，白了又红，只是拼命地掩饰着，害怕在他的面前露出马脚。

木双知道，举报信里列举的吉阳飞的种种罪错，十有八九是实实在在存在的东西。不过，木已成舟，既然组织上都在送人情，自己就犯不着去捅破了那层窗户纸。

木双明白，在当今的官场，一个不是很有背景的人要想升上去很难。但一旦有幸提拔上去了，没有如山的铁证，要想拉他下来就更难了，自己又何必去逆潮流呢？

“小吉，我是困得不行了，你继续看完这封信吧，如果发现是谁诬告，你要立即告诉我。”

木双感到没有必要和吉阳飞一起耗下去了。

送走了木双以后，李宗庆来到了吉阳飞身边。

“表哥，你看看这封信吧，好危险呢，我一看就知道是吴易这个东西写的，好在他没有我的过硬把柄，不然我这次就毁在他手上了。我总要赶快想个什么办法治治这个家伙才行，不然我今后会寸步难行。”

吉阳飞一脸疲倦，神情怅然，随手将检举信丢给了李宗庆。

“是你们的副院长吴易吗？他经常在我这里玩，你们的人没有谁知道我和你的关系，因此他在我这里很放松，我还专门帮他保留了三楼的一个好房间呢。你真正要搞他，这一点也不难。”

吉阳飞听了大喜，他想起了李宗庆帮他录制的木小青的光碟，吉阳飞知道李宗庆近年来与社会上的一些势力有些来往，李宗庆是有办法帮他对付吴易的。

经过和李宗庆的一番密谋，吉阳飞的心情慢慢地平静下来。

与李宗庆分手后，正是夜深人静，街道上静悄悄的，没有行人，没有车辆，仿佛那个白日里无比喧嚣的县城，不是现在的这个地方。

稀稀落落的街灯一片昏黄，那些街灯照不到的地方，黑黢黢地有些瘆人。

吉阳飞既有些兴奋，又有些疲惫地开车抄近路往家里赶。

这条道他走得很熟，虽然要穿过几个较小的偏僻街口，但此时夜深人静的，应该不会有什么车辆。吉阳飞一边轻松地开着车，一边吹着口哨，虽然也有几里路，但一路上基本上没人，只是碰见了一台空着的出租车。

一路畅通无阻，吉阳飞很快就要到家了，这一段时间里的紧张、期盼、煎熬，让他在终于达成目的后，显得异常的放松和疲惫。即使是匿名检举信这样的小插曲，也不能破坏他的好心情，只是一旦放松下来，反而觉得非常疲惫，他恨不得马上回到家里躺在床上睡他个几天几夜。

就在离吉阳飞家不到三十米的一个街口，正当吉阳飞以为就要到家而身心放松的时候，一部黑色小车猛地从旁边的一条小巷里冲了出来。那辆车像新闻里报道的那些自杀式撞车的死士一样，不要命地直接向吉阳飞的车头扑了过来。

吉阳飞心里猛地一惊，觉得眼前这部车似乎是有意要他的命。不过，吉阳飞可是音召法院最好的车手，业余时间里他最喜欢的娱乐之一就是飚各种各样的车。而且，好在已经接近家门口，他的速度已经很慢了，这样一来，处置起目前的状况来要容易得多。

吉阳飞眼疾手快，他将车子猛地往后一倒，就在同时，那部黑色的小车呼啸着从吉阳飞的车头滑过。

吉阳飞是个有心计的人，他在受到惊吓的同时，大睁着眼睛想看清对方那部车的车牌和驾车的人。虽然那车一闪而过，吉阳飞还是看见了车内司机的大致轮角，吉阳飞吃惊地觉得，那人竟然有点像李力。

目送着那辆车子确实已经走远了后，吉阳飞休息了几分钟，才将车开进了自家的车库。

下得车来，吉阳飞发现自己竟然全身汗淋淋的，腿还有些微微的抖。

一回到家，吉阳飞默默地进了书房，他没有开灯，今晚他也不想开灯，只是坐在书房的电脑桌前，他今晚也并不准备打开电脑，吉阳飞无心干点别的，他想冷静下来，他必须思考一些问题。

周围包裹着他的黑暗里，吉阳飞仿佛看到了很多的眼睛，其中有几双还显得嫉妒而阴冷，那很像是吴易或李力的眼睛。

刚才的场面太惊险了，吉阳飞觉得他不能再朝黑暗里张望，那样他会莫名地紧张。

吉阳飞闭上眼睛，他开始想：今晚这件事，绝对不能报警，不说没有什么证据，即使有证据，闹大了吃亏的肯定还是自己。

也不能告诉家人，他们只会担心，要是他们忍不住到外面一嚷嚷，还会坏了自己的事情。

更不能告诉领导或组织，因为哪个领导也不会跟一个生命时刻受到潜在威胁的人走得太近。而且，一个生命都受到威胁的人，领导也会对他失去信任。而一个失去领导信任的干部，他的前途也就完了。

“好吧，就让我独自来解决吧。”

吉阳飞一旦想清了这些事情，他反而镇定了下来，他估计应该没有看错，吉阳飞认定刚才开车撞他的肯定是李力。

想起他与李力以往的种种，以及他被任命为院长助理后，李力看他的眼神，吉阳飞知道，以李力的心胸和脾气，这样的事他是完全干得出来的。

想到李力和吴易新结的联盟，吉阳飞就免不了有些焦躁，一定要尽快突破吴易与李力的联盟，这个念头让吉阳飞的心里再次无法平静。

第二天一上班，吉阳飞接到了李宗庆的电话，表哥邀他共进晚餐，说是到时一定会给他一个惊喜。

吉阳飞本想立即去找李宗庆，但又觉得既然表哥约了他晚上见，自己又何必这么沉不住气呢，显得没有一点忍耐力和气度。

上午九点多的时候，吉阳飞在法院办公楼的一楼迎面碰上了李力。

李力的双眼有些肿胀，好像一晚没有睡觉的样子。要在以往，他们两人即使碰面，也是不一定会打招呼的。不过今天不同，吉阳飞是有意要接近李力，而李力则显得心事沉沉的，眼睛里充满了疑虑。

迎着吉阳飞，李力有点尴尬地微笑着，似乎不知道是应该和吉阳飞打个招呼，还是应该像以往一样和他擦肩而过，这种犹豫不定让李力显得有点猥琐。

昨天，李力开始是知道吉阳飞得到了县委组织部的正式任命，成了院长助理，然后他又因为吉阳飞和吴易翻了脸。及至听说吉阳飞将在宾馆庆祝，从晚饭开始，李力就一直喝着酒，他想依靠酒精来麻痹自己，好减轻一时无法承受的，由失落和嫉妒带来的痛苦。

一开始，那种五十多度的白酒辣着他的口腔，辣着他的喉咙，直至辣着他的胃，辣出他的眼泪，带给他一种畸形的快感。

之后，为了尽可能地保留那种快感，他不顾有限的酒量，只是一杯又一杯地灌着，很快，他就真的醉了。

人虽然是醉了，但李力心中的痛苦却不肯醉去，而且还变得异常的巨大而深沉，仿佛吉阳飞是抢了他的位子，这种想法越来越让李力陷入了一种失去理智的愤怒中。

酒精的作用下，李力不断地想起吴易白天对他讲的话，想起他生活中的种种不如意，李力两眼通红，突然爆发性地哭了起来，他拼命地压抑着哭声，任由眼泪像决堤的水，无声地顺着脸颊冲向他的脖颈和衣襟里。

李力将第二瓶白酒喝完一半的时候，他终于下定了最后的决心——他要和吉阳飞同归于尽。

一旦打定了这个主意，李力突然觉得浑身豪气，觉得仿佛高大了许多，他借着酒劲，踉跄着来到了车旁，打开车门的时候，由于用力太猛几乎将那扇车门掀了下来。

开着车行驶在空旷静寂的街上，李力一直保持着高度的亢奋，过多的酒精在他的身体里燃烧着。虽然醉酒，但李力对小县城很熟悉，不一会儿，他就找到了吉阳飞家的附近。

李力知道，吉阳飞夜晚回家一定会抄近道。他将车子在离开吉阳飞家不到几十米的一个街口停了下来，那里是吉阳飞回家的必经路口。

虽然醉酒，李力还是老练地遮盖了他的车牌，他将车子停在路灯照不到的黑暗里，从暗处看明初，周围的一切尽收眼底，夜晚的一切都与白天不同，显得神秘，诡异，令人产生一种未知的恐惧。

李力觉得这就像有些人，白天里阳光下，或者在人前，道貌岸然，一副谦谦君子的模样。一到暗处或者背地里，就会现出他们贪婪、狡诈、阴险而又卑劣的原形。

等待的时候，李力也曾经有过片刻的犹豫，但是，那些犹豫又总是很快被他心中的愤怒淹没。人在等待中是会很无聊的，李力就是这样，他只能让自已继续地保持愤怒，那样才不致害怕，不致临阵退缩。

好在很快就看到吉阳飞的车从远处慢慢地开了过来，李力立刻像闻到了血腥味的食肉动物，马上兴奋起来，他不顾一切地狂踩油门，抱着报仇的心情猛地冲了出去，直扑吉阳飞的车头。

就在李力亡命地开车向吉阳飞的车头冲去的时候，那一刹那他竟然不合时宜地想起了独自将他抚养长大的母亲。

我就这样死了，我的母亲怎么办？

这个刚才一直被李力忘得干干净净的问题，顿时让他惊出了一身汗。他这才下意识地打了一把方向盘，让车子呼啸着从吉阳飞的车头滑过。

出了一身大汗，李力的酒劲已经消退了不少，看到他和吉阳飞都逃过了一劫，他不由暗自庆幸没有闯下大祸。

快速离开吉阳飞的视线范围后，李力才将车在一条小路边停了下来，他的双手抖得厉害，背上凉飕飕的，喝下去的那些酒都变成冷汗浸湿了他的全身。

李力回到家里，墙上的挂钟指向凌晨四点，他的妈妈已经在客厅的沙发上睡着了。李力悄悄地坐在妈妈的身边，看到妈妈满头的白发，一脸细小的皱纹，李力潸然泪下，不由得对他刚才的行为后怕不已。

李力是遗腹子，母亲怀上他不到七个月父亲就病逝了。在一个街办厂子工作的母亲，一个人含辛茹苦将他拉扯大，如今还不到六十岁，看起来却像一个七十多岁的老妇人。

哪怕只是为了母亲，我也不能那样了。

这个念头让李力在心中作出决定：只要刚才吉阳飞没有看清他，以后不找他的麻烦，他就尽量不跟吉阳飞斗下去了，以后成个家，让妈妈能够安度晚年。

因此，李力现在面对吉阳飞心中非常忐忑，他留心观察着吉阳飞的神色，生怕吉阳飞昨晚认出了他。

吉阳飞早已发现了李力脸上的异样神情，他更加肯定了昨晚的判断。但是，吉阳飞装着什么事也没发生过一样，反而一改平日在李力面前的傲慢，满脸含笑，径直地走到李力的面前，破天荒地向李力伸出了他的手。

“李庭长，我以后的工作还得靠你多支持啊！你什么时候有时间，我们一起聚聚。”

与李力的手相握的时候，吉阳飞的神态很诚恳。

李力轻轻地握着吉阳飞伸过来的手，勉强地笑着，脸有点涨红。

“吉助，我应该要祝贺你呢。”

“我们多年的兄弟，就不必讲什么客气了。”

吉阳飞右手和李力的右手紧紧地握在一起，他们还用各自的左手用力地拍着对方的肩膀，彼此心照不宣。

李力心中的一块石头虽然落了地，不过，吉阳飞那种胜利者的大度，多少还是有些让他心里不舒服。

十九

吉阳飞应约到达的时候，已经是晚上七点多了，李宗庆已经在他们的密室里准备了丰盛的晚餐。

“阳飞，你不知道我今天中午搞到了什么好东西。我没有跟你说，吴易有个特别的爱好，一般人是在晚上风流，而吴易则总是隔三岔五的中午在我们宾馆他的那间房子里快活。昨晚你走后，我就在吴易的房子里装了两个摄像头。吴易在我们宾馆有两个相好的，今天中午他果然就找了其中的一个。来，我们今晚一边喝酒，一边来欣赏吴易的表演吧。”

吉阳飞一到，李宗庆就兴奋地对他扬着手里的一盘光碟。

吉阳飞接过李宗庆手上的光碟放在眼前欣赏着。突然，他想起了木小青的那盘光碟，不由得脸有点红了。

“阳飞啊，要干大事的男人，心要狠点，手要毒点，可不能有半点心软。”

看到吉阳飞的表情，李宗庆一边提醒吉阳飞，一边从他手上拿过光碟，随手打开了一台放像机，两兄弟坐了下来，一边喝酒，一边笑眯眯地看起录像来。

录像的画面上，一开始就出现了吴易拥着一个吉阳飞也认识的宾馆女服务员打情骂俏地进了房间。一关上门，吴易一改平日里的道貌岸然，猴急地没有了一点风度，什么前奏也没有，两具充满肉欲的躯体就滚在了一起，他们疯狂地扭动，不停地重复着那些令人恶心的原始动作。

十几分钟以后，吉阳飞看得有些乏味，他在心里想：像野兽一样，真是一点情趣也没有，只是可惜了那个漂亮的女服务员。

“表哥，我怎么感谢你都不为过。录像里吴易的表演虽然不算太精彩，但这盘光碟作为我们要对付吴易的武器，可是绰绰有余的了。”

吉阳飞一边说，一边关掉了机器。

“我们这一代亲人中，也就只有我们哥俩了，我不帮你，我帮谁啊！再说，说不定你以后能帮我更大的忙呢。不过，这样的东西要用得好才能发挥最大的效力，不然，反过来小心伤了你自己。”

在整人方面李宗庆显得很有见地，很老到。

“哥，你就放心吧，我会好好利用的，这些年我跟你学到了不少东西呢。”

吉阳飞回到家，将那卷录像从头至尾看了一遍。他发现，来自于自己认识的人的这种影像，远比别的黄色音像资料更带劲，更刺激。

吉阳飞知道，这样的带子一旦外泄，不但吴易一定会身败名裂，一旦真正追究起来，自己的前途也完了，吉阳飞知道是在玩火。

但吉阳飞也知道，如果他不这样对付吴易，吴易将会在他的身后没完没了，可能还会拿出别的狠招，就像昨晚李力对他干的那样。

一开始，吉阳飞想在以前吴易打招呼的案子上下功夫，达到检举吴易的目的。因为有个别案子经过他和吴易的运作，确实让白的变成了黑的，黑的则变成了白的。

吉阳飞暗地里翻出那些案件一看，那些办过了的案件，每一件他都是吴易的同谋，而且，回过头来看那些案件，当初审理的时候有些是昧着良心的，如果因此检举吴易，就等于检举自己，吉阳飞只得放弃了这个途径。

怎样才能让吴易消停，从此不再暗地里与自己为敌呢？手中的光碟当然是一件好武器。但究竟要怎样才能既让吴易了解自己掌握了他的把柄，又不让吴易知道自己手上有这样一卷带子呢？

突然，吉阳飞看到了书柜里的照相机，他一拍脑袋，神情豁然开朗，很神秘地笑了。

吉阳飞在小小的音召县城里也算是一个高干子弟，他像一切真的或假的高干子弟一样，一切时髦的东西他们都是有些在行的。

吉阳飞拿起相机，从那卷录像里翻拍了吴易几张关键性照片后，第二天就到邻县的一个小型私人照相馆里另外付了二十元的加急费，将那些照片立等着洗了出来。

仔细察看了照相馆的老板并没有落下什么把柄之后，吉阳飞满意地回到了他停在离照相馆几百米远处的车子里。

吉阳飞将吴易那些丑态百出的照片拿在手上把玩的时候忍不住想：人类的本能表现可实在是太过丑陋，登不得任何的大雅之堂，不知吴易到时看了这些照片会有什么样的表情。

当天下午下班后，吉阳飞拨通了吴易的电话。

一开始，吴易看见是吉阳飞的电话，还有一点不情愿接听，他让电话响了两遍。

“吴院长，你什么时候有时间，我有点事，想尽早见你一面。”

吴易勉强接听了电话，电话里的声音让他觉得厌烦，吴易一时不知吉阳飞要搞什么名堂。

“吴院长，如果你有时间，我们什么时候在刘老板的店子里见一面吧。”

吉阳飞的口气有点不容置疑。

吴易觉得吉阳飞不会随便约他，恐怕是有什么不得不约他的事。因此，在决定去与不去的时候，吴易的心中突然有些忐忑不安。

吴易猜想，匿名信事件即使吉阳飞猜到了是他，因为组织原则等等要避讳的方方面面太多了，吉阳飞是绝对不敢公开为此事找他麻烦的。

吴易有心不去，但回想起吉阳飞在电话里的语气，吴易心里又有些不托底。人家现在毕竟是院长助理，肯定比自己接触的消息和机密都多，万一吉阳飞要提醒自己什么事呢？在犹豫和忐忑中，吴易最终还是和吉阳飞约定了见面的时间。

在等待前去赴约的这一段时间里，吴易暂时放下了刚才正在看着的一份文件，他点燃一根香烟，走到了办公室的窗前。

吴易隔着玻璃看了一眼楼下，走道里还是人来人往的。吴易觉得自从搞了这么多年的审判工作后，他对人的看法有了很大的变化，当事人那种有求于人的唯唯诺诺，经常让他觉得高人一等，完全不把一般的人放在了眼里。

不过，对吉阳飞可是看走了眼的。吴易一想到这一点，就变得有点沉不住气了，他掐灭了香烟，准备前去赴约了，因为他必须要搞清楚吉阳飞的葫芦里到底买的什么药，不然，他的内心将一刻也不得安宁。

吴易赶到的时候，吉阳飞已经在那间不大的包厢里等了一会儿了。

“我正在担心，怕你没有时间过来，我还在考虑要不要去找你呢？因为事情确实是有点急。”

看到吴易进来，吉阳飞站起身来，趋前几步，像接待许久不见的恋人或老友一样，一把抓住了吴易的手。

“我的大助理，什么事这么急，让你劳神费力的。”

吴易有力地回握着吉阳飞的手，显得比吉阳飞更热情，只是眼睛里的那一丝含讽带刺的神色无法隐瞒，他觉得吉阳飞是故意在他面前大惊小怪。

吴易对吉阳飞表现出来的热情心中有数，吴易在官场这么多年了，他才不会轻易被任何一张笑脸所迷惑呢。不过，吉阳飞讲的最后一句话倒是引起了他的高度注意。因此，吴易满脸堆笑地问。

“既然你来了就好了，吃完饭我再告诉你吧。”

听到吉阳飞这样回答，吴易的心中一个咯噔，他立刻猜到吉阳飞是听到或掌握了有关他的什么坏消息，现在想用来威胁他。

“吉老弟啊，你还不知道我吗？在你心里有我不知道的事，我还有心思吃饭吗？”

吴易不得不暂时完全放开对吉阳飞的敌意，他拍着吉阳飞的肩膀央求着，目光变得很恳切。

吉阳飞看到吴易急不可耐的样子，竟然不合时宜地想起了吴易在录像里的丑态，吉阳飞差一点笑起来。他好不容易忍住笑，转而满脸严肃地看着吴易，只见吴易正目不转睛地看着他，眉宇间充满了猜疑和不安。

吉阳飞并不急于回答吴易，而是继续将吴易笼罩在他那似乎可以穿透一切的目光里，吉阳飞很享受此刻拥有的主动，直到吴易慢慢地涨红了脸，吉阳飞才答应在饭前将他掌握的事情告诉吴易。

“美女，我们的包厢暂时不要打扰，需要服务的话，等下自然会找你们。”

吉阳飞在开口之前，快步走到包厢门口，大声对站在走道里的服务员交代着。

一回身，吉阳飞将包间的门关了个严严实实。吉阳飞这一连串的动作，让吴易看得一愣一愣的，直直地坐在那里不敢吭声。

做好了这一切，吉阳飞这才回到座位上，从那硕大的公文包里拿出来一个封口都磨损了的牛皮纸大信封。

吉阳飞的这一系列动作，早已触动了吴易那根最敏感的神经。及至看到吉阳飞从包里掏出来那个大信封，吴易以为吉阳飞因为匿名信的事不得不和他摊牌了。

“吴院长，今天下午我收到这个东西的时候，本来也不知道是什么，但由于信封的封口磨损了，里面的东西掉出来半截，我这才发现是这些东西。虽然没有什么大不了的，但我觉得凭我们俩的交情，我绝不能让这些东西落在第二个人的手里，哪怕是木老板也不行，这样我才急着找你来呢。”

吴易一边认真地听着吉阳飞的话，一边有些紧张地接过那个信封，急急地从封口的磨损处抽出那一沓东西，放在手里展开一看，吴易立刻目瞪口呆，手心里冒出汗来。

吴易用颤抖的手翻过信封想要看个究竟。可是，信封上只有打印的“音召县法院院长办公室收”一行字。

吴易深受震撼，他用求助的眼光看着吉阳飞。

吉阳飞看到吴易拿着那些照片就像拿着随时可能爆炸的手雷，他的心里高兴无比，表面上却装得淡淡的，不敢露出丝毫的痕迹。

“吴院长，你知道这些东西的来路吗？你这样一个稳重的人，这些照片是怎么回事呢？搞得不好的话，这样的东西也麻烦呢。”

吉阳飞微微地皱着眉头，显得有点担心地看着吴易，似乎很想帮吴易想出一条解决的途径。

吴易拍着前额，脑子里一时乱糟糟的根本无法进行思考，他极力想要冷静，因此，他拼命用双手摩擦着滚烫的脸，眼睛闪烁着，将脸朝着包间的天花板。不管他怎么努力地回忆，对于照片里的场景，吴易还是无论如何也想不起出处。

吴易是个在生活上很不检点的人，跟照片里的这个女孩子，虽然大多数时候是在县宾馆里幽会，但他有时兴起，也会带着她到处留情，有时甚至还会在他的车里亲热。

吴易不敢在吉阳飞面前多想，他觉得千万不能让吉阳飞知道这些事情。

“我想起来了，老弟啊，人要是不走运的话那真是什么事都会找上门来，有次我喝醉了，酒醒的时候发现和照片里的这个女孩子在一起，当时事已至此我也就没多想，未必是她留了照片？按道理这也不可能啊。”

看着吴易连撒谎也破绽百出，还在自己面前一味死撑，吉阳飞虽然心里有气，但他表面显得很理解。

“既然是这样，那就好，也许只是你的朋友跟你开了个玩笑，以后应该不会再有这样的事情发生了。”

吉阳飞脸上终于露出了放下了所有负担的样子，显得轻松而自然。

“吉助，啊，不，老弟啊，哥哥不知怎么样感谢你呢！这样的照片要不是到了你的手上，就是有十个吴易也完蛋了啊。以后你还得千万帮我留意这样的东西，现在的照片是可以不停翻拍的呢。”

看到吉阳飞一副大有放任事态发展的神态，想到也许今后还会有这样的事情发生，说不定以后求吉阳飞的事情还有呢，吴易说话的口气真的急了。

“应该不会有这样的事了吧，不过我以后留意一些就是了。”

面对吴易的故作亲密，吉阳飞始终称呼吴易院长，表明不肯与他称兄道弟。

随后的杯盏间，吉阳飞一边殷勤地招呼着吴易，一边欣赏着自己的胜利。与神采飞扬的吉阳飞相比，坐在对面的吴易就像一只斗败的公鸡，落寞而消沉。

吉阳飞心里美滋滋的，吴易终于落在了他的手心里。此刻和吴易坐在一起，吉阳飞突然有了一种摆脱了多年羁绊的轻松，那种轻松让他想要歌唱，脸上也变得容光焕发的。

吴易却强打精神，勉强和吉阳飞对付了那餐饭，对于塞进嘴里的食物，吴易没有尝出任何味道，他终于知道人们平日里说的“味同嚼蜡”是什么意思了。

分手的时候，吴易对吉阳飞比以前客气了许多。吉阳飞临走的时候，吴易还握着他的手一再拜托。吉阳飞慎重地点着头，两人再次紧紧地握手之后他们才分了手。

直到吉阳飞的车子消失了很久，吴易还一直站在车门边思考着问题。吴易知道，相片事件十有八九是与吉阳飞有紧密联系的，一想到吉阳飞既掌握了他的致命把柄，又假意在他面前做好人，吴易既恨又怕，像一条被套住了的狼。

“我怎么会落到他的手里呢？我怎么能落在他的手里呢？”

吴易喃喃自语，他细细想来，在对待吉阳飞的问题上自己是失败的，以至造成今天这个无法挽回的局面。

想到这些，吴易又气又急，他开始怨恨一切，甚至怨恨自己，第一次觉得做人有点失败，这个发现彻底地激怒了吴易，他扬手在自己的脸上清脆地抽了两耳光，带着满腔的愤怒，吴易暴躁地将手中的半截烟头一甩，坐进了车里准备离开。

吴易“乓”的一声将车门关上，他的手抖动着寻找锁孔，突然觉得那锁孔竟有点像吉阳飞的眼睛，吴易带着一种报复的快感将车钥匙狠狠地插进锁孔猛地一转动，“咔嚓”一声，车钥匙应声而断，吴易的手里只剩下了半截车钥匙。

望着手上那半截车钥匙，再看看锁孔里插着的那半截，吴易暴怒到了极点，他将那半截车钥匙用全力砸向前挡风玻璃，弹回来后，他抓住钥匙又狠狠地砸向自己的胸口。

吴易终于一边流泪，一边痛苦地想：怎么什么事情都来和我作对呢？在政法委的时候不但机会没有抓住，还被一脚踢到了县法院。现在眼看木双在音召法院的连任也快到期，他原本以为这次的胜算十之八九，谁知又出了个神出鬼没的吉阳飞，而且他的身后显然站着木双，甚至还有更大的后台。

更让吴易痛苦和无法接受的是，吉阳飞一上来就咄咄逼人，既拿住了他的把柄，还在他面前做尽了好人，使他不但没有了还手的机会，表面上还得对吉阳飞感恩戴德。

吴易坐在车里自怜自艾、怨天尤人，觉得上天对他真的是太不公平，这种感觉让他对吉阳飞充满了仇恨却又无可奈何，这让他更加愤怒，更加痛苦。

不过，不管吴易怎么痛苦，怎么愤怒，怎么自怜，那半截车钥匙就是赖在锁孔里不出来。

稍微冷静了一些，吴易才想起这个地方不会来出租车，更没有修车的地方，只能找朋友来将他拖回去再说。

这时，他突然不合时宜地又想起了吉阳飞，要是在以前，吉阳飞没有跟他生分的时候，那是招之即来，服务周到，这样的小事是决不会要他操心的。

“可如今！”

吴易不想惊动单位，他不由长叹一声，给几个有车的朋友打去了求助的电话。

那几个朋友居然不是说暂时没有车，就是说车子暂时不在自己的手里，还有一个则干脆告诉吴易，他正在牌桌上走不开。

“人家只说墙倒众人推，没想到还没倒的墙也有人推，好啊！以后有机会看我怎么收拾你们这些忘恩负义的东西。”

吴易将手机砸在副驾驶座位上，眼睛红红的独自发着狠。

气归气，终究还得离开这个鬼地方。吴易没有办法，最后只得捡起电话拨通了法院办公室。

二十

起英党校的学习快结束了，在学习期间，除了余仁，法院很多人来市里的时候都顺便来看过她，因此，起英虽然人不在法院，但对于法院的情况是非常了解的。

来得最多的是梅青，一有空闲，他就会身不由己地到起英身边来。以前，女人在梅青的眼睛里只有两种，一种美丽，但很少，一般还不太聪明。

另一种则是不美丽，甚至还很丑，虽然其中有些聪明的，但也总是被诸如化妆、减肥或美容搞得糊里糊涂的。

因此，以前要是有人告诉梅青世上有某个女人值得男人至死爱恋，那他一定不会相信，他总是认为这只是那个男人对某个女人的欲念坚持得久一点而已。

不过现在他信了，因为他和起英之间并没有沉迷于性，他们之间却有一种揪心揪肺的相互牵挂和惦念。

爱上起英后，梅青经常觉得即使他将毕生的爱都给予起英，他还是会觉得爱得不够，亏欠了起英。

起英学习结业的那天晚上，梅青和专程来接起英的吉阳飞一起观看了起英他们党校学员的文艺会演。

起英大方地站在台上，代表他们学习小组一展歌喉，梅青镜片后面那双眼睛里不经意间流露出的深情和爱恋，让一旁的吉阳飞暗暗的心惊！

吉阳飞猜想：难道梅青这段时间里的大变化竟然是为了起英？难道起英无论怎样的男人也予以委婉的拒绝，是因为她的心里有了梅青吗？

台上的起英站在麦克风前，深情地唱着那首“祝好人一生平安”。当她唱到“谁能与我同醉，相知年年月月”的时候，起英的目光扫过全场，最后落在梅青的身上。

他们两人在相爱！这个念头让吉阳飞多少感到有些失落和震惊。

党校的学员们来自全市的各个县区，在一起几个月了，在这个即将分别的晚会上，有些学员在台上一时兴起，擅自给自己增加了节目。这样一来，会演比预计的时间延长了很多，等到会演结束已经过了午夜十二点。

看到梅青对起英依依不舍，加之深夜带着一个美女开夜车也不是很安全。吉阳飞变戏法一样地从他车子的后备厢里拿来了几罐啤酒和几袋熟食。

“梅院长，我们干脆明天早上再动身，这几个小时去英子的宿舍办个小宴会吧。”

梅青为吉阳飞的话鼓掌，起英也只好笑着答应了。

“英子，你回去接下余仁的那一摊子，你有什么想法啊？”

三人围着起英宿舍里的木质茶几坐定以后，吉阳飞率先对起英说。

起英一时不及回答，她瞟着梅青，因为这些都是梅青和木双帮她谋划的。起英早就知道她不用接下余仁那一摊子，法院将调整班子的主管分工，改由她抓政工纪检及审判监督这一摊子。

梅青并不看着起英，他像个局外人一样只顾摆弄着手上的一袋熟食。看梅青的神色，他并没有和吉阳飞交流过自己的事情，起英知道没必要让吉阳飞了解得太多，没必要正面回答吉阳飞的问题。

“以后还得我们的大助理多多帮忙啊！”

起英笑意盈盈地望着吉阳飞说。

“英子，即使我没有能力帮忙，也有我们两个人生路上共同的太阳——梅青院长会帮忙啊！”

吉阳飞有意幽默了一把，说完他看看梅青，看看起英，对他突然想到的这个比喻非常满意，吉阳飞不由自主地笑了。

人生路上的太阳！可不，起英觉得吉阳飞的这个比喻倒是不错，至少对于自己来说梅青确实是她生命中一缕温暖无比，充满生机的阳光，正是这缕阳光，让她心中的坚冰开始融化，能够感受人世间的爱了。

自从梅青的爱融化了起英心中的坚冰之后，起英才觉得成了一个正常的，能够爱别人的女人。

“我们今晚不谈工作，行不行？”

看到吉阳飞将话题扯远了，梅青发话了。

吉阳飞这才发现，原来不知不觉中，自己竟违背了今晚要起英和梅青留下来的初衷。又玩了一会，吉阳飞就借口第二天要开车，独自到隔壁的一间空宿舍里休息去了。

凌晨的空气里流动着一种令人陶醉的东西——清凉、新鲜、沁人心脾。

宿舍里只剩下了起英和梅青，梅青将座位换到了起英的身旁，他轻轻地拢住起英的一双手，温柔地看着起英。

“英子，你知道吗？在这个不太明媚的世界里，只有你才真正是我生命里一轮不可或缺的太阳，你无论什么时候都要记得这一点，是你的出现才让我的生命变得精彩。”

梅青终于没能控制住，他顺势动情地搂住了起英。

起英浑身软软的，她将头深深埋在梅青的胸前，觉得几十年来没有从父亲兄长那里得到的爱，在这一刻里，梅青全部给予了她，使她成了世界上最幸福的女人。

那天凌晨短短的几个小时，梅青怀抱着起英，时不时地亲吻着她，听她喃喃地诉说着心中的那份爱。梅青发现，起英居然记得他们相识以后他所说的每一句话，他和她每一个相拥的时刻，甚至是每一个细节。

起英的这番倾诉让梅青意识到平日里起英对他的渴望是何等的强烈，而那些长长的等待，又是怎样地折磨着他怀里的这个女人。

想到还有那些起英没有说出的，作为第三者的那些不为人知的尴尬、惶恐和痛苦，都让梅青心碎，泪水顺着梅青的眼角无声地流下来，担心被起英发现，梅青尽力控制着他的情绪。

起英并没发现梅青流泪，她正沉浸在自己的思绪里一时无法自拔，她真想让时间就停留在那一刻，停留在与梅青相拥的这一刻。梅青再也不忍心听起英的倾诉，他低下头用热吻让起英停止了说话。

“英子，你想不想这世上只剩下我们两个人？不如我们两人从此去浪迹天涯，再也不用这样的揪心牵挂了。”

起英闻听此言，轻轻挣脱了梅青的怀抱，她曾经一直不愿意让梅青觉得有什么负担，她知道刚才自己一时忘形了，起英满脸羞涩，她尽力想恢复平静。

“我的傻女孩。”梅青用双手捧着起英的脸，无限爱怜地说着，在她的额头轻轻地吻了一下。

早晨七点多钟，吉阳飞的车子载着起英刚刚离开党校不远，起英就接到了一个电话。吉阳飞隐隐地觉得，电话应该是梅青打来的，因为起英并不答话，只是嗯嗯啊啊地应着，眼睛里慢慢地含满了泪水。

吉阳飞看到起英黯然情伤的模样，心里酸酸的，不知自己是应该一直旁观，还是该安慰起英。

吉阳飞虽然是梅青的死党，但他还是替起英惋惜，因为他猜到了起英现在的角色不是社会上每一个人都能够接受的，尤其是对于一个受着种种纪律约束的政法干部。吉阳飞突然觉得，梅青和起英的这份爱，简直有点像飞蛾扑火，稍一不慎就会身败名裂。

不过，吉阳飞也清楚，男女之间的感情可不分你是什么人，特别是像梅青和起英这种轻易不动感情的人，一旦动了真情，他们追求的往往就是永恒。

对于两个不顾一切地爱着的人，别人还能怎么办呢？

吉阳飞转而唯愿梅青能早日达成他的中级人民法院一把手之梦，然后和妻子和平离婚，这样才是能够保全起英的上上之策。

放下电话，起英感激地看了一眼吉阳飞，她知道吉阳飞虽然什么也不问，其实，以吉阳飞的精明，他一定猜到了她和梅青的关系，吉阳飞却什么也没表现出来，帮助起英保留着她的自尊，这一点最让起英感激。

起英和吉阳飞各怀心事，他们一路上很少交谈。吉阳飞一边高速地开着他的车，一边从车前的镜子里看着起英，总觉得起英今天的打扮什么地方有点怪。

起英发现吉阳飞在注意自己的头发，她的脸立刻红了，因为今天的头发是梅青笨手笨脚硬要帮她扎的。

“你们女孩有时换个发型也是蛮好的。”

看到起英有些不好意思，吉阳飞安慰似的说。

起英回到法院，那些扰乱她心境的东西暂时被她放在了一边，独自在党校呆了两个月，起英突然感到过去的一切都很亲切，有一种回家的感觉。

木双在县里开会，一时赶不回来，吉阳飞还在等着起英想陪她吃顿午饭。

吴易、李力和其他干警们都来露了面，唯独不见余仁的踪影。

“英子，知道你今天回来，我和你爸爸准备了一些菜，你和小吉一起回家吃饭吧。”

正当起英和吉阳飞准备去法院食堂就餐的时候，时素华出现在起英的面前，她高兴地一并邀请了和起英在一起的吉阳飞。

看到起英将他也认识的吉阳飞带回了家里，恢复得不错的起毅满心欢喜。

自从女儿和吉阳飞到家的那一刻起，起毅的目光就没有离开过这一对他认为很般配的人儿。

趁着起英到厨房给时素华帮忙的间隙，起毅起身走到吉阳飞的面前，握着吉阳飞的一只手，笑得满脸的皱纹。

“小吉，常来啊，英子可从来不带什么人回家来的，你今天是第一个呢。”

吉阳飞望着起毅，这个做父亲的表面看来虽然好像已经恢复，其实已是风烛残年、似乎还有点轻微老年痴呆。

吉阳飞想起起毅只因一时失足，弄得一个家几乎散了，本人更是付出了惨痛的代价。而让他根本想不到的是，他的女儿起英就像受到了宿命的诅咒一样，情感上又在走着他的老路。

吉阳飞一想到起英今后将要遇到的磨难，以及可能带给家人的痛苦，他的心里就有着深深的惋惜。

看到吉阳飞很感动的样子，起毅觉得起英的眼光确实不错。他不由满怀欣慰，轻轻拍了拍吉阳飞的手，强忍着满眼的老泪。

吃饭的时候，起英感到父亲和吉阳飞似乎都有点异样。席间，起毅不停地给吉阳飞夹菜，而且一点也不掩饰他对吉阳飞的喜爱。吉阳飞则在起英的父母面前对起英格外的体贴，格外的关爱。

起英有些疑惑地轮番看着两个男人，心中突然明白，肯定是父亲将吉阳飞当成了她的男朋友。再看吉阳飞，为了安慰起毅那颗父亲的心，正在极力扮演着起毅希望他扮演的角色。

"阳飞，今天真的谢谢你！"

饭后走在回法院的路上，起英感激地看着吉阳飞。

有那么一两分钟，吉阳飞没有作声。

"英子，说真的，我真的希望你能好好地找个朋友，不要让伯父替你操心了，人生难测呢！你看伯父，以前多健康啊。"

为了避免尴尬，起英没有迎接吉阳飞滚烫的目光，而是将视线越过吉阳飞的肩膀，望着吉阳飞身后的某个地方，显得非常的感伤。

"阳飞，谢谢你，谢谢你担心我，我会记得你的话的。"

有一刹那，起英的眼睛里蒙上了泪花。

二十一

一直到下午上班的时候，起英才得知余仁当天早上突然心脏病发作住进了县医院，所以才一直没有露面。

听到这个消息，起英的心里很不是滋味，虽然人在官场的进退，或身体上的生老病死都是基本的自然规律，但余仁在这个时候病倒，应该是与自己学完归来有联系的。

起英以前就有些同情余仁，现在余仁处在他人生最脆弱的时刻，起英决定当天晚些时候就去医院看他。

起英甚至觉得也许是她让余仁的退位提前了一些，虽然这不是自己的本意，不过，起英的心里终竟不是滋味。

起英突然想起有些领导忽悠离退休干部的时候总爱说的一句话：你们的今

天，就是我的明天。在不久的将来，余仁的今天，也真的会是自己的明天，想起这些，起英的心里戚戚的。

音召县人民医院坐落在县城西边一处小山包的南坡上，掩映在各种青翠的树木之中，外形有点像别墅。一到晚上四周静悄悄的，只有医院里那些零零散散的灯光在树影间闪烁。起英来到医院的住院部里，走廊里显得有些不同寻常的安静，内科十几间病室，只有几间是亮着灯的，走道里显得冷清，尤其缺少人气。

起英按照别人给她的信息，找到了余仁的病室。

从病室门上那个四方玻璃框望过去，余仁的病室里只有两张床，靠近门边的那一张床空着，余仁仰面朝天躺在另外那张床上。还不到晚上八点，竟然没有一个亲朋留在余仁的病床边了，起英心里涌起一股酸楚，她抬手擦了一下眼睛。

“余老板。”

起英手提一篮鲜花推门走进了余仁的病房。

余仁应声转过脸来。起英一见，吃了一惊，要不是她预先在护士那里确认了余仁就是这张病床的话，她大概会以为找错了地方。

病床上的那个男人满头白发，满脸浮肿，眼睛睁得大大的，圆圆的脸颊塌陷下来。余仁发现来人竟然是起英，他露出了一丝笑，也正是这一丝余仁式的笑，才让起英相信躺在病床上的这个人确实就是余仁。

起英不敢直视余仁的脸，因为夜晚在医院病房这样一个特殊的场所，病房里又只有起英和余仁，起英突然觉得余仁竟然有些像幽灵，显得虚无而吓人。

起英暗暗地有些心惊：是什么能让一个男人在这么短短的几个月里就有如此大的改变呢？失去权力真的能够给人这么大的打击吗？

起英扬起头来，眼泪悄悄地模糊了她的视线。

为了打破见面的尴尬，起英将带来的那一篮鲜花孤零零地摆在余仁的床头柜上。

起英一边坐到余仁的床边，一边记起她那时刚来法院时，余仁因为阑尾炎住院，那次住的是单间，起英去看他的时候，余仁的病房里简直是花的海洋。当时去看他的人络绎不绝，一点不像现在这样冷冷清清，病房里只留下余仁一个人孤苦伶仃的。

看到起英并没有放下东西就走的意思，余仁在病床上坐了起来。

“嫂子呢？”

起英的眼睛看着病房的门外，她试图找出话头来。

“她倒是想留下来陪我，不过我想静一静，所以早早地就要她回去了。”

起英知道，余仁老婆迟宝莲的智商就像个孩子，但她对余仁却是非常的爱，只是余仁总觉得他以前是贫不择妻，谈不上爱不爱的。

“那我岂不是搅了你的清静？”

起英尽力挤出一丝笑容，她努力想打破病房里沉闷的气氛。

“你是我老妹啦！我正想有你这么一个人能和我聊一聊呢？”

余仁闻言，伸手在起英的肩膀上拍了一下，让他的身子在病床上坐得更直了。

起英突然想起余仁在位的时候，确实有不少的干妹妹，而且还一个比一个年轻。

余仁说完这句话，将头仰靠在床头的墙上，似乎在思考他和起英该从哪里聊起。

“英子，按理我本不该在你这样年轻有为的人跟前来说这些话，不过，凭着你今天能来看我，有些话我还是想和你说说。”

起英认真地听着，她的眼睛里明显地流露出一种对余仁的同情和怜惜，余仁看着起英，他轻轻地叹了一口气。

“英子，你要是现在问我做人的感觉，我只能告诉你，那就是孤独，而且是一种无助的、被世人抛弃的、看不到前路、望不到回程、无边无岸，而又无法救助的孤独，我的世界是冷冰冰的，只有彻骨的寒意。”

余仁像个哲人一样一口气说完这些话，声音有些嘶哑，他不再看着起英，而是将自己的脸转向了墙壁。

起英看到一行清泪顺着余仁的眼角流了下来，余仁的眉宇由于压抑着不想哭出声来而在微微的颤抖。

一个男人流着这种无声的泪，哪怕他是余仁也会让人不忍。起英无法回答余仁，她轻轻地拍着余仁的肩膀，也不由潸然泪下。起英知道，余仁说的是他现在心中最真实的感受，也正是这种令人无法承受的孤独，从内到外地摧毁了余仁。

余仁的肩膀颤抖着，喉头哽咽，心情一时无法平静。看到余仁这么伤心，起英想要转移话题。

“让我和你说说不要紧，这些话和别人我是不能说的。”

余仁拿出一张餐巾纸擦了擦眼睛，他好不容易才找到了他愿意与之诉说的人，余仁不想转移刚刚开了一个头的话题。

“英子，你到法院也有一些年份了，我究竟亏待过谁！以至于我一下台身边就这样的冷清，好像我余仁从来就没有过朋友，从来就没有过同事，更不要说知心的人了。”

起英一边听着，一边想：余仁到底还是老毛病，缺少一些自知。

起英觉得余仁也不想想，现在的人逢年过节或者遇到领导生病、家里红白喜事，动辄出手几千上万。而且这还不像一般的走亲戚，因为即使是乡下的亲戚，你去个几十，百把块钱的，人家多少还得回你一些诸如干菜、土鸡蛋的作为回礼。不过，谁又见过几个在位的领导给下属或有求于他们的人的各种孝敬回过礼呢？

因此，现如今一旦某个领导不在位子上了，人家即使想再来看你，也会觉得要从以往几千上万的孝敬，一下变为普通人之间一百两百的正常往来人情，多少会愧疚于自己的势利。

因此，一般人的做法是干脆不再与那些没有了利用价值的领导们来往了，这才有了退下来的领导们会特别的感到孤独，感到受到空前的冷落。

余仁在位时还有一个致命的弱点，那就是他有时敌友不分，孝敬他的不一定会得到关照。那些不送东西，对他厉害一点的，因为余仁胆小，有时反倒还能得到余仁给的好处和安抚。

这样一来，余仁在位时大家虽然心中有怨气，只是出于不得已，还得跟他敷衍。一旦他下位了，人家当然就不理睬他了。

当然，这些想法可千万不能在余仁的面前流露，不然，余仁肯定会觉得自己是在落井下石。而且，现在跟余仁讲他当官时的不足，除了给他徒增痛苦外，其余一点好处也没有。

起英不再多想，她抬起头来正好碰上余仁有些疑惑的目光。

“英子，你在听我说话吗？”

起英用手遮掩着微微泛红的脸，极力掩饰她刚才的走神。

“怎么能不听呢！老领导的这些话可是金玉良言啊！以前我不相信‘与君一席话，胜读十年书’的讲法，但今天我相信这句话了。”

余仁听起英这么一说，仿佛他又坐在法院的主席台上了，他习惯性地拢拢稀疏的头发，重新摆正了一下坐姿，开始了正式的讲话。

最后，余仁像一个终于将临终的遗愿托付给了自己最可靠的人一样，他长长地舒了一口气，神色也没有刚开始那么伤感了。

“英子，你看我只顾啰嗦竟忘了时间，你一个姑娘家的，赶紧回去得了。”

医院走道里的时钟敲响十点的时候，余仁像突然惊醒一样，有些为起英担心起来。

看到余仁眼睛里那份真切的担心，起英的心里很不是滋味。

难怪余仁会替起英担心，夜里的十点，在大城市里人们的夜生活也许刚刚开始。但在一个山区的小县城里，除了少数的场所，一般都熄灯休息了，街上的很多地方都会变得黑灯瞎火的。

"那也好，我改天再来看你。"

临走，起英给了余仁一个装了两百元钱的信封。

"英子，凭你的条件，个人问题也要解决了。人啊，到头来多少能够由自己掌握，多少能够指望一点的，还是只有血脉亲情呢！你像今晚，如果你有了另一半就不用独自走夜路了。"

余仁接过信封，忧郁的口气活像一个起英的长辈。起英模糊地答应着，她谢绝了余仁的陪送，逃也似的离开了余仁的病房。

走出医院的大门，街上只有偶尔的一两个人影，他们的身影，往往被昏暗的街灯拉得很长很长，有时在两盏路灯的交叉处，那些身影还会变得有些扭曲。走在这样的街道上，起英突然感到好像被单独放逐到了一个荒凉的岛上。

疏朗的月，从树叶的缝隙间洒下她那丝丝缕缕的光来，使得地上斑驳一片，就好像有一双无形的手撕裂了那月光一样。

余仁最后的话触动了起英。只有起英知道，也许正是早年亲情的缺失，才使她在感情世界里走到了今天的地步。

"我有另一半！我有另一半啊。"

走在静静的街道上，起英第一次对着广袤的夜空这样呼喊着。喊声一落，起英早已泪流满面，泣不成声。

随着与梅青交往的深入，起英不得不经常提醒自己梅青是一个有老婆的男人，她总是压抑着心中的感情，为了爱着的人甘愿舍弃一切，想到自己也许一辈子都不可能有家，不可能有孩子，起英哽咽着哭出声来。

曾经有几回起英太想梅青了，每当这种时候，起英就会拿着手机一边尽情地写着给梅青的短信，一边又不停地删除，直至她慢慢地平静下来。

最让起英难过的当然要算过年过节了，尽管梅青极力周全，但起英还是孤单一个人的时候不少。

加之父亲越来越关心她的婚事，使她在家里无法与父亲面对，起英只好尽量地减少回家的次数。这样一来，人家的节假日是一种放松，是一种享受，而起英却觉得那些日子都是对她灵魂的煎熬和拷问。

起英不敢想将来，她不知这个将来她和梅青的这份爱会有什么样的结果。

现在，在这样的一个夜晚，在这个小县城里越来越寂静的街上，在这稀朗的月光下，起英任由眼泪流淌。

最后，起英仰头看着天上的月亮，想象着梅青此刻也在某一个地方将目光投向了这同一轮明月，他们的目光在月色里交融，起英的心里稍微宁静了一些。

二十二

起英回来正式上班一段时间后，成了音召县法院第一个女性副院长。

“英子，依我看，你以后想要取得更大的发展，还得要好好地接受历练呢。”

正式任命下达后，在木双的办公室里，木双第一个这样说起英。

“一个当官的人，不能太心软，像你以前那样想不得罪任何一个人是很难的呢，你要有所准备才行。”

“木头，我想清楚了，在做人做官方面我要以你为榜样。”

起英像个学生望着班主任那样，一本正经地回答着木双的话，木双看了一眼起英的表情，忍不住笑了起来。

对于木双说的这些话，其实起英早就明白，只是现在从木双的嘴里说出来，让起英觉得经典、亲切而又实在。

与梅青交往的这些日子里，梅青也以他丰厚的官场阅历将起英当成了一个学生来对待。他给起英灌输了很多关于官场的丛林法则，这种灌输虽然无法从根本上改变一个人的本性，但还是让起英更加老练了一些。

起英看到木双对她推心置腹，她从内心里很感激，她觉得如果有机会，在今后的人生路上要好好地报答木双。

起英成为副院长后，最高兴的还是梅青。梅青虽然知道这些并不是起英最想要的。不过，起英现在同意他帮她谋划的，也只有这些了。

在起英面前唯一有时让梅青不安的，是他是已婚男人的这个身份，这种不安让他越来越强烈地想要冲出婚姻的围城。

起英成为副院长不久，吉阳飞约请了她，并且约请了梅青作陪。

“梅老板，你知道那时经常在音召法院打杂，想通过套近乎拉案源的那个窝囊实习律师是谁吗？”

三人寒暄一阵，第一杯酒碰杯的时候，吉阳飞神秘地问梅青。

梅青望了一眼起英，迎着梅青询问的目光，起英摇了摇头。

“有谁想得到呢，我也是最近偶尔才搞清的，原来那个窝窝囊囊的叶乾，竟然是我们省高院一把手秦尚的嫡亲外甥。”

吉阳飞观察到，当梅青听到叶乾是秦尚的嫡亲外甥的时候，眼睛里有一霎那是特别亮的。

是的，吉阳飞带来的这个消息确实让梅青感兴趣，他虽然在市委，省委都有较为得力的关系，但唯独在省高院里缺乏与秦尚的亲密联系。如果想要当中院的一把手，缺少了秦尚这样的后台，其保险系数就低了许多。因此，梅青一直千方百计在寻找着能够帮助他接近秦尚的阶梯。

梅青觉得，即使领导们真正大搞“任人唯贤”，作为一个贤人你也得让领导们了解你是贤人啊！不然，人家怎么能知道你是愚还是贤呢？人家又怎能在你身上实现“任人唯贤”的美事呢？

但是，到了秦尚一级的官员，他们的家门不是对谁都会敞开的，至于他们的心门，那就更不要说了。

以往，梅青因为工作或学习，也经常需要跑高院，与秦尚见面的机会不少，对话的机会也还算多。但两人之间就是隔着一层膜，一直无法建立一种更进一步的亲密关系，更别说哪一天能有机会自自然然走进秦尚的家门了。

如果叶乾真的是秦尚的亲外孙，想与秦尚或他的家庭处得亲密，那就容易多了。像叶乾这样的无名律师，梅青想要结交，每年给他几个大的经济案件就行了。

而一旦结交了秦尚的亲外甥，叶乾不就成了自己接近秦尚的最好阶梯吗？想到这些，梅青赞许地看了看吉阳飞，觉得他真的是一个可造之才。

从事了多年人事工作的起英，当然也知道秦尚对梅青的重要性，她同样很感谢吉阳飞，也很佩服吉阳飞，吉阳飞这一招，既是投桃报李，也更加拉近了他与梅青的关系。

起英打量着吉阳飞，觉得吉阳飞真的是官场运作的高手，而自己是怎么也学不来的。她还想起吴易和李力曾经都想和吉阳飞斗，想起那两个人的自不量力，起英不由自主地露出了笑容。

梅青见到起英的那丝笑意，心里甜甜的，他以为起英是为他找到了新的上升阶梯而欢喜。

接下来的几个月里，刚刚拿到正式律师资格证的叶乾，居然吉星高照，通过吉阳飞帮忙，接连拿到了几个大标的经济案件，而且都是几百上千万标的银行贷款案件。

特别是那几个上千万的银行贷款案件，原告竟然是主动找的叶乾，原告还特地告诉他，是市中级人民法院的梅青院长介绍来的。

叶乾知道，虽然我国的《民事诉讼法》早已出台，但基于经济利益的原因，各级法院在处理经济案件的时候，不单只是按照民诉法进行审判权的管辖。最主要的是，在标的大小方面，各级法院内部，其实是有着严格的潜规则的

按照这种潜规则，哪怕是自己辖区内的案件，如果标的大一些，小小的县区法院就没有了审判的权力，即使立案了，上一级法院也可以要求随时收回。一般的县院不可能受理上千万的经济大案。

而像叶乾这样的新律师，更是三年五载也别想接到这么大的经济案子。

因此，只是在音召这样的小小县法院里通过努力接办一些小案子的叶乾，突然接连收到这样的大案，一时竟然有些不知所措了。对于突然落到他手上的这些大案子后面到底还连带着一点什么别的东西，叶乾的心里没有底。

叶乾想：如果仅凭自己以往与梅青，以及吉阳飞的关系，还不至于受到他们这样的礼遇，莫非他们知道了自己的底细?

想起自己当初决定从事律师工作的时候，舅舅秦尚就极力反对，当反对不成的时候，舅舅要求他无论什么时候都不准暴露与他的关系，更不能借这个关系去经办案件。一想到这些，叶乾的心里就有些愤愤不平。

舅舅家这几年什么样的礼物没收过？秦尚儿子的工作更是换了又换，外贸，工商，税务的转了一个圈。只有对他这个没有了母亲的外甥，秦尚从不关照。

叶乾不愿再想，他觉得只要能财源广进就好，大不了以后有机会帮梅青和吉阳飞在秦尚之间搭搭桥，好在梅青和吉阳飞也还算是有能力的人，到时候舅舅还能真的吃了自己不成?

叶乾打定了主意，他稳稳地放下心来，开始集中精神承办有生以来第一次到手的几个大案子。

那些客户，也都是见风使舵的主，他们都对叶乾表示出亲热和信任。因为他们都深知由法官，或法院领导亲自介绍给他们的代理人，那都是有着不同寻常背景的人，一般只要他们接受了委托，什么案件都能在法院办得又快又好，基本上不用当事人操心。

在连续办了几个银行案件之后，叶乾想起他以前办的那些小案子，花的时间不少，当事人难缠，最后的收入却很少。银行的贷款案件就不同了，能从银行几百、上千万地搞到贷款的被告，一般都小不了。

这样的案件除了好办外，待遇还极优，最重要的是，收入多得让叶乾都觉得有点不好意思了。

尝到大甜头的叶乾，有一晚单独约请了吉阳飞。千恩万谢之后，叶乾给吉阳飞递上了用报纸包着的六万元人民币，并且求吉阳飞帮他联系梅青，说他同样很感激梅青。

看到压抑着满心的喜悦，在小心谨慎中显得有些唯唯诺诺的叶乾。吉阳飞知道，梅青的计划很快就要见成效了。

“你和我还用得着来这个吗？至于梅青院长，我哪天帮你联系就是了。”

吉阳飞用手轻轻地敲着报纸里的钱，知道钱的数目不会小，他一边答应着叶乾的请求，一边对叶乾笑了笑，两人开心得像真正的知心朋友。

这一切都让叶乾很感动，临来的时候，他还担心吉阳飞会嫌钱太少！谁知人家什么也不说，还将自己当成了知心好友。

对于法院一线办案法官的为人和品行，知道得最清楚的莫过于与之频频交道的律师们了。叶乾知道，吉阳飞吃喝玩乐，合适的时候也收受钱物，梅青的人品能力都胜过了吉阳飞，他有时很奇怪梅青会与吉阳飞这样的亲密。

等到吉阳飞帮叶乾牵线搭桥与梅青联系上的时候，已经是上面这些事发生几个月以后了。

这期间，吉阳飞一再以各种理由推脱着叶乾的请求，直到确信叶乾已经完全臣服了他，吉阳飞才说帮他试试看。这样一来，反倒让叶乾对吉阳飞感激不尽的。

其实，这是吉阳飞和梅青两人早就计划好了的，施的就是欲擒故纵的计策。他们让叶乾初尝甜头，对叶乾略施恩宠，然后将他晾起来几个月，要他觉得自己投靠无门，眼看以后的好处就要落空。

一旦火候到了，梅青再恰到好处地出现在叶乾的面前，真正让叶乾好似绝处逢生，对梅青感恩戴德，日后才能成为梅青真正的走狗和同盟。

因此，趁着梅青到省院开会的间隙，吉阳飞指点叶乾拿着他写的一张引荐的条子，让叶乾在一个咖啡吧里见到了梅青。

叶乾从来没有直接与梅青打过交道，叶乾腋下夹着一个黑色的公文包，总是轮换着用一只手去梳理头上并不凌乱的头发，他在梅青面前显得很紧张。

坐下来以后，叶乾觉得因为有了吉阳飞的那张条子，梅青对他还算客气，但梅青的眼镜片后面的那双眼睛里，绝对没有什么热情。

叶乾觉得有些尴尬，他既不敢贸然将揣在怀里的那个装着十万元的信封递给梅青，又害怕失去这样一次拉近与梅青之间关系的好机会。

“小叶，音召的吉阳飞助理说你有事要找我，你说吧，让我看看是什么事。”

看到叶乾的表情，梅青终于率先开了口。

“其实我今天主要就是来感谢梅院长以往对我的关照的。”

“关照？你是阳飞的朋友，我有能力的时候，给你一些方便也是应该的。”

看着叶乾脸上那种唯唯诺诺的笑容，梅青淡淡地说。

叶乾一边讨好地看着梅青，一边小心翼翼地拿出一个鼓鼓囊囊的小黑布包，在梅青疑虑的目光下他慢慢地将那个小布包推到梅青的面前。

一见那个小布包，梅青的神色立刻变得严肃起来。

“你这是干什么？你跟我们法官打交道也不是一天两天的了，你难道不知道我们的纪律吗？”

梅青一本正经地说完，似乎马上想要离去。

“难怪听我舅舅在家里都提过梅院长几回，他总说你是法院系统难得的人才，要我跟你多学点，以至弄得我舅母都说，想看看你这个难得的人才呢。”

一看梅青想要离开，吓得叶乾赶紧一边收起那个布包，情急之中，一边在编着瞎话的时候，立即就亮出了他手里最后的底牌。

其实，叶乾的舅舅秦尚不要说不会在他的面前提起任何一个法院干部，就是叶乾有时提起，秦尚也不怎么搭理他。

只是刚才叶乾为了挽留梅青，他急中生智就那么随口一说。说完以后，叶乾紧张地看着梅青，生怕梅青在他脸上看出什么破绽。

“你舅舅是谁啊？他怎么会提到我呢？”

梅青已经站起身来，他佯装不知叶乾的舅舅是谁，问话的口气淡淡的，显得很随意。

“我舅舅梅院长你也认识，就是省高院的秦尚，只是在一般人面前他不准我向人提起和他的关系。”

叶乾的这两句话，既将梅青摆到了“一般人”之外，又亮出了他的过硬底牌，一时脸上不免显得有些自得。

“那你怎么说你舅母会想见我呢？”

对于叶乾的舅舅是谁，梅青似乎不是特别感兴趣，梅青的神情仍然是淡淡的，他并不问秦尚的情况，反而只问叶乾舅母的事情。

“我的舅母迷恋《周易》，早就听舅舅的秘书说起，在法院系统只有梅院长精通《周易》，因此她真的是很想见到梅院长呢！”

梅青一直对《周易》感兴趣，业余时间一直在研究《周易》，这在梅青所在的法院系统并不是什么秘密。

“你舅母一个女同志懂得周易，那也算是难得的了，有机会我一定要见见才行。”

“那真是太好了，再有一段时间我舅母就生日了，那一天她最喜欢帮舅舅还有我表弟推算命运，如果那一天你能去真是太好了，我舅母一定会高兴得什么似的。”

听了梅青的这些话，叶乾像捡到了一个大便宜，他立刻代替他舅母向梅青发出了邀请。

“你的舅母真的懂得易经吗?”

梅青想了一下，他并不急于答复叶乾，而是反过来这样问叶乾，让叶乾觉得梅青愿意去秦尚家里，完全是因为秦尚的老婆懂得周易。

得到了叶乾很肯定的答复之后，梅青沉吟了一会，然后他告诉叶乾，如果他的舅母真如叶乾说的懂得并相信易经的话，他倒是很想找个机会和她切磋切磋。

得到梅青的答复，叶乾立即信誓旦旦，说他的舅母特别相信周易，正在利用一切时间钻研周易。看到叶乾很想拉拢自己与秦尚的关系，梅青的心里暗暗地高兴。

叶乾达到目的离开梅青后，无法发泄他的高兴劲，不由得在马路上手舞足蹈起来。他觉得今天的天特别的蓝，风也特别的轻，他不停地举着手里的那个报纸包，那里面有梅青没有收下的那笔巨款。直到发现路过的人们全都用异样的眼神看着他，叶乾才停止了舞动。

叶乾回想起刚才看到他推过去那包钱的时候梅青的那种表情。记得以前听他的同行们讲过，梅青这个人不容易交往，叶乾终于明白，原来梅青不愿意随便收钱。叶乾觉得，目前律师与法官之间友谊的桥梁，往往是由金钱筑成的。

而一旦像梅青这样的人居然拒收不太干净的金钱，自然就会让人觉得难以交往了。

叶乾决定，既然梅青对我仁义，那我就帮他买下舅母上次看中的一对玉枕娃娃，以梅青的名义送去给舅母祝寿好啦。

经常出入舅舅家的叶乾知道，只要哄好了他的舅母，舅母对舅舅是有绝对权威的。

这次见面还有一个人也很高兴，那就是梅青，不过他不会像叶乾那样肤浅。而且，毕竟这一切都是早已在他的掌握之中的。秦尚在法院系统也是一个有名的难以近距离交往的人，他和梅青一样，一心只想往上爬，既有极深的城府，又有精通法律的人的那种特别的戒备之心，一般人很难接近他。

不过，梅青以自己的经验知道，哪怕是那些有铁面之称的男人，一到女人面前，也往往会丧失抵抗力，更别说秦尚在法院系统是有名的“妻管严”了。

其实，梅青早就知道秦尚的老婆是个《周易》迷，只是虽然一再努力，但她对《周易》的了解仍然很肤浅。

梅青觉得，凭他对《周易》的研究，要以此接近和掌握秦尚的老婆，应该是很简单的事情。一贯深韵这种交往潜规则的梅青知道，他只要有了秦尚夫人的支持和友谊，那么，很快他就将得到秦尚的支持和提携了。

二十三

又一年的阳春三月，在音召县所在地区检、法系统秘密传了很久，关于县区级检察院、法院的一把手将要实行大交流的传言终于明朗化，很快变成现实了。

头头们一改往日的逍遥自在，惶惶不可终日里真是八仙过海，只得各显其能。

他们大多不是担心能否继续当一把手，而是更担心自己所去的地方是肥，还是瘦。因为不同的地方，待遇上的差别是很大的。

就拿法院来说，经济发达的地方，一个县区法院的诉讼费年收入可以达到千万元以上。而经济不发达的地方，你付出的努力说不定更多，但收入则可能只有发达地区的十分之一，甚至更低。

因此，在这个千载难逢的机会里，山区的想交流到平原去，平原的则想进市区。

本来在市区和平原的，就更是热锅上的蚂蚁，生怕被交流到平原，甚至山区的贫困法院或检察院去。

这样一来，在基层法院检察院一把手的交流中掌握着一定的参考权力的中院和省高院两家的法院检察院的核心领导们，一改往日在基层的政令不通，纷纷变成了活菩萨。弄得那些平日里没有铺好路的基层一把手，以及那些想要趁机后补的准一把手们，一时求告无门。

至于县市两级的政府及组织部门的主要领导，更是这些欲念太盛的人们孜孜苦求的目标。有的不惜动用一切的关系，一切的手段，只求掌握一点有用的内部消息。

这种时候，有些骗子就适时地出现了，据说其中有一个冒充市委组织部长的小舅子，居然在两个法院的一把手那里还分别骗取了一笔不小的钱财。

在这种混乱而浮躁的氛围里，真正有门道的，只是在默默地运作着，他们胸有成竹，不慌不忙。

而不少长期在基层的人，毕竟都没有什么很过硬的大背景，他们心中一慌，就不免病急乱投医。弄得一时谣言满天飞，一时传说张三会去那里，一时又传说李四这次会下位，满世界里有点乌烟瘴气。

在这些日子里，音召县法院的一把手木双足足地瘦了一圈。三个多月前，和台新因为一个情妇的举报，先是被查出贪污受贿七十多万元，还有几百万元不明来历的钱财。后来又在他的办公室里，搜出了很多黄色光碟，其中有些还是他自行录制的。

就因为这里面的一盘带子彻底地连累了夏兰，虽然木双多方营救，最后帮她保住了公职，但还是让她受到了降职的处分，被调到音召县一个山区的乡政府里去当了一个办公室副主任。

失去了夏兰的帮助不说，看到夏兰远离县城在那里受苦，木双的心里毕竟不是滋味。

虽然以木双平日早就建立起来的整个关系网，即使少了和台新或夏兰这两个人，他也并不担心自己在交流中有什么闪失。

让木双瘦了一圈的真正原因，是上级要求这次交流的对象年龄必须在五十四周岁以内，哪怕只超过一天的年龄，也要在这次交流时一刀切，就地退居二线，不得参与本次一把手的大交流。

按照以往在有些材料和身份证上登记的真实年龄，木双不幸刚刚超龄三个多月。

其实，以木双的外貌来评价，简直就像一个四十多岁的人，连音召县法院里都没有几个人知道木双的真实年龄。不过，如果不想办法做到万无一失的话，只要有人揭发，最终那些填上了真实年龄的档案材料就会出卖他，让他在这次大交流中的一切努力都付诸东流，还将让他在法院系统留下大笑话。

而更不幸的是，木双户籍所在的那个派出所里，他刚好没有建立一点关系。而且，所里那个管户籍的副所长，去年还因为他舅舅家的一项强拆与木双有些芥蒂。一旦现在木双去求他，他不但不会帮忙，恐怕还会为了报复，反而将木双想要篡改年龄这件事闹得沸沸扬扬。

就为了这件事，木双第一次觉得是这样的无助，进退之间又是这样的无奈，心里没有一点底。

木双知道，如果这一次因为年龄的问题而被一刀切了的话，离退休又还有几年的时间，当了这么多年的一把手，难免得罪了不少的人，一旦作为一个下了台的一把手只能继续呆在音召县法院的话，其下场只会比余仁更惨。

起英一直在一旁关注着木双，她的手上就有一份关于这次大交流文件的复印件。因此，起英对这次交流对象的要求条件了如指掌，她也一直在为木双的年龄担忧。

起英原本以为凭木双的能力，他完全能够摆平，没想到这里面还有别情。直到发现木双就要在这个问题上卡壳的时候，起英比木双还着急，她只得找吉阳飞商量怎样帮木双。

吉阳飞对于木双的感情始终是很复杂的，他对木双虽然还是有些戒备，有些忌惮。但吉阳飞知道，木双虽然善于搞阳谋，但搞阴谋则像不少从过去年代过来的人一样，与现在的人相比，还是要稍逊一筹的。

因此，对于吉阳飞来说，只要木双不损害他的利益，不挡住他的前途，他是绝不会故意去为难木双的。

吉阳飞深知木双也是性情中人，做人恩怨分明。另外，这也能让吉阳飞在外人眼里显得很仁义，而仁义是从古至今最能迷惑人的好东西。

梅青和起英这样的人都能够与他有一份深交，多半就得益于吉阳飞在他们眼里的那份仁义。

因此，当从起英那里得知木双这次可能因为年龄关系而要惨遭淘汰的时候，吉阳飞确实动了恻隐之心。他觉得对于一种工作，或某种职务搞年龄上的一刀切，确实是毫无道理的。因为一个人的能力、品德，并不因为年龄相近，就一定会相同。

在吉阳飞看来，有的人少年得志，而有的人则大器晚成。在年龄上搞官僚式的一刀切，虽然省去了人事组织部门的不少烦恼，但这是鼓励平庸，从此封杀“老骥伏枥、志在千里”——不少人谋求的人生最高境界。

再说，当年遵义会议的时候，毛主席也不年轻了，如果古人也像我们今天一样唯年龄论，那么历史上哪会有姜子牙，哪会有诸葛亮呢？

与起英商量的当晚，吉阳飞主动找到了木双。几天工夫，木双似乎就老了许多，吉阳飞的心里别有一番滋味。他知道，并不是因为木双的官瘾特别大才会这样，这是残酷的官场现实造成的。

就拿木双来说，仅仅不到三个半月年龄的区别，就能决定他是个下了位后任人宰割的糟老头，还是一个权力熏人，万人景仰的一把手。

木双只要一天是音召法院的一把手，法院的所有权力就都在他的手里，要风得风，要雨得雨。

即使是不算贪婪的木双，一家子的用车，零零散散的一些费用报销是没有一点问题的。更让木双不敢去想的是，一旦他失去了手中的权力，那就会远不如一只落了毛的鸡，只有受人冷落和嘲弄的份了。

看到木双的惶恐，吉阳飞不由想起有一次他就亲眼看见以前对余仁毕恭毕敬的法院守传达的刘大爷，在余仁下台的第三天就公然敢在余仁的面前翻白眼。

而且，当时在场的几个法院干部还没有一个人同情余仁。

吉阳飞知道，这些现象一个是源自人类的本性：墙倒众人推。另外，这堵“墙”也确实曾经嚣张、曾经跋扈、甚至曾经贪腐。更重要的是，后来的一把手都总是一心要让前面的那堵“墙”彻底的倒下的。有了这些因素，也就难怪木双会面临淘汰惊慌失措了。

“木老板，你放心吧，我都听英子说了，李副所长跟我有点亲戚关系，你的事就交给我吧，我马上就去联系。只是组织档案不知怎样，要不要改?”

一见面，木双还来不及开口，吉阳飞就热情地主动向木双说。

“组织档案没有一点问题，已经有人帮我把年龄往后延迟了五年。其他的也全部跟上来了，现在只剩下户籍档案和身份证的问题了。”

木双看到吉阳飞已经了解了他目前的处境，而且单刀直入地提出要帮忙，他也不再推辞，坦率地将基本情况告诉了吉阳飞。

木双的坦诚让吉阳飞非常高兴，这么多年来，木双对吉阳飞虽然没有对起英那么好，但与当年的吉庆对木双相比较，那是好了很多很多。吉阳飞感激木双的也正是这些，他当即和木双约定，年龄就按木双人事档案里改过来的时间来更改。

看到他的难题在吉阳飞那里很轻松的迎刃而解，木双的心里非常感慨。长期以来，他虽然对于吉阳飞这个院长助理总是有所防备，但吉阳飞某些方面的活动能力，他还是知道的。

事情已经谈妥，吉阳飞并不急于离开木双，他笑意盈盈地看着木双，似乎还有什么话想要说。看着吉阳飞的神情，木双猛然间意识到，这次大交流中野心勃勃的吉阳飞一定会有大运作，自已既然不可能在音召法院留任，还不如趁早送他个顺水人情。

“小吉，这次基层检法两家大换血，可不能放过这种千载难逢的机会，你有些什么打算吗？有什么要我帮忙的你随时都可以找我。”

吉阳飞的眼睛一亮，脸上浮现一层红晕，嘴角向两边咧开，无法抑制地喜笑颜开。吉阳飞知道这是一个取得木双帮忙的好机会，他也像木双一样，将他的想法坦诚地告诉了木双。

“如果木老板留在音召不动，我当然安安心心继续当你的助理。要是你这次交流到别的更好的地方，我当然想争取一下机会。”

看到木双似乎皱了一下眉头，吉阳飞停顿了一下，又试探性地说：“不过我也知道，这次的难度很大，毕竟我的资历还浅了点。”

木双的目光犹疑了一瞬间，最后停留在吉阳飞的身上，吉阳飞年轻的脸容光焕发，眼睛炯炯的，正在等着他的回答。木双轻轻地咳了一声，他不再犹豫。

“现在都在讲求年轻化，在所有的副职里这一点除了起英没有人能够和你比。而且，你也一直很努力。”

木双的表情很诚恳，讲得很直接。

吉阳飞脸上的笑容荡开来，露出了嘴里雪白整齐的上牙，那牙在鲜红的双唇映照下白晃晃的。

“像你这样的年轻人什么事都首先要敢去想，只要敢想，敢去付诸行动，才有可能实现你的梦想，梦想梦想，不能光梦不想，只要你愿意，我一定会尽我的能力帮你。”

“是的，这一点我一定要向木老板学习。”

这次大交流，所有要交流的一把手组织上还给予了一项权力，那就是提名推荐自己的接班人。这种推荐虽然不见得很有用，但如果有后台，有了推荐就是搭建了一个便于运作的好平台，木双决定推荐吉阳飞。

听到木双居然主动提出来要推荐他，吉阳飞的心里感慨万千。他想：怪不得有人说人与人之间既没有永远的朋友，也没有永远的敌人。好在自己当初在对待木小青的录像问题上处理得慎重而隐秘，不然，哪有今天这样的幸运，哪有今天这样的机会呢？

经过几番努力，经过吉阳飞和木双的相互提携，以及梅青时建幕后的成功运作。先是木双交流去了市郊一个条件比音召县还要好得多的检察院里，高高兴兴地去当了检察长。吉阳飞则出乎音召人意料地成了音召县法院的代理院长。

公示的时候，木双的年龄问题被人匿名提出来了。虽然是匿名，但这个匿名的人将木双的出生年月明明白白书写在公示栏里木双的名字下面。

举报人的这一招很毒，反响也很大，大家议论纷纷，有些人甚至无中生有，还给木双罗织了一些捕风捉影的事情。

这样一来，纪检部门联合下到音召县进行了两天的调查。最后，从户籍登记，到木双最早的档案材料，都证明木双填写的年龄是绝对真实的，是匿名者别有用心。纪检部门还了木双一个清白，木双终于逃过一劫。

也许是大家将注意力都集中在木双身上，之前作了很多准备，本来准备成为很多人攻击焦点的吉阳飞，在这场混乱中没有受到多大的冲击。这也多少得益于他院长前面的那个“代”字，因为这个还包含了各种可能的“代”字，给了不少人一点安慰。

因为人们觉得，吉阳飞这个院长毕竟还不是正式的，官场上的一个“代”字，曾经就收拾过好多有能力的人。

二十四

对于大交流中发生在身边的种种纷争，起英始终是知道的，因为她与木双，与吉阳飞几乎都是息息相通的。也许是身在官场，也许是对这样的伎俩有些不屑，起英有时觉得自己很渺小，不要说木双或吉阳飞，就是梅青，她有时也觉得他有点渺小。

起英经常会想：也许人类本来就渺小吧！人要无欲则刚，但身而为人，谁能真正做到无欲呢？一旦没有了欲念，那还能叫做人吗？

起英选择了和梅青的爱情之后，心中多了一份惶恐，一份传统教育与盲目爱恋相冲突的惶恐。由于有了这份惶恐，起英在平日的待人接物中，对人对事反而大度了许多，超脱了许多。

但是，在工作中还是有一个方面无法让起英真正变得大度和超脱，那就是起英主管的一支笔的财务审批工作。

当初，起英当上副院长不久，木双就把法院财务签字的一支笔权力下放给了她。木双当一把手的时候，虽然也经常将家人只有几元钱的早餐白条也夹在别的单据里一起报销了，但次数并不是很多，数目也还能让起英接受。

吉阳飞一接木双的手，虽然他还顶着一个“代”字，经起英审批报销的各种费用就多得令人咋舌，小到家里的各种消费用品的小额票据，大到几千上万的各种招待费用。

吉阳飞很会运作，他所有的报销单据都由他新提拔的一个办公室副主任作经手人，再由起英审批，外人找不出他个人获得了这些钱财的任何蛛丝马迹。但作为朋友，起英还是为吉阳飞的那份大胆和贪心而担忧。有时不免觉得吉阳飞越来越有点陌生。

吉阳飞和木双一样信任起英，起英经常怀念的却是在木双手下的那份融洽，以及木双那种相对的开明、坦诚和实在。起英有时心事沉沉的，她尤其不习惯吉阳飞前后为人为官的巨大变化，她心中的这些事却又都是无法向人诉说的，哪怕那个人是梅青。

好在起英多年来深受木双梅青们的影响，她虽然不能习惯吉阳飞变化巨大的做事风格和为人，但她已经是一个适应了官场的女人，她很好地和吉阳飞周旋着，力求坚守住她与吉阳飞“同流而不合污”的做人原则。

有一天，起英从传达室经过，她在无意中听说余仁好像出事了。起英虽然不好意思向守传达的师傅打听，但她同情余仁，想要弄清已经退居二线后，处于休息状态的余仁到底又碰到了怎样倒霉的事情，以至成了人们茶余饭后的谈论的话柄。如果可能的话，她还真的想帮帮余仁

当天晚饭后，起英信步走向了余仁居住的地方。

“我不幸福呢，没有人爱我啊！”

余仁住的是县房产局早年建起的公房，房子离法院不是很远，一共五栋房子，每一栋都是四层，余仁家住在三栋二门的三楼。离着余仁家还有几十米的距离，就听见从余仁住的那座楼里飘出了一个女人的哭喊。起英仔细一听，哭喊的竟然是余仁那不太懂事的老婆迟宝莲。

起英加快脚步，一会就来到了余仁的家门口。

来开门的正是迟宝莲，只见她双眼红肿，看样子应该哭了不止一天两天，因为她的眼睛已经肿得像熟透了掉在地下的烂桃子。

起英与迟宝莲接触过多回，因此，起英那声“嫂子”还没落音，迟宝莲就像见到了大救星，也不管手上是否沾满眼泪鼻涕，一见起英，迟宝莲伸出胖嘟嘟的一双手，一把揽住了起英的一条手臂，一条鼻涕立刻在起英的衣袖上闪闪发光起来。

起英不由得皱了皱眉头，对着迟宝莲那张沾满眼泪鼻涕的脸哭笑不得。不等起英开口，迟宝莲就竹筒倒豆子，将她知道的一切都告诉了起英。

原来，余仁从副院长的位子上退下来后，成天就像一个游魂野鬼，不是坐立不安，就是唉声叹气。就连以前繁忙的手机，在余仁下位后，几天还难得响起一回。

就为这，余仁还将他的手机摔了好几回。眼看着余仁日渐衰老，百病缠身的样子，迟宝莲又忙于照料女儿的孩子。

因此，她和女儿只得鼓励余仁早晚外出学习跳舞，想让他消遣消遣，免得真的闷出病来。而且，也免得余仁在家有事没事地找老婆孩子生气。

一夕之间没有了位子，而且也随之失去了与权力相伴的所有一切，余仁既不想和法院的老同事混在一起，又不想独自闷在家里。想来想去，觉得也只能像老婆和女儿说的那样去跳跳舞了。

因此，余仁陆续去了县城的几个露天舞池。一段时间下来，余仁的精神面貌改变了，身体也恢复了，人也显得年轻了一些。

正当迟宝莲为丈夫的变化高兴的时候，却发现余仁有了更大变化。起先只是不能按时回家吃饭了，然后是早上四点多就出去，晚上十二点也不回来了。渐渐地，余仁手机里的短信总是匆匆看完就删掉，从来不让老婆看了。

更离谱的是从此后，余仁夜里即使是睡着了，经常在梦里不是哭就是笑，要么就是在睡梦里连声地叫着一个女性的名字——姚幺还是瑶瑶。

迟宝莲虽然幼稚，但她深爱余仁，而且痴迷琼瑶阿姨的书和电视。余仁的这些变化，让她想起琼瑶阿姨电视里不少有了外遇男女神情变化的情节，她终于慌了神，她明白余仁应该是在外面有了别的女人，她这才不管不顾地闹了起来。

“我不幸福呢，没有人爱我啊。”几天来，迟宝莲总是在家里的窗口呼喊着这两句话。县城不大，这样的消息往往又传得很快，考虑到余仁的声誉和面子，起英知道，最重要的事是先要安抚好迟宝莲。

“嫂子，你别急，余老板的工作我去做。不过，嫂子你一定要宽容一些，余老板是个要面子的人，你再也不能这样公开吵闹了，要给他一个温暖的台阶，他才好回到你的身边来。”

“小起，我听你的，只要余仁回来，我一定不再闹了，还会像以前那样爱他。”

迟宝莲倒是不难安抚，得知起英支持她愿意出面做余仁的工作，并且愿意帮忙弄清楚事情真相的时候，迟宝莲马上就保证不再闹了。

起英离开余仁家，一边思考余仁的事该怎样去做工作，一边开始拨打余仁的手机。余仁的电话关机。起英决定要找到余仁。

天色已经渐渐暗下来了，街上的路灯还不到打开的时间，夜晚的暮色轻纱慢慢地洒向县城的角角落落，四下里渐渐变得模模糊糊的。

起英一边走一边尽力地想象着，在这样的时刻，如果一个上了年纪的男人不是太有钱，而又有了地下情人，他的妻子还正在怀疑的话，这样的时刻他应该待在哪里呢？

南郊公园！这个念头突然出现在起英的脑海里。是的，这个时候的那个公园，应该是最空旷、最寂静、最适宜不能见光的情人谈情说爱的好地方。

起英准备前往县城南郊的一个偏僻公园里，好在路程不是很远，起英抬手招了一部出租车。

起英坐在车上前往南郊公园，一路上她突然有些心神不宁，迟宝莲对那个隐形“狐狸精”的痛斥，猛然在起英的心中响起。起英不由得有些愧疚，她猛然觉得在梅青老婆的眼里，自己不也是一个遭人痛恨的“狐狸精”吗？

自己为什么会成为“狐狸精”而无力自拔呢？是爱让人身不由己啊！起英无法、也不想从“狐狸精”的群体里爬出来，这让起英非常伤心，直到司机在后视镜里用怪异的眼神看着她，起英才重新振作了起来。

起英赶到的时候，南郊公园门口的路灯刚刚打开，除了一个老人站在公园门口，其余一个人影也没有。走进公园，微风轻抚着那些绿叶，沙沙的轻语从那些树丛里发出来。起英有心事，她无心欣赏这些，只顾轻轻地向公园里那座不大的假山走去。

起英记得假山的怀里有一处很隐蔽的地方，她以前和朋友去过。起英并不希望能在那里找到余仁，她不想承认像余仁这个年纪的人还出这样的事情。因此，接近假山的时候，起英再次拨打了余仁的电话。余仁的手机拨通了，而且，从假山后面响起了余仁那不变的手机铃声。

起英马上关闭了手机，她悄悄地来到假山南面的那个缺口处，这里正对着假山那个比较隐秘的角落。

余仁果然和一个女人相拥着坐在那里，余仁像熊猫抱着竹笋一样，笨笨地搂着那个坐在他怀里的女人，余仁好像正在抽泣。只是起英站的角度，一时无法看清那个女人的长相。

公园里静悄悄的，四周没有别的人影，看到余仁对那个女人爱到这样忘我的境界，不惜丢下哭闹的迟宝莲也要冒险和这个女人在一起，起英知道，自己是无力回天的了。

起英知道，像余仁这种步入老年的孤独男人，一旦对哪个女人动了真情，或者觉得他得到了哪个女人的爱，他们就会像干燥的木头房子起火，不在爱情的烈焰里全部化成灰烬，他们的爱火是不会熄灭的。

老年人这种全身心燃烧的爱一旦遭遇欺骗或背叛，其惨烈的后果也是很难设想的。

起英静静地等了几十分钟，看到他们不管不顾只管缠绵，她只好一个人悄悄地离开了公园。

公园门口每一盏路灯下都飞舞着一小群飞虫，它们经过了无数的险阻，或者还是九死一生才聚集在那些灯光下，它们正在上下翻飞，拼命地争夺着那一丝无常的光和热。

起英突然觉得这就像许多人的境遇，同样遭遇着各种不同的冷太阳，生存起来倍加艰难。起英就这样乱七八糟地想着，余仁的事又回到了她的心里，起英只得给余仁发了一条短信，说她有急事想和余仁见面。

手机再一次响起，余仁正被怀里的女人亲得兴起，他很不情愿地看了一眼起英的短信，起英的短信让余仁显得有点茫然，有点忐忑。这几天迟宝莲只要一见到他就闹得他不得安宁。余仁估计起英应该是听到了什么风声。不过，他也想和起英聊聊他的事情，甚至包括和怀里这个女人的这份感情。

余仁怀里的女人叫姚幺，是一个四十六岁的县郊失地农民，早已与前夫离婚，独自抚养着一双儿女。

姚幺只有一米五的个，不但黑瘦，而且上牙还向外突出了许多，人和名字完全对不上号。余仁就是在舞池里结识了她。

其实，姚幺在结识余仁之前，就委身过好几个不同的男人，她熟悉男人的各种爱好和秉性，知道怎样同时驾驭不同的男人。姚幺最迷恋的是那种高大威猛的壮实男人。

有一天，当她在一个露天舞池里听见有舞友叫余仁“院长”的时候，姚幺一打听，得知余仁竟然是县法院的院长，这让姚幺欣喜不已，她第一次撇开一个男人的身高和长相，为余仁单独准备了一张适合他的情网。

姚幺的表妹当时正有一个债务案件在音召县法院里进入了审理程序，姚幺的表妹是被告。可是，主审法官却是一个少见的一根筋，请吃不到，送礼不要，让姚幺姐妹没有一点办法。

余仁的及时出现，让他立刻成了姚幺的救命稻草。带着这种迫不及待的私心，姚幺开始有意识地接近余仁。

为了回避熟人，余仁学跳舞的时候大多选择了一些比较偏的露天舞场，那里的人们基本上不认识余仁。因此，初学跳舞的余仁经常受到冷落，很多时间里都是他单独在舞池的角落里扭动着肥胖而笨拙的身躯。

看到没有女人愿意成为余仁的舞伴，姚幺的心里暗自高兴，因为凭她的经验，一个单身出现，而又沉迷于这种偏僻舞池的男人，一定像自然界被族群抛弃的孤狼一样寂寞孤独而又无助。

姚幺窃喜，一个孤独寂寞而又被人们冷落的男人，是最容易被任何一个女人俘获的了。

起先，姚幺只是隔三岔五地陪余仁劲舞，一旦舞得余仁兴起，她就会以各种借口很自然地离开余仁。直到估计余仁会很想她的时候，姚幺才会再次出现。

渐渐地，两人间隔的见面时间越来越短，姚幺似乎已经离不开余仁。再到后来，姚幺在人前虽然还是称余仁“院长”，私下里则亲密地叫他“仁哥哥”。跳起舞来，两人也越来越默契，越来越亲密。

姚幺虽然长得不美，但她聪明，有些舞蹈功底，身材矮小但曲线凸显，在小小的县城里，还有几家小型的夜总会只要姚幺去了，不但不收钱，还免费供应她的茶水。

姚幺这样一个县城里的舞场皇后，对于初涉舞场的余仁极具吸引力。姚幺跳舞时的风姿，身子扭动时的狂野魅力，越来越让余仁有了一种无法控制的原始欲念。

在接下来的日子里，只要哪个舞池有余仁在，姚幺就一定会出现。而且，姚幺还只陪余仁尽情地舞，只要有了余仁，姚幺就会拒绝舞池里其他任何男人的邀请。

不知从哪天开始，姚幺和余仁跳舞的时候，眼睛开始闪着万种柔情，传达着一种只有余仁才懂得的信息，那信息是那样的明白，那样猛烈的撞击余仁的心怀。姚幺那双眼线极长的眼睛看着余仁的时候，分明在诉说她心中对余仁这个男人的深深爱恋。

不久后，余仁终于深深地陷了进去，他只要一天看不见姚幺，就会无精打采，对什么事都提不起兴趣，还会在家里发着无名火。

余仁觉得只有在姚幺的眼里他才是一个有魅力、有担当、充满了柔情的男人。余仁甚至觉得他只有在姚幺这个女人的面前，才是一个顶天立地铁骨铮铮的大男人。

为了尽快得到姚幺，余仁开始调动一切手段帮姚幺的表妹周旋那个案子。有一天，余仁偷偷地告诉姚幺案件有了突破的时候，姚幺扑上来在余仁的右腮轻轻地亲了一口。

一次偶尔得知余仁竟然有一笔不小的私房钱之后，姚幺对已经拜倒在她怀里的余仁，展开了新的攻势。

从那以后，姚幺有什么事都会和余仁倾诉，即使是女人私密的毛病，她也不瞒着余仁。甚至有一次还求余仁帮她检查了一次乳腺。以至姚幺那整过容的坚挺乳房，足足让余仁那只摸过的右手颤抖了大半天。

还有一点也特别让余仁感动，相处时间并不是很长，姚幺居然就对余仁的喜好了解得一清二楚，照顾得周周到到，比他相濡以沫几十年的妻子迟宝莲更体贴、细心、更加充满温情。

总之，姚幺的出现，终于让混吃等死的余仁又活了过来。而且，重新成了一个有能力，有魅力，有情趣，不但会爱，而且敢爱的大男人。

余仁心甘情愿地为姚幺动用了他私房钱里的一笔钱后，案件即将审结的前夕，跳舞的时候，姚幺有几次有意无意地用她高高翘起的丰胸碰触着余仁。

余仁的妻子虽然爱他，但是一直像个长不大的小孩，一点不解风情。拿余仁的话来说，迟宝莲像个孩子，没有一点女人味。以至他们夫妻从五十来岁起就是分床而睡，余仁甚至觉得迟宝莲的不解风情，让他过早地步入了更年期。

退居二线失去权力后，余仁越来越觉得在人生的风月场中，自己简直就是一个两手空空的匆匆过客，虽然也曾有求他办事的女人投怀送抱，但从没轰轰烈烈地爱过，这是余仁人生中最不甘心的事情。

以前工作忙碌的时候，这种感觉并不强烈，下位以后，余仁的心里头常常会无端空空落落的。因此，退位后的余仁经常想：在人生的夕阳里，如果还能够拥有一分异性的真情，就是要用他的生命来换取，他也是心甘情愿的。一个这样的男人，哪里经得起深韵风月的姚幺的有意碰触呢？

开始，姚幺坚挺的乳房碰触余仁的胸部时，余仁还不由自主地让了一下，他以为是姚幺自己没站稳。直到姚幺接二连三地用乳房向他进攻，余仁才终于在姚幺淫荡的眼睛里读懂了姚幺的渴望和柔情。

余仁稍微一怔，继而热烈地回应着姚幺，在灯光不太明亮的舞池里，余仁低头将厚重的双唇轮番地印在姚幺的双乳上。

那一夜，余仁在姚幺的挑逗下无法自持，等不及跳完那一曲，就紧紧地抓着姚幺在舞场的楼上开了几个小时的房间。

在热吻和姚幺不同寻常的技巧作用下，余仁雄风叠起，即使当初和迟宝莲的新婚之夜，也决不可与之同日而语。面对风情万种的姚幺，余仁多年的更年期综合症在与姚幺一场狂野的欢愉中消失得无影无踪。

“仁哥哥，你是我的新郎，我的太阳!”

当晚，余仁和姚幺黏在一起难舍难分。临别，姚幺有些故作娇羞地扭着赤裸的身子倚在余仁的身上，嗲声嗲气地叫着。

余仁兴奋不已，又一把紧紧地拥着姚幺，他简直恨不得时间从此就永远地停留在那一刻，天地之间从此只剩下了他和姚幺。

那一夜，本来不到二十分钟的路程，余仁却用了七十分钟送姚幺回家。一路上，他们的手一直紧紧地相握，时不时地停下来拥吻，就像一对背着父母偷偷早恋的小儿女。

当一片失地农民安置房出现在他们眼前不远的地方时，姚幺坚持再三，才让余仁恋恋不舍地离开了她。

走在回家的路上，余仁觉得他的每一个毛孔里都在往外冒着幸福。全身有着一种余仁从来没有体味过的，极度欢愉以后那种愉悦而甜蜜的疲惫。一想起刚才还在自己怀抱里的姚幺，余仁就又禁不住欲念骤起，余仁忍不住向空中做着各种搂抱的姿势，想象着自己下次该怎样更紧更有力更持久地拥抱他的姚幺。

余仁满脸涨红，眼睛放着光，他凌晨才到家，一直坐在床上等着的迟宝莲，发现了他不同寻常的亢奋。

迟宝莲以为余仁的高血压病犯了，她什么也没敢问。迟宝莲服侍余仁睡下后，自己并不敢入睡，她觉得必须时时关注着余仁。

谁知余仁对刚刚过去的那场激情太过刻骨铭心，睡梦里还紧紧地抱着枕头时不时地亲吻，偶尔还会叫着姚幺的名字。

由于过度疲劳，那一夜剩下的时间里余仁沉睡不醒，而且美梦连连。迟宝莲却心生怀疑，她偷偷打开余仁的手机，里面居然还有几条姚幺发给余仁的让迟宝莲看了也脸红心跳的短信，让她知道余仁有了别的女人。

余仁则不管不顾，他以一个老年男人对爱情的最后执着痴爱着姚幺，一有机会，就和姚幺干柴烈火地燃烧那么一回。

不幸的是，毕竟年岁不饶人，这样放纵了一段时间后，余仁身体里积蓄了上十年的能量，几夕之间几乎就燃烧殆尽。想起最近这次缠绵后，姚幺那无法得到满足时的失望眼神，余仁就痛苦得无法承受。

不过，解决这些问题，余仁自有余仁的办法，为了弥补自己的不够阳刚，他将积累和秘藏了十几年的小金库全部交给了姚幺。另外，他开始冒险服用壮阳药物。这两招果然立见奇效，当天，姚幺就在余仁的怀里欢笑着撒娇。

可是，这世上一切的忘形，可都是要付出代价的。这不，迟宝莲在熟悉的舞友的指点下，最近终于抓住了余仁和姚幺的把柄。这下轮到迟宝莲不管死活地闹起来了。而且，迟宝莲还勒令余仁必须与姚幺断绝关系，否则，她就要和余仁同归于尽。

余仁知道，正由于迟宝莲头脑简单，所以，一旦她认真起来是会说到做到的。余仁虽然宁愿舍弃自己的生命也不会和姚幺分手，但他觉得这件事不能瞒着姚幺。这不，今天两个人在这个偏僻的角落里相拥着，第一次不是为了激情，而是余仁在向姚幺哭诉。

姚幺虽然风流，这些年玩过不少男人，但她心中有一个不变的原则，那就是绝不涉足哪个男人的家庭。一旦她身边的男人有妻离子散，没有了利用价值，反而可能要她承担后果或责任的时候，她就会毫不犹豫地甩掉那个男人，立刻从那个男人的生活里消失得无影无踪。

因此，姚幺听完余仁的哭诉心里觉得好笑，她知道，是时候要离开余仁了，不然余仁这个男人就会变成负担砸在她的手里了。

姚幺一边看着余仁的脸，一边在心里想：这个男人真是没担当，既想在外面风流快活，又连老婆也摆不平。什么利用价值也没了，应该分手了，一旦决定抛弃余仁，姚幺的心里立刻变得轻松愉快起来。

二十五

起英发完短信不久，余仁就回了电话，他告诉起英，马上会去找她。

余仁出现在起英面前的时候，起英的心里很不是滋味。毕竟余仁曾经对起英还算不错，可是，余仁退居后，起英借口工作忙，从来没有想过像余仁这样的人也有他的空虚、孤独、无助和落寞。这么长时间里她竟然连一通问候的电话也没给余仁打过。

“英子，是你嫂子找了你吗?”

看到起英眼睛里的那丝怜悯，余仁在一刹那的诧异之后，竟然有点脸红，他嗫嚅着小声地问起英。

“仁哥。”起英为了缓解心中对余仁的那点愧疚，第一次这样称呼余仁。

听到起英叫他“仁哥”，余仁的身子似乎一震。

“仁哥，不管嫂子说的是真是假，你也还是见好就收吧，虽然说夕阳无限好，但后面还有一句：只是近黄昏啊。你和嫂子毕竟是相濡以沫几十年的老夫老妻了，少来夫妻老来伴呢，人家都说夫妻还是原配的好。”

听了起英这几句只有劝勉，没有责备的话，余仁仰起头来，眼睛微微的闭着，两滴眼泪慢慢地顺着眼角流出来。

“英子，音召法院里只有你还比较了解你仁哥呢，今生今世我余仁缺的就是个情字呢！从小到大，亲情、爱情、友情，我样样情都缺，我这一辈子最不甘心的就是我从来没有轰轰烈烈地爱过一回，英子，我心里好苦啊!”

说完，余仁双手掩面，竟然在起英面前号啕大哭起来。

起英看着眼前这个已经年近六旬的男人在她面前为爱号啕痛哭，起英被他的行为震惊了。

以前，起英总以为人一旦到了一定的年龄，就应该心如止水，望高德重的，一切的男欢女爱，情长爱短的，在他们的心里应该再也激不起半点涟漪才对。

谁知眼前这个身形日渐显出老态，神情显得有点迟钝木讷的男人，骨子里竟然这样强烈地需要爱，渴求爱。而且为了爱一改往日的懦弱胆小，敢于面对常人无法面对的一切，敢于放弃曾经拥有的一切。起英本来就同情余仁，余仁的男人热泪，更是将她的心泡得软软的。

“仁哥，嫂子与你即使没有爱情，在一起这么多年了应该起码还有一份亲情啊。”

起英偷偷擦了一下眼睛，她觉得说出的话有点底气不足。

“英子，今后你爱过了就会知道的，当任何亲情遭遇到爱情的时候，还会有亲情吗？如果亲情变成了爱情的阻力，你说，还会有亲情吗?”

余仁停止了号啕，睁着一双哭得通红的眼睛，用这样几句话回答着起英。

听余仁用富有哲理的话语谈到亲情和爱情，起英突然记起来，她有些日子没有去看父亲了，自己与父亲的这种疏离，也许正是因为自己心中有了梅青，而父亲的心中则有了时素华吧。

想起自己与家人，起英在心里不得不承认余仁的话是对的。但是，起英知道，她表面上可不能承认，因为她今天是答应了迟宝莲才来劝解余仁的。

“仁哥，就按你说的，你和嫂子之间既无亲情，更无爱情，但你还得顾及道义，你也还有为人父、为人夫的责任啊。”

起英的这几句话，让余仁仰面朝天，长叹连声，讲话时声音悲切。

“英子你哪里知道，就是我心里这份对你嫂子的责任、道义，压得我透不过气来呢。在我将近六十年的人生里，再也没有人像姚幺这么爱我了，面对孤身的姚幺，我至今都难做出最后的决断，为的就是对你嫂子的这份责任，这份道义呢。”

“仁哥，你说的那个姚什么，你敢肯定她真的那么爱你吗?”

听了余仁的话，看到余仁在那份迟来的爱里实在陷得太深，起英心里准备改变初衷。

“爱！当然爱！刻骨铭心的爱，至死不渝的爱，姚幺称我是她生命里的太阳。其实我告诉你，她才是我生命里明媚的阳光，因为在她没有出现之前，我的人生暗淡无光!”

说着话，余仁满脸都是与他年龄不相称的幸福和柔情。

起英不由想起了她进法院不久的时候，在县委旁边的云水公园里看到的那个“冷太阳”。她知道，自然界出现的冷太阳只是天像的一种偶然。而社会上、人生里、情路上出现“冷太阳”，可是很经常的事情，而且，有时这种“冷”还是毁灭性的。

不过，起英不想捅破余仁的美梦，她不想剥夺余仁那点可怜的幸福。

“既然这样，那你就处理好和嫂子的事情，给姚幺一个交代，自己将来也能面对组织、亲人和朋友啊。至于嫂子那里，我会尽量帮你做工作的。”

“英子，要是这样，你可是我的再造恩人呢，你可救了哥哥一命啊，从此后你就是我的亲妹子了。”

起英的话音一落，余仁站起身，猛地抓住起英的手，感激莫名。

望着余仁消失在夜色中，起英的心里突然有些虚虚的，觉得似乎背叛了迟宝莲，对这件事的对错，起英一时心里没有底。

这时，起英的手机铃声响起。起英知道，这个时候的来电，一般都只会是梅青的。今晚，也许是受到余仁的影响，起英有些伤心，她不想接任何人的电话，甚至包括梅青。

梅青再次来电，起英想：梅青会像他表面所表现的那样爱着自己吗？他能像余仁一样的为爱义无反顾吗？而且，如果中院院长的位子和她，任由梅青二选其一的话，梅青会舍弃自己吗？

人们都说：热恋中的人们，既盲目，又多疑。以自己的心路历程，起英深信不疑。

电话执着地响着，起英终于接听了电话。

“英子，你在哪里，你怎么啦，有什么事吗？”

梅青的声音，夹杂在汽车的发动机响声里，显得有些慌乱。

“青哥，你怎么啦？”

听到起英的声音，电话里的汽车发动机声音戛然而止。

“我很好啊，青哥你是怎么啦吗？”

梅青在电话那头长长地嘘了一口气。

“真是吓死我了，英子，你这是第一次这么久不接我的电话，我还以为你出意外了呢，你要是再不接电话，我就准备开车赶过来了。”

想不到梅青对自己竟然有着这样的一份牵挂，起英的眼睛立刻红了，她本想笑着和梅青讲几句幽默的话，好让梅青真的放心。

“青哥，我好好的，你就放心吧。”

起英的声音打着颤，说不下去了，她不等梅青答话，突然挂断了手里的电话，眼泪淌满了她的脸颊。

梅青不用猜都知道，刚才起英一定正在想他，或者正在某处偷偷地哭泣。看着手里的电话，梅青有些伤心，他决定要加快运作的步伐了。

余仁离开起英后，他一分钟也不想回到家里。自认为得到了起英理解的余仁，决定要立即找到姚幺，要立刻将他终于决定离婚，并决定和姚幺永远在一起的打算告诉她，给她一个天大的惊喜。

余仁觉得世上只有姚幺这样的女人值得他这样做。余仁喜滋滋的，准备要尽早送给姚幺一份大惊喜，他想象着姚幺听到喜讯后的娇羞模样，他最爱听的就是姚幺娇声地对他说的“仁哥哥，我爱你！”这句话。

余仁一边走，一边开始给他的姚幺打电话。可是，与他相爱后从不关机的姚幺，在这样一个余仁作出了重要决定的夜晚，居然关机了。

余仁开始紧张起来，他茫然四顾，不知自己能去哪里。舞厅肯定是关门了，公园里也不太可能。这时余仁才发现，姚幺这个掌握了他的全部经济，他不顾一切爱着的女人，竟然除了靠电话联系外，他没有掌握姚幺其他的任何信息。

情急中，余仁突然记起，有一回他实在舍不得和姚幺分离，而姚幺又坚决反对他去她的家里，余仁只得偷偷地跟踪了姚幺一回。记得姚幺当时是进了那个安置小区九栋一门一楼东边的房间的。

当时，余仁在姚幺消失在那处房子里之后，还痴痴地站在远处，久久地等待着，他只是希望姚幺的身影能奇迹般的在阳台上出现一次。只可惜那次等到很晚很晚，姚幺也没在她家的阳台上露面。

现在，余仁凭着一个痴心男人那种刻骨铭心的记忆，居然让他在凌晨的黑暗里，找到了上次他看见姚幺进去的那处房子。借着路灯的余光，余仁发现那阳台上晾的，正是自己早几天买给姚幺的那套粉红色带蕾丝边的三点式内衣。

一看到那套内衣，余仁的脑子里立即出现了姚幺那晚穿着它在自己面前的性感模样，余仁兴奋不已，而且，有些欣喜若狂。

姚幺家的窗户是开着的，他轻轻地来到窗户边，余仁努力想象着姚幺猛然间见到他时的那种欣喜和娇憨。

来到姚幺家的窗下，余仁举起手来正要敲窗，突然，余仁举起的手停在空中，余仁侧耳细听，从姚幺的屋里发出了一种他十分熟悉的声音。

“谢哥哥，我的新郎啊，我的太阳！”

姚幺喘吁吁的声音娇滴滴的。

接着，又是一阵不堪入耳的，由亲吻发出的声响。余仁听得出来，那是属于姚幺专有的，独特而醉人的一种热吻。

那一阵阵越来越响的亲吻，像夏日里突然响起的炸雷，在余仁的心中猛然炸响，他的心顷刻间似乎痛得四分五裂。

“啊、啊、我的新郎，我的太阳！”

姚幺又一次娇滴滴地一边呻吟，一边叫着。

这句让余仁刻骨铭心的话，不是那晚姚幺专门为他说过的么？

现在姚幺又是在对谁说这句话呢？余仁清楚地记得，那一晚，他和姚幺亲热后，姚幺一边亲着他的全身，一边说的这句话。正是姚幺的这句话，才让他下定了要和她相守后半生的决心。

一种让人无法承受的嫉妒、愤恨，让余仁这个懦弱的男人居然也怒发冲冠了。他紧握着双手，以与他的年龄不相称的速度，迅猛地跳到了姚幺家的大门前。

余仁没有留给自己丝毫退缩的余地，他像一个遭到了背叛的丈夫一样，在这半夜里猛烈地咂响了姚幺家的大门。

“姚幺，姚幺，你在屋里干什么，你怎么敢这样对我?”

“外面是哪个混蛋，看老子怎么收拾你。”

余仁砸了很久很久，才听见有个男人一边骂娘，一边来开门。

门被猛地向屋里拉开，来开门的，是一个足足比余仁高了一个头，身上一丝不挂的威猛男人，男人用一双愤怒的眼睛瞪视着余仁。

姚幺也是赤裸着身子，只是临时扯了一条半透明的丝巾围在腰上，曲线分明，小鸟依人地粘在那个男人的身上。

“姚幺，这个男人是谁，怎么会在你的屋里，你想要我的命吗?”

余仁声嘶力竭，瞪视着那个男人的眼睛通红。

当她猛然看见门外的余仁，姚幺显得有些慌张。不过，善于处理这种异常情况的姚幺，很快就镇定了下来。

“小幺，这是怎么回事?”

听到余仁的质问，那个男人气愤地问姚幺。

“哪里来的疯子，我怎么会认识他。”

姚幺当着两个男人的面，明确表示了她对余仁的态度。

其实，当姚幺知道余仁痴爱着自己后，她就在想着怎么样才能顺利脱身了。姚幺与男人交往，怕的就是这样的痴缠。好在世上长情的男人不多，姚幺可不想在自己离婚后，再又来个从二而终。

姚幺原本就打算剩下的人生里只和男人交往，不再和任何一个男人正式结什么婚。因此，当她发现余仁发疯一样的爱上了她的时候，她就一直在想着怎样脱身了。

而且，姚幺觉得要余仁这样的男人从爱的痴梦里醒来，要的就是今晚这样的猛药。

“姚幺，姚幺，你不能这样对我，你不能。”

看到姚幺居然说不认识自己，而且，正在绝情地转身准备离去。余仁顿时失去了理智，他发了疯一样冲向姚幺，一边叫喊着，一边想要跟着姚幺走进房子里去。

那个被姚幺叫作“谢哥哥”的男人，一只手紧紧地护着姚幺，用另一只手推了余仁一下，余仁就从门前的台阶上摔了下去，仰面朝天，狼狈不堪。

余仁不管不顾，磕伤的下巴在滴着血，他刚刚站稳，又想往姚幺的屋子里冲。

姚幺的那个新男友，像任何动物正在幽会的兴头上突然被不速之客打扰了一样，霎时变得怒火中烧。他一把抓住余仁，扬手给了他几个响亮的耳光，打得余仁失去了知觉之后，他仍不罢手，他一手扯下姚幺围着的透明丝巾遮住他的私处，用另一只手夹着余仁的肩部，开始将余仁向远离姚幺房子的地方拖行。

余仁被拖行了很长一段路后，才渐渐地醒来，余仁任由那个情敌像拖麻袋一样地拖着自己前行，不再作任何的挣扎。

那个男人看到离开姚幺的房子很远了，余仁也不再挣扎，他这才随手狠狠地将余仁丢在地下。

姚幺的新男友到现在才明白，原来在这将近一个月的时间里，自己竟然是和刚才这个窝囊的男人共同拥有了姚幺这个妖骚的女人。不过，这一点不但没让他产生哪怕是一点点对姚幺的忌恨，反而激起了他此刻空前高涨的欲望，他加快了步伐，因为他急着要立即回到姚幺的床上去。

黎明前的黑暗里，余仁躺在冰冷的地上，他头昏脑涨，迷迷糊糊地目送着那个高大的男人快速地远去，余仁的眼睛里涩涩的，流不出一滴泪水。

黎明前的野外一片漆黑，余仁挣扎着想要站起来，他的心脏突然狂乱地跳着，下巴上和嘴角流出的鲜血将前胸的衣襟打得透湿，在凌晨的微风里冷飕飕的。余仁好不容易站起身来，他不由自主地打了一个冷战。

余仁茫然四顾，他不知道身在哪里。夜正处在黎明前最黑暗的那一刻，四周腾起一些蒙蒙的雾霾，空气里似乎还夹杂着一丝丝新起的柴草的烟味，大地静寂得有点反常。

“不认识我这个疯子，她不认识我这个疯子！”

余仁孤零零地站在一条路边活像个幽灵，他像喝醉了酒的人，只能蹒跚前行，余仁一边无意识地舞动着他的手，将自己的脸抓出了一道道的血痕，嘴里却始终只有这样两句话。

余仁一边喃喃着，任由鲜血流淌，他感到眼睛里涩涩的，不管怎么伤心欲绝，眼睛里却再流不出一滴泪来，仿佛那些眼泪都变成了下巴上和嘴里正在流着的鲜血。

黑暗中余仁在原地转了几个圈，不知该去找谁，也不知该去哪里，他此刻的心中只有一个愿望，那就是他得找人评评理：他为姚幺愿意牺牲一切，姚幺为什么这样对他。

余仁在原地蹒跚着，双手不停地舞动着，直到东边的天际渐渐地露出一丝曙光，一辆在凌晨去贩卖小菜的摩托风驰地朝余仁驶来。终于看见有人，余仁向着那台狂飙的摩托张开了双臂想要拦住他，向他诉说心事。不知是人是鬼，那摩托司机虽然吓得不轻，但他灵巧地一个拐动终于避过了余仁，逃也似的猛踩油门，即刻消失在朦朦胧胧的雾霭里。

余仁踉跄着向摩托消失的方向前行了几步，一双手拼命地向前伸着。白色的雾霾变得越来越浓，几分钟后，第二辆赶早的摩托疾驰而来，来不及避让，将站在路中央的余仁撞翻在地。司机一看四周无人，被撞的人又躺在地上一动不动，他驾着掉了一边反光镜的摩托飞逃而去，一霎就不见了踪影。

白色的阴霾越来越浓，冰冷的露珠正在凝结，在荒凉的县郊与县城相接的这个旷野里的马路旁，被撞倒的余仁仰面朝天，直视着连那轮冷太阳也还没有升起的广袤天空，感到曾带给他无限痛苦的生命正在慢慢地离开他的躯壳，余仁的脸上竟然浮现出一丝神秘的笑容。

二十六

“起英，救命啊，你快点到县医院的急诊室来，要快，快。”

早晨不到七点，起英在睡梦中被迟宝莲的电话吵醒，迟宝莲在电话里哭得声嘶力竭，一塌糊涂。

起英不知余仁家里又发生了什么事，她以为是迟宝莲实施了报复伤害到了余仁。起英从床上一跃而起，急急地梳洗了一下就跑着出了门。

前后不到半个小时，起英就赶到了县医院的急救室。

急救室的门敞开着，静悄悄的，里面一个活人也没有，医生早已停止了对余仁的救治，现在都离开了，丢下余仁就那样满身血污，满身尘土的躺在那里。昨晚在起英面前还表情丰富的脸，此刻惨白中带着一种不同寻常的蜡黄，也许是流干了血液，人也显得干瘪了许多，只是脸上那一丝令人不安的笑意，使人有点毛骨悚然。

肇事的车子几乎将余仁的后脑勺撞掉了半边，余仁的脑袋就像是一颗挖空了半边的西瓜，这让余仁那带笑的脸更加显得扭曲而恐怖。

余仁的女儿正在外地出差，迟宝莲昏死在急救室外走廊里那张临时的病床上。在这大清早里，余仁的身边一片凄凉，除了起英，没有了第二个人。

余仁就那样躺在那里，身上什么也没有盖，尸身挺得直直的。在自己的母亲之外，再一次近距离看到死人，生命在顷刻之间离开一具躯壳，再也不可能逆转，无法承受这种痛苦的起英，一边痛哭流涕，一边打电话通知了吉阳飞。

料理完余仁的后事，起英接连好几天都没有摘下为余仁带的那朵小白花。她夜里还不停地做梦，梦里总是能见到余仁，而余仁又并不是平时的余仁，起英看到的余仁脸上总是带着最后的那一丝笑容。

这让起英想起了她那去世多年的母亲，一想到母亲，原本以为被尘封的伤口，仍旧鲜血淋漓，让起英的内心无法安宁。

起英常常感叹，人的生命真如朝露，说没就没了。就像到老了还苦苦为情所困的余仁，今后哪怕上天入地，再也不会有年近六十，还为情疯狂的余仁了。他就那样将自己的生命，随意地抛洒在那凌晨的马路边上，脸上还带着诡异的笑，留给世人一丝不解的谜。

那一晚余仁离开自己后，接下来的时间里到底发生了什么呢？又是什么样的原因，竟让余仁死在了靠近县郊的马路旁呢？还有，余仁深爱的那个姚幺，她失去了余仁她又该怎么办呢？

起英脑子里的很多疑问并没有随着余仁的死而消失。不过，起英知道，为了余仁，自己跟余仁最后的见面和谈话，以及余仁与姚幺的事情是绝对不能泄露的，即使是在梅青面前也应该永远为余仁保守这个秘密。

余仁的死，将伤痛和悲戚，久久地带给了起英，即使和梅青在一起，起英也似乎失去了往日的欢乐。梅青不知起英到底发生了什么事，只是对她更加细心，更加体贴。

“英子，秦尚的老婆下个月生日，要是去的话，我送点什么东西好呢？”

在最近的一次会面时，梅青为了让起英能想些别的事情分散一些痛苦，有意向她征询着意见。

看着只想一心向上的梅青，起英想起了余仁当初在官场上争斗惨败的可怜模样，她决定要尽自己的一切能力去帮助梅青。

“既然是秦尚的老婆，那她一定什么都不缺，除了这样的古旧首饰之外，送一般的东西反而会得罪她的。”

起英一边说话，一边从手腕上取下她妈妈的遗物——一只碧绿的玉手镯递给梅青。梅青有些犹豫，他看着那只手镯，神色间有点难过。

“好好包装一下，到时送去吧。青哥，我的这件心爱之物如果真能为你派上用场，那就是它最好的去处了。”

听起英这样说，梅青不再说什么，他接过玉镯后，默默地将起英揽在自己的怀里。

叶乾为了梅青到他舅舅家的第一次拜访能够成功，他颇费了一番心思。从他决定向舅母蒋虹引荐梅青的那天起，他就在蒋虹面前吹嘘梅青是如何的知识渊博，根据《周易》对命运之类的推算又是如何的准确。

他还告诉蒋虹，说梅青曾经告诉他今年他要发财，这不，今年他果真就发财了。

蒋虹是个年近五十，风韵犹存的女人，多年的首长夫人身份让她显得高贵而且带着几分霸气，脸上总是一副世上没有她办不成的事的自信神色。

当年，蒋虹的妈妈非常喜欢江青，女儿生下来后，她本想给女儿起名蒋青的，但又怕因为与“江青”谐音而落下什么政治把柄，因此，才给女儿取名蒋虹。

蒋虹长到十四五岁，亭亭玉立，美貌非凡。十六岁参军，成了当年“最可爱的人”。秦尚则是蒋虹所在部队一个军长的大儿子，蒋虹被他看中的时候，秦尚已经是个年轻的副团职干部了。婚后，秦尚一路走来非常顺利，到他以正师职干部转业到省委的时候，正是部队转业干部在地方机关和政府里大掌实权的时候。

特别是这些年到省高院以后，他们发现法院比以前呆过的任何部门都要好。几年下来，蒋虹除了自己和儿子的工作单位变了几次之外，就是家里什么都不缺了，连她和秦尚一点都不懂的字画、古玩都有一大堆。

近年来，家里家外什么都不用操心，蒋虹就迷上了那些据说能够推算前世今生命运的书籍，尤其痴迷她怎么也弄不懂的《周易》。

等到蒋虹对梅青思贤若渴的时候，在蒋虹的一再要求下，叶乾才装作勉为其难地答应蒋虹，在她生日的那天他一定带梅青到家里来给她祝寿。

帮梅青做好这些前期的铺垫工作以后，叶乾又前往省城的一个古玩店，用一万七千多元钱，买下了上次他陪蒋虹去的时候，蒋虹拿在手上把玩，而又舍不得掏钱买的一个宋朝的玉石枕头娃娃。

那玉石枕头晶莹剔透，一男一女两个娃娃相对而卧，栩栩如生很是爱人。那两个玉娃娃身下的大背景，远观极像男女融合在了一起的性器官。近玩，则是一朵又一朵交缠在一起的莲花。

为了让这份礼物显得更与众不同，叶乾又专门另外出钱，由古玩店的老板给他做了一个古色古香的包装盒。

蒋虹生日的前一夜，叶乾专门约请了梅青。到底是相处了几次，两人都随意了许多，相谈也算随意。

“梅院长，我准备了一点蒋虹喜欢的小礼物，明天麻烦你带去吧。”

两人的会面快要结束的时候，叶乾从随身的挎包里小心翼翼地拿出了那个精美的礼品盒。叶乾诚惶诚恐地望着梅青，慢慢地将那个礼品盒推向梅青的面前。

“这是一件小玉器，我舅母就喜欢这样的东西，烟酒什么的，家里多得很。”

看到梅青有点莫名其妙，叶乾小声地解释着。

看着那个古香古色，来自玉器古玩店的精美包装盒，梅青沉吟着，他平日也光顾古玩店，他知道眼前的东西价值不菲。

梅青知道，这件礼品既是秦尚老婆的最爱，也代表着叶乾对自己的一片忠心。当然，叶乾这样做完全是谋求日后更大的好处。因此，自己今天可以不跟叶乾谈钱。

“今天我的身上可没带什么钱。”

梅青笑着接过叶乾的礼物，并开玩笑地说。

“一点心意，这不是我能要钱的东西。我还得谢谢梅院长呢，因为你，我舅母现在对我都客气了许多呢。”

和叶乾分手后，梅青马上联系了起英，他们没有到别的地方去，就在梅青的车里见了面。梅青和起英都是很谨慎的人，他们的交往一直都很谨慎小心。因此，即使是吉阳飞，也不敢将他们两人的交往程度往深里想。

“你看看，叶乾也算有心，帮我准备了明天的礼品，你的手镯就物归原主吧。”

起英在梅青的汽车副驾驶座上坐定以后，梅青一边拉过起英的手帮她将玉镯带上，一边用眼睛示意起英看汽车后座上叶乾为他准备的礼物。

“不过，青哥，我可不希望你在叶乾这样的人手上留下什么把柄。”

起英温柔地笑着，显得有些担心。

“放心吧，我是不会在别人手上留下什么把柄的。就像叶乾的这份礼物，其实受贿的是他的亲舅舅，我只是转一下手而已，叶乾总不至于害他的亲娘舅吧。”

梅青的眼睛在那眼镜片后面闪闪发光，语气意味深长的。听梅青这样一说，起英才安心了一些。

那个日子终于来了，为了接待梅青，蒋虹生日那晚，她特地请了最有名的厨师在家里举办了一个小规模高规格的家宴。中午在酒店里宴请的那些客人一个也没得到邀请。蒋虹为了让梅青在她家不至于觉得不自然，还打发走了她的老公秦尚。

等到一切就绪，蒋虹重新梳了一个松松的自然垂在耳后的发髻，细心地抹了一点隐隐的腮红，唇膏用的粉红色，上了一层淡淡的眼影，那层眼影将她的眼线拉得更长，眼睛在忽闪间充满了一种原始的魅力。

梅青轻轻按响蒋虹家门铃的时候，蒋虹矜持地亲自开了门，一袭合体的黑衣裙，裹着蒋虹那还算苗条，曲线分明的躯体，松松挽着的发髻乌亮乌亮的非常性感。虽然一看就知道是个五十来岁的妇人，但以往的美丽还是在蒋虹的身上留下了不少的影子。

“美女妹妹，蒋虹女士在吗?”

梅青虽然立刻猜到眼前的女人就是蒋虹，但极会揣摩女人心理的梅青问话的时候，却装作完全猜不出眼前的女人是谁。

梅青刻意打扮了一番，一袭黑色西服，里面一件雪白的衬衣，脸上容光焕发笑意盈盈的。蒋虹看到梅青俊朗儒雅年轻，又听梅青这样问她，蒋虹当即对梅青充满了好感，心里喜滋滋的。

“梅院长，你看我像你的妹妹吗？我应该是你姐姐才对。”

蒋虹一边说话，一边满意地打量着梅青。

“您就是，祝您生日快乐!”

梅青显得非常惊讶，他一边祝贺，一边将手中的一束鲜花和那个礼品盒放在了蒋虹的手里。

梅青的潇洒倜傥，加上红艳艳的鲜花和精美的礼品盒，立刻让他拉近了与蒋虹的距离。

“乾儿，你快来看啊，看梅院长给我带来了什么样的礼物喏，这个玉枕，可是我一直想要的东西呢!”

蒋虹打开梅青送来的礼物，夸张地表现着自己的欢喜。

“那就太好了，我还正在担心呢，怕跟不上蒋虹姐你的品味。”

梅青与叶乾神秘地笑着对视了一眼，他的声音里同样充满了欣喜，并试探着称呼蒋虹为姐。

“叫什么蒋虹姐啊，只要你不嫌弃，今后你就叫我姐好了。”

蒋虹说话的时候，眼睛看着梅青，一对瞳仁亮闪闪的。

梅青是何等聪明的人，他想不到竟然这么容易就进入了这个以往梦寐以求想要进入的家庭，而且还被这个家里的女王认作了弟弟。

“姐——！姐——！我今天真是幸运，因为我一直遗憾这辈子没有一个疼爱我的亲姐姐，姐!”

蒋虹的话音一落，梅青就满心欢喜，兴高采烈的连声叫着，很感慨的样子，眼镜片后面的眼睛里泪光闪闪的。

蒋虹看着梅青眼里泛起的泪花，觉得梅青似乎就是她失散了多年的亲弟弟。

那一晚，叶乾在舅舅家里见识了梅青的魅力，他对梅青更是佩服得五体投地。他看着梅青给蒋虹由浅入深地讲着易经，看着平日里在他的面前，甚至是在秦尚的面前都有着绝对权威的蒋虹，在梅青的面前变得像个很听话的小学生。叶乾再一次确信，他在梅青这样的人身上进行的任何投入，今后都是不会亏本的，这让叶乾欣喜不已。

在整个晚餐的时间里，蒋虹的目光很少离开她新认的弟弟。在她的眼里，梅青与人的交往是那样的得体，既能平视每一个人，又能对应该恭维的人不卑不亢地表示他的恭维。

晚饭后，蒋虹早早地打发走了其他的几个客人，最后只留下了叶乾和梅青。

三人由保姆泡上好茶重新坐下以后，蒋虹问梅青："老弟，刚才他们慕名问你命运的时候，你怎么不给他们露一手呢？"

"姐姐，你不知道，如果根据易经来推算，即使最精于推算的人，他一天也只有前三卦最准确。今天我怕姐姐要问什么，所以不敢随便跟别人推算。"

蒋虹听了梅青的话，觉得真是没有看错人，她诚心地要梅青帮秦尚和儿子推算一番。

哪知梅青将秦尚和她儿子的过去未来推算得有鼻子有眼。特别是对于秦尚和儿子过往人生的几个大关口，更是讲得清清楚楚，好像以前梅青就在旁边看着他们一样。

这让蒋虹对梅青更是钦佩不已，她不顾年龄和身份，眼睛里毫不隐瞒地闪着爱慕的光。一直到了夜里十二点，在梅青的再三告辞之后，蒋虹才放梅青离去。临走的时候，蒋虹给梅青的老婆和小孩带去了许多的礼物。

来到秦尚家的楼下，梅青回头望着蒋虹家窗口露出的灯光突然心中一酸，不自觉地潸然泪下。他觉得自己一个堂堂七尺男儿，竟然为了今晚的见面，作了那么多无谓的准备。蒋虹虽然对他不错，但他一眼就看透了蒋虹的势利、市侩，还有即将步入老年的女人的那种不肯消退的风骚。

梅青平日是从不屑与这样的女人来往的，不过，梅青也只得自我安慰——想与秦尚挂上钩的目的是一定达到了的。

"身在官场，身不由己啊！"

梅青仰天长叹！是啊，谁叫秦尚那么难以接近呢？谁叫秦尚又那么听他老婆的话呢？谁叫自己想当中院的一把手呢？又谁叫现在的提拔有着那么多的潜规则呢？

这一切就当我为了对英子的爱而作出的努力吧！这么一番挣扎，梅青的心里舒服了一些。

秦尚没有住在省高院的宿舍区里，他家所在的小区，是一个新建的高档商品住宅小区，楼层都在二十层以上，绝大多数房子都是大户型。即使是在这深夜里，连绿化带里都是灯火通明。

梅青知道，在这些神秘的楼层里，隐居着全省不少的名流巨贾，还有不少人在这里金屋藏娇。梅青仰望着那些现在还亮着灯光的窗户，想象着有一天他和起英也能在这样一扇窗户后面热烈地相拥。

二十七

吉阳飞经过了一段不长的代理期后，终于迎来了转正的这一天。对于这次转正，虽然他早就有内部消息。但当正式的任命书握在了他手上的时候，吉阳飞心中的那块石头才真正落了地。

回到家里，吉阳飞将任命手续重新摆在书房的桌上，轻轻地吹去沾在那上面的一小段头发，吉阳飞的心情难以平静，他久久地看着那纸任命，觉得那上面最漂亮的是“吉阳飞”这三个字。

“老天爷，音召法院院长的位子真的是我的了吗？那个像镣铐一样的‘代’字去掉了吗？这是真的吗?”

吉阳飞喃喃自语，嘴唇颤抖着，笑着的脸上淌满了热泪，想起代理期间那种时刻提心吊胆的折磨和煎熬，让他此刻一时无法平静下来。

这也难怪，残酷的现实让吉阳飞深知官场瞬息突变的厉害。

就在木双他们这次的一把手大交流中，市委本来决定八月十四日将公开宣布各自的去向。十三日，无须县法院的一把手土方带着他的助理，秘密地考察了音召县法院。因为此前他通过内线秘密的得知他将交流到音召县法院来。

这是土方梦寐以求的事情，音召比他的无须要好不知多少倍，他在无须几十年，只落得个妻子下岗，小女儿找不到工作。当然，这并不是因为他廉洁，而是因为在无须法院里，干部们的妻子没有工作，子女只能吃闲饭甚至是半边户的情况太多了。

土方早年利用职权安排了初中没毕业的大儿子，就搞得整个无须法院的干警一直怨声载道，眼看在无须有些呆不下去了。因此，一开始对于这次大交流，土方是很高兴的，他高兴终于可以脱离无须了，到了一个新的地方，小女儿的工作说不定就会有着落了。

正在土方觉得命运对他实在不薄的时候，最后不知是哪个环节出了差错，十四日正式宣布的时候，不但音召法院一把手的宝座易了主，无须这个穷法院也另外去了主人。土方则因为一些不明不白的事情被彻底闲置起来了。

可怜土方听到这个结果，竟然当场昏倒，至今还孤零零地住在了无须县的医院里。

正式任命下达的当晚，吉阳飞单独约请了起英。其实，早在代理期里，吉阳飞就请过了方方面面的朋友和关系，他和父母的积蓄也全部投进了这次的博弈里。

起初，吉庆对于儿子的做法很不理解，认为靠金钱和手段，即使争得了什么也是没有多大意义的，一切都应该经过自己的奋斗和努力。

不过，随着儿子带回来的各种消息，以及儿子谋划的事情的顺利进展，直至最后吉阳飞终于当上了音召县法院的院长。吉庆这才终于相信，在现在这个年代，已经不能用过去的那套经验了。

吉阳飞用他的行动告诉吉庆，目前，光靠个人的努力奋斗是连看都没有人要看的。

从此后，吉庆虽然在背地里对现实的官场有诸多的不满，但他对吉阳飞的各种手段和谋划，却再也不冷嘲热讽，再也不给儿子泼冷水了。

吉阳飞将起英带到了县郊一个精致的茶楼里，雅致的包间里播放着《射雕英雄传》里的主题曲，这是起英最喜欢的电影歌曲之一。

“吉老板，这是情人们约会的地方呢！你怎么带我来这样的地方？”

看到吉阳飞一脸的庄重，起英一边开着玩笑，一边很随意地坐了下来。

“你以为我不想追你吗？只是我知道你心里有别人，这才随便地结了婚。不过，我至今还在后悔呢！”

吉阳飞脸上带着笑，语气半真半假的。

“好啦，不要拿我们这些‘剩女’说笑了。”

“剩女”，起英用了一个很时髦的词，她有意岔开话题。

“英子，说真的，你呀，差不多的就找一个算了。”

“吉老板，我对婚姻没有一点信心，不要到时害了别人。哦，对了，你今天找我应该是有正事吧。”

听到起英转移了话题，吉阳飞沉思了一会，然后他告诉起英，因为他是从本院提拔的院长，恐怕有一些老资格的中层干部今后很难配合他的工作，他今天就是来和起英商量对策的。

吉阳飞说完，目不转睛地看着起英，他似乎想要知道起英的心里到底是怎么想的，他到底能不能彻底地掌控起英。

看着眼前变化很大的吉阳飞，起英不由想起陈小春在《鹿鼎记》里主演的韦小宝，面对着已经大权在握的康熙突然嘴脸大变时的惊诧。

起英虽然心中也很惊诧，但她已经不是往日那个率性而为的起英了，她让自己的目光直面吉阳飞，特意显得有些不解，有些迷茫，将她真实的内心世界掩饰得很好。

其实要说整人、除掉异己而又不露痕迹、不留把柄，长期从事人事纪检工作的起英不是没有好的点子。因为早在木双手上，她和全市九个基层法院的政工室主任一起，就曾经专门随中院组织的考察团，去沿海地区的不少法院学习过最好的整人方法——用于单位内部人员身上的“竞争上岗、双向选择”办法。

而且，从那时候起，这一法宝就成了不少内地法院检察工商等部门一把手将前任一把手的人事架构推倒重来，便于他们排除异已，提高个人威信的制胜法宝了。

只是由于当年木双还算厚道，才一直没有在音召县法院用上这个法宝。起英猜想：现在吉阳飞找到她，也许就是冲着自己熟悉“竞争上岗、双向选择”的操作程序吧。

起英虽然洞察了吉阳飞的心机，但她不露声色，只等着吉阳飞说出下文。

“起英，我记得你那年去了沿海的好几个法院，去学什么人事改革，还有‘竞争上岗’什么的，当时的资料你还保存了吗？现在要你进行全程操作还能行吗?”

看到起英只是笑眯眯地望着他，吉阳飞终于忍不住说出了他心里的真实想法。

看到吉阳飞终于摊开了底牌，起英知道，她不能再回避了，她毕竟不想失去吉阳飞的信任。

起英稍微回顾了一下，就简明扼要地给吉阳飞讲解了一下关于竞争上岗双向选择的主要内容，以及主要的操作流程。

“吉老板，竞争上岗的材料，以及我的总结汇报都是现成的，回去以后我都拿给你吧。”

自从吉阳飞成为代理院长后，他最在乎人们对他的称呼，哪怕是以前最亲近的人仍旧叫他“小吉”或“阳飞”的，他都会很不高兴。起英了解吉阳飞，因此，从第一天开始，起英总是叫他吉老板，再也没有像往日一样叫过他“阳飞”。

“材料不要给我，到时由你和政工室的人全程操作就行了。”

“这样也行，那就让郑可配合我一段时间吧。”

“县里新成立法制办向我要人，我准备让郑可去，去了县里以后，郑可才可能有新的发展。你这里缺人的话，别的部门的人由你挑。”

吉阳飞的话，让起英暗自心惊，郑可的调动，分明预示着吉阳飞已经在动手清除异己了。而且，郑可早已过了能够得到提拔的年龄了，现在去县里，也只是换个地方混日子等着退休了，但吉阳飞却把话讲得这样冠冕堂皇。

吉阳飞在代理院长期间人变得特别敏感，特别讲究人与人之间职务地位的三六九等。而郑可却常常不合时宜地在他的面前摆点老资格，甚至开口必提“那时候我和你爷老子”这样的话，由此，吉阳飞越来越讨厌他。现在，一旦甩掉了“代”字，吉阳飞终于对郑可下手了。

“英子，我这几天反复考虑，你虽然已经够辛苦的了，但目前还得为我多分担一点，执行庭是个不能忽视的地方，你要帮我管起来，不能放在其他我不能相信的人手里。”

起英分管着纪检、政工和办公室，现在又要加上一个事情繁杂的执行庭，起英的神情不免有一丝犹豫。

“你抓的一摊子虽然杂，不过有些事我会帮忙的，而且，将来一有合适的人选，我就会尽量减轻你的负担。”

“你知道我不是怕负担，我是怕没抓过执行，到时误事。”

“这一点我倒不担心，只要你有心，什么事都难不倒你的。这一次人事改革就看你的了，有什么事我们及时商量就行。”

回到办公室，起英一边整理材料，一边想着吉阳飞刚才的话。起英知道，以目前他们法院的班子构成情况来看，虽然郑可容易踢开，吴易这个对手却不容易清除。吉阳飞目前除了县委书记时建安插的亲信陈志刚之外，吉阳飞真正能够信任的，也就只有她了。

起英是个野心不大的女人，特别是当女人有了爱情以后。

不过，一想到人事改革中“竞争上岗、双向选择”的那种残酷和惨烈，起英的心里毕竟不是滋味，她在烦恼中拨通了梅青的电话。

“英子，这正好说明了小吉对你的信任啊！你这样的烦恼可不是谁都能有的呢。”

起英只是默默地听着。

“你想想看啊，在你们院里吉阳飞目前还能相信谁啊。而且，信任也好，利用也好，在这种时候，你都只能鼎力相助，不要露出畏难情绪，不然会慢慢失去他对你的信任，英子，你听见了吗？”

“好吧，你别担心了，我会处理好的。”

放下电话，起英心中安定下来，她感到轻松了许多。

吉阳飞可不远如起英轻松，他不知起英到底能不能全力配合，起英虽然有能力，但她又是一个不愿承受太多烦琐和约束的人。

要是起英不愿意尽全力配合的话，那就会破坏自己在音召法院的全盘计划。因此，在没有看到起英的实际行动之前，吉阳飞的心里并不轻松。

起英的全力行动，很快给了吉阳飞决心在音召法院进行人事改革的足够底气。为了以防万一，吉阳飞事先分别找了县委书记时建，人大常委会主任，以及政法委书记，将法院班子内部的分工变动，以及准备在全院进行“竞争上岗、双向选择”的人事改革工作跟他们作了详细通报，以便在实际操作中万一出现了什么纰漏，或有人告状，到时也好有人帮忙救火。

做完这一切之后，吉阳飞采取各个击破的办法，和法院班子成员一个个通气。其余的班子成员都好说，虽然心里并不一定服气，但表面上对吉阳飞都是服从的。

只有吴易，公然对于吉阳飞的改革计划提出了他的不同意见。而且，讲话时吴易虽然一直面露笑容，但话里明显地充满了火药味。

在吴易面前，吉阳飞不得不搬出了他事先就准备好了的县里那三面大旗。吉阳飞不温不火，一团和气地传达了县里三个头头对法院人事改革的意见。吴易知道大势已去，虽然无法再反对，但心里还是气鼓鼓的，对身边的一切充满了怨气。

也不知是哪个环节的保密工作没有做好，就“竞争上岗”这件事法院党组还没有作好充分的准备，也还没有来得及召开全院干警大会，这个消息就迅速在全院干警们中间秘密地传开了。

刚刚见识过一把手大交流人事改革中的残酷争斗与无情倾轧，顷刻间人事改革又轮到了自己。中层骨干们窃窃私语、人心惶惶，不知自己将是什么下场。也有几个一般干部则喜形于色，认为终于有了和自己的顶头上司们一较高下的机会了。

一般干部大都听说这次的竞争上岗、双向选择，为了让个别人下岗，党组竟然刻意少设了三个工作岗位，这让不少人变得莫名地紧张。

因为既然少设了三个岗位，那就意味着不管怎么样都会有三个在职的一般干部要落岗，说不定从此被高高挂起，甚至还会因此失去工作。有几个平日里吊儿郎当错漏百出的干警，纷纷谋划着怎么送礼，怎么活动，企图用钱财和关系能让他们逢凶化吉。

几个实在太老实的，虽然知道在与庭长的双向选择中需要有较好的人缘，但他们生来就这样，平日里只知道老老实实地做事，老老实实地做人，也不知自己有没有这份人缘，更不知凭借着一份老实，敌不敌得过有些人的关系和金钱。

这段时间里真正安稳的，只有音召法院的领导班子成员们。因为竞争上岗的魅力之一，就是每个竞争上岗单位的领导班子总是稳坐钓鱼船，不但不用参加竞争，而且还是充分体现他们权力的时候。

他们可以高高在上地看着那些平日里尊敬或不太尊敬他们的干警们，互相竞争、互相排挤、互相撕咬或互相拉拢。

当然，即使是班子成员，也有觉得不舒服的。由于班子的主管工作重新调整后，副职里起英就成了明显的强者，而吴易则正在走下坡路。

这一次，吉阳飞将音召法院人事制度改革的大权全部放在起英的手上，这更让吴易感到受到了冷落和排挤。吴易几次借酒浇愁后，他除了越来越觉得怀才不遇之外，竟然没有想出一点挽救败局的办法。

将班子的主管分工重新排定之后，吉阳飞和起英商量，他们决定：从办公室、法警队，到各庭室，现有的二十四个中层正副职位全部推倒，重新拿出来由全院干警进行竞争，优胜劣汰，最终以得分高低论英雄。

竞争的步骤分为大会动员、参与竞争人员报名，进行竟职演说，群众打分、党组打分，最后按综合得分，从高分到低分排列来安排竞岗人员的实际岗位。

这种改革一旦中层骨干竞岗成功，最后一步是庭室一把手与选择了本庭室的一般干部之间的双向选择了。

基本的大方针确定之后，起英又修正了一点，那就是要求干警在报名及演说的时候，就得明确自己想竞争的是哪一个具体的职位，以便群众根据他的实际能力予以打分。

吉阳飞同意了起英的意见。他也补充了两点，一点是党组打分和群众打分的所占比例，他觉得应该各占百分之五十，另外，他要起英格外留意办公室主任的报名人选。

起英虽然觉得党组打分所占比例太重，但想起有些法院在这样的竞争中，竟将班子的打分占到了总计分的百分之六十，因此，她对于这个问题没有多说。

至于办公室主任的人选，还是在郑可走后，吉阳飞没有与任何人商量，就立即宣布：以后的任何一届法院办公室主任均不再进入法院党组，只享受一般庭室主要负责人的待遇。

起英认为，这样一来吉阳飞要安排他自己的人选，也不会有太多的人反对。

吉阳飞和起英第一次的秘密合作，默契而高效，让吉阳飞觉得有了起英这个助手，他工作起来必定会越来越得心应手。

“英子，参加竞岗的人的最后得分公不公开张榜要看事情发展得怎样才能最后来定，现在没必要给我们自己设置框框。”

“吉老板，具体操作由我，掌握全盘就由你吧，所有的结果最后由你掌握就行。如果我又操作，最后结果也由我掌握的话，显得不公平，容易让人猜疑。”

吉阳飞的话很明白，如果事态顺着吉阳飞的意思发展，为了显示公平，每个竞岗者的最后得分可以公布，不然，每个人的得分就只能是吉阳飞和起英掌握的秘密了。洞悉了吉阳飞的真实意图，起英干脆将全部决定权推给了吉阳飞。

“好吧，这样也好，反正是第一次，既没经验，也没固定的条条框框，这一次体现了法院党组的绝对权威，有利于今后的管理。同时，又能避免号令不统一或搞绝对的平均主义。”

起英认真地点着头，她知道，现在的中层骨干一般都是从书记员、审判员的位子上干出来的，在基层法院这样的审判一线，再怎么有背景的花瓶，也只能摆在几个很少的行政部门吃吃闲饭而已，绝对是当不了一线中层骨干的。

近年来，法院并没有引进新的人才，因此任凭吉阳飞怎么折腾，法院工作想要正常进行的话，绝大多数中层骨干最后都是会要留用的。

起英猜测，吉阳飞之所以不惜花费人力物力，突然想在法院里大搞竞争上岗的把戏，不过意在搞掉几个老的和一两个不太听话的中层骨干。还有最关键的一点，资历尚浅的吉阳飞急于在中层骨干里树立起他的绝对权威。

全院干警的动员大会，只用了不到九十分钟。

吉阳飞亲自主持会议。首先由起英介绍了“竞争上岗、双向选择”的目的、流程和意义。起英注意到，在她报出那些可以竞争的职位时，原来在这些职位上的中层骨干们，普遍的神情都很失落。

吉阳飞最后的讲话，很有一个领导的力道，他反复强调了这次人事改革活动中的民主、公正和公平的原则，同时，也指出了法院领导班子不可忽视的权力。

动员大会一结束就进入了报名的程序，不到半天时间，二十四个正副职位，有五十来个人报名参与竞争。

竞职演说如火如荼地进行，虽然第一轮演说的时候就有四个干警退出了竞争，但仍然有将近五十个人要进行演讲，即使是限制了演说的时间，但有些人说到兴奋处，不免就忘记了时间。

虽然群众的打分动作很快，但还是搞了一个整天才将正职的竞岗演说和群众计分工作搞完。副职的竞争演说和打分，只能在第二天继续进行。

就在干警们竞职演说的当晚，起英接待了好几拨同事。连李力也给起英送来了一套价值几千元的进口化妆品。

“起老板，这是别人买给我妈妈的，老太太怎么用得上呢，我给你带来了，看你喜不喜欢。”

李力看着起英的桌子上还放着一个来不及收起的精致首饰盒，他讲话显得底气不足。

“李庭长，你也跟我这样见外吗？你看看大家放在我这里的东西，我今后该怎么去面对大家呢？”

起英一边说，一边从桌子底下拖出了很多礼品。

近年来，起英也在慢慢地变化，她越来越习惯于利用她的权力将一些日常生活用品费用到公家的账上去进行报销。但面对法院干警内部动辄几千上万的金钱或礼物，她还是不免有点惶恐。

“起老板，并不是每一份给你的礼物都是有目的，多半也是你的人缘好，起码，该愧疚的不是你。”

李力一边接过起英作为回馈递给他的几条高档烟，一边觉得起英并没把他当外人。

到了后来，几个老庭长也开始搞这一套，害得起英寝食难安，最后还是起英想了个办法，由她掏钱邀请几个老中层骨干到农家乐去玩了一回。

看到起英掏钱请了他们，几个老庭长非常惶恐，觉得起英是因为不想帮他们的忙，才特意这样来敷衍他们的。

竞职演说与群众打分结束以后，吉阳飞将起英单独叫到了他的办公室里。两人关起门来，花了好几个小时才将每个演说者的分数统计出来。起英又花了将近半个小时，才将得分的前后顺序排列出来。

统计的结果出来后，起英也不用细看，当即就交给了吉阳飞。整个过程中，当着吉阳飞的面，起英连复印件也没有留下一份。其实，起英趁吉阳飞不注意，将那沓最原始的投票数据放进了她的衣袋里。

起英下班后回到宿舍，她拿出了那沓群众计分投票的原始材料。不到两个小时，起英手里就有了一份与吉阳飞手里完全相同的计分名册顺序表。

起英觉得即使整个竞争上岗真的全盘由吉阳飞操控，自己也一定要掌握真正的内幕，不能完全被吉阳飞蒙在鼓里，不能糊里糊涂地承担可能产生的责任和后果。

起英拿着统分表仔细一看，不知什么原因，几个吉阳飞想要提拔的人，群众给的评分明显很低。在群众打分的排名里，他们的排名几乎都在倒数十名以内。反而是吴易的一个死党乔伊，得分排在第二名。

起英一边将排名表锁进书桌的一个抽屉里，一边打定主意决不让手里的名册外露，更不能让吉阳飞知道。

吉阳飞对群众评分的排名表册琢磨了几天之后，竞争上岗中最重要的程序终于开始了，法院党组会上，几个党组成员给每一个参加竞职演说的干警进行评分。

为了避嫌，党组成员们没有像平常那样坐在一起，他们都有意间隔着座位。好在党组会议室的位子本来就多，几个人坐得错落有致，互不干扰。

吉阳飞对着表格胸有成竹，下笔有重有轻，他的目光谁也不看，只是紧紧地盯着那份表格。吴易则时而若有所思，时而犹疑不定，最后他选择性的在几个名字后面率先下了笔。吴易给他选中的几个名字打完分后，神情明显地轻松了很多。

其他几个和起英一样，斟酌着，衡量着，生怕因为自己的偏颇影响了这次改革的公正，挫伤了干警的进取心。

“起英，散会后由你和吴院长一起统计一下党组给每个竞岗者的得分，然后将表交给我就行了。”

几个成员的不记名投票由起英收拢后，吉阳飞向起英和吴易交代了统计得分的任务。

其余的人离开后，起英和吴易单独留在会议室里，用了不到一个小时，两人就将成员们给每个竞岗者的评分统计出来了。

想起吉阳飞走出会议室时留给她的眼神，起英并没有将统分表格按得分高低排名，而是当着吴易的面销毁了她和吴易用来统计评分的一些资料，然后由她和吴易一同将没有排列顺序的统计结果交给了吉阳飞。

就在即将走出党组会议室的时候，吴易拿着那份统计表仔细地看着，脸上露出了一丝不易察觉的焦虑。

起英知道，吴易一定在拼命地想记住他那几个死党的得分名次。看到吴易只能用这样笨的办法，起英暗自笑了。

其实，起英早已留下了几个党组成员原始评分的统计底稿，只是吴易以他男子汉的粗心，刚才一点也没有注意到。

回到宿舍里，起英将群众评分与党组评分一一相加，吴易的死党乔伊名列第五。而吉阳飞准备这次要提拔的几个人的得分排名都落到了三十名前后，那个吉阳飞准备要让他接替郑可办公室主任的柏青，得分排名也到了第二十八名。

起英有点替吉阳飞担心，她知道，这次人事改革吉阳飞要是不玩阴谋的话，他排除异已，安置自己人的如意算盘就要落空了。因为即使是得分排名在二十名以下的，最前面的四个就算当选，那也与正职无缘了。得分在二十四名以后的，连就任副职的机会也渺茫了。

当晚，正当起英还在为吉阳飞担心的时候，吉阳飞第一次来到了起英的宿舍，拉了几句家常后，吉阳飞拿出了一份由他亲自打印的竞争上岗人员综合得分表。

“起英，你得帮我确认一下这份名册最后得分的先后顺序排列准不准确，如果你的确认和我的计算没有差错，你就复印几分，明天晚上的党组会上就由你每人分发一份。在分发之前，每个人的得分一定要绝对保密，以免引起混乱。”

吉阳飞成了院长之后，每当他要强调自己的主张，或者他做出了不容别人质疑的决定的时候，他就会叫着对方的全名。现在就是这样，吉阳飞扬着手里的资料，虽然满脸微笑，但看着起英的目光是坚定而冷冷的。

“你统计的肯定不会有错，我去复印几份，明晚分发一下就行了。”

起英一边给吉阳飞倒上茶水，一边微笑着答应，她轻轻地接过了吉阳飞手上的东西，慎重地放进了书桌的抽屉里。

吉阳飞离开后，起英拿出了那份竞岗人员得分的表册，她从头至尾浏览了一下，顿时有点傻眼了。吉阳飞交给她的计分表显示，吴易几个死党的得分都排到了后面，得分最靠前的乔伊竟然被挪到了第二十六名。

吉阳飞的两个人总分都进入了前九名，其中柏青竟然排列在第五名，另外三个也被提到了前二十名。

起英突然觉得那些被调整了的名字与数据在她的眼前闪啊闪的，仿佛在质问：起英，你们就是这样公正和公平的吗？这就是你们讲的民主吗？

起英的心中不免一阵慌乱，她想不到吉阳飞竟然在自己的眼皮底下做了这样一番手脚，还想要用确认这一招，让她糊里糊涂地跟他做同谋。

起英的脑子飞速运转：如果我不同意吉阳飞的计分表，还能拿出偷偷藏起来的，体现了真实情况的计分表吗？即使有勇气真拿出来，原始资料都销毁了，那又究竟是谁的算有效统计呢？如果都无效的话，音召县法院不就会乱套吗？

而且，那样一来，我还能在音召法院混吗？还能在江湖上立足吗？

要给梅青打电话吗？这样的难题还是不要丢给他。起英的心里一时很难平静，很晚了她还坐在窗前对着那套资料发呆。

第二天晚上，党组会议如期召开，起英平静地给每个党组成员分发着那份吉阳飞交给她的竞争人员得分表。

“这份表可是我们起副院长一再核对过了，绝对不会有什么差错的。”

每个成员手上都有了一份相同的表以后，吉阳飞一边打开他那个很大的笔记本，一边表情严肃地赞扬着起英。

大家对起英是信任的，吉阳飞也正是利用了这一点。

听了吉阳飞的赞扬，起英的脸突然有一点红，她掩饰地笑着，不想让大家察觉她此刻真正的心情。

只有吴易看完计分表后随手把它丢在桌上，默默地用猜疑的眼神轮番地看着吉阳飞和起英。他似乎几次想要提出疑问，但又苦于没有任何依据。眼看自己一败涂地，吴易感到势单力薄已经毫无还手之力，他焦躁异常，眼睛里突然冒出了几根粉色的血丝。

接下来的党组会上，大家很快顺利地参照竞岗人员的得分高低，以及本人所竞争的部门，将二十四个正副职位进行了比较合理的安排，柏青顺利地当上了办公室主任，整个过程显得公平公正而又民主。

当人员安排到最后时，吉阳飞突然提议，将排名第二十三位的一个年龄偏大的干部从他的副职位子上拉下来，由排名第二十八位的乔伊顶了上去。

对于一把手吉阳飞提出的这点小变动，既然不关系到其他任何一个班子成员的切身利益，因此，大家都没有意见，吴易也不置可否，事情就这样定下来了。

至于接下来中层干部与一般干部之间的双向选择，也就不是吉阳飞们要直接操心的事情了。

散会后，起英回到她的办公室想要放下记录本和那些竞争上岗的材料。吴易黑着脸紧跟着起英走进了她的办公室。

“起院长，你确实没有统错乔伊的总分吗？我怎么觉得他的排名不应该那么靠后呢？”

吴易随手将身后的门关上，紧紧盯着起英的眼睛，单刀直入地提出了他的疑问。

乔伊的总分？起英心里一个咯噔，她没想到吴易会这样问得直截了当，让她毫无思想准备。起英慢慢地拉开办公桌的抽屉，将记录本放了进去，她再转身看着吴易的时候，心里已经镇定下来了

起英坦然地看着吴易，到了这个时候，起英决定放手一搏了，她一边回忆着一边说。

“吴老板，应该不会出错，你看，群众评分是我和吉老板一起统计的。而党组的评分，我可是和你一起统计的呢。”

“除了最后这份统分表，其余又没留什么底子。”

吴易心有不甘，他的语气里充满怀疑。

“我觉得这是第一次搞人事改革，我们都没有经验，下次应该要留底子，原始材料都要留下来以备待查。”

起英一本正经地说完，吴易不再答话，默然走出了起英的办公室。

过了一会，起英走出办公室准备回家，在门口正碰上了吉阳飞。

“英子，吴易没有干什么吧，你不要紧吧。”

只有吉阳飞才知道吴易的可怕。因此，他刚才一直关注着起英办公室的动静，他真心地担心起英的安危。

听到吉阳飞毫无做作地紧张自己，起英知道是因为吉阳飞在这次人事改革中心里有病。起英的眼神里有一丝怜悯，她觉得吉阳飞虽然这几年变得厉害，不过对自己还不错。

“没什么，我们本来就没有什么地方对不住他。”

起英故意这样说给吉阳飞听，很好地掩饰了她心里的秘密。

轮到竞争上岗的最后一个环节——双向选择的时候，庭室领导的好处显示出来了。他们利用权力，树立各自的势力，大搞小帮派，不合自己意的干警，能力再强也不要他。

名为双向选择，其实，除了几个最特殊的一般干部，绝大多数一般干部并没有选择的权力。他们都得求爷爷告奶奶的，求着那些中层领导们能够收留自己，搞得不少人从此变得唯唯诺诺的。

当然，还有一些聪明人，当初在那些竞岗者第一轮竞争庭室一把手的时候，他们用自己手里的选票就做成了日后的交易。虽然他们选中的人也有落选的风险，但这些都是私下交易，一般不会有第二个人知道。因此，不会影响他们日后选择投靠别的庭室一把手。

最后，因为法院党组故意少设了三个岗位，双向选择完结的时候，有三个最老实，最没有背景，最不会拉关系的男性干警落了岗。

而且，院党组宣布：这三个人如果三个月后还没有庭室肯接收，就得另谋职业。三个人这才慌了神，有两个大男人甚至在起英的面前痛哭失声。

好在领导们也只是为了杀鸡儆猴，三个月快要期满的时候，杀鸡儆猴的目的已经达到，领导们这才出面，总算让几个庭室接收了他们。

二十八

梅青与蒋虹认了姐弟以后，虽然见面次数并不多，但两人的电话联系不少。特别是蒋虹，竟主动提出要梅青早早谋划下一届中院院长。

“老弟，以你这样的人才，即使给你个中院院长也是屈才。你有什么不敢想的？你别忘了，除了你的才能，你的背后还有我和你姐夫呢！”

有一次，看到梅青在她面前一直很低调，蒋虹竟然忍不住这样说他。

梅青知道，蒋虹可不是说着玩的，圈内的人都知道她的能量。而且，她在丈夫秦尚面前一贯是说一不二的。

不过，梅青虽然和蒋虹结交得有模有样了，但和秦尚，则一次也没单独联系过。虽然有几次利用梅青到高院开会的机会，蒋虹为了要拉近梅青与秦尚的关系，故意要秦尚给梅青捎过几回东西。秦尚虽然每次都替妻子办好了事，但他还是没让梅青和他的关系再进一步。

秦尚每次完成蒋虹交给的任务时，在梅青面前也总是一副公事公办的样子，完全不苟言笑，更没有多余的话说。

梅青知道，秦尚和他一样，是个很谨慎的人。谨慎得让人几乎找不到弱点，对他没有蛮多利用价值的人，是根本无法接近他的。

好在皇天不负有心人，就在和蒋虹结识以后一次很偶然的机会里，梅青终于发现，表面冷峻，不苟言笑的秦尚，竟然在天华宾馆里养了一个千娇百媚的二十多岁小情人。

秦尚的小情人康晓青二十多岁，是天华宾馆的大堂经理。虽然年纪轻轻的，可气质和阅历让她显得与众不同，对秦尚这种喜欢独特而非常谨慎，且已经五十多岁的男人极具吸引力。

秦尚虽然出了名的怕老婆，不过据说只要康晓青召唤，不管他在哪里，也不管是什么时候，秦尚都会尽一切可能满足康晓青的要求，或者及时赶到康晓青指定的任何地方。

偶尔发现这个秘密的时候，梅青非常高兴，他虽然暂时还不会卑鄙到利用秦尚的这个弱点，但他总算知道了一个真像——那就是只要你是人，就会有弱点。而有弱点的人，就总是能被人利用的。

梅青一直将这个秘密藏在心里，准备一旦需要的时候，再拿出来用用。

虽然秦尚对梅青一直怀着戒心，但蒋虹对梅青可是极其用心。她先是在秦尚的面前不断的提到梅青，以增强秦尚对梅青的印象。然后在秦尚每次提到有关的人员提拔时，她都会格外的为梅青留神。

就在梅青所在中院的领导班子即将要改朝换代的前夕，一天深夜，刚刚偷听完秦尚电话的蒋虹，悄悄地拨通了梅青的电话。

深夜里突然接到蒋虹的电话，梅青的心里暗暗吃惊，不知道究竟发生了什么事，因为蒋虹是从来不在晚上十二点以后打电话给他的。

“老弟，你现在听好姐的话，过几天秦尚会参加一个赴欧洲的考察团，我不会给他准备很多钱，你暗地里去帮他准备一些欧元吧，这次可是你的一个机会，把握好吧，别的姐也不多说了。”

蒋虹的口气温柔而体贴，梅青不由得有些感动。

梅青得到这个消息又喜又忧，喜的是终于有了套住秦尚的机会。忧的是时间太紧，他手上并没有多余的现钱，至于他秘密放在一个银行保险柜里的那几笔钱，不到生死关头，他并不想去动用。

梅青的老婆比较厉害，她控制梅青的法宝，就是像不少想要死死抓住老公的女人一样，紧紧地抓住了梅青的经济命脉。梅青手里剩下的，除了零用钱，就是一些暂时见不得光，并且需要瞒住任何人的钱物了。

起英虽然愿意帮忙，但梅青决不会想到要用起英的钱。虽然还有不少人愿意随时给梅青提供帮助，但这样的事，梅青又绝对不能去公然找别人商量。

思来想去的，梅青突然想到了叶乾。自从和蒋虹相识不久，梅青就帮叶乾在市里搞了一个律师事务所，叶乾暗地里给了蒋虹和梅青一些股份。只是因为梅青不肯明着接受，叶乾一直想要给梅青立个账号，虽然不能明着让他立账号，暂时用一点还是可以的吧。梅青决定就找叶乾。

自从结交了梅青以后，叶乾感到真的是吉星高照。不但到手的案件动辄几百几千万的标的。而且，这样的大案子办起来比以前那些小案子不知容易了多少倍。更重要的是，手里有了这些大案源，千方百计想要完成每年诉讼费任务的大小法官们，对他简直敬若神明。

钱是赚了，不过，也还是有让叶乾觉得没有办法的事情，那就是他想要分给梅青一部分钱，梅青则总是说：“不急，不急。”这让叶乾觉得不放心，他觉得这是梅青至今防备着他。

而且，梅青还一再与他约定，不经梅青许可，不能接近他的家人，哪怕是借着小孩上学，家人生日之类的事也不行。

叶乾当时以为，梅青给他定出那么多条规矩，也不过是像有些人一样，搞一点官样的假文章，好为日后的东窗事发做狡辩的准备。

谁知叶乾答应了梅青的这些条件之后，梅青还真要他一一照办，连梅青的孩子小学升初中，叶乾想送一部小单车也不行。

这一次，还没等梅青去找叶乾商量，叶乾就从蒋虹那里知道了梅青打算给秦尚送礼的消息。叶乾终于有了与梅青走得更近的机会，他有些欣喜若狂。

蒋虹当然知道梅青和叶乾的关系，她从叶乾的事务所里也分到了一份钱，因此，她故意向叶乾泄露了这个消息。蒋虹认为，这样一来，她总算助了梅青一臂之力。

到底怎么样和梅青提到钱的事呢？叶乾又遇到了难题。正在叶乾想不出办法的时候，竟然接到了梅青的电话。

梅青告诉叶乾，秦尚将赴欧洲考察，他想向叶乾借五万元人民币兑换成欧元，用于给秦尚送礼。

叶乾在电话里什么话也不敢多说，只问梅青要他将钱送到哪里。

放下电话，梅青突然想起起英劝告他不要与叶乾深交的话，心中不免有些忐忑。如果这次又收下叶乾送来的钱，梅青都不敢去想，今后在叶乾面前，应该怎么样去面对。

不过，有一点还是能够给予梅青一些安慰，那就是梅青觉得，像秦尚这样懂法稳重而又狡猾的人，即使全国的贪官倒了一大半，那也轮不到他，与他交往是绝对安全的。

叶乾接完梅青的电话，马不停蹄，只用几个小时就办妥了事情。

当晚，当他坐进梅青车里的时候，他的身上既带着一十五万元人民币现金，同时又准备了用十五万人民币兑换来的欧元。

那一包人民币显得厚实，但形迹太显。欧元则远没有那沓人民币显眼，显得轻便，特别便于人们携带，数字听起来也没有那么吓人。

当初，叶乾听到梅青向他借五万元人民币，而且是用来送自己的舅舅。他就明白，梅青的官虽然当得不大不小，手中的权力也可大可小的。不过，他暂时还肯定没有送过别人满多的钱。

不然梅青就会明白，像秦尚这样的人，你要么什么也不送，要么就要送得他心动。让他不至于舍得拒收，或者收下后，为了表示他的拒贿能力，而将那种小数额的钱物交给纪检，反而让自己和他结下仇怨。

因此，叶乾在为梅青准备钱的时候，他就擅自在梅青要求的数额上翻了几倍。

看到梅青这次见到他，也许是因为夹杂着钱的事，显得有些不自然，甚至显得有些尴尬。聪明的叶乾并不看梅青的脸，只是掏出了那一沓十五万元的人民币，小心翼翼地放在梅青的面前。

“梅院长，这里是十五万人民币，不知够不够。”

见到比自己提出的数目超出了几倍的钱，梅青转脸望着叶乾。

“梅老板，我认为给我舅舅这样的人送礼，一定不能送得太少，那样反而会得罪他。要送的话，怎么也不能少于这个数了。”

叶乾轻轻地用手拍着那一沓钱

梅青沉吟了一会，他记得起英的话，他也不想在钱上摔跤，但五万元送秦尚又确实少了一点，而且是拿外甥的钱送亲娘舅，应该不会惹什么麻烦吧。不过，十五万现金，那么厚的一沓，第一次出手，到底还是显得太多了一些。

“这样一大捆，拿进拿出的，是否太显眼？最好是兑换成欧元。”

梅青的口气像是在和叶乾商量。

叶乾也不答话，只是又立刻从包里拿出了那包一万多元的欧元，同样值十五万元人民币，但显得薄薄的，很轻便。

“这样好多了，一下子从十五万元变成一万多，数字总算没那么吓人了。”

梅青接过欧元，放在手上掂了掂，他不由得笑了。

叶乾离开梅青后，心里有些不是滋味。这么些年来，除了梅青，他还几乎没有见过在自己的权利范围里能够捞钱而不大捞特捞的人。因为最清楚法院系统谁真正廉洁，谁真的贪婪的，要属叶乾这样从底层干起，最终莫名发达的律师们了。

“现在到底是怎么搞的？即使像梅青这样的人，不送礼也是不行了。”

叶乾自言自语着，轻轻地叹息了一声。

怀里突然揣着一笔贿赂款的梅青，心里有些惴惴的。对于一个精通法律的人来说，他知道，如果不出任何事，这十五万元钱的付出，将让自己离想要达到的目标又近了一步。

但是，一旦出事，这十五万元钱就足以摧毁他现有的一切，甚至还会带来一场牢狱之灾，从此将自己打入社会的另册。

就当为了起英吧，不，不能让起英担当这样虚拟的罪名，哪怕只是这样想一下也不行，这只是我为了自己的欲望而进行的一次博弈，一项冒险，梅青的思绪很纷乱。

梅青开始控制自己的情绪，他知道，拿到钱是一回事，怎么样艺术性地送出这笔钱，又是另一回事了。

梅青在以往审理贪污受贿案件时知道，受贿的人最担心的，往往是怕行贿的人会暗中留下什么证据，日后对自己不利。

这笔钱虽然叶乾和蒋虹都知道，但不知内情的秦尚，肯定想瞒着他们。所以，不能送去秦尚的家里。难道约秦尚出来吗？这样做显得突然，而且还找不到借口。梅青最后觉得，最好的办法，是将这笔钱悄悄地送到秦尚的办公室去。

因为工作的关系，梅青进出秦尚的办公室也属自然。另外，是在秦尚的办公室里，外人不容易做手脚，秦尚也好放心收下这笔钱。

在离秦尚出国的时间只差两天的时候，梅青以请示一个案件为由，在秦尚的办公室里，单独地拜见了秦尚。

此时的秦尚，正在为他能够出国，而手里一时又缺少足够的现钱，无法给小情人康晓青买来她想要的礼物发愁。以往，秦尚只要一想起小情人，心情就会变得很好。不过，现在他正在为给小情人买礼物的钱而烦恼。

蒋虹是出了名的厉害，正常的收入，秦尚一分也不能染指，而平日里别人背着蒋虹孝敬他的那些东西，又早就进了康晓青的荷包里。

一个像秦尚这样的痴情男人，去一次欧洲，能够只给小情人买回一些小玩意吗？而像样一点的东西，据说动辄几万几十万的。

可怜秦尚平日里在蒋虹的面前连个私房钱也不敢留，以至到如今才感到这样的窘迫。因此，秦尚即使看到梅青走进来，也因为心情不好，只是朝梅青点了点头。

“秦老板，去欧洲考察的事快了吧，那边值得考察的东西太多了，你可不要太辛苦了啊。”

善于察言观色的梅青，看到秦尚的眉头紧锁，一副很不爽的样子，他试探性地和秦尚聊起了他即将成行的欧洲之行。

“欧洲那地方辛苦倒谈不上，只是那是一个烧钱的地方，要有足够的钱才好玩呢。”

听到秦尚这样说，梅青知道秦尚已经入了他的套。

梅青从身上很随意地掏出了那个装着欧元的信封，他一边缓缓地说着话，一边将那个信封慢慢地推向秦尚的面前。

“秦老板，我这里有一点朋友以前给我的欧元，一直也没什么机会用，你拿去看这次能不能派点用场。”

梅青的语气随意而谦卑。

秦尚看着那个信封，信封不薄，应该有一些钱。再看梅青，梅青是一脸的诚恳，甚至在他面前有点诚惶诚恐的。

秦尚眯着眼睛，牙齿轻轻地咬着上唇，将右手的食指在那个信封上轻轻地戳着，他在估摸信封里钱的实际厚度。

“梅青，我们都是搞法律的，这样不太好吧？”

秦尚的眼睛始终没有离开那个信封，说话的口气像在和梅青打商量。

“秦老板，这些欧元在我手里很久了，我也确实没有要用欧元的地方。”

秦尚的脸上终于绽开了一丝发自内心的笑，他一边收下那个信封，一边意味深长地对梅青说：“那就下不为例吧。”

看到自己很顺利，很体面地送出了那笔钱，看到秦尚收下钱后对他露出的那种意味深长的笑，梅青的心里乐开了花。

看到秦尚不好意思当着他的面收好那个信封，梅青知趣地离开了。

来到高院办公楼的楼下，梅青回头望着那栋几十层高的建筑，心中豪气干云。砸下重金结交了秦尚，梅青不免在心中给自己订出了比一个中院院长更高的奋斗目标。他双手紧紧地握着，似乎中院院长的宝座正在向他招手。而且，越过那个宝座，后面还有更高的目标在微笑着等待他。

梅青走远之后，秦尚将办公室的门锁上，拿出梅青给的那个信封，他小心地打开来，一沓欧元散落在桌上。在蒋虹的手上，秦尚曾多次见识过欧元。现在自己的手上也终于有了这些欧元，一想到将来康晓青收到贵重礼物时的娇媚模样，秦尚就忍不住偷偷地笑了。一想起康晓青，秦尚浑身都是酥酥的。

秦尚暂时收起心中的杂念，开始清点梅青送来的欧元。他清点完后稍微一换算，梅青竟然给他送来了十五万元左右的人民币。在我这里都是这样的大手笔，蒋虹不知得了梅青多少好处。这个念头让秦尚不由得想起妻子蒋虹这段时间里为了梅青对他的旁敲侧击。

这一段时间里，已经有不少领导向他推荐过梅青，即使他提名梅青当下一届中院院长，要说也应该只是一个顺水人情。想到这些，秦尚面对梅青送来的钱心安理得起来，他小心地将钱收入他办公桌后面的一个暗格里。

秦尚回家的时候，显得很轻松，他若无其事地迎着前来给他开门的蒋虹，给了妻子一个很温柔的笑脸。

蒋虹在秦尚面前有时虽然任性而刁蛮，但蒋虹不刁蛮的时候，很温柔体贴，善解人意。反正，蒋虹在掌控男人方面，是个专家级的女人。她知道在男人面前什么时候可以任性，什么时候可以刁蛮，什么时候只能温柔，只能撒娇，什么时候需要一些体贴和奉承，又在什么时候需要一点权威。

“汉汉。”

秦尚的小名叫小汉，因此，“汉汉”是蒋虹在只有他们夫妻时对秦尚的爱称。

“难得你这次去欧洲，我特地帮你准备了一点欧元，你就稍微多带一点钱去吧。”

蒋虹撒娇地将手搭在秦尚的肩上，目不转睛地看着秦尚，她有意试探秦尚，希望他能和自己提到梅青送钱的事情。

“一个是那里不一定有什么东西买。再说，即使要买，同行的人里有几个很有钱的大老板，到那里再想办法也不迟，你就不要为我操心了。”

在蒋虹面前，秦尚只是稍微犹豫了一下就隐瞒了梅青送钱的事情，撒起谎来脸都不红。

知道秦尚有意要隐瞒梅青送的那笔钱，蒋虹也不再说话了，她撇下秦尚，回到客厅的沙发上。蒋虹的眼睛有些红，心里突然空落落的，蒋虹觉得她面前的这个男人，显得越来越陌生。

蒋虹看着秦尚独自进了书房，她坐在沙发上心酸得不行。四十岁以后，蒋虹就经常会想很多以前从来不想的东西。最让蒋虹遗憾的，是她从来就没有轰轰烈烈，刻骨铭心，舍生忘死地爱过一场。先是为了秦尚的仕途，后来是为了儿子的成长，她隐藏和不断埋葬着她的爱和激情。

谁知现在青春不再，半老徐娘的时候，秦尚却变了。变化最大的一点，是那些夫妻间的事情，秦尚还正当年，就完全失去了和她的鱼水之欢。蒋虹知道，丈夫一定是在外面有了别的女人。这让蒋虹既痛苦又害怕。

见多识广的蒋虹知道，不少贪官的倒台，总是因为某个情人的揭发。蒋虹只得祈祷，即使秦尚真有情人，也千万要找一个有良心的女人才好。

不过，还是让蒋虹没有想到的是秦尚竟敢在她面前隐瞒那样一大笔钱。那么，他以前到底又隐瞒了一些什么呢？更大的疑问在蒋虹的心中郁积。

“没错，夫妻真的只是同林鸟啊！”

蒋虹看着那张紧闭的书房门喃喃自语、潸然泪下，她的心中突然很想念梅青。

二十九

秦尚出国回来的时候，以要到最高法院有事为由，单独在北京留了下来。这个计划是他在出国前就和康晓青商定好了的。

秦尚出国前的那一晚，在康晓青的床上呆到将近十二点，虽然极度疲劳，但为了不让蒋虹怀疑，秦尚还是准备离开康晓青回到家里。

浑身一丝不挂的康晓青，紧紧地黏在秦尚的身上，一口一个“小亲亲”地喊着，就是不想让秦尚回到他老婆的身边。康晓青是个典型的风尘女子，那种风尘女人的别样滋味，不是良家妇女的蒋虹可比的。

秦尚也一直舍不得离开，他一次次搂抱着康晓青，最后答应，等他回国的时候，单独陪康晓青在北京好好地乐上几天。

只为了秦尚的这个承诺，康晓青当即又让秦尚欲仙欲死了好半天。

秦尚就要回国的时候，康晓青早早地在他们约定的宾馆开好了房间。人家说小别胜新婚，对于偷情的秦尚和康晓青来说，这样的分别，这样的相聚，在这无人干预的地方，他们简直觉得体味到了天堂的滋味。

一进他们住的宾馆，康晓青就让秦尚好好体验了一回从国外带来的药物的巨大效应，秦尚甚至觉得，自己在五十多岁的年纪，终于才真正展露了一个男人的雄风。

在北京的那些日子里，秦尚和康晓青就像两只春情荡漾的动物，依靠着秦尚从国外带来的那些春药，躲在宾馆里吃了睡，睡累了再吃。

特别是秦尚，几乎变成了一个贪欢的少年，他一刻也不愿放开康晓青，似乎完全忘记了他的年龄、身份和家庭。即使偶尔不得已要外出，两人也是乔装打扮，匆匆来去，恐怕就是蒋虹和他们擦肩而过，也不一定能认出他们。

秦尚和康晓青，虽然每年都会找机会偷偷地外出寻欢，但每次都不过是三天两天，即使是他们的第一次，也只有短短的四天时间。

因此，他们每一次在一起，秦尚都会特别的珍惜，哪怕是一分一秒，也舍不得与康晓青分离。走在街上，秦尚面对那些男人们投在康晓青身上的热辣辣目光，心里都会酸溜溜的痛。

康晓青越来越充满活力，皱纹却爬上了秦尚的额头，特别是腹部日渐松弛的肚皮，让他每次和康晓青亲热时都不敢开灯。这经常让秦尚有种无法抑制的紧迫感和危机感。

康晓青却最喜欢白天亲热，这让秦尚更加无法掩饰自己躯体的日渐衰老，因为再怎么遮掩，也会时不时露出各种老态来。这样的情景，有时甚至会影响到秦尚在枕席间的表现。

好在康晓青还算善解人意，每次看到秦尚激情澎湃，想宽衣解带的时候，她就会含情脉脉地主动熄灭房间里所有的灯光。要是在大白天里，她也会撒娇一样地拉上房子里所有的窗帘，尽量让秦尚感到舒适、自然。

这一次，秦尚往往在激情之后难以成眠，每当他抚摸着康晓青珠圆玉润的酮体，他就想象着自己回到了少年，可以每天激情拥有康晓青，不要像现在这样，经常感到很累，还越来越觉得有点力不从心。

当然，像秦尚这样的男人，他们满足小情人的另一种方式，就是金钱。

几年来，秦尚将所有蒋虹掌握不到的钱物，全部献给了他的康晓青。因为次数多得无法计算，到现在，连秦尚也不知康晓青到底收受了多少他受贿得来的财物。至于秦尚亲手给她买的礼物，那就更是多得难以计数。

就拿这次出国来说，秦尚在国外舍不得帮蒋虹买一件上百欧元的东西，却给康晓青买了一条价值十二万多元人民币的钻石项链。

秦尚怎么也不会忘记，当他在康晓青的面前拿出那条项链的时候，康晓青开始以为是假的，撅着小嘴，有点不屑。直到看见了票据和相关的质量保证书。康晓青就像是一个得到了满足的孩子，扑到秦尚的身上，又亲又咬，大白天的直咬得秦尚无法自持。

在与康晓青的热恋中，秦尚觉得将妻子与情人相比，蒋虹简直算不得女人，即使是那些洗浴或娱乐场所的娇娃，也没有一个能够比得上他的康晓青。

在北京的日子幸福而短暂，四天的时间大多在宾馆的那张床上度过，眼看不得不回去了，秦尚不免有些怅然。

当晚，深谙一切浪漫情调的康晓青，在他们住的宾馆房间里精心地布置了一个烛光晚餐，康晓青还特意化了一个淡淡的新娘妆。

耳鬓厮磨间，已经让红酒染红了脸颊的康晓青，先是在秦尚的怀里撒娇。然后，用她的小嘴，嘴对嘴地喂了秦尚一口红酒，直弄得秦尚如醉如痴。

“小妖精，我的小妖精。”

秦尚一边叫着，一边在康晓青的身上乱摸。

“我的汉哥，我平日向你提过什么格外的要求吗?”

康晓青额头上汗津津的，满脸娇媚地用指尖点着秦尚的胸口。

“你倒是没有过，不过我现在就有急需的要求。”

秦尚早已被康晓青挑逗得心猿意马的，他一边说，一边想用嘴去堵住康晓青那红嘟嘟的唇。

康晓青此时从秦尚的怀里坐了起来，表情突然变得很严肃。

“那好，汉哥，如果你对我是真心的，下个月你们省高院扣押的那批走私汽车就要拍卖了，你去打个招呼，让你的手下整体便宜一些拍卖给我哥哥，到时他是不会亏待我们的。”

听了康晓青的话，秦尚心中一惊，被嘴里的酒呛了一下。他睁大眼睛望着康晓青，他看见了康晓青眼睛里闪着热切而又渴求的光，秦尚一时似乎拿不定主意。

法院执行或扣押的财产，从动产到不动产都有。秦尚知道，在有些拍卖中有个时期有些潜规则，甚至有些地方还有黑幕，这也是不争的事实。

不过，目前慢慢地透明度相对的高了一些，这样的事，搞得不好就会惹麻烦。因此，近来秦尚在这方面也很少打招呼了。现在康晓青不知受了谁的指点，竟然问自己要这样大的一项拍卖标的，这不得不让多疑的秦尚有些犹豫。

康晓青见秦尚沉默，她怕秦尚拒绝，因为一旦遭到拒绝，那么她这么多年的付出也就连本都捞不回来了。

当初，康晓青和男友，也就是她对秦尚说的哥哥——廉尺，两人一直在苦苦地寻求着一切发财的机会。可惜，他们没有门路，怎么也找不到财源。虽然康晓青在娱乐场所呆久了，对于一般的用身体赚钱已经司空见惯，但廉尺不愿让他们未来孩子的母亲也成为那样人尽可夫的女人。

而且，康晓青经过多年的实践也觉得，那样来钱还是太慢。

直到发现经常由各色大老板陪同出入天华的秦尚，竟然每次都用又饥又渴的眼神看着她的时候，凭女人的第六感觉，康晓青知道，只要傍上秦尚这个老男人，她和廉尺迟早有一天就会发达。

因此，搭上秦尚以后，康晓青和廉尺就在秦尚身上和周围寻找一切发达的机会，现在机会总算来了，而且廉尺的姐姐早已在国外定居，目前正在帮他们办理移民手续，只要通过秦尚捞到了这一票，她和廉尺在国外的生活就有了足够的保障了。

不容秦尚多想，康晓青拿出了她的撒手锏，她朴进秦尚的怀里，一边在秦尚的敏感部位滚动她丰满的胸部，一边娇喘吁吁。

“汉哥，我这也是为了我们的今后啊，我很想和你生个我们的儿子呢，你就答应我这一次吗！”

康晓青说完，开始用舌头舔着秦尚的嘴唇。

“我什么也顾不得了，我就为我的小妖精努力一下看吧。”

等不及把话说完，秦尚猛地抱起了康晓青。

那一夜，康晓青为秦尚用上了她的十八般绝技，康晓青想起从眼前这个男人身上得到的种种好处，心中不免对秦尚有一丝丝的怜悯。她不知道自己悄然离去后，将会带给这个男人怎样的感受。

秦尚全身汗津津，脸上红亮亮的，他额头和脖子上的青筋一条条地凸显着。那晚康晓青所做的一切，让秦尚比以往任何一次都神魂颠倒。他不由得想：一个男人怀里有了康晓青这样的女人，就是为她死也是心甘情愿的。

不久，吉阳飞悄悄地告诉起英两个消息，一个是梅青肯定会当下一届中院院长，另一个消息则是秦尚将调某个中央级部门任职。

对于梅青能够运作到中院院长一职，起英一直是深信不疑的。现在听说秦尚也将调走，起英终于放下了心中的一块大石头。她欣慰地笑着，让吉阳飞都觉得起英不应该在他的面前为梅青这样的高兴。

起英当初得知梅青向叶乾借钱，给秦尚行贿一十五万元的事实后，她虽然对梅青没有言语间的埋怨，但她暗地里却心急如焚，夜里接连失眠，人也变得有点神经质。

知道是怎么回事的梅青，看到起英越来越苍白的脸，让他感到心碎。他在心里发誓，只要起英好好的，他以后无论如何不再做任何出格的事情了。

现在，起英虽然还没有亲耳听梅青对她说，但她相信，吉阳飞给她的消息，一定是准确的，那一夜，起英睡得很踏实。

秦尚回到省院，一直牢牢记着康晓青的事。又过了几天，他就专门给一个分管执行工作的副院长打了一个招呼。

那个副院长看到秦尚亲自来到他的办公室，心里有些感动。

“院长，您也真是的，这样的事派人打个电话就行了，哪能要您亲自来呢。”

副院长一脸恭敬。

秦尚亲切地拍拍那个副职的肩膀，两人都是心照不宣。

就在和那个副院长达成了这桩交易的当晚，本来想迟一点告诉康晓青这个消息的秦尚，到底还是忍不住约见了他的小情人。

秦尚来到他们临时租用的那个秘密的房间，早已等在那里的康晓青已经洗完澡，换上了那套粉红的三点式睡衣。在粉色的灯光下，康晓青胸部和臀部的曲线显得颤巍巍的嫩得诱人，康晓青浑身肉嘟嘟的，散发着一股沁人心脾的香味。

秦尚在康晓青面前不露声色，直到享够了康晓青的温柔后，秦尚才像突然想起一样，不经意地将汽车拍卖的事告诉了康晓青。

“汉哥，你可真坏，害人家刚才还在担心，但又不敢问你。”

康晓青先是跳跃着，鼓着掌的笑，然后一转身，又倒进秦尚的怀里，一边亲着秦尚，一边喃喃地撒着娇。

秦尚再一次紧紧地搂住了康晓青。

一直玩到年轻的康晓青也感到精疲力竭的时候，秦尚还是意犹未尽的样子。康晓青虽然急着要将这个天大的好消息告诉廉尺，但她还得敷衍着怀里的秦尚。

直到深夜，秦尚才恋恋不舍地结束了他与康晓青的这次幽会。已经走出门外，秦尚还忍不住回转身来，再一次亲着康晓青，依依不舍地说：“宝贝，以后你都会这样等着我吧？”

得到了康晓青肯定的答复后，秦尚才心满意足地离去。

送走了秦尚之后，康晓青赶紧给廉尺挂了一个电话。廉尺赶到房间的时候，康晓青连有些凌乱的床铺也还没有整理好。

“这下我们终于套住秦尚这个老杂种了，是让他付出代价的时候了。”

听完康晓青的话，有着夺妻之恨的廉尺，朝着窗外的黑暗咬牙切齿的。

看到康晓青几乎裸露着身子，廉尺不用想，也能猜到康晓青刚才跟秦尚都干了一些什么，廉尺不由得又骂道：“秦尚你这个杂种，这下看我怎么收拾你吧。”

“好啦，好啦，你不是一直劝我，说秦尚这个老家伙不但吃不了我，而且连舔一舔的力气也不大吗？你跟他计较什么？”

康晓青的话让廉尺不再发狠。其实，廉尺也并不是什么善男信女，吃喝嫖赌，他只不沾毒。虽然他对康晓青是真心的，但这一点也不妨碍他找别的女人。而且，他甚至认为女人风流一些会更有韵味，因为他觉得自从康晓青跟了秦尚后，反而变得更是风情万种了。

那批走私汽车到了康晓青和廉尺手上几天后，秦尚就没有了康晓青的音讯。她的手机先是关机，后来干脆变成了空号。

秦尚知道不妙，以他在江湖历练的敏感，他开始还以为是拍卖的事发了。秦尚四处留心着可能的信息，不过还好，关于拍卖那批汽车的事，根本没有一点风声。

突然失去了康晓青的消息，让秦尚觉得比死还要难受。而且，秦尚到这时才发现，虽然康晓青对他的情况很了解，但他对于康晓青，却仅仅只掌握了一个手机号码和那间临时租用的房子。

又过了一些天，一个不认识的老人受人雇用，给秦尚送来了一封康晓青的书信。康晓青在信里告诉秦尚，她已和爱人廉尺移民国外了，要秦尚彻底地忘记她。

秦尚看完信，用颤抖的手捂着胸口，他差点当场昏倒。

可怜秦尚对康晓青用了全部的真情，想不到这个女人会这样对他。不但那个被她称作哥哥的廉尺变成了丈夫，而且，还在自己的手里捞完最后一大票就悄无声息地移居国外了。

人财两空的秦尚焦头烂额，提心吊胆，还无法向任何人诉说，秦尚觉得被康晓青这个女人伤得鲜血淋漓。

实在痛苦的时候，秦尚又忍不住想：还好，总算贱卖那批汽车的事没有被揭发，不然自己的下场就更惨了。至于女人，以后还可以找吗，说不定将来还能找到更年轻，更漂亮的呢！

想到这些，秦尚将康晓青写的那封信放进桌上那台精致的碎纸机里扎得粉碎，然后又小心地分装了两个垃圾袋，没有留下一点痕迹。

可是，秦尚还是高兴得太早了一点。就在康晓青和廉尺移民的前夕，为了彻底报复秦尚，从根本上将秦尚摧毁，廉尺背着康晓青，给中纪委，省纪委，以及最高法院纪委——一切他作为一个平民百姓能够想得到的地方一一寄去了实名举报信。

与康晓青合谋的廉尺，一直是很有心的，廉尺的举报材料里，有具体的数据，有些事实还有具体的细节，还有不少的照片和录音。廉尺用挂号的老套方式寄出那些材料后，心中的仇恨才消退了许多。

相关部门接到举报后，立即向各方作了汇报。由最高纪委牵头联合组成的调查组，先是暗地里落实一些基本的东西，以确认举报信的真实程度。谁知只用了不到几十天的时间，从收集上来的材料来看，这封举报信里所反应的事实，基本上都是实实在在存在的。

康晓青消失几个月后，秦尚突然被秘密地双规了。

开始，秦尚因为不知道自己的事出在哪个环节上，他不敢轻易开口，一天难得说上几句话，他认定：沉默是金。

直到组织上将他一个秘密的笔记本放到秦尚面前的时候，心理素质并不怎么好的秦尚终于崩溃了。接下来，他不但交代了不少廉尺并没举报的事，为了立功，为了减轻他的罪责，秦尚还坦白了他记得的，发生在最近的几笔十万元以上的受贿款项的来源。

秦尚最先交代的，就是梅青送给他的那笔欧元。

蒋虹在秦尚要被双规的前夕，曾接到过秦尚的电话，称他有紧急任务，可能得消失一个时段，而且这段时间里连电话都无法联系。最近几年，秦尚为了和康晓青外出同居，也是这样玩失踪的，只是还有电话可以联系。这次秦尚暗示蒋虹，连电话也不能联系时，蒋虹竟然没有起疑，从而想些补救的办法。

蒋虹还以为秦尚一定是为了全省几个中院院长的人事任免工作，秘密地去了哪里开会研究。说不定秦尚这次回来后，就会有关于梅青的好消息了。到那时，她可就得毫不客气地向梅青要求她一直想要从梅青那里得到的回报了。

至于蒋虹想要向梅青索取的那份回报，每次让蒋虹想起来都会眼热心跳，这是她心中的一种渴望，也是一份永远不会向人提起的秘密。

可是，聪明的蒋虹很快就发现了这次不同以往。以前，秦尚不在省高院的日子里，她也曾去过老公的单位。大家见了她这个院长夫人，全都是毕恭毕敬的。可是这一次却不同，大家对她都是躲躲闪闪的。

即使有些人不躲闪她，但也失去了平日的亲热劲。连蒋虹想去秦尚的办公室里拿点东西，也遭到了委婉的拒绝。等到蒋虹有了怀疑，想通知梅青有些准备的时候，梅青在市里也被秘密的双规了。对梅青的双规来得突然而神秘，让梅青连电话也来不及打一通。

当时，梅青已经几天联系不上秦尚，梅青就猜测事情不妙。因为以他的经验，像秦尚这样的人，除了背着老婆秘密会情人，是不会这样几天突然失去联系的，而且电话日夜都处于关机状态。

秦尚的旧情人康晓青刚刚去了国外，新的情人又暂时还没有搞定。因此，秦尚的失踪不可能是去会情人。到了这个时候，主管了多年刑事审判工作的梅青虽然知道情况不妙，但也只能默默地祈祷。他祈祷秦尚看在和他上下级关系的份上，不要为了坦白立功而交代那十五万元钱的事情。

到了这个时候，梅青又想起了起英担忧的模样。他不由心中有了深深的悔意。想到自己三十多岁就成了全省最年轻的中级人民法院副院长。为什么不在这个基础上潜心钻研法律呢？为什么不在仕途的进退上顺其自然呢？

在这些痛苦中，起英那苍白而日渐消瘦的脸，总是不断地出现在他的眼前。

我要是出事了，英子该怎么办啊。这个挥之不去的念头更让梅青一刻都不得安宁。就在梅青这样度日如年的时候，对他的“双规”突然降临，让他第一次变得束手无策。

三十

怎么都和梅青联系不上，起英寝食难安，心中惴惴的，一种不祥的预感让她惶惶不可终日。

梅青为起英专门设立了一个专用的手机号，一直保持着二十四小时开机，保障二十四小时都绝对畅通。现在，连那个号码都处在关机状态，起英知道，梅青一定是出事了，而且出的还一定是让他不得已的大事。

吉阳飞也很不安，时建已经因为一些不明不白的原因，前些时候被市委放到市里一个质监部门去当了一个副职。如果梅青再出事的话，即使不牵连他，那他以后也会少了靠山，恐怕官运也就要到头了。

同一时间里，吉阳飞和起英在惶恐中分头四处打探消息，听到的消息没有一条是的的确确的，他们感到身边有一层冷冰冰的壁垒，不是凭他们的力量能够突破的。

渐渐地，关于省高院一把手秦尚被抓起来了的消息，在各个法院里秘密地流传着。有的说是因为秦尚养情妇，被自己老婆举报了，有的说是秦尚养的情妇太多，财物分配不均，其中一个情妇举报了他。总之，在事情明朗之前，各种传说都有。而且，这些传说，在一群本身从事法律工作的人们中也越传越神。

再到后来，从省院到基层法院，只要有哪个领导一时半会联系不上，人们就会猜测，是不是因为与秦尚有什么牵连而突然被双规啦？

那些平日里多多少少攀上了秦尚的各级法院的头头脑脑们，更是坐卧不宁了。因为他们与秦尚之间能够建立起来的也大多只是一种物质关系，只要秦尚的嘴里一个不小心，他们就有可能遭遇与秦尚一样的下场。

当人们得知马上有望成为中院院长的梅青也因为牵连到秦尚一案被双规的时候，大家简直惊呆了，纷纷觉得无所适从，不少人感叹：

“连梅青这样的人都被牵连了，我们身边还有干净的人吗？我们还能相信谁啊？”

那些没有担上干系的人们奔走相告，个个都喜气洋洋。有些人早些时候虽然还在为自己没有靠山而到处钻营，现在，他们比任何人都显得有先见之明。

梅青突然被双规，在惊慌和焦虑中一下完全失去了与外界的任何联系。从梅青知道秦尚出事的那天起，他心中虽然有种不祥的预感，不过他还一直心存侥幸，认为秦尚没有必要牵连他。想不到这种牵连来得这么快，这么突然。

梅青最担心的是在他家里的书房里有一个小箱子，里面装着一些千万不能让外人知道的秘密。如果那里面的秘密被人知道了，连他的妻子祝政都可能会在关键时候给予他致命一击。

处于完全禁闭的环境里，绝望中梅青开始认真地审视自己，他知道，除了秦尚能够检举他行贿的那笔欧元之外，他在秦尚的手里并没有别的把柄。

梅青毕竟主管了多年的刑事审判工作，他知道只要运作得法，虽然会丢了公职，但最终还是有可能对他适用缓刑的。能够那样的话，自己照样可以谋生。人一旦走到了这样的地步，一时反而放下了许多。

梅青目前最担心的就是起英。到如今，他最后悔的莫过于没有听起英的话了。早知有今天，那么即使安安心心地和起英在一起当一辈子的普通人又有何妨呢？

梅青还最担心一件事，那就是他害怕起英会打算与他共这种命运，他害怕起英在绝望中露出破绽，暴露与他非同寻常的关系，最终也连累起英。

梅青到这个时候才发现——原来他是如此的渺小，只是一场变故，朋友没了，关系网散了，昨日的呼风唤雨，昨日的覆雨翻云，连梅青都不能肯定到底是真实的经历，还是只是一场虚幻的梦境。

失去自由以来，梅青曾经对秦尚的行为有些百思不得其解。因为秦尚“双规”后交代的问题，几乎只关系到他的手下和身边一些地位比他低的人，完全不涉及别的层面或势力，以秦尚的地位他完全不可能没有那些关系。

最后梅青站在秦尚的角度思来想去，突然不由得毛骨悚然，他猛然醒悟，像他和秦尚这样的人一旦出事，不知牵动了多少人内心的惶恐与惊惧，如果不谨言慎行的话，自己不但不能获救，还有可能随时会遭遇不测。想要这种身不由己，梅青不再那么恨秦尚了，他准备不再牵连别的人，由他独自来面对冷冰冰的法律。

梅青日益变得多疑，他觉得身边第一个不能相信的，竟然就是他的妻子祝政。想到祝政，梅青暗自心惊。他突然意识到也许自己身上的事情不会只有那十五万元那么简单。妻子是个贪婪的女人，要是祝政以我的名义收受了别人的钱物呢？这个突然冒出的问题，让梅青顿时冷汗淋漓。

吉阳飞是基层法院里最早得知梅青真正被双规了的人。

“英子，梅青出大事了。”

梅青被双规的第三天，吉阳飞在身后关上起英办公室的门后，第一句话就小声地这样说。

“什么？什…么啊？”

也许是早有预感，起英猛地站起，脸色煞白，声音惊慌。

“梅青不知为什么受秦尚牵连，前天被双规了，现在还不知道关在哪里呢。”

起英像突然被子弹击中心脏，血猛然全部涌上她的脖子和脸面，起英从脖子到额头都变得血红血红的，她颤抖着怔怔地望了吉阳飞一眼，立刻无声地倒在身后的椅子上。

吉阳飞快步上前，起英已经脸色煞白，冷汗淋漓，只剩一丝若有若无的气息。

“英子，英子。”

吉阳飞抓住起英不停颤抖的手，小声地叫着。久久得不到起英的回应，吉阳飞只好拿起桌上的电话准备求救。

“吉老板，不要打电话，我最近有点这样的毛病，只要静一静就会好了。”

起英脸上的血色已经快速消退，脸色煞白煞白，她用微弱的声音制止了吉阳飞。

“英子，你真的没事吗?”

吉阳飞犹疑地看着起英，很不放心的样子。

“我没事，你放心吧，我会把握好的。”

起英的话虽然模棱两可的，但拒绝吉阳飞帮助的意思很明确。

看到起英拒绝的眼神，吉阳飞只得一边慢慢地走出起英的办公室，一边频频回头关注着她。看到起英因为梅青被“双规”受到这样大的打击，吉阳飞的心里很复杂，一时什么滋味都有，吉阳飞怎么也没有料到，起英爱梅青竟然已经爱得这样无法自拔。

吉阳飞很同情起英，他不由担心地想：在这种失去理智的爱面前，最终受到最大伤害的，一定会是无法得到社会谅解的起英，因为她深爱的毕竟是有妇之夫。

直到吉阳飞走出办公室的刹那，起英才让眼泪尽情地流了下来，她无力地将双手压在自己的胸口，好像不这样的话，那颗不听话的心脏就会自己跳出来。

“梅青，你该怎么办啊？你就这样被毁了吗?”

一滴滴豆大的汗珠从起英的额头不停地冒出来，胸口和背部一阵隐隐的疼痛，起英喃喃自语，她觉得随着梅青倒下的，还有她的整个世界。起英压抑着抽泣，她感到胸部越来越闷，那种隐痛慢慢地变成了一种撕裂性的痛。

当初得知梅青为了向秦尚行贿，动用了叶乾的那笔钱后，起英就没有安稳过，有时午夜梦回，她也会为梅青的这一过失担忧不已，只是想不到事情发展得这样快。

起英知道，对于一个官员来说，双规只是噩梦的开始，更大的灾难还在随后的一切可能之中。

梅青承认了那笔行贿款项之后，被移送到了检察机关。紧接着，检察机关从梅青的家里和他老婆的办公室里搜查到了新的犯罪证据。

吉阳飞通过关系，终于搞清了针对梅青的所谓新证据原来是两个日记本，一个是梅青的笔记本，一个是他老婆祝政的。

梅青的日记还是多年前的，里面比较详细地记载着梅青先后和三个女人的不正当男女关系。不知出于什么原因，梅青在那些日记里将他与这些女人的交往细节，都描绘得详细、具体而活灵活现的。外人看来，有点不堪入目。

一旦这些日记内容泄露，那三个不幸的女人将立刻身败名裂。

祝政的日记更是出格，祝政的那本日记里，除了为她暗恋的一个男人写了不少所谓的情诗之外，居然记录着好几笔以梅青的名义收受贿赂的明细账目。

那些都是别人找她求梅青帮忙后，她背着梅青收了人家的钱物。

在侦讯期间，那些办案人员按照惯用的手法，也在梅青面前祭起了“坦白从宽”的法宝，要梅青以揭发别人来争取立功减刑。

受到秦尚的牵连，有十多个法院精英像梅青一样倒下去了。而且，这种牵连有点像多米诺骨牌，似乎牵连的人越来越多，面越来越广。

梅青失去自由后，不少人寝食难安，纷纷做着各种准备，谨防不测。

在小小的音召县里，起英伤心欲绝，吉阳飞焦虑无比，吴易和李力们则暗暗地等待着事态的发展。

在焦虑、惊恐和各种猜测中，出乎人们的意料，结交最广的梅青居然没有牵扯出任何别的人，他只是承认了对秦尚的行贿，以及祝政代他受贿的事情。梅青知道无法自保了，即使手上抓住再多的稻草，也免不了注定要一起沉沦。因此，梅青以他的聪明保住了日后也许有用的那些稻草。

一直担心梅青能否独自抵住的吉阳飞，暗地里担惊受怕了很长时间。直到知道梅青的案子已经落定，对他并没有丝毫的牵连，吉阳飞才长长地舒了一口气，心里的石头终于落了地。

吉阳飞对梅青怀着感激之情，他知道梅青的心里一定放不下起英，吉阳飞决定，他要尽可能地帮帮梅青，照顾好起英。

吉阳飞看到起英一蹶不振，脸色苍白，日渐消瘦，他决定要让起英放弃梅青。吉阳飞觉得，如果梅青真的爱着起英的话，也一定会同意他的主意。

想办法得到了梅青日记的部分复印件后，吉阳飞打定主意，哪怕日后梅青出来后怪罪他，他也要用梅青以往和别的女人在一起的日记，作为一柄利剑来斩断起英对他的情丝。

为了慎重起见，吉阳飞还是通过关系，亲自去看了一回已被收押在看守所里的梅青。

梅青的脸色黄中带青，消瘦而有着一种严重睡眠不足的疲惫。看到吉阳飞冒险来看他，他的眼睛里有一刹那闪过一丝不易让人察觉的泪光。梅青知道，起英的救星来了，他一定要抓紧这个机会，让吉阳飞去阻止起英再靠近他。梅青现在最大的心愿，就是要让起英抛弃他，因为他就是死，也不愿意耽误起英的终生。

“阳飞，我有今日，也可以说是罪有应得的，这只能怪我太不知足了。阳飞，我是完了，但你看在我们朋友一场的份上一定要帮我救她，我已经害了她，绝不能再让她和我一块沉沦，总之，只要她没事，我真的是死而无憾啊！”

两人见面后，在很短的时间里，梅青不等吉阳飞开口，就小声地用只有他们两人才懂得的代名谈到了起英。

梅青这个大男人说完这几句话，终于忍不住当着吉阳飞痛哭不止。吉阳飞也满眼是泪，他觉得从没看见哪个男人这样泪流如注过，他从梅青有些绝望的眼神里，看到了他对起英深深的爱，正是这份爱让他痛苦不已。

会面结束后，看着梅青朝看守所的监舍走去，吉阳飞的心里感慨万千。一个曾经高高坐在审判台上，有着大好前途的法官，此刻却深陷在这个关押疑犯的地方，失去了人生最基本的东西——自由。

吉阳飞不由暗自庆幸，庆幸自己没有被牵连。到现在，他第一次感到了自由对于人生的宝贵，一个人拥有的自由，竟然是这么具体，自由并不是某个抽象的概念，而是现实，实实在在的现实，一种人们一旦失去，就会痛心疾首的现实的东西。

吉阳飞开车走在路上，他还是感慨万千。首先，他对秦尚很不满，你自己倒了也就算了，为何还要牵连别人呢？而且，这样的检举也不一定能减轻自己的罪责啊。

梅青这下是栽了，一时半会起不来了。

吉阳飞想起梅青偷偷和他谈到起英时的那种表情，一看就知道，梅青对起英确实是动了真情。梅青在这样自身难保的时刻，担心的竟然还只有起英。想到这些，吉阳飞心里酸酸的，眼睛也湿了。他决定只将梅青的日记交给起英，起英要怎么处理与梅青的关系，他不再干涉起英做出的任何决定。

回到家里，吉阳飞忍不住打开了梅青的那部分被他复印了的日记。日记是梅青多年以前留下来的，详实地记载着梅青先后和祝政以外另外三个女人的风流艳史，让吉阳飞也看得眼热心跳的。

看到后来，日记中有两点让吉阳飞很不解，一点是他和梅青在那些娱乐场所经历的女人，梅青一个也没提及。另一点，日记里竟然没有留下哪怕一个关于起英的字。

难道是梅青和起英还没有到那个程度？还是梅青从一开始就是认真对待起英，不屑在纸上亵渎那份真情？吉阳飞有些动摇了，他突然觉得不是很肯定，他到底该不该将日记交给起英。

自从梅青出事后，一有空闲时间，起英就将自己关在宿舍里，她很少接听手机，谁也不想见。到了晚上，她有时就那样静静地呆坐一个通宵，房子里没有一丝灯光，她也绝不出声。

有几次起毅到了她的宿舍门外，也不知道女儿就在屋里。所有起英身边的人中，只有吉阳飞知道起英到底发生了什么事情。

就在见过了梅青的当天晚上，吉阳飞犹豫再三，最后还是将梅青的日记交到了起英的手上。

“英子，这是梅青的日记，他要我交给你，他大概是希望你能够真正看清他。英子，你是聪明人，你该知道怎么做对自己最好。”

“阳飞，你见到梅青了吗？你真的见过梅青了吗？”

起英不再称吉阳飞老板，她的声音急切而带着担心。

看到起英眼睛里不由自主泛起的泪，吉阳飞轻轻地叹息了一声，他只得违心地告诉起英，梅青在监舍里受到了一些特殊的照顾，并没有受什么罪，只是暂时无法获得自由而已。

一边听着吉阳飞的话，起英一边用双手捂着脸，双肩耸动，她尽量不让自己哭出声来，任由眼泪从手指缝里往下滴落。

看到起英的惨状，吉阳飞不忍久留，他拍了拍起英的肩膀，转身离开了起英的房间。

吉阳飞一离开，起英就将梅青的日记本盖在脸上，尽情地让泪水慢慢地浸湿了梅青那个日记本的牛皮纸封面。她闻着那个日记本上散发出来的陈旧气味，觉得好像梅青就在她的身边。

起英的泪像决堤的洪水，汹涌不断，似乎怎么也流不完。也许是胸中的泪水太多，虽然一直在流，起英还是明显地感到胸口和背部似乎被眼泪泡得肿胀，又有些隐隐作痛。

好不容易平静一些之后，起英慢慢地打开了梅青的日记。日记里记载着梅青有几年特别的迷茫，在那些消沉的日子里，他在一年里先后和三个女人有过关系。那时的梅青，有些消沉，有些玩世不恭，一度几乎迷失了他自己。后来也不知是什么原因，让颓丧的梅青走出了人生的低谷，最终成就了现在的梅青。

起英急切地将梅青的日记从头翻到尾，令她极为不解的是，梅青的日记里居然没有一个字提到自己，起英的心里有点不是滋味。

起英曾经担心梅青会在日记里提到她，让她从爱情的幕后走到幕前来。为了这个可能，起英已经完全作好了充分的准备。她准备好要用自己的一切，来证明她的爱同样坚贞，同样决绝，同样值得世人谅解。即使为此失去了现有的一切，她也在所不惜。即使将来，梅青经过了几年炼狱的煎熬，从而改变了他的人性，最终抛弃或背叛了她，她也绝对是无怨无悔。

及至发现梅青的日记里连她的名字也没提过，起英的心里突然觉得空落落的。

对于梅青和另外的女人，梅青曾经和起英说过，那也算是梅青对起英的一种坦诚。再说，起英和梅青交往时，梅青早已是别人的丈夫。因此，起英并不介意在她以前，梅青到底有多少别的女人，起英心里早就作好了包容梅青一切的准备。

日记里居然没有自己，起英感到有些受伤，不由潸然泪下，一时陷入了一种痛苦的失落之中。直到她慢慢平静下来，再一次看了看梅青日记的最后日期，起英这才释然了，原来这本日记是梅青与起英认识之前写下的。

三十一

梅青出事后，祝政开始还有些担心他。后来不知从什么渠道知道了梅青日记里的大概内容，祝政开始思量她的出路了，心中的那点担心也烟消云散，她不再为梅青操心。

以前，在与梅青夫妻之间平平淡淡的相处中，祝政以为天底下的男女之道，也不过都是像他们夫妻一样，平实而平淡，没有激情，甚至没有爱的涟漪。

直到祝政后来有了情人她才明白，原来自己也可以这样来做女人：满怀激情，另一个人的一颦一笑，居然可以牵动她整个的心，幸福起来，如醉如痴，即使是痛苦，也是一种甜蜜的痛，虽然牵心牵肺，但并不痛得钻心。如果不是碰上了梅青之外的这个男人，祝政觉得她差点就白做了一世的女人。

梅青出事后，祝政不再有什么留恋，因为她知道梅青的心从来就没有真正属于过她。得知梅青的日记内容后，祝政一扫往日那点仅余的愧疚，她要和梅青来一个了断了。

一段时间后，秦尚的案子还没有最后结果，梅青一案倒是就要开庭审理了，梅青拒绝聘请律师，他决定自辩。

失去自由的日子里，梅青想了很多很多。他想起自己第一次坐上庄严的审判台，第一次当主审法官的时候，面对的是一个五十多岁的贪污嫌犯。那个人犯罪之前，是一个市政府科级部门的一把手。那天，那个人坐在被告席上，两眼含着泪，整个人陷在深深的后悔里。在整个的审判过程中，他始终用乞求而又很羡慕的眼神看着台上年轻的梅青。

“尊敬的审判长、审判员，你们都年轻有为，以你们所看到的我们这种人的深刻教训，你们一定不会走我们这样的不归路。我希望你们能够帮我告诉更多的人，一个人对名和利都不要太贪啊!”

那个人满含热泪，以这样的几句话结束了他在法庭的最后陈述。

当时，梅青年轻气盛、满怀抱负，听完人犯的最后这几句话后，还觉得有点可笑。他当时曾想：我几乎天天接触这样的倒霉蛋，难道还不知道伸手必被捉，被捉后下场会很惨的道理吗？难道像自己这种深韵法律的人，还会和他们一样，最后落入自己掌握的法律的捕鼠夹里吗？

谁知在那么多的难道后面，竟然还是在自己的身上发生了这种想不到的事。

周边几个监狱里的不少犯人，曾经还是梅青下笔给他们定的刑，梅青怎么也想不到，自己也成了和他们一样的阶下囚。

梅青经过了很长一段时间吃不下，睡不着的痛苦煎熬后，他总算慢慢地平静了一些，只是开始大把大把的掉头发。

完全与外界失去联系后梅青知道，事到如今，除了面对和承担，不会有别的出路。当初得知妻子瞒着他多次受贿，而且完全将责任推给他的时候，他曾经绝望过，他既为自己那薄于蝉翼的夫妻情分绝望，也为他一定会被判处实刑而绝望。不过，临近开庭的时候，他反而冷静了下来。

得知梅青拒绝聘请律师，起英无言。起英知道，梅青熟知法院审理各类案件的基本要素，梅青一直从事和主管的就是刑事审判工作，梅青应该知道怎样处理才对他有利。

起英知道，目前在法庭上，哪怕当事人请的律师口若悬河，从某种意义上来说，也只是对案件当事人的一种心理安慰，只是法律赋予当事者的一种人权，一种权利。只要事实清楚、证据确凿，任何律师都是无法左右案件的审判结果的，正由于梅青知道这一点，他才决定自辩。

在起英以往人生无数的坎坷和痛苦中，她一次也不曾想到要为自己求助某种未知的力量。但梅青出事后的一天下午，起英却独自开车要去一个寺里为梅青向神灵祷告，祈求神诺梅青。

那天下午，起英开着法院为她配备的那台车，独自来到了县郊西山的山脚下。她以前就听时素华说过，那山腰中有一座寺庙，那里的菩萨非常灵验。

上山只有一条早年修的石板路，起英只得将车子停在山道边，自己沿着那条石板路急步向山的半腰走去。

寺庙所在的这座山，也和县郊别的山差不多，很多松树散落在那些山坡和山坳里。只是这里的松树因为年代久远，枝条大多变得曲里拐弯的，沧桑而很有气质。树下的灌木稀疏零落，下午的阳光从树梢洒下来，斑斑驳驳的，让人感到温馨。

慢慢地往上，松树越来越少，而是出现了不少起英不认识的，叶片很大的古老树木。它们密密实实，树干黑得像炭，皲裂的树皮仿佛在向人诉说着它们古老的年纪。起英凭着感觉，知道应该快要到达寺庙了，她收回目光，也收起满腹杂乱的心思，开始让自己尽量地变得虔诚。

在几棵参天的古树下，一座小巧的古建筑出现在起英的面前。迎面的小牌楼上，有三个古色古香的金色大字“暮春寺”。寺庙里此刻静悄悄的，一阵阵檀香的香味从寺里飘出来，也许是时间已经不早了，不开车的话，来去又不是很方便。因此，寺里寺外基本上看不到什么人。

起英双手合十，正想着要走进寺里，一个五十多岁的尼姑迎住了她。

“女施主，现在正好人少，你这边请。”

女师傅用佛家特有的手势，示意起英从右边的门廊走进寺里。

起英知道，对以伺奉佛为工作的女性，不能叫大姐，媄毑之类，一律只能称其师父。

“谢谢师傅。”

起英的心里变得暖暖的，她非常虔诚。

也许是起英在这个时段里独自来到这个寺庙引起了女师父的好奇，她特意将起英引进了寺里。

迎面的大堂上供着一尊坐着莲花的佛，慈眉善目，好像正在慈祥地看着起英。看着满脸慈祥的佛，以及佛那温暖的目光，起英心中一酸，竟然在这种时候想起了她的母亲。

起英双膝跪在佛像下那个蒲团上，她突然觉得，天地间顿时静了下来，她的心也静了下来。

看到起英闭上眼睛，嘴里还念念有词，一直站在大殿里的那个师父，为起英的跪拜向菩萨作了报告——她有节奏地敲响了长条木案上的一只罄。

那罄的声音悠扬而慈悲，起英不禁一边祈祷，一边潸然泪下。起英在心中反复地向神祈祷：只要保得梅青平安，她可以不再留恋人世。如果她的生命还有一些价值的话，她愿意全部拿来交换梅青的平安和幸福。

在那悠扬而慈悲的罄的音响里，起英慢慢地感到她的内心有种从来没有过的宁静。

良久，起英站起身来，那个师父正在探询地望着她。也许是罄的召唤，还有几位师父和居士都来到了大殿里，她们都好奇地打量着起英。

起英决定离开的时候，恭敬地向那位师父献上了一个装着一千元的红包，作为她敬献菩萨的香火钱。

不知是久经世故的女师父猜到了起英的身份，还是看在那个不薄的红包的份上，她竟然陪着起英走出了山门。在寺前，师父告诉起英，寺里的菩萨很灵，每逢菩萨的大节，本县，及邻县的领导们都会光临。

当然，她们寺里每年的第一炷香，都会留给她们本县的县委书记或县长。这些人都对菩萨很虔诚，从他们这些人的手里，师傅们得到的香火钱，动辄几千上万元。

“施主，记得多来神前跪拜啊，现在的人，不管是当官的，还是做生意的，都很信的，我们也全靠了菩萨显灵呢。”

看到起英动身离去，不想再听自己唠叨，师父最后这样告诉起英。

走在下山的路上，起英竟有些依依不舍。要不是刚才师父教导她，要她拜完佛后，一定要往前走，不可回头。要不，她真的会一步三回头。

山峦在夕阳下绽放着一种神秘的光彩，特别是山顶上的树梢，镀上了一层柔柔的金色，山腰里渐渐地腾起一层薄薄的雾霭，在阳光一丝丝退尽之后，雾霭将爬满山峦。

起英的心情比来的时候开朗了一些。现在，她终于很平静地决定，不管梅青在哪里接受审判，也不管世人将怎样看她，她一定要在这样的关键时刻陪在梅青的身边，起英决心与梅青更一个命运。

吉阳飞力劝起英不要参加梅青的庭审，他担心起英会当场昏倒。但起英的态度非常的坚决，吉阳飞只好叹息着不再劝她。

漫天的尘埃终于就要落定，起英决定要去鼓励梅青，她要向梅青表明，即使全世界的人都来指正他犯了罪，她的心却永远都不会变。起英要向世人证明，她要和梅青共一个命运，永不退缩，无怨无悔。

起英不顾吉阳飞的劝阻还有一个原因，起英知道，在正式开庭的前夕，从看守所提来的人犯，会暂时放在法院的羁押室里，通过法院的关系，她是有机会单独看到梅青的。

就冲着这一点，哪怕是刀山火海，起英也是去定了的。

“那你就得好好保养身体，现在这个样子的话，梅青看见了会担心的。”

看着起英令人担心的病态，吉阳飞提出了这样的条件。

吉阳飞离开后，起英来到穿衣镜前打量自己。确实，和最后一次与梅青见面的时候相比，起英显得消瘦，有着一种病态的苍白。为了不让梅青担心，起英开始正常进食，正常休息，还拿出了时素华为她准备的一些滋补食品，开始精心调理自己。

不过，因为离开庭的时间太短，另外，起英又有些厌食，睡眠也仍然不好。

因此，虽然尽力调养，起英还是觉得她的身体和脸色都没有多大的起色。

终于要开庭了，在看守所里数着秒针过日子的梅青，虽然不免心中忐忑，但终究会有结果了，他还是有些高兴。早在几天前，他就捎信给起英，同时又拜托吉阳飞转告起英，要她绝对不要出席他的庭审，他不愿意让起英看到他现在这个样子。他担心起英看到他现在的样子会心生怜悯，更加放不下他。

另外，因为梅青的特殊身份，对他的案子只能异地审判，因此他更担心起英开车的安全。梅青虽然很想见到起英，但他更想让起英重新开始她的生活。

在这些反复的痛苦中，梅青也日渐显得憔悴了，脸上有了一些细小的皱纹。

庭审的那一天终于来临，起英独自开了三个多小时的车，一大早什么也没吃，就等在负责审理梅青案件的法院里，好在那个法院的刑庭庭长是起英的大学同学。

"梅青也真是倒霉，在我们法院系统里像梅青这样有能力，还平易近人的领导可真的不多，只是他碰上了一个千载难逢的秦尚。"

起英的同学听说她因为曾经是梅青的手下，想趁开庭见梅青一面的时候，他不但为起英大开方便之门，而且还这样表示了对梅青的同情。

就凭老同学的这么几句话，起英的心里很感激，起英想，不管人家内心真正想的是什么，在这种时候表示出来的同情，也总是让人感动的。

为了不让人怀疑，起英极力地控制着她的情绪，她不愿意让人觉得她可怜。一直以来，起英很认同一个观点，那就是：竞争总是残酷无情的，即使你真有千般好，一朝被捉，就只能说明你没本事。

即使别人有千般的恶，从不为人干好事，但只要他一天没被捉，他就是正人君子，可以道貌岸然，不断高升发达。

现在的好人和坏人该怎么来划分呢？起英经常在心里问自己。

就说梅青吧，如果秦尚不出事，他也许已经是一个堂堂的中级人民法院的院长了，他的笔下生死予夺，决定着不少人的最终命运。而且，像梅青这样的领导，最爱提拔自己身边的人，也还平易，很有能力，他应该算是好人吧。

再说吉阳飞吧，只要不出事，谁也不能将他当成坏人。但只有起英知道，其实吉阳飞离坏人的标准早已没有距离了。

这让起英记起李力的一个当事人曾经当着她的面，一边哭一边数落李力：

"你们这些当官的，口里讲得好，要为人民服务，你们究竟谁为我们服务了啊，你们是在为人民币服务呢！为你们升官发财服务呢。你们这些人，每十个里面杀掉那么几个，还一点也不冤枉你们。"

起英的脑子里信马由缰乱七八糟想着的时候，开庭前半个小时，押运梅青的囚车到了。起英的同学特意没有要梅青进普通的羁押室，而是将他留在囚车里，只是安排了一个法警远远地监视着这部囚车。

法院的后院里，就停着那台孤零零的囚车，起英第一次觉得，囚车窗户玻璃后的那些不锈钢的防护栏，竟然是那样的刺眼。此刻，它们闪着寒光，像无数双逼视着人的眼睛。起英摇了摇有些眩晕的头，迈着沉重的步伐，走向那部囚车。

起英上得车来，看见梅青望着车窗外，满头的青丝已经剃得一根不留，脸色青白、消瘦，神情间与以前的梅青判若两人。

起英化了一个淡淡的妆，为的是掩盖她脸上的苍白和憔悴。在来的路上，起英曾经一再地告诫自己，在梅青的面前，无论如何不能流泪。可是，一见梅青，起英的眼泪就像断了线的珠子，猛然散落，想收都收不住。

一种来自女性的饮泣，让梅青猛地回过头来，一看到是他日思夜想的起英，梅青先是浑身一震，然后潸然泪下。

“英子，你今天不该来啊，我已经对不起太多的人了，但我知道，我最对不起的就是你啊。”

梅青的声音哽咽着，一时无法再往下说。

梅青的手搭在那张小小的铁门上，似乎不想推开那扇虚掩的铁门。隔着囚车里的不锈钢栏杆，起英觉得她和梅青之间真的是咫尺天涯。

起英强忍着胸部袭来的那种撕心裂肺的痛，她用手势制止梅青再说下去。

“青哥，这没有什么，只是几年岁月而已，只要你好好的，不管多久，我都等你。”

看着连化妆也掩不住起英满脸的苍白和憔悴，梅青的心如有人在撕扯。

“英子，你该明白，我是一个没有未来的人了，我不想成为任何人的负担，特别是你，我现在唯一的心愿，就是要你好好地生活，不要让我这样地对你感到愧疚。”

“青哥，你就是我人生的全部意义，不管你的境遇是顺是逆，对我来说都是一样的，我爱顺境中的你，我同样爱着逆境中的你。这么多年来，你是我生命里的阳光，你是我心灵的依靠，青哥，现在换你来依靠我吧！请你赋予我的生命崭新的意义。不然我就去死。”

起英说得动情而决绝，眼睛直视着梅青，不容他质疑，不容他犹豫。

“英子，我该拿你怎么办啊？我怎能忍心这样地拖累你呢？”

看到起英的决绝，梅青流着泪长叹。起英目光坚定地看着他，等待着他的回答。

“英子，你是我这一生幸福的源泉，我不甘心只有获取，不能回报。”

“只要你好好地活着，这就是对我最好的回报，再说，我们以后的日子还刚刚开始呢。”

“我会记得你的话，不过你今天一定要答应我，不能出现在法庭上，那样我怕在庭上会失控，没办法集中精力辩护。”

看到起英痛苦得额头上渐渐地冒出了冷汗，梅青的口气缓和下来，他对起英提出了这样的要求。

看到起英欲言又止的样子，梅青知道，如果许可，他们两人之间，有着千言万语需要诉说。但是，该从何说起呢？即使是语言天才，此刻的脑子里也会是一片空白。梅青从栏杆的缝隙里，轻轻地拿起起英的一只手。

起英的手滚烫滚烫的，苍白、修长，略显干枯，完全不像是一个年轻女人的手。

看到梅青脸上的急剧变化，起英知道，梅青在担心她的健康。为了不让梅青分心，起英轻轻地，但很坚决地抽回了自己的那只手。

“英子，回去拆开我上次送你的发卡，到这个地方去找到那个保险箱，里面的那些东西很重要，你去打开它，钥匙你要好好保管，我不在你身边，你千万要保重。至于里面的那些东西，想怎么用就怎么用吧。”

开庭时间已经临近，起英的同学已经向囚车走来。梅青观察了一下四周，突然急急地塞给起英一个纸条，低声向起英交代着。

“青哥，你一定要好好的啊，我告诉你，即使有一天天地真正合在一起，我也会在天地的废墟上等待着你。”

起英隐喻着《上邪》一诗里“天地合”的深意，一边急切地说着，一边悄悄握紧了那张纸条。

“你也一定要好好的。”

梅青只是重复了起英的一句话。

离开梅青后，起英并没有真正离开，她为了多看梅青一眼，也为了想要了解庭审的情况，起英瞒着梅青留了下来，她坐在审判台后面的茶水间里，那里透过门的缝隙，可以看到法庭的全部。

庭审还没有开始，旁听席上陆陆续续地坐下了好多的人。不少人都正经八本的在腋下夹着一个标志性的公文包。起英一看就知道，这是庭审所在地的某些领导，要拿梅青的这场审判，来教育一下他们辖区的各类人员，其中不乏公务员。

梅青的入场，引起了小小的骚动，不过，很快就平息了。坐在被告席上的梅青，一开始就用目光扫视全场，大概是发现起英真的很听话，梅青似乎有点失望，但似乎又有点高兴。大概十几秒钟后，梅青恢复了平静，他静静地坐着，显得庄重，不卑不亢的，谦和中带着一种凛然的自尊。

起英的心中已经平静了许多，不管在什么情况下，哪怕是此刻梅青坐在被告席上，只要看到梅青，起英的内心就会慢慢地变得平静、安宁。

“小刘，你知道不，以前我们读业大的时候，梅青还是我们的刑法课老师呢，他的课讲得可好呢！能够听到他的讲课，可是一种享受哦！”

这时，审判席上一个年纪大点的法官对他身边的一个年轻人说。

“那又能怎样？现在还不是由我们来审判他？”

那个被称作小刘的口气有些不屑。

“你不懂，其实梅青出事的时候，我们好多人都不信。因为熟悉梅青的人都说，梅青的能力、人品都是不错的，哪个知道送个顶头上司的礼，也会这样倒霉呢。怪只怪秦尚不是一个东西，自己的下属，你要么当初就不要收，收了到头来就不要害别人。”

老一点的法官一边用手势制止着想要插话的小刘，一边继续坦言着他的观点。

“你以为今天坐在下面旁听的，个个都比梅青要好吗？那你就错了，有些人模狗样的东西，专门吃喝玩乐贪腐，不干一点好事，只是暂时还没被发现而已。”

起英听着这些无心的议论，心里竟然也有几份赞同。

因为事实清楚简单，梅青的认罪态度又好，因此，庭审结束得比预期的早。

当法庭准许梅青进行最后陈述的时候，经过了几个小时庭审的梅青，显得有些心力交瘁，他用目光再次扫视全场，拼命地压抑着自己的情绪，他此刻不想让任何情绪外露，他要凛然面对这个世界。

可是，当他站起来向台上、台下鞠躬的时候，还是忍不住泪流满面。

梅青的陈词，没有丝毫再为自己辩护的意思，他只是实实在在地陈述了他的一些感受。这些感受并不包含对谁的劝勉或教育，他只是用极标准的普通话，在那里娓娓地道来，好像此刻他在向某个人泣血倾诉。

梅青的陈词，让大厅里的人们越来越安静，安静得除了梅青的声音，天地间似乎没有了其余的生命。

审判台后的起英听得如醉如痴，泪流不止。

“我这一生最对不起的，还有一个我最知心的人，她是我生命里最大的牵挂。她曾经戏称我是她人生路上的太阳，其实，如果说我在她的人生里让她将我错当成了太阳的话，那也只是一轮光芒泯灭的冷太阳，也许正是我毁了她美好的人生。因此，尽管她才是我人生的一缕明媚阳光，但我已不配拥有，我现在唯一的希望，就是希望这个人能够真正忘了我，好好地开始她新的人生。”

说到这里，梅青的声音戛然而止，审判大厅里更是静得出奇。

大厅里的人们全都面面相觑，纷纷探头探脑，全都想顺着梅青的目光，找到那个梅青在这样的场景还念念不能忘怀的知心爱人。

梅青已经停止他的陈词有几分钟了，人们还在四处张望着，甚至连主审的法官，也一时有些愣神。只有梅青，在最后陈述完毕，等待法警将他押出法庭的时间里，他一脸的肃穆，泪痕未干的眼睛，望着他前方的虚空。

起英知道，梅青的这番最后陈述，其实是说给她听的。梅青的话戛然而止的时候，起英已经泪流满面。她原本想忍住眼泪，在最后梅青离开法庭的时候，好潇洒地和他告别，免得让梅青为她担心。

谁知不听话的泪水早已泡肿了她的双眼，此时的起英，哆嗦得像一片风中的落叶，她甚至连想要拨打手机，手也抖动得无法按下键上的数字。

起英只得来到洗手间里，向自己的脸上抹了一把冷水，戴上一副早已准备好的墨镜，想在梅青离开时再见他一面。

看到梅青在法警的伴送下出了法庭，戴着墨镜的起英迎了上去。那两个法警刚才都认识起英，知道她是同行，而且，起英又是他们头的朋友，因此，他们有意让梅青留了一步。

“青哥，你不要连我对你的那份思念和期盼都要夺走，那样的话，我的生命还有什么意义呢？你一定要记得，你就是我人生的全部，没有了你，我的人生就再没有任何的意义。”

起英的语速很快，声音很低，充满悲伤。

庭审后情绪突然跌到谷底的梅青意外地再次看到起英，听到起英的心声，他既感到突然，又很欣喜，他朝起英点着头，视线模糊起来。他觉得此刻除了点头，自己再也无力拒绝、也无力安慰他的英子。

就在刚才，走出法庭的梅青虽然没有在当庭听到宣判，但他正像一个一步步走向深渊的人一样，绝望而孤独，觉得自己正在一个四壁光溜的陷阱里，怎么努力也不会再有出头之日。

起英的猛然出现，让梅青既意外，又额外的伤心。起英的出现让梅青知道，其实起英一秒钟也没离开过他。他想要向起英再说点什么。但是，也许是怕梅青说出更加伤心的话，或者是害怕梅青再拒绝她，话刚说完，起英已经转身快步离开了他。

“这个女的虽然特别瘦，但是，真的很漂亮。”

“漂亮有什么用？你看她那个样子，应该是病得快不行了呢。”

一边听着法警的议论，一边看着风掀动着起英的满头秀发，梅青终于忍不住痛哭失声。他拼命用手捂着嘴，害怕起英听到他的哭声。

风中传来男人若有若无的悲鸣，起英开始以为是自己幻听。她紧张地停下脚步，那悲鸣分明就来自她的身后，而且，是一种压抑的，被捂住了的，震撼心灵的哽咽。

起英不敢回头，她也不能回头。稍一犹豫，起英还是艰难地提起脚来，机械地迈着步子，走向她停在远去的汽车。此时的起英只有一个选择，她必须要找一个只有她的地方，好好地用眼泪洗洗心中的伤痛。

开车走在回家的路上，起英的全身还在不由自主地发抖，这是一种暂时无法平息的发自心灵的痛引发的颤抖，视线也总是被泪水模糊，几次都差一点与迎面而来的车子碰上。

正在这时，政工室新来的专干胡思又不断地拨打起英的电话。头几次，起英无心接听，任由手机铃声从头响到尾。但是，今天也不知怎么了，胡思非常的执着，不断地拨打，似乎有不得已的事情。

起英知道，胡思到政工科不久，一定是遇到了什么为难的事情。

别无他法，起英只得将车子停在路边，接通了胡思的电话。

“起院长，终于找到你了，真是急死我了。”

听到电话里传来起英的声音，胡思焦急而又喜出望外。

“起院长，这次县里搞突袭，我刚刚接到组织部的通知，明天县委、县纪委要来我们法院检查班子的民主生活会情况。而且第一要看的就是班子民主生活会的会议记录。”

“那你就找找会议记录啊。”

起英将声音拉长了一些，好不容易忍住了不耐烦的口气

“我就是找了啊，现在是下半年了，按县委要求，班子民主生活会要一个季度一次，我们班子的民主生活会记录最少要有两次才能过关。但我们今年的民主生活会议记录本上连一个字也没有。我现在怎么办啊？”

胡思只差急得没有哭出声来。

现在怎么办？起英真想冲着电话喊：还能怎么办呢？你会写字吗？会写官样文章吗？会表扬与自我表扬吗？如果会的话，那就赶快拿起笔来，用想象的方式，尽自己的文学水平，做出两次班子民主生活会的记录内容来啊，其余还有别的办法吗？

难道能够老老实实地向县委坦白：我们觉得所谓的民主生活会充斥着虚伪的表扬与自我表扬，开起来毫无意义，所以几年都没有好好开过吗？

不过，起英控制住了她的这种强烈冲动，她想起了自己当年知道班子民主生活会是怎么一回事时的惊奇和失望。她觉得，不能让胡思这样的年轻人过早地看破世情，过早地洞察当领导的一些诀窍。

“小胡，班子的生活会是开了，可能记在另一个本子上，一时找不到的话，也就等于没开。因此，要请你去档案室将去年的记录借出来，根据今年的新形势改一改，加个夜班做出来，应付一下再说吧。”

起英记得，也是为了年底的检查，去年的四次班子民主生活会记录就是她亲手做出来的。

电话那头的胡思连连答应着，那口气如释重负。

三十二

梅青出事后，起英实在是有点内外交困，做什么事都有些恍神，但她又不得不打起十二分的精神来应对每一项必需的工作。

第二天，起英一大早就来到了法院的小会议室里，准备迎接县委的检查。胡思到得更早，他就像热锅上的蚂蚁，手里捧着那个由他创作出来的班子民主生活会议记录本，就像捧着一枚随时会爆炸的炸弹。

胡思一看见起英，就像遇到了救星。胡思的眼睛里满是粉红色的血丝，分明是一夜都没睡。

“起院长，你先看看行不行喽，要是被发现了落个弄虚作假的罪名，还不如老实汇报求得谅解，以后补上就行。”

毕竟还单纯的胡思说完，担心地盯着起英，好像起英就是县委检查团。

起英从他的手上接过那个记录本翻看起来。胡思和早年的起英一样，是从下面一个学校挖来的笔杆子，只是他的那笔字，比起英的更漂亮。只用了一个晚上，胡思就基本上将那个本子填满了字。

起英有意翻看了胡思给她和吉阳飞制作的民主生活会发言。

“认真回顾起来，我作为法院的一把手，对干警的业务学习抓得很紧，但对思想政治方面的工作，还是抓得不够。虽然能够严格地按照县委的部署去做了，但主动性还是不够……”

在吉阳飞的一番自我表扬后面，竟然有这样几句自我批评。

“不错，不错，应该没有什么问题。”

起英的表扬让胡思的脸色立刻红润起来。

到底不愧是笔杆子，对于做假竟然能这样无师自通，起英赞许地看着胡思。

至于胡思帮起英做的那些发言，更是既有水平，又显得很诚恳，而且感人。一次作假的民主生活会发言，居然能够感人，这让起英也大开了眼界。

上午九点，在吉阳飞亲自主持的简短的欢迎仪式后，县委、县纪委一干人花了九十分钟才听完汇报，接着就是进行具体的检查了。

县委，县纪委的主要领导去了吉阳飞的办公室，他们有更重要的事情要交流。

会议室里，那个连夜制作的班子民主生活会议记录本在几个随行的一般干部手上传递着。

起英一边给他们递着各种水果零食，殷勤地续着茶水，一边观察着几位的表情。

有几个人在窃窃私语，起英忍不住摸了摸早已放在口袋里的那些作为误餐费的红包，每个包里面装了四百元钱。摸着那些红包，起英像以往一样，对这次检查充满了信心。起英知道，至于将要由吉阳飞单独给主要领导的红包里，还远不止这个数。

“辛苦辛苦，辛苦各位领导，这是我们法院的一点小小惯例，误餐费，误餐费，不成敬意。”

看到那几个人终于停止了传阅，起英走上前去，恭敬地给每人发了一个信封。

没有人推辞，也没有人拒绝，有的人还悄悄地捏捏信封，知道那里面的内容不少。

“起院长，你们班子的民主生活会开得真好啊，很久没有见过这样实事求是的批评与自我批评了。我得好好向领导们汇报一下，让各个单位都来向你们学习。”

县纪委牵头的小刘谦恭地表示着他的意见，立刻引来了其他人的一片赞同。

起英总算放心了，因为她知道，虽然每次做假几乎都天衣无缝，但只要细看，还是破绽很多的。人家大多看在那个信封的份上，也就睁一只眼闭一只眼罢了。至于要大家来学习，大可不必惊慌，那不过是人家得了好处之后的官样客气。

“起英，上次的检查我院得分最高，只要下次县直工委的党务工作检查得分上去了的话，年底县里给的奖励肯定会不少。英子，你的功劳不小呢。”

检查过后不久，吉阳飞很高兴地告诉起英。

起英将这个喜讯告诉胡思的时候，她看到胡思脸上的表情变化了几次，先是惊喜，然后是惊愕，最后是某种顿悟。

由于胡思的表现突出，起英决定让他每月报销一百二十元手机费用，胡思对起英非常感激。

看着眼睛里还闪着一丝纯真的胡思，起英不由得伤心地想：从某种程度上来说，是我亲手毁了一个年轻人。

起英知道，胡思就像当初她受到吉庆、木双们的鼓励一样，从今往后，他会渐渐地成为一个弄虚作假的个中高手，而且，他既然能无师自通，今后的发展自然不可限量。

经过起英调动一切关系进行一番周密运作，最后，梅青获有期徒刑五年零六个月。

收到判决后，梅青没有上诉，他被送到了本省的一个监狱服刑。

梅青到达监狱的第四天，起英独自驱车三百多里路，赶到了梅青所在的监狱。这座监狱坐落在一片看不到尽头的水网和棉田组成的陇中，四周一览无余。监狱高高的围墙上，架着一圈圈的铁丝网，周围的田地都是属于监狱的劳改用地，几里路之内没有别的民房，让那座监狱看起来显得突兀而刺眼。

监狱的办公室主任是起英的大学同学海一笑。海一笑早就知道起英要来监狱探望新来的梅青。上午，他一边给起英做着安排，一边等着起英。

十点来钟，起英来到了海一笑的办公室。即使是分别多年后第一次相见，老同学之间，立即就找回了昔日的亲密，少了不少的防人之心，也就用不着什么戒备之心了。

起英和海一笑原本就是好友，为了让梅青得到各种关照，起英将她对梅青的爱恋告诉了海一笑。

“起英，我原本也知道你以前就有些离谱，还记得大学的时候，你就做过几件很离谱的事。不过，你和梅青这件事，也太离谱了，这可关系到你的终生幸福呢。别说他现在是个囚徒，而且，他还有家有室的，作为老同学，我这次可一定要劝劝你。”

听了起英的话，海一笑愣了一会才说出话来。

“老同学，别劝我，如果这个世上连你都不懂我，那我又还能向谁去诉说呢？”

起英用眼神制止了海一笑，说话的声音幽幽的。

听到起英将话说到了这个份上，海一笑将张开的嘴巴闭了起来。他是了解起英的，在感情世界里，也许只有梅青这样的男人才能真正获得起英的爱恋。他刚才是过于担心起英，现在看到起英如此的决绝，海一笑不再和起英谈感情方面的问题，只是静静地开始帮起英安排和梅青见面的事宜。

起英感激地看着海一笑，她知道，这个曾经不懈追求过她的男人，是真正理解她的。

起英无心询问海一笑的状况，她盼着与梅青见面，又怕与梅青见面，心情很难平静，起英用纸巾不停地擦着手心，好像那里的汗怎么也擦不干。

海一笑出发去叫梅青的时候，起英在海一笑的办公室里，像一头被陷阱困住的孤狼一样，惊恐、焦躁、极度不安。她一直紧张地望着门外那条通往监舍的水泥路，想象着梅青会怎样地从那里向她走来。

还是上一次接到梅青的纸条后，起英回去就拆开了梅青早先送给她的那个发卡，发卡拆散后，发卡的主轴立即就变成了一片钥匙。起英按照纸条的指引找到银行的那只保险箱，里面有金条，一个青花小鼻烟壶，还有好几个存折和好几张银行卡。

更让起英吃惊的是，有几个存折用的竟是她的名字。出于好奇，起英拿出其中的一张卡到银行的自动取款机上刷了一下，起英顿时目瞪口呆。因为就在梅青失去自由期间，竟然有几笔很大的资金流了进来。

卡上和存折里的钱组合成了一个天文数字，起英不敢多想，也不敢多看，她原封不动地放好了东西，只是一回到家里，就将那片钥匙偷偷地交给了起毅保管。

监狱的生活相比看守所而言，宽松和自由了许多。监狱方根据梅青的特长，没有安排他户外的强制劳动，而是安排他专门为犯人的法制教育编写教材和整理资料。

这对梅青是轻车熟路，他尽职尽责，因为他想让自己尽快地适应新的角色，他想用新的角色来消磨他心中的苦痛。不过，不管他白天怎么让自己忙碌，一到夜晚，他就简直无法平静下来。

那种销魂蚀骨的后悔，对起英的那种刻骨铭心的思念，搅得他经常一夜无眠，即使偶尔睡着了，也会噩梦连连。

昨晚梅青睡不着的时候算了算，虽然好像已经被关了一万年，但仔细一算，连带在看守所那些被羁押的日子在内，服刑还不满一年。梅青的心中一阵慌乱，他突然莫名地渴望自由，渴望逃出牢笼。

清早起来，梅青控制自己不去乱想，他怕自己会做出什么可怕的事情来，他想要静下心来写点东西。梅青痴痴地坐在那里，几个小时没有下笔写出一个字来。

“梅青，梅青，有人找，你出来一下。”

海一笑在专门安排给梅青的那间监舍门前喊着。

梅青站起来迎接着海一笑。令他不解的是，从昨天开始，海一笑无缘无故地对他客气了不少，现在还在对着他微笑。

“梅青，我的老同学起英要见你，走吧。”

海一笑径直走到梅青的面前，轻声地告诉他。

听了海一笑的话，梅青有一瞬间愣在那里，他看着海一笑，好像不能相信海一笑说的是真的。

“起、起英来了吗?”梅青说话大喘气。

梅青眼巴巴地看着海一笑，他虽然极力控制，但对起英的渴望，正将他打入万劫不复的痛苦深渊。

“起英来了，她正在我的办公室里等着你呢。”

看到梅青那种发自内心的痛苦挣扎，海一笑肯定地告诉他。

“好、好，我就去。”

梅青显得有些慌乱，一边整理着身上的衣衫，一边搜寻着空荡荡的房子，似乎想要找点什么可以献给起英的礼物。

离着办公室还有几十米，海一笑指认了房门之后，就知趣地离开了，剩下梅青孤零零地站在走道里。

囚服上虽然没有灰尘，不过，梅青还是习惯性地掸了掸。四周没有一个人影，梅青突然觉得心脏跳得失去了规律，细细的汗从额头冒了出来。

一直站在窗前张望的起英发现了梅青，她急忙打开门，向着梅青奔去。

梅青脸色惨白，被起英猛然抓住的手抖得像风中的枯叶。

“青哥，你怎么瘦得这样啊。”

起英惨烈地看着梅青，无声的眼泪像决堤的水。起英摇晃着，要不是被梅青抓着，差点就摔倒在地上。起英极力控制着，她几次想站稳，都因为太过痛苦而没有成功，最后被梅青搀扶着走进了海一笑的办公室。

站在远处偷偷看着这一切的海一笑心酸不已，他怎么也想不到，自己的老同学，一个那样聪明的女孩，竟然会在这样一份见不得光的感情里陷得这样深。

“英子，你怎么能到这个地方来呢？这多危险啊。”

梅青一边小声地说着，一边张望了一下四周，他是在害怕有人偷听。

“英子，你怎么瘦成了这个样子啊！是我害了你，害了你呢。”

梅青的嘴唇颤抖着，脸色惨然，潸然泪下。

起英泪流满面，她紧紧地抓着梅青。梅青将他的脸贴在起英的手掌里，泪水立刻从起英的掌心里流了下来。

“青哥，我能替你受苦该有多好啊，我该怎么办啊。”

也许是感到起英全身都在发抖，而且发热，梅青拼命地抑制着那种发自内心的哽咽，渐渐地不再流泪。

“英子，你去察看了银行的保险箱吗?”

梅青有意分散起英的注意力。

起英也不想让梅青这样痛苦，她将去察看保险箱的情况告诉了梅青。

听到起英说他失去自由后，仅只是一张卡里就连续进了好几笔大钱。梅青小声地告诉起英，那就是他单独承担责任，不牵扯其他任何人的代价。而且，只要他不死，这样的钱以后还会源源不断。

“英子，你下次要将卡和折子里的钱都打出来，我会给你一份全权委托书和一分赠予书，这样一来，万一我有什么意外，你就拿着那些钱去香港或者国外，不然，凭你和我的关系，你也会有危险。”

起英的脸早已变得煞白煞白，她浑身颤抖，伸出手捂住了梅青的嘴。

“英子，你一定要让我说完，这样我才心安，我要告诉你，那些向我的卡里汇钱的人，可都不是一般的人。我虽然保住了这些人的秘密，但我存在一天，他们就一天不得安心，因此，我很可能随时都有危险，我一定要让你有足够的心理准备才行。”

起英拼命地摇着头，她不肯相信现实竟是这样血淋淋的残酷。

“英子，求你了，我现在只要你安全，其他都无所谓了。你一定要少来监狱，路上太不安全，为了我，你也得早作准备。当然，我这是作最坏的打算，也许那些人只是用钱堵我的嘴，不会再有别的动作了。”

看到起英惊恐莫名，梅青紧紧地握住起英的手，口气缓和了一些。

“青哥，你不要这样为我安排，我告诉你，地狱里有你，地狱就是我的天堂。天堂里没有你，对我来说，天堂就如同地狱。人世间一旦没有了你，钱再多我也一分钟都不会留恋，我这一辈子誓与你生死同行。”

起英伤心欲绝，一副病入膏肓的样子。梅青终于忍不住一把将起英揽在他的胸前。

会见结束，送走梅青以后，起英已经精疲力竭，她谢绝了海一笑的挽留，蹒跚着走向她的车。看到起英决意要离开，海一笑快步上前，连忙帮起英打开了车门。

起英好不容易爬上了车，她立刻发动车子，一眨眼就冲出监狱的大门，绝尘而去。海一笑久久地站在送别起英的地方，他想不到爱可以这样地改变一个人。回想起起英刚才离开时的悲伤眼神，海一笑突然觉得起英实在可怜，他的心里很不是滋味。

起英机械地开着车，她觉得一刻也不能停下来，不然她怕自己在这半路上就会崩溃。渐渐地，即使擦干眼泪，起英也感到视力模糊起来，她越来越觉得身体仿佛飘浮在空中，不肯老老实实地落在驾驶座位上，手里的方向盘渐渐地有千斤之重。

起英感到快要倒下了，她只得死死地抓紧方向盘，机械地猛踩油门，起英一心想着要尽快回到音召县城才行。

一路上，哪怕是手扶拖拉机也躲得远远的，起英驾驶着车子在无人敢靠近她的空旷马路上飞，远远地看去，车子就像一匹喝醉的奔马。

离着法院的停车坪还有十多米距离，起英的车子就停了下来，起英打开车门还来不及下车就倒下了，她满脸通红，呼吸急促，发着高烧，几乎立即陷入了昏迷。在场的人们都惊出了一身冷汗，因为他们发现，刚才竟然是起英独自在开车。

大家都不知起英怎么了，只好七手八脚地将她送进了医院。吉阳飞赶到的时候，医生已经初步得出结论：起英是严重的肺炎造成了肺部感染，生命都有危险。

看着起英对他的到来没有一点反应，吉阳飞担心地将手指探在起英的鼻子底下。起英的那一丝鼻息若有若无，时断时续，病势让人心惊。

吉阳飞以为是他的左手不够灵敏，他赶紧又换上了右手，右手的感觉还是一样糟。吉阳飞的心里突然慌慌的，他抬起头来，发现起英的主治医生正在看着他。

“院长啊，这个女的怕是不行了，有条件的话，可以叫她的家人准备准备了。”

看到吉阳飞询问的眼神，医生说得很坦白。

听到医生的话，吉阳飞仰起了头，因为来自心中的一股酸楚已经模糊了他的眼睛，吉阳飞认识医生，他不想让医生看见他在流泪。

吉阳飞猜想起英一定是去探望了梅青，只是不知受到了什么样的刺激，竟让起英在一天的时间里就变成了现在这个模样。

我不能让起英就这样离去，这个念头让吉阳飞冷静了一些。

“医生，不管你用什么办法，也不管要花什么代价，都请你务必救救我们这个干部，绝不能让她这样轻易离去。”

那医生用异样的眼神看了看吉阳飞，然后朝吉阳飞点了点头。

身边没有姊妹，没有爱人，父亲也已老去，轮到要通知亲属的时候，吉阳飞才发现，起英原来孑然一生，几近孤苦伶仃。

吉阳飞只得一边通知起英年迈的父母，一边派人守护起英。只有吉阳飞知道，梅青出事后的这一段时间里，病床上的起英到底经历了什么，他真担心起英挺不挺得过这一关。

看着病床上脸色惨白，对什么事都毫无反应的起英，吉阳飞不由得感叹：人的生命真如朝露，几个月前还那么生机勃勃，前途无量的两个人，今天竟然一个挣扎在牢狱里，一个挣扎在死亡的边缘。

接到吉阳飞的电话，起毅一时急得说不出话来。近几年来，也许是自己对女儿的婚事唠叨得太多，女儿回家的次数越来越少了，这次就有好几个月没有看见起英了。

住院，会是什么事住院呢？而且连电话也得由吉院长打来，一定是事情紧急，也许是起英有了生命危险。起毅在时素华的搀扶下，一边急急忙忙往医院赶，一边乱七八糟地想着心事。

起英的父母踉跄着赶来的时候，吉阳飞已经安排专人守在起英的病床前。

起毅看到女儿就那样静静地躺在那里，右手吊着点滴，病床前没有儿女，没有爱人，只有吉阳飞和一个他不认识的法院干部，起英的病房里显得凄凉而冷落。

起毅不由得老泪纵横，尽管他尽力压抑，还是哭出了声音。在一旁看着起英父亲的惨状，吉阳飞想：要是能让起英看到父亲此刻的伤心欲绝，也许她就真正得救了。

就在起英重病的时候，梅青的老婆祝政终于向他提出了离婚。梅青虽然已有思想准备，但还是没想到祝政居然这么快就做得这么绝情。面对妻子草拟的离婚协议，梅青以往对妻子的那一点点愧疚，一瞬间都消失得无影无踪。

祝政在她拟订的离婚协议里，对目前毫无反抗能力的梅青提出了不少苛刻的要求，她要求梅青放弃两处房产，放弃对孩子的抚养权。并要梅青一旦获得自由，还得承担起孩子一半的抚养费。

梅青知道，一旦在这份协议上签字，他除了失去了自由之外，从表面看来，他还将失去孩子和几乎所有的财产。狱方担心梅青无法承受，正想要单独做祝政的工作。梅青却长叹一声，毅然在祝政给他的那份协议上签下了名字。

自从签下离婚协议后，梅青的心情是复杂的，终于解脱了，这让梅青感到轻松。能不能给起英一生的幸福呢？自己有足够的金钱，这一点不容置疑。但梅青看看身上穿的囚服，终究还是有点茫然。

三十三

吉阳飞在一把手的位子上逐渐站稳脚跟，将县、市两级相关的关系网罗织得差不多的时候，他曾几次找机会想要将吴易赶回县里。

开始是县人大法工委想从法院调个副职去担任法工委主任，后是县司法局需要一个副局长。

吉阳飞两次都暗地里推荐了吴易。吉阳飞知道，吴易这样的人留在身边，就像是一颗不定时的炸弹，不知什么时候就会将他炸得粉碎。

谁知吴易在县里的名声很不好，无论是法工委，还是司法局，一听吉阳飞提到的人选是吴易，他们就宁愿少一个编制也不要他。

另外，吴易也绝不愿意就这样被赶回县里，他心中还存着很多的梦想，他特别相信的是自己的能力，觉得他既然是金子，就总有一天会发光的。因此，只要一察觉到有调动的风声，吴易就会不顾一切上蹿下跳，总要将事情搞黄才算完。

还是在吉阳飞代理院长的时候，吴易就曾写过几份举报材料，也许是因为匿名，也许是因为没有过硬的证据，每次举报都是不了了之。梅青出事后，吴易曾兴奋了好几天，他期盼梅青能像秦尚一样出卖和他关系很近的吉阳飞，为他的前进道路扫清一个最大的障碍。

不料梅青与秦尚不同，被“双规”之后竟然没有牵连任何人。开始的时候，吴易觉得有些不解，到后来，他终于恍然大悟，进而不得不佩服梅青的聪明。

吴易明白，只因梅青的沉默，那些和梅青有着千丝万缕联系的人们才保住了前程、保住了身家性命，谁能不感激梅青的这份沉默呢，谁能不在乎梅青的这份沉默呢？而为了让梅青日后永远地沉默下去——吴易突然觉得脊背发冷，他不敢替梅青往下再想。吴易虽然觉得向梅青学到了不少的东西，但想得更深一点的时候，吴易不免有些替梅青惊恐。

吴易的存在，让吉阳飞总觉得院长的权力在他的手上用得不尽如人意，他时刻觉得吴易那双阴沉而狡猾的眼睛总是在他的身后闪着绿光，不怀好意，让吉阳飞如芒刺在背。

吉阳飞可不是一般的人，只要他感到身上有刺，哪怕是再痛，他也要亲手拔掉才行。为了早日剔除吴易这根刺，吉阳飞寻找着一切可能的机会。

进入两千年以后，音召县政府，乡政府，周边县的公检法都大兴土木，开始攀比着兴建皇宫一样的办公大楼。

木双遗留下来的法院账号上曾经节余了将近四百来万现金，吉阳飞上台后也还不致亏空，因此，吉阳飞当机立断，决定贷一部分款筹建本地区最出色的县法院办公大楼。

经过吉阳飞表哥李宗庆牵线，省城第二设计院的一个朋友很快就根据各地政府新建大楼的优势，给了吉阳飞一个设计的草案。

看过草案之后，吉阳飞对其中的一点非常满意，那就是他们几个正副职的办公用房都有七八十个平方米大小，外间办公，里间完全是居家装饰，双人大床，一色高档床上用品。独立卫生间，一切洗漱，按摩设备都很齐全。外间的老板桌上传真、打印、电脑，现代化办公设备一应俱全。

正在吉阳飞拿着设计草案想要和起英商量谋划，需要起英鼎力相助的时候，起英却就这样倒下了，吉阳飞真是心急如焚。

吉阳飞想想身边的人，真正能够让他信任，可以托付大事的只剩下了起英。时建的亲信陈志刚只是一个成事不足，还有点刚愎自用，而又万万不能得罪的人。吉阳飞一趟一趟地跑医院，起英的病却毫无起色，吉阳飞从主治医生那里听说，这是因为病人似乎完全失去了求生的欲望，因此才会这样。

病床上的起英不吃不喝，也从不呻吟，只是一味地昏迷，靠打点滴维持着生命。吉阳飞和医生都束手无策。吉阳飞沉默了，他想来想去，觉得在这世上也许只有梅青才能激起起英求生的欲望。吉阳飞想去监狱探望梅青。

一想到监狱，一想到可能会被人利用他与梅青的关系，吉阳飞犹豫了。想当初知道梅青被双规后，吉阳飞失眠了，他和梅青有着千丝万缕的联系。不要说别的，单只是他帮梅青建立的一个银行卡，那卡里让梅青用于活动和建立关系的钱，就足够让他跌入深渊。得知梅青没有牵连任何人的时候，吉阳飞曾跪倒在他的办公室里，那时他对梅青感激涕零。

现在要去吗？现在能去吗？我需要起英，目前也绝不能得罪梅青。吉阳飞考虑再三，决定化妆悄悄地前往梅青所在的监狱。

第二天一大早，吉阳飞带了一副大墨镜，特意穿了一件高领的风衣，独自借了朋友的一部车去探望梅青。一路上吉阳飞决定，不管后果怎样，他也一定要将起英现在的情况告诉梅青。

离着监狱还有几十米的距离，吉阳飞不由自主地停下了车。监狱的四周一览无遗，高高的围墙外连一棵小树苗也没有，荒凉而凋敝。远处的田地里有一帮人在劳作，离得太远，看不清到底是农民，还是犯人。

吉阳飞竖起风衣的领子，正了正墨镜，悄悄地向围墙里走去。想到梅青就曾经走在这条路上，想到梅青也完全可以让他也走在这条路上，吉阳飞突然不寒而栗。

突然听到吉阳飞要见自己，梅青稍一犹豫，就答应与吉阳飞见上一面。

看到略显清瘦的梅青身着囚服从监舍深处走了出来，吉阳飞有些不自然地笑着。来的时候，他对见面怎么称呼梅青颇作了一番思量，叫梅院长吗？好像在讥笑人家。叫老梅吧！又好像与以往的反差太大了。

“梅老板!”谁知真正一见到梅青，吉阳飞在迎上去的同时，很自然地就解决了称呼的问题。

梅青含蓄地点头回应，往日的沉稳依然可见，让吉阳飞觉得一下子拉近了两人的距离。

接见室里除了梅青和吉阳飞，只有一个狱警远远地站在门旁的窗下。

梅青看着吉阳飞，他觉得吉阳飞似乎有些疲惫。梅青知道，吉阳飞这几年有些事做得很出格，面对他今日的处境，难免会兔死狐悲。

“梅老板，你还好吗？有什么需要我吉阳飞的，无论什么时候，无论什么事，你捎个信就行。”

看到梅青有所期望的眼神，吉阳飞主动说。

“无所谓好不好的，也就这样了。你们都好吧。”

自从出事后，梅青既不想牵连别人，不想麻烦别人，也更不想再轻易地相信别人，哪怕这个人是吉阳飞。

听到梅青的回答显得有点冷，吉阳飞愣了一下。不过他马上明白，梅青话里的“你们”其实指的是起英，梅青现在最想知道的，应该是起英好不好。

看着梅青那一脸的担心，吉阳飞沉默了，他在考虑到底要怎样才能既把起英病重的消息透漏给梅青，和梅青一起想办法拯救起英，而又不过分刺激梅青，防止正在服刑中的梅青出现什么差错。

吉阳飞紧张地思考着，完全没有注意到，正在盯着他看的梅青已经紧张地握起了双手，就像是一个杀人犯在等待着最后的宣判。

“别的都还好，只有起英，不知她是怎么回事，现在病倒了，住在医院里。”

吉阳飞猛然发现了梅青的神色不对，他说话小心翼翼的。

“要紧吗？病得很重吗？要紧吗？”

梅青一直紧张地挺着的身子居然晃动了一下，他下意识地抓住吉阳飞的手，声音很急切。

看到梅青的反应，吉阳飞想：这个表面看来城府极深，精于算计的男人，落入目前这样的境况里，竟然还有这样柔情的一面，吉阳飞的心里突然有一丝感动。

“我和起英的主治医生谈过了，其实问题并不严重，只是起英少了一些求生的欲望，她似乎不想醒过来。这样一来，什么药都对她没有多大的作用。”

“阳飞，你一定要救救起英，你一定要救救起英。”

当着吉阳飞的面，梅青嘴唇颤抖，脸色突然变得煞白，他冲动地再次抓过吉阳飞的一只手，不惜恳求他昔日的手下。

吉阳飞感到梅青的手变得滚烫，而且在颤抖，眼睛里的那种无助和绝望，几乎让吉阳飞都有些心碎。

“我会尽力的，我一直在尽力。我知道只有你真正了解起英，我今天就是来向你求助的，也许你才能想出激起起英求生欲望的办法。”

吉阳飞悄声而急促地说着。

“阳飞，你的手机有录音功能吗？有的话给我用一下，我录点东西，请你去放给起英听。”

“有，有。”

吉阳飞连忙将手机递给梅青。

梅青接过手机，两行泪水顺着眼角流下来。吉阳飞不敢直视梅青，他站起来，信步走到了另一扇窗口，留下梅青独自坐在那张简易的桌子前。

接见室里静得出奇，梅青的哽咽压抑而凄凉。吉阳飞的眼睛望着窗外，心里别有一番滋味。

“上邪！我欲与君相知，长命无绝衰！山无棱，江水为竭，冬雷震震夏雨雪，天地合，乃敢与君绝！”

吉阳飞的身后响起梅青略带磁性的男中音，忧伤而缠绵，让吉阳飞感到了一种心灵的颤动。

“阳飞，不瞒你说，这首诗曾经是我和起英对我俩今生来世的一种约定。”

看到吉阳飞惊奇的神情，梅青哽咽着告诉他。

吉阳飞离开监狱以后，一路上一直有点心不在焉，以前他也去过很多的监狱，提审过不少的犯人。但是，今天看到梅青从监狱深处走来的时候，他竟然有点胆战心惊。要是梅青有一天不再保持沉默了，又会怎么样呢？这个念头让吉阳飞浑身发冷不寒而栗。

目前的状况，吉阳飞只能信任起英，但对梅青呢？理智告诉他，应该渐渐地敬而远之，不然总是会被对手钻了空子的。能够敬而远之吗？梅青是个敏感的聪明人，一旦他感到自己想要脱离掌控，梅青也许就会不再沉默了。

吉阳飞摇了摇头，他不想再想这些问题，不然无法集中精力开车。

“哎，还是像以前一样定期给梅青的银行卡里打钱吧，他几年就出来了，以后的路还长呢。”

吉阳飞自言自语，好像在安慰自己。

吉阳飞离去之后，梅青一时无法平静，想起与起英的点滴，他伤心不已。想当初自己满怀信心，以为这个世上只有他才能让起英得到幸福。谁知在官场的争斗中功败垂成，竟让起英落到了现在这样的悲惨境地。

“起英好像丧失了求生的欲望。”梅青想起吉阳飞的这句话，难道我终究要失去起英吗？这个念头让梅青近乎崩溃，他连忙将头抵在墙壁上，强制自己恢复镇定。

“我不能倒下，起英需要我！”梅青喃喃自语，泪流满面。

这一招很灵，想到苦难中的起英，梅青平静了一些。

很久没有为别人推算过凶吉的梅青，诚心地向上天默默地祈祷了一番，然后，开始坐下来为起英推算这场病的吉凶。

“这肯定一点都不准，这种推算原本就是骗人的把戏，起英是不会死的。”一番潜心推算之后，梅青惊恐地丢掉了那几根用来推算的小木棍，惶恐地喃喃自语。

原来，梅青刚刚推算出，这次疾病，竟然是起英命中难逃的一劫，按照梅青的推算，起英这次绝对是有死无生，没有破解的办法。

梅青虽然对推算结果不是很相信，因为他就没有预测到自己和秦尚都会有牢狱之灾。但给起英的这番推算，却加重了他的痛苦和担心。梅青觉得，如果可能的话，他愿意用自己生生世世的性命为代价，来换取起英的健康和幸福。

不说梅青是如何痛苦，只说吉阳飞一边往回赶，为了不让脑子乱想，他一边默念着梅青录在他手机里的诗。默念了几遍后，不太喜欢诗词歌赋的吉阳飞，似乎也渐渐地明白了诗歌中那种爱的决绝和深沉。

想不到梅青和起英竟然是这么的浪漫，想不到梅青竟然用失去自由的磨难换来了一份亘古难觅的真情。到此时，吉阳飞心中对梅青和起英之间的那份爱充满了羡慕和同情。

当天晚上九点多，吉阳飞要守护起英的干部去休息几个小时，他坐到了起英的病床前。

起英仰面躺在那里，脸色和身上盖的白色床单差不多，乌亮的长发披散在她的枕上，脸显得瘦削而清秀，嘴唇红得有点发紫。起英已经不吃不喝几天了，完全依靠打点滴来维持着她的生命。

刚刚守候了一天，起毅就病倒住进了医院，只有继母时素华每天会抽空来停留那么一会，起英的病房里除了同事和一些朋友陆续来过之外，其余没有一个亲人。吉阳飞觉得，起英有点像被人们丢掉的弃婴。

吉阳飞默默地看了一会，忍不住将手放到了起英的鼻子底下。起英那微弱的气息还是若有若无，吉阳飞担心不已。而且，他无法相信梅青给的诗对起英会有起死回生的魔力。

病房里静悄悄的，有一种死亡的静寂。吉阳飞虽然无法相信梅青的诗能够胜过现代的一切医疗措施，但他还是不想违背梅青的意愿，他拿出了录有梅青声音的手机。

“英子，你还记得梅青吗？他很担心你，我给你带来了梅青想要和你说的话，你好好听着啊。”

吉阳飞病急乱投医，他一边说着，一边在起英的耳边打开了手机的播放键。

“上邪，我欲与君相知，长命无绝衰，山无棱，江水为竭，冬雷震震夏雨雪，天地合，乃敢与君绝！”

一个充满磁性的男中音在起英的病室里响起，哀怨凄婉，让人闻之落泪。

起英的眉毛似乎动了一下。吉阳飞急忙俯身细看，起英还是像死了的人一样。

吉阳飞近距离地察看着起英，瘦削的起英呈现着一种病态的美，美得像个可爱而又无助的婴孩。起英的这种美在吉阳飞的心中激起了怜惜的波澜。吉阳飞禁不住热泪盈眶。

播放到第四遍，当梅青吟诵到“冬雷震震夏雨雪”的时候，吉阳飞突然看到一滴很大的泪珠滚出了起英的眼眶。

“英子！英子！英子！”

吉阳飞一边继续播放，一边轻轻拍着起英的脸连声呼喊，那声音急切，紧张，而又满怀希望。

那天离开监狱后，起英是一路痛哭着开车回到县城的。回想着失去了自由的梅青的那种痛苦、失落和担心的落寞神情，起英的心里像有滚油在熬煎。

梅青被定罪以后，起英就开始调动一切关系帮他争取早日保外就医，但这毕竟不是一天两天的事情，如果在这期间梅青就有了意外呢？起英不敢往下想。一旦失去了梅青，生命对于起英来说，就会变得如鸿毛一般的轻。那样将意味着她的人生更加是一遍死寂的空白，没有爱，连亲情也残缺。

还是在梅青出事前，起英就感到身体不行了，不断地出现气短，胸闷，有时甚至咯血。起英独自承受着，瞒住了她身边所有的人，更没让梅青看出一点端倪。及至看到梅青的惨状，起英终于支持不住，她轰然倒下，一时丧失了求生的欲念。

吉阳飞将梅青为她吟诵的诗歌播放到第四遍的时候，起英终于有了感觉。梅青吟诵的诗歌，是梅青和她在一起的时候两人反复吟诵过的。他们曾经凭着这首诗起誓，要让他们的爱超出这首千古的情诗，成为现实版的《上邪》。

可如今，山有陵，江水未竭，爱人却失去了自由，还可能随时都有危险，慢慢恢复意识的起英，眼泪不由奔涌而出，一时不能自已。

起英悠悠醒转，早已是泪流满面。她第一时间看到的，是吉阳飞那焦急而又欣喜的脸。

“英子，你还认识我吗？你知道刚才的诗是谁朗诵的吗？”

看到起英终于醒来，吉阳飞的心里无比感慨，他想不到竟然有幸目睹这样一份坚贞的爱恋创造的奇迹。

“阳飞，谢谢你，我没事的。”

起英的声音很微弱，看到吉阳飞的表情，起英有些感动，她突然想要尽早康复，以后要尽力帮帮吉阳飞。

“英子，这个好消息得最先通知梅老板。”

起英点头，她和吉阳飞对视着，眼睛里都有泪，他们像一切配合默契的人们一样，一切都在不言中。

三十四

起英醒来后，恢复得很快，虽然不知是不是由于感染，出院的时候医生告诉她，她的肺部留下了一块不小的阴影。但县医院的医生又说，时间一长，肺部的阴影应该会慢慢地自然消失。

起英出院后，吉阳飞专门指定由政工室的一个小姑娘暂时负责起英的日常起居。

两天后，起英不再需要那个小姑娘的照顾。当晚，吉阳飞将新法院的设计图纸交给了起英。

“英子，早两天县委出台了新的规定，已经形成了正式文件，今后凡是在职正科以上的干部，离职后一切待遇都不变，办公室照用，车子照开，一切的奖金补助照旧。你看，我想将我们的办公用房建成舒适安逸型的，说不定以后还可以留待我们养老呢。”

吉阳飞两眼放着光，好像美好的前景就呈现在他的眼前。

“真的有这样的文件吗？那我们的县财政今后怎么办呢？每个正科实职都配有车，老的退了待遇不变，新上任的又得有多少人需要享受待遇啊，这样源源不断，我们的县财政恐怕还不够养干部。要是全国都这样，我们这个国家就真的危险了。”

起英没有顺着吉阳飞的思路，而是说出了她的担心。

“我们不必杞人忧天，领导们做这样的决定，完全是为他们自己的日后考虑，你想啊，他们在职时的待遇比我们高多少啊，如果能够保留到下位以后，直至保留到最后退休，他们就不必再有后顾之忧了。”

听了吉阳飞的话，起英不再辩驳，她开始翻看那一沓设计图。彩图很诱人，特别是吉阳飞标记了的法院领导们的办公用房，富丽堂皇，舒适优雅，让人充满了期盼和想象。

“英子，基建的项目县委要求要公开招标，不过我想用一个我们信得过的人，我不好出面，你得帮我操作一下。”

起英点头。

“现在的旧办公用房以及地皮的买卖也正在磋商之中，你康复之后，这些都要以你为主了。至于贷款事宜，我会去搞定它的。”

从县政府无偿得到十八亩荒地之后，吉阳飞的计划就基本上成型了。音召县法院的基建项目开始大张旗鼓地向外招标。

早在几年前，吉阳飞的表哥李宗庆就已经进军房地产，短短几年，李宗庆成了一个资产数亿的房地产商，在音召及周边几个县成了黑白通吃的领军人物。

法院基建项目公开招标的前一晚，李宗庆亲自开车将起英和吉阳飞带到了邻县的一个温泉山庄。三个人密谋了近一个小时，将一切可能的纰漏都作了详尽的考虑。

“起院长，这张卡是专门为你开的，这段时间你肯定需要不少的开支，很多关系都得由你去担待，钱不成问题，你不必跟我客气。”

开始泡温泉之前，李宗庆将一张建行的卡塞在起英的手里，脸上的表情莫测高深的，眼睛里似乎还闪着一丝绿莹莹的光。

“这、这怎么能行呢？帮忙是我应该的，不过银行卡我不能收。”

起英的脸涨得通红，讲话都有点结巴了。

“英子，收下吧，这点钱在他根本不算什么，再说，他是商人，你不收下他的卡，他对你就不放心，以后还怎么合作呢。”

吉阳飞附在起英的耳边小声地说。

起英看了看吉阳飞，看了看李宗庆，无奈地收下了那张银行卡。到这时，她突然想到了梅青保险柜里的那些存折和银行卡，难道有些也是这样身不由己地收下的吗？

音召县法院的新建项目耗资两千多万元。在起英的主持下，一场盛大的招标大会在县里最大的福音宾馆举行。

现场的一切都煞有介事，井井有条，而且顺利。吉阳飞和李宗庆那一天都没有在会上露面。面对有些来宾的询问，起英按事先的约定告诉大家，吉院长去了省城。

毕竟是第一次联合吉阳飞这样大型地造假，起英的心里有点不是滋味，因为有些心虚，她对每一个参会人员都格外的客气。对于那些从外地赶来的，起英简直客气得有点过分。

李宗庆的公司只来了一个副手，而且，除了起英，其余谁也不知道吉阳飞和李宗庆之间的关系。

竟标的结果可想而知。可怜那些满怀希望，作好充分准备前来参加竟标的公司，上下运作，各显其能，不少人费尽心机，最后却都输了，还不知道自己到底是哪里出了纰漏。

法院的基建和公开招标的确定，都是在吉阳飞的主持下召开了院党组会议定下来的，大家都对新的办公环境非常向往，又因为实际的操作主要是起英，因此，大家一时谁也没往其他方面去想。

直到招标成功，吴易找到了起英。

“起院长，中标的基建公司要找辅料的话，我的一个朋友想跟他们联系，请你函接一下怎么样？”

吴易虽然是想要起英帮忙，但他说话的口气却有点像对他手下的小弟。

“好的，我会记得这件事的。不过，还有很多的手续，到真正动工还有一段不短的时间呢。”

起英在心里瞧不起吴易，但她的口气委婉客气，脸上笑眯眯的。

“基建可不是容易抓的，以后总不要有什么事落在我的手里。”

平常就十分在意起英和吉阳飞是一伙的，听起英的答复含含糊糊的，吴易差点将心里的话冲口说了出来。

离开起英后，吴易将放在口袋里准备给起英的一千元红包放进了他的钱包里，那是托他办事的朋友给的。本来是五千元，不过吴易认为他的面子远不止这个数。因此，他只在准备给起英的那个信封里放了一千元。刚才起英的答复模棱两可的，他连这一千块钱也懒得给她了。

望着吴易的背影，起英的心中有点不安，她有心让吴易搞到一些供应辅料的业务，但她马上又打消了这样的念头。起英知道，在新法院办公楼的基建中，她只是吉阳飞的挡箭牌，个人的好处虽然少不了，但做主的事是必须经过吉阳飞的。而吉阳飞视吴易为眼中钉，基建的事，他绝不会让吴易或与吴易有关系的人沾边。

起英手上的工作暂时有了一些眉目之后，她准备再次前去探视梅青。吃穿用的，起英将汽车的后备厢装满之后，还不放心地检查了一遍。

"一笑，我现在出发去你那里，中午请你吃饭，你帮我安排一下吧。"

出发前，起英拨通了海一笑的电话。

"英子，我正在盼着你来呢，梅青的老婆来过监狱了，与梅青办理了离婚手续，梅青的情绪好像有点低落，你能来真是太好了。"

海一笑显得很高兴。

听了海一笑的话，起英沉默了。

"起英，我等着你，你快点来吧！"

海一笑在电话那头大大咧咧地叫。

起英的心里百感交集，她为梅青担心，但又觉得不便问。

"一笑，梅青现在怎么样了？"

起英最终还是没忍住。

"本来梅青对于与妻子离婚并没有产生什么思想波动，倒是这几天不知为什么，他的情绪变化极大，整天焦虑不安，人也一天比一天瘦了，我们问他，他又说没有什么。"

起英知道，梅青是因为担心她才那样的，她不忍心再打听梅青的事情。对于起英来说，世上的一切全都抵不上梅青的那份爱。起英在这份爱里，甘愿自伤自残至死不悔。

以前，起英作为一个女人，虽然害怕梅青因为她而离婚，为她伤害孩子和另外一个女人，从而让她愧疚终生。但她又何尝不渴望一份能够示人的真爱呢！又何尝不想让她的老父放心呢？她又何尝不想光明正大地向人说：这个男人就是我的爱人呢？

现在，梅青离婚了，起英感到了一种真正的解脱。起英这才发现，原来在她的心灵深处一直以来作为第三者的身份，竟然是她心中一直极力隐藏的一根刺，一根一碰就会痛彻骨髓鲜血淋漓的刺。

祝政选择在梅青最无助的时候下手，起英心中对她的那份愧疚荡然无存。

起英嗅着周围的空气，深深地吸了一口。突然，她感到胸部有种炸裂的感觉，她赶紧轻轻地嘘出那口气，冷汗还是浸湿了她的衣领。

“英子，你这个样子，还是用我的司机吧。”

吉阳飞提着一代捎给梅青的东西出现在起英的身边，看到起英的状况，不免为她担心。

“谢谢，我能行，反正慢点开就行。”

起英决意要单独前往。

看着起英的车子消失在视线里，吉阳飞轻轻地叹了一口气，觉得应该找个机会劝起英到省会的大医院去做一个全面的体检才行。

病后第一次长途开车的起英，开了不到一半的路途，她就感到体力不济了。起英放慢了车速，想让心情平静下来，她认为只有心境平静了，体力才会回到身上来。

风从半开的窗口飘进来，带着一阵阵不同的花香，起英轻轻地闻着，她不敢再深吸气，那一刻的剧痛让她刻骨铭心。

离着监狱还有几百米路程，起英停下来开始检查她的容颜。后视镜里，新做的发型一丝不乱，只是脸和唇太煞白了一些。起英重新涂抹了玫瑰色的口红，脸上抹了一层薄薄的粉，这才向监狱的大门驶去。

海一笑正在大门口等着起英。可是，等他一看到起英，竟然有点目瞪口呆。走下车来的起英，可以说是瘦骨嶙峋，虽然化了淡妆，但还是无法掩饰脸色的黄中带青，走路像弹棉花，让人担心她随时会摔跤。

海一笑突然觉得有些不可思议，一个年纪不是很大的人，在短时间内竟可以发生这么大的变化。

“起英，你不要紧吧？”

海一笑摊着手，拿不定主意要不要前去搀扶起英。

“不要紧，我这几天感冒了。”

“你其实不要这么勉强，梅青的保外就医搞下来后，你就不必这样辛苦了。”

“那我还是会回来看你呢，我们老同学，这次多亏了你帮忙啊。”

“老同学面前还说谎，这里没有梅青的话，你恐怕就再也不会来了。”

起英不理睬海一笑打趣的话，她一边塞给他一张银行卡，以及一袋为他孩子买的东西，一边清理着后备厢里的其他东西。

“你这是干什么？”

“这是留给你用来帮梅青疏通关系的，那是我自己的钱，什么时候都没有一点问题。”

起英挡回海一笑拿卡的手，她在那张卡里存进了十五万元钱，那笔钱是从她这些年的积蓄里转出来的。

“那好，用剩下的再还给你，你到我的办公室去，我去找梅青过来。”

并不知道卡里有多少钱的海一笑高兴地收下了那张卡，转身向监室走去。

海一笑的办公室里和上一次没有什么变化，陈设简单，房子显得空旷。在等待的时候，起英有些心神不定，她一会拉拉身上的衣服，一会摸摸头发，一种很复杂的感情，让她的脸上浮现出一种病态的红晕。

估摸着梅青应该出现的时候，起英站在办公室门口向上次梅青消失的那条走道张望。走道里没有一个人影，也许是大家都到田里劳动去了，四周静悄悄的。不一会，梅青的身影出现在走道尽头，他并没有穿囚服，而是身穿一套学生军训的迷彩服，梅青走得很急，虽然清瘦，但显得健朗。

梅青一路向海一笑的办公室匆匆走来，他很激动，现在他已经无法冷静地思考，他的脑海里只有一个念头，那就是他无论如何要见到起英，他太想起英了，他要亲眼确定起英真正康复了。哪怕这一见面从此让他坠入地狱，他也不会容许自已有丝毫的犹豫。

从双规到入监的这些岁月里，人情的冷暖，世态的炎凉，让他终于见证了起英对他的那颗真心，那份痴情。

离着还有几十米，起英向着梅青奔去。跑了不到十来米远，起英突然一阵胸闷，脸色苍白，她向梅青伸着双手，身子一个趔趄。

梅青急步冲到起英跟前，一把扶住了刚要倒下的起英。立刻，梅青感到手上的起英轻飘飘的，梅青顿时心如刀绞。

“英子，你这个样子，为什么还要独自开车来啊，你叫我怎么放心。”

“青哥，你放心，我很好，只是有点感冒。”

起英极力保持着笑意。不过，她的脸色苍白，细密的冷汗从她的额头涌出，手也汗津津的。

坐在梅青面前的起英一脸病容，形销骨立。梅青的心中非常震撼，痛楚，他终于明白，因为爱，他的苦难，在起英的心里会被放大十倍百倍。梅青终于懂得，起英爱他，只因他是梅青，起英爱的并不是梅院长，或什么别的落在他头上的官衔。

“青哥，你再为我吟诵一遍那首诗吧。”

看到梅青痛苦难当，起英想要分散他的痛苦。

“上…邪，我、我欲、与君相知，长命无绝衰。”

梅青的泪水像决了堤。起英也潸然泪下，两人的手紧紧地握在一起。

“英子，我该拿你怎么办呢？我该怎么办啊！”

梅青拼命地压抑着，不过还是哭出了声。

这时的起英，倒是冷静下来了，她知道再也不能给梅青增加负担了，她一定要坚强起来，不但自己好好地站起来，而且还得留给梅青一个有力的肩膀，让他和自己一起站起来。

“青哥，你相信我，我真的很好，你什么都不用操心，一切都有我呢。”

起英摇着梅青的肩膀，语气和表情都很坚决。

“青哥，即使世人都舍你而去，我也会和你在一起。不过，我们不是一起沉沦，而是要一起重新站起来。”

起英一边说，一边将一张写了几组数字的纸条递给了梅青。

那几组数字，是梅青保险箱里那些卡上最近新进的钱。那些数字按照梅青提供的人物序号分别标明了顺序，序号后面的钱数，让梅青对谁给了他多少钱一目了然。梅青略微算了一下，他保险箱里所有的钱加在一起，竟然超过了八位数。

“英子，我的后半生别无所求，只要有你就行了，这些钱都由你去运作吧。”

梅青将纸条塞在起英的手心里，顺势抓住起英的手，一时感慨万千。

“青哥，你在这里没有什么特殊情况吗？我可一直放心不下。要不我跟海一笑打个招呼，拜托他留意一些，只要保外就医的手续办下来了就好了。这一段我们特别要小心才行。”

“海一笑可靠吗？”

梅青的语气里带着一丝不安，因为就在上个星期，有几个犯人就曾经对他图谋不轨，好在他平日里对不少的狱友施以小恩小惠，在他们的帮助下才化险为夷。梅青虽然不能肯定那几个人是来自某股势力，但他的特殊身份让他不得不防备。

不过，这些都不能告诉起英，梅青怕她再也承受不起。如果有了海一笑的帮助，那当然是求之不得。

“以我对海一笑的了解，我觉得没问题。如果连海一笑这样的人也完全沦落了，那我们就彻底没希望了。”

“那好吧，你可以和海一笑打个招呼，以后有什么事也可以通过他传达，这样就方便多了，你也不必这样辛苦地开车来去了。”

看到起英对海一笑非常信任，梅青同意了她的提议。

时间已近中午，起英怕海一笑进来，连忙简要地将她最近和吉阳飞合谋的一些事告诉了梅青。只是为了不让梅青太担心，起英隐瞒了李宗庆给了她银行卡的事，因为起英觉得那张卡里的钱毕竟太多了一点。

梅青的脸色有些凝重，镜片后面的眼神有些犹疑不定。看到起英紧张地注视着他，梅青轻轻地叹了一口气。

“我以为吉阳飞多少会吸取我的教训，想不到他反而越玩越出格，越玩越胆大，你在他的手下也算是身不由己。不过，你今后凡事要加倍小心，什么事最好都得留有底子，防止吉阳飞将来过河拆桥，或者让你背黑锅。”

“青哥，你不要想那么多，你要相信我应付得来，我早就在暗地里防备着他，他害不了我的。自从你出事后，我再也难得完全相信任何外人了，这对我有好处。”

“英子，难为你了，你能这样想，我就真的放心了。不过你的身体到底怎么样啊，为什么看起来这样令我不放心呢？”

梅青顺着起英的手往上轻轻地捏着她骨瘦的臂膀，满腹忧心。

“只是上次感冒得太厉害，几天吃不下东西，当然就瘦了一些。我只要好好地吃饭，几天就会胖起来。说不定下次你再看到我，一定会建议我去减肥呢。”

起英调皮地安慰着梅青，她最不愿意看到的是梅青在受苦的时候，还得为她担心。

直到海一笑给他们送来食堂小灶定做的午餐，梅青和起英都觉得他们要说的话仅仅还只开了一个头。

饭后，因为第二天有检查，梅青要去准备两版墙报。起英也不想让梅青看着她离开。两人依依惜别，起英将梅青送到了那道铁门前，梅青用双手打着只有起英懂得的手势，起英潸然泪下，梅青也泪流满面。

“一笑，梅青就拜托你了，老同学，你可不能让他出事啊，我是鞭长莫及呢，我就依靠你了。”

办公室里只剩下起英和海一笑的时候，起英慎重地对海一笑说。

就在刚才，海一笑到镇上去了一下，用起英给的卡在超市买了中午的菜，无功不受禄，银行卡里钱的数字让他有些忐忑。现在听到起英拜托他照顾梅青，他的心里舒服了一些。海一笑在监狱工作的时间不短了，他知道梅青这种人以前的身份将可能带给他什么。梅青入狱后，他们的监狱周围就出现过一些不三不四的人，以前也有人在他们这里出过事。

“你放心，梅青在我们这里受不了什么委屈，出不了什么事。倒是你自己，可要注意身体啊。”

海一笑大包大揽，对起英尤其关心。

“有你在我当然放心，你不要帮我省钱，不够我回去就会再往你的卡上打钱，我只要梅青能平安无事。”

为了让起英真的心安，海一笑并不推辞。

一切都安排妥当之后，起英的精神松懈下来，显得疲劳而憔悴，一下似乎老了很多岁。

“一笑，我该回去了，只是不知还有没有下回。”

起英握着海一笑的手，突然感伤起来。

“别尽说傻话，你会活得比任何人都长的。”海一笑也有些莫名的伤感，他一边安慰起英，一边帮她打开了车门。

看着起英对梅青的爱有如飞蛾扑火，海一笑的心里有些隐隐的不安。不过，他最担心的还是起英的身体，起英虚弱得几乎无法自己上车，海一笑从后面帮了她一把。

车子起步的时候，起英和海一笑约定，以后起英需要联系梅青的话，就将电话打给海一笑。

起英的车子终于慢慢地驶出了监狱的大门，海一笑正想离开，车子在大门外又停了下来。起英从车窗里伸出了脑袋，象在跟眼前的一切作着最后的诀别。

一丝不祥的阴影突然涌上海一笑的心头，望着起英远去的车子，海一笑忍不住自言自语：“英子，你可要赶快好起来啊，老同学可盼着你能够再来呢！”

三十五

起英的车子一路上走走停停，比第一次多用了将近两个钟头才回到县城。县城的轮廓越来越清晰的时候，起英突然很想看到她的父亲。这次病倒之后，起毅已经有些老年痴呆，时不时地有点糊涂。不过，哪怕他再怎么糊涂，他也认识起英和时素华。

看到起英走进来，起毅蹒跚着走过去抓住了女儿的手。

“英子，英子。”起毅像个小孩一样有些欢欣鼓舞。

“英子，你再不回来，你爸又会吵着要我陪他去看你了。自从你病了这一场，你爸念得越来越多了，每天都得念你好几回。”

时素华闻声从里间走了出来，喜滋滋地看着起英。这么多年来，她的孩子疏离了她，在她的心中，起英已经真的成了她的女儿。

“英子，你想吃什么，阿姨这就帮你去买。”

“我们英子喜欢吃鱼。”

起英还来不及回答，起毅抢先告诉时素华。

时素华出门之后，起毅拉着女儿的手走进了一直给她留着的那个原来的房子里。起英重新回到县城后，还从来没有在这间房子里住过。里面的一切都保持着多年前的模样，只有床上的被子换上了新的。房子里非常整洁，干净，看得出来有人在精心打理。起英的喉咙酸酸的，她不想再看。

“英子，爸爸老了，不知哪一天就会变得更糊涂，趁着你回来了，爸爸告诉你这个地方，以后你自己就要记下来。从现在开始，这间房子将只有你有钥匙了，我不会再让你阿姨进这个房子来。”

起毅一边说，一边在床后的墙上摸索着。不一会，一块砖头弹开来，露出了里面的一个小保险柜。

“这是爸爸专门为你留的，你交给我保管的钥匙也放在里面，现在交给你了，爸爸就终于不用那么操心了。”

起毅将一片保险柜钥匙和一张写着一组密码的纸条一起交给了起英。然后将那块砖轻轻一托，墙壁复原后立刻变得看不出一点痕迹来。

看着父亲颤巍巍地细心操作着，为她想得细致而又周全，起英禁不住上前拉住父亲的手，哽咽着说不出话来。

“英子，我忘了告诉你，昨晚你们吉院长来了，说是有一处房子很适合你，但你不想买，他也打算在那里买一套，他拜托我们动员你和他买在一个小区，你看怎么样？以后也好有个照应呢。至于钱，那个小保险柜里我帮你存的就足够了。”

看着父亲笑起来整个脸上堆不卜那些皱纹，起英的心里酸楚，起英突然意识到，平日里她对父亲关心得太少了，她决定要从当下开始，珍惜父亲活着的日子。

“爸，以前是我不懂事，现在我只要爸和阿姨好好地活着，什么也不要为我操心，我都会安排好的。至于钱，更不要你给我留着，我会联系旅行社，送你们去欧洲看看。”

“那要赶紧告诉你阿姨，那要赶紧告诉你阿姨。”

起毅高兴得搓着双手，笑眯眯地看着女儿。

回到宿舍，起英想起父亲关于吉阳飞动员她买房子的事。其实，那是李宗庆公司的房子，要给起英的那一套，是一个精致的小户型，全部的精装修，内部设施一应俱全，只要拿到钥匙就能直接入住。而且，价值几十万的房子只收十万元人民币，起英猜想，是李宗庆看到她没有动用那张卡上的钱而不放心，想用那套房子再砸她一下。

“看来，我如果不完全掉下去，李宗庆是怎么也不会收手的。”起英自言自语的，她突然很想念梅青。

起英正忙着这些事情的时候，一天晚上，吉阳飞走进了起英的宿舍。

“起英。”

起英应声一怔，她知道，吉阳飞每当要和她谈严肃的问题时，总是叫她的全名。

“据最可靠的消息，吴易这个东西在收集基建中的一些问题，虽然具体不知道是什么，但基建的材料标准好像是他准备抓住不放的重点，我们必须早作防范。”

“可靠消息？不要中了吴易的打草惊蛇诡计，李宗庆做事很机密，防范也不错，凭他吴易不可能搞到什么有用的情况。”

起英看着吉阳飞，坦陈了她心中的质疑。

吉阳飞若有所思地看着起英，他再一次觉得面前的起英并不容易真正掌控，她太聪明了，自主意识也太强了。

“不过我听说吴易正在悄悄地跟踪什么人，这也是吴易这些年惯用的手法，只要小心一点，没什么的。”

看到吉阳飞的表情，起英补充着她的意见，也算给了吉阳飞一些提醒。

“怎么没早点听你提起呢，知道他到底在跟踪谁吗？”

吉阳飞的表情很吃惊，他狐疑地盯着起英。

“昨天李力无意中告诉我的，你一向做事谨慎，他也不可能派人跟踪你，所以我也就没有特意向你提起。”

听了起英的解释，吉阳飞轻轻地叹息着。

“英子，以后我们得多留意，吴易始终会是我们的命中克星。”

听着吉阳飞的话，看着吉阳飞脸上的表情，起英突然感到脊背上冒起一股冷气，不由自主地打了一个寒战。

吉阳飞是一个记仇的人，一旦他与人有仇，哪怕是上天入地，总有一天他会报仇的，真可谓君子报仇十年不晚，小人报仇每时每刻。起英深知这一点，这也是梅青提醒过她的。

难道一个人当了官就会变得越来越坏吗？这个念头不合时宜地突然来到了起英的脑子里，让起英无法再直视吉阳飞的眼睛。

“我会要我的人注意院里的动向，吴易的身边我也安排了专人监视，你就放心吧。”

起英迎合着吉阳飞，因为她觉得吉阳飞的器量越来越小了，她与吉阳飞之间，越来越只能相互利用，以后再也不能相处得太近了。

吉阳飞离开起英后，马上找到了李宗庆，兄弟俩在李宗庆的车上密谋了很久。

“阳飞，吴易的问题不难解决，倒是起英那套房子的钥匙要尽早给她，可以说我们的命脉都掌握在她的手里，只要她那里不出问题，我们的风险就小了很多。”

商量到最后，李宗庆提醒吉阳飞。

“起英可不是个一般的女人，她虽然不会无端出卖我们，但要完全将她拉下水还是有不小的难度的。”

吉阳飞的语气显得有点无奈。

当初，为了音召法院的这项基建工程不给吉阳飞留下任何后患，李宗庆和吉阳飞合谋，有些关键的事情他们不得不与直接分管基建工作的起英商量谋划，很多事情都由起英出面，从而让起英清楚和掌握了他们的底细。

随着项目的进展，偷工减料成了李宗庆赚钱的主要手段，看到起英只愿与他们同流而拒绝合污，李宗庆的心中越来越不安了，他总想着要怎样解决掉起英的问题才能心安。

很快，县直工委的党务工作检查开始了，为了迎接这次检查，起英叫来了胡思。

“胡主任，县直工委的检查定在后天，我们的准备工作怎么样？”

自从那次做好了班子的民主生活会记录后，起英没有忘记胡思的功劳，胡思已经是政工室的副主任了。

“起院长，你就放心吧，所有的文字工作我都做好了，跟下面几个支部也统一了口径，保证没有问题啦。”

胡思一直很尊敬起英，自从升为副主任后，他对起英更是充满了感激，无论起英布置什么工作，他都是尽力而为。

起英满意地看着胡思，心里不由得想：我起英终于也培养了一个造假的高手。她想起自己当年造假后的忐忑和紧张，看到胡思的坦然，起英笑着说：“胡思，你要比我强啊！”

胡思听到起英的这句话，脸上顿时有了一丝紧张的神色。因为胡思知道，当你的顶头上司称赞你要比他强的时候，那就绝对不是什么好事，而是有了一点危险了。

“我是说你想得周到，不像我丢三落四的呢。”

看到胡思很在意自己的话，起英连忙补充。

确定起英并没有别的意思，胡思这才轻松地笑了。

党务工作的检查刚刚结束，起英还沉浸在成功的喜悦里，就接到了吉阳飞的电话。电话里，吉阳飞要起英马上赶去邻县的一个温泉山庄，只说是事情紧急。

起英的车子刚刚停稳，吉阳飞就迎了上来。

“起英，出大事了，昨晚吴易在一个地方招了两个妓女，被当场抓住了。这还不要紧，在他的车上又搜出了现金存款一大笔，吴易怎么也不能说明来源，现在被公安扣住了。”

吉阳飞的声音有些焦急，但他的脸上却透着一丝隐隐的笑意。

难道是吉阳飞和李宗庆抢先对吴易下手了吗？这个想法让起英脸上的表情有点不自然。

“我们要仔细查查有没有什么漏洞，第一要防止吴易乱咬一气。”

吉阳飞并没注意起英的表情，他自顾自地说。

“我的手上是不会有什么漏洞，院里财务上的事吴易完全不知情。吴易这个人，只要平日里不影响他报销那些杂七杂八的发票，其余事情他倒是不太过问。”

“英子，我们设立的那个班子廉政情况登记本你登记得怎么样？”

吉阳飞突然提出了这样一个问题。

起英将大致的情况告诉了吉阳飞。吉阳飞当即告诉起英，他们要立即返回院里，仔细查看一下登记情况才行。

来到起英的办公室，灯光下，吉阳飞发现起英的神色很不对。

“英子，你怎么啦？”

吉阳飞显得很担心。

“我现在经常是这样，休息一下就好了。”

起英一边回答，一边将法院领导班子的廉政登记本递给了吉阳飞。

那是一个黑色皮质封面的活页大笔记本，每个领导都有十几页空白纸可以供他们用来登记拒贿倡廉的事迹，以及拒贿的具体金额和财物。第一个名字就是一把手吉阳飞。

吉阳飞接过本子翻看起来，他看到，起英帮他这个一把手登记了共拒收四瓶茅台酒，六条高档烟，还有高档西服一套，送给他老婆的化妆品两盒。

吉阳飞都忘了这些东西是谁送的了。不过，有一点他很肯定，那就是这些上缴的东西都是带着倒钩刺的，一旦误吞，后果是不可想象的。

吴易名下的登记更有趣，有几个只有几百元的红包，恐怕是哪个单位给的误餐。吴易上缴的财物里，小到茶叶，大到高档席梦思，林林总总，记了大半页，只不过总共的金额也不到万来块钱。

“起英，我这里的几笔钱你就按照我写的先后时间顺序帮我登记一下吧，我们得以防万一呢。”

吉阳飞说着，将一张纸和一个存折交给了起英。

起英接过吉阳飞的东西凑到灯光下一看，存折上分三笔共计有五万多元人民币，送钱的时间和人都写在那张纸上。

起英什么话也不说，当着吉阳飞的面，将登记着吉阳飞拒收财物的那几页纸轻轻地取了出来，在面前摆上吉阳飞拿来的那张纸，开始按新的顺序重新进行了登记。

起英细心地一一登记完，将本子交给了吉阳飞。灯光下，吉阳飞看完后满意地笑着。因为经过起英这样一处理，不但将受贿证据就这样消灭得一干二净，不留任何痕迹。更重要的是，万一将来吴易攀扯，或者有别的举报，他也可以凭这些事先的登记而万事大吉。

“英子，这个活页本真的搞得聪明，临时变动起来很方便。”

吉阳飞一边称赞着，一边在心里想：好在起英不喜欢与人争斗，否则没有几个人会是她的敌手。

吉阳飞一边等着和起英一起离开，一边看着起英收拾着那个登记本。起英的动作轻盈而快捷。

看到吉阳飞在等待，起英锁好登记本后站起身来，准备和吉阳飞一同离开。刚刚迈了两步，起英突然剧烈地咳嗽起来，一股腥热的气体直冲喉咙，胸部有种异样的感觉。

听到起英咳嗽的声音不对，走在前面的吉阳飞回过头来，他吃惊地看到起英的脸被憋得通红，正一只手抓着自己的喉咙，一只手捂在胸口，痛苦地大张着嘴，眼睛里满是憋出来的泪，鲜红的血丝顺着她的嘴角流下来。

“英子！”

吉阳飞一声惊呼，猛地冲到起英身边，一只手抓住就要倒下的起英，另一只手急忙帮起英轻拍背心。

一阵更猛烈的咳嗽之后，起英趴在桌子上呕吐起来。吉阳飞连忙帮她拿了一个垃圾篓。吉阳飞半搂半抱着已经站立不稳的起英，让她往垃圾篓里尽情地吐。

吐完之后，起英觉得舒服了许多，胸中不再憋闷了，只是有些撕扯性的疼痛，起英的脸色变得格外的惨白。

吉阳飞无意间往垃圾篓里一看，顿时变了脸色，赶忙用桌子上的一块报纸盖在垃圾篓上，并立即提着篓子去了厕所。

垃圾篓里紫的，红的，全都是起英吐的鲜血或血块，吉阳飞吓得不敢出声，赶忙扶着起英回到了宿舍。

“英子，你这样不行，明天我要办公室主任专门陪你去省人民医院看看。”

临走的时候，吉阳飞很不放心地对起英说。

“你不必担心，上次出院的时候医生就说了，肺部的感染要有一个恢复的过程，偶尔咳嗽是难免的。”

“即使是这样，明天也得听我的，去省城做个全面的检查。”

吉阳飞不敢提醒起英她吐的是血，只能坚持要起英去做全面检查。

离开起英的吉阳飞怎么也高兴不起来，眼前闪现的总是起英吐的鲜血，还有起英那像死人颜色的脸。吉阳飞对起英的感情是复杂的，但在所有的同事里，他唯一能够相信一些的只有起英，他一直记得起英帮他度过的那些难关，他现在可以没有梅青，但他觉得暂时还不能没有起英。

“不会是肺癌吧。”

这个想法着实让吉阳飞吓了一跳，他不敢再往下想了。

离开法院旧办公楼的时候，吉阳飞总感到身后有什么人。还是在他刚才打开自己办公室门的时候，就隐隐约约地有这种感觉。不过，他几次突然回头，都没有看到半个人影。

难道有人跟踪？好在起英登记的时候一直是默默地操作，即使是有人跟踪也搞不清具体的情况，吉阳飞不由得有点佩服起英这样的女人。

吴易出事后，他的死党乔伊失去了依傍，多年的投资一朝化成了泡影，乔伊心有不甘。他知道吴易出事前一直在跟踪和收集吉阳飞的情况，这次吴易出事，很可能是吉阳飞来了个先下手为强。

苦于没有证据，乔伊只得暗中注意吉阳飞的动静。今晚他看到吉阳飞和起英先是进了办公室，乔伊不敢靠近，毕竟他不敢公然与吉阳飞或起英为敌。

后来看到吉阳飞扶着起英进了宿舍，孤男寡女，夜里搂抱着去了起英的单人宿舍，正在乔伊欣喜若狂，准备通知他的人前来抓现场的时候，吉阳飞安顿下起英，自己立刻就离开了。这让乔伊非常失望，因此他跟着吉阳飞走出了法院，从而差点被他发现。

吉阳飞走后，起英感到自己的身体有些支持不住了，前胸后背又闷又痛，夜里睡得不安宁，即使睡着了，也是噩梦连连。起英决定听从吉阳飞的安排，第二天去检查。

办公室新上任的主任游步青在省人民医院里有熟人，上午不到十点，起英的所有检查都做完了。胸透的结果不容乐观，还得做进一步的检查。起英本来就是一个很敏感的人，看到游步青的反应，她知道自己的病情不妙。

接下来的检查结果印证了起英的猜测，县医院的诊断出了差错，起英得的是肺癌，由于延误治疗，已经到了晚期。看到这样的检查结果，起英竟然没有当着游步青流泪，起英拒绝立即住院，并且要求游步青帮她向吉阳飞，以及一切的人保密。

“起院长，我们今天在这里休息，明早再动身吧。”

游步青害怕起英经不住来回地折腾。

“步青，我的时间已经不多了，一分一秒都不能再浪费，我们现在就往回赶吧。”

起英终于再也没能忍住眼泪，她在游步青的面前哽咽着，游步青也很难过。

“步青，我对你有一个唯一的要求。”

游步青认真地看着起英。

“你得帮我保密，无论对谁都得帮我保密，我不会去住院，我从小就决心不要死在医院里，我想死在工作岗位上，我需要你成全我，步青，你一定要成全我。”

起英恳切地望着游步青。游步青犹豫了一会，还是点头答应了她。

他们开车上路的时候，太阳离西边的山岚只有几米高了。由于气温低，太阳的光变得白白的没有一点热力，四野里冷风嗖嗖的。出现在太阳下面的不是彩霞，而是一缕缕铅色的棉絮一样的散云，将那轮即将没入山岚的太阳衬托得冷冷的。

这番景象，让游步青突然联想到身边的起英，夕阳的余晖里，起英贪婪地看着前方的落日，眼睫毛很长，脸色也在余晖里变得光彩照人，嘴唇翕动着，像在祷告，又像在向谁呢喃，起英突然美得像云霞中飘落的仙子，让游步青不敢多看。

这个女人会带着这样的美丽突然消失不见吗？游步青的心里突然充满了惋惜。

三十六

"吉院长，我们回来了，起副院长得的是肺癌，而且已到晚期，她不想住院，要我帮她保密，也包括对你，因为她说想要死在工作岗位上，是我想还是不能瞒着你。"

当晚一离开起英，游步青就在电话里将起英的病情告诉了吉阳飞。

"步青，你做得好，不过，除了我之外你不要再告诉任何人了。既然是肺癌晚期，住院也来不及了，我们就让她随意吧，这个心愿我们一起来帮她了。"

吉阳飞在电话里沉默了一会，再开口说话的时候，声音突然变得有些嘶哑。游步青不由得有些吃惊，他没有想到起副院长的病竟然能够让吉院长这样。

放下手上的电话，吉阳飞仍然坐在那里一点也不想挪动。肺癌晚期，这不就是一份死刑判决吗？而且，绝对不会出现特赦。吉阳飞的心里沉甸甸的，他首先想到的是基建还没有完，他该到哪里去找个可以信任的人接替起英呢？

吉阳飞想起起英心里就酸酸的，起英的一生是悲惨的吗？她是她父母婚姻破灭的最终牺牲品吗？这些问题让吉阳飞一时无法释怀。

第二天，离上班时间还差几分钟的时候，吉阳飞走进了起英的办公室。起英正在若无其事地整理着东西，看到吉阳飞的表情，起英知道，肯定是昨晚游步青违背了和她的约定，将她的病情告诉了吉阳飞。

"英子，我赞同你继续工作，但你得听我的，我帮你去找最好的中医，你得坚持服中药。"

看到起英还不准备将病情告诉他，吉阳飞忍不住说。

"谢谢你，谢谢你理解我。"起英的眼睛红了，她不再说话。

"起英，梅青的保外就医手续都办好了吗？还有什么是我能帮忙的。"

吉阳飞有意不再谈起英的病，他提到了起英最想要解决的事情。

"没什么问题，过不久应该就能出来了，他出来后会暂时住到我父亲家里去。"

"你就不能先用李宗庆他们公司的那处房子吗？出点钱就行了，里面一应俱全，你和梅青住进去就行。"

"房子太便宜了，不过可以留给梅青，如果他将来愿意在音召安家的话。"

起英的情绪不再有什么起伏，像是在说着别人的事情。

李宗庆从吉阳飞那里得知起英的病情之后，显得有些心惊。

“阳飞，我们的基建还要几十天之后才能结算，起英能不能拖到那个时候呢。你想过没有，如果不能由起英主持结算，我们就有可能出大问题。”

“是吗？我倒是没有你想得这么细。起英应该在三五个月甚至半年的时间里都不会有问题吧，她毕竟还这样年轻呢。”

“那不能大意，我去找人帮她开中药来，无论如何要让她坚持到法院的基建结束以后。”

李宗庆的声音很坚决，脸上的表情冷冷的。

“起英，今天下班前我和主任接待了检察院的几个人，他们在问你和梅青以前的关系，还特意了解了一些你们吉院长的事情。临走的时候，留下了你们那里吴易副院长的一份检举材料的复印件，你需要的话，哪天来影印一份吧。另外，你也得多加小心啊。”

吴易进去几个月之后，音召法院的基建即将进入最后结算的前夕，起英的密友，中院政治部的副主任刘剑青偷偷地打电话告诉起英。

“我这就过来，我本来早就要给你送上次从上海给你买的一条水晶项链来的，这一次正好过来。”

起英语气平缓，她虽然心里很急，但她不愿意让刘剑青察觉到这一点。

放下电话，起英的心情无法平静，法院的办公楼已经基本竣工，李宗庆一再急着要求进行工程总结算，吉阳飞也在催她。而她已经为梅青办好了保外就医，她想亲自前去接梅青。想不到现在又来了吴易的举报材料这样的事情。

“起院长，梅老板的事有我安排呢，你只帮忙早点将工程决算手续搞出来就行了。”

听到起英准备去接梅青，李宗庆一边看着吉阳飞，一边对起英说。

“英子，你的身体不行，就听他的吧。”

吉阳飞也为李宗庆说话了。

最后，起英接受了吉阳飞和李宗庆的建议，法院系统的人一律不惊动，由李宗庆派人出面去接梅青。

起英接连服用了吉阳飞拿来的中药之后，病情似乎有所稳定。她在李宗庆派人去接梅青的时候，开车来到了中院。

刘剑青早已把那份检举材料影印了一份，起英一到，她就用一个大信封装着，趁没人的时候塞给了起英。举报材料沉甸甸的，起英还来不及打开那沓材料，心情就变得沉甸甸的。

拿着那份材料，起英从中院直接回到了父亲的家里。时素华将里里外外打扫得一尘不染，起英的卧室里更是全部换上了新家具，新被褥。门口还堆着几捆鞭炮。

起英在她和梅青的床头挂上了一幅她亲手写的字，那条幅的内容是起英上次去寺里时记下来的，她想送给重获自由的梅青做礼物，条幅写的是：在高处立，着平处坐，向阔处行；存上等心，结中等缘，享下等福！

起英的病时素华知道，只是她们都瞒着起毅。看到女儿准备住回来，还会带男朋友住过来，起毅这几天高兴得睡不着觉，今天又显得有点糊涂。

不到中午十二点，三辆高档小轿车悄无声息地进入了起英的视线。起英急步迎上去，小车在起英家门口几米远的地方停了下来。梅青身着一套深黑的西服，下得车来，满脸洋溢着幸福的光彩。

跟来的时候一样，一个戴眼镜的人亲热地与梅青握手之后，车子又悄无声息地走了，起英携着梅青的手走向他们的新家。

起毅在时素华的引导下，点燃了堆在门口的鞭炮。鞭炮特别地响，炸起的纸屑尘土一起飞扬。梅青不由自主地将起英揽在身后，为她遮挡着鞭炮的袭击。

起英紧紧地贴着梅青的背脊，她第一次感到在人世间真的有了依靠，起英泪流满面。

午饭后，时素华识趣地领着起毅去了菜市场，她每天都要精心为起英准备饭菜，她把起英当成了她的女儿。

获得了自由的梅青显得轻松，出来之前他就想通了，人到哪里不是为了名利呢？他并不缺利，这是他当下最大的优势。再加上在官场多年的历练，任何的社会关系他都有信心建立，因为梅青知道，任何复杂的社会，都不会比如今的官场复杂，梅青对他和起英的未来充满了信心。

“英子，我以后再也不会让你受到丁点的伤害，也不会让你受一丝的委屈，我俩的今后，我在里面早就计划好了，你只要跟着我就行。”

一番缠绵之后，梅青抓着起英的手，认真地告诉她。

泪水无声地从起英的眼睛里涌出来，她的心一阵阵的痛。想到自己的病将要带给梅青的打击，起英就痛苦得无法承受。

“英子，你怎么啦，你知道我盼望这一刻的相拥有多久了吗？看到你流泪我就心痛，我不想你再流泪了。以后流泪的不应该是我们。”

“青哥，我太高兴了，我答应你，今天让我的泪水流个够吧，今天之后，我再也不会流泪了。”

起英在梅青身边撒娇，她决定不将她的病告诉梅青，让他能高兴多久就高兴多久。

“英子，说真的，你怎么恢复得这样慢呢，还越来越瘦了，我带你去省附一医院看看吧，那里的内科主任是我的一个表姐。”

梅青盯着起英没有什么血色的脸，显得非常担心。

“青哥，你还记得吴易吗？他现在被检察院抓住了，查出来的问题不小。为了帮自己减轻罪责，他正在四处攀咬。你看，这就是剑青给我的一份吴易交出来的检举材料，我刚才才拿回来的。”

为了分散梅青的注意力，起英及时地拿出了刘剑青给她的那沓材料。

梅青展开那沓材料仔细翻阅，脸色渐渐地变得凝重起来。

“英子，吴易材料里说的是真的吗？我太大意了，有些事没有及时提醒你。”

看到起英眼睛里的惊恐，梅青有些不忍说下去了，他将材料中最让他担心的部分指给了起英。

“法院几千万的基建是个大黑洞，吉阳飞和承包人李宗庆，还有副院长起英就是这个项目里的大硕鼠。而其中只要突破掌管全盘的起英，黑幕就会大白于天下。”

这一段话让起英的脸色变得更加的苍白，她双手捂着胸口，胸部还是剧烈地起伏着。一阵令她窒息的疼痛袭来，起英一张嘴，一股鲜血喷薄而出。起英赶紧用纸巾捂住嘴，鲜血立即将那团纸巾染红，血还犹自顺着指缝流下来。

“英…子，英子，你…怎么啦，你怎么啦。”

梅青连连惊呼，浑身颤抖，说话打着哆嗦。

起英急忙从包里寻出了应急的药，她和着满嘴的血，强行将药吞了下去。又过了一会，起英感到那股令她想立即死去的疼痛消退了一些，血也不再从嘴里流出来了。

梅青一把抢过起英手上的药，仅仅只看了一眼，梅青的身子就晃动起来。他好不容易扶着起英才站稳。

“天啊，天啊！你为什么要这样残酷啊，我该怎么办啊。”

“青哥，青哥，我的日子还长着呢，现在我正在服用吉阳飞从一个老中医那里拿来的自制丸药，病情已经稳定了一些，暂时不会有事的。”

为了让梅青好过些，起英将她的病和治疗说得很轻松。

“英子，以后你再吃吉阳飞给你新送的丸药之前，一定要先通过我，这一点你一定要做到。”

梅青脸色惨白表情很严肃，因为看到吴易的检举材料，梅青觉得如果吉阳飞或李宗庆也得到了这样一份材料的话，起英就很可能随时有危险。

虽然觉得梅青实在是大惊小怪，但看到梅青将她当成了一个不懂事的孩子那样来爱护，起英的心里暖暖的只想流泪。

梅青的担心是有道理的，在起英得到那份材料之后不久，吉阳飞从他在检察院的内线那里，也拿到了一份相同检举材料的复印件。

拿到材料后，里面的内容让吉阳飞第一次有事不敢再找起英商量，他将材料交给了李宗庆。

“阳飞，反正工程结算也刚好搞完了，看来我们这次又只能丢卒保车了。”

李宗庆看完材料后，眼睛里闪着青光，语气幽幽地对与吉阳飞说。

“表哥，你说哪里话，还不到那一步吧，不到万不得已，我不想那样做。”

吉阳飞完全明白李宗庆办事的作风，他知道李宗庆说的丢卒保车是什么意思，吉阳飞感到一阵战栗，他不是第一次看到李宗庆这样发狠，冷汗从吉阳飞的额角冒了出来。

“你想过没有，我们再不采取措施一切就都晚了，再说起英已经不行了，我的那个给她配丸药的朋友告诉我，起英最多也只能坚持三个来月了，只要在那些丸药里换上两位中药就行了，我保证她不会有任何痛苦，而且事后谁也查不出原因。对于起英来说，她的生命只是提前三个月结束罢了，也许还没有那么长。你我可还有很长的路呢，难道你真的想去坐牢吗？起英连我给的银行卡里的钱也一分都没动，给她房子也不收，她是和我们隔着心，给她自己留了后路呢，一有风吹草动，吃亏的肯定只有我和你。男子汉要做大事，怎么能心慈手软，存妇人之仁呢。好了，反正这件事你别管，一切由我来安排，你只要尽快帮我搞到一片起英办公室的钥匙就行。”

说话的过程中，李宗庆始终将吉阳飞笼罩在他阴冷的目光里，不容许吉阳飞有丝毫的动摇或犹豫。

“这样做也太严重了吧，难道我们就没有别的办法了吗？”

吉阳飞的声音怯怯的，想到他在李宗庆手里陷得太深，想到也许在李宗庆的心里自己也只是一个小卒子，他感到全身有点发冷。

“别的方法当然有，但我想你并不想让起英太痛苦吧。”

李宗庆的声音冷冰冰的，像狼一样的眼睛直视着吉阳飞，丝毫不改变他的初衷。

已上贼船，身不由己，吉阳飞张了张嘴，终究什么话也没说，只是应李宗庆的要求将他以前悄悄留着的起英办公室的一片钥匙交给了他。

起英上班之后，梅青出去了一天，下午起英下班前，梅青回到了家里，他为起英买回了两套婚纱。

时素华年轻时非常爱好摄影，当晚，她就给梅青和起英拍下了很多美丽的婚纱照。

披上婚纱，和自己相爱的男人幸福地相拥，这是每个女人从她懵懂懂事的那一天开始就会有的梦想。起英身穿婚纱，与梅青相拥，她幸福得忘记了一切不幸。

“英子，这个星期天我们就去拍几组最好的婚纱照，我再准备一下，月底去我的家乡举办婚礼。”

梅青幸福地憧憬着，起英的笑让人看着有些辛酸。

有了梅青，起英的精神状态好了很多，知道自己的病情以后，起英将她主管的每一项工作都记载得明明白白，即使不用亲手移交，接手的人也一看就能明白。起英这样做是防止她如果有个万一，不致打乱吉阳飞的工作安排从而让他措手不及。

自从住回娘家后，起英的饮食都是由时素华精心安排的，如果上班，为了不致让起英来回奔波，起英的中餐都是由时素华亲自送到法院来。

这一天中午，时素华照例看着起英吃完了饭，收拾好东西之后，她帮起英换了一杯热水，然后拿起了起英办公桌上的那只装中药丸的药瓶，准备像往常一样给起英准备要服的由吉阳飞提供的丸药。

“英子，你什么时候动了药瓶吗？怎么好像少了一些，昨天我看了应该不是这么少吧，这里只够中午一次的药了。”

时素华一边摇晃着那只瓶子，一边对起英提出了她的疑问。

“不会错的，办公室一直只有我一个人啊，再说，别人没事怎么会动我的药呢？”

起英知道，近年来随着年龄的增长，时素华的记忆越来越差了，又有点爱大惊小怪的，肯定是她记错了。

尽管起英说得轻松，不过时素华还在狐疑地摆弄着那只药瓶。

起英从时素华的手上接过瓶子，将里面的丸药全部倒进嘴里，喝下一大口水之后，随手将空药瓶丢进了垃圾篓里。

时素华离开后，起英又拿出了吴易的那沓举报材料，起英犹豫着。因为梅青反复嘱咐过，要她不要将得到了吴易举报材料的事告诉任何人，因此，起英这些天一直拿不定主意是否要将吴易举报材料的事告诉吉阳飞。

最后又将那沓材料翻看了一遍，起英轻轻地叹息了一声，突然觉得胸部有些怪怪的。

挨到下午快要上班的时候，起英感到胃里开始不同寻常的搅动，前胸后背都撕裂性地剧痛，起英赶忙开车往家里赶。

梅青将满脸大汗的起英扶下车，看到起英的样子，梅青的心里像有团火在燃烧，脸色青中带黄，眼泪止不住地流。

听到外面的动静，时素华立刻跑了出来，她一脸震惊地看着起英。

“英子，你这是怎么啦，中午不还是好好的吗？是不是那些药有问题啊？”

“阿姨，英子吃的药怎么啦？药到底怎么啦？”

时素华被梅青的表情吓住了，她结结巴巴地将中午的事情告诉了他。

“他们终于下手了，他们终于下手了。”梅青咬牙切齿，眼睛突然红红的。

“青哥，我中午吃的药可能有点问题，好像药量比昨天少了一些，吃完不到两个小时就这样了，我太难受了，青哥，对不起，我这一辈子对不起你，我只怕无法遵守与你之间的承诺了。”

起英一边说，一边用力指着放了保险箱的那堵墙。

“青哥，我本来早就要告诉你的，没想到我的病会发作得这样早，我们所有的东西都在那里，开启的方式和密码在我枕边日记本的最后一页里，青哥，你东山再起的资本都在那里，你要保重。”

“我什么也不要，除了你我什么都不需要。”

梅青紧紧地抱着起英，脸色铁青，声音喑哑。

起毅听到动静不对，也急忙走了进来。

“英子，你这是怎么啦，你可别吓唬爸爸啊。”

突然变得完全清醒的起毅一边哭叫，一边紧紧地抓住了女儿的手，他看看梅青，再看看时素华，不明白他的女儿到底发生了什么事情。

时素华在一旁默默地流泪。

“妈，我不孝，今天才喊出这声放在我心里很久了的妈，妈妈，青哥和爸就全托付您了，如果青哥愿意，您和爸就把青哥当儿子吧。”

倒在梅青怀里的起英一手抓着时素华，一手抓着她的父亲。听了女儿的话，起毅突然脸色煞白，身子渐渐向后倒去。

“英子，不要多说话，我们先去医院。”

时素华痛哭着，她一把托住就要倒下的起毅，一边将起毅拖往客厅沙发，一边急急地提醒着梅青。

听到时素华的话，梅青猛地抱起起英，想要开车送她上医院。

“青哥，青哥，不要送我去医院，我们都知道，那对于我已经毫无作用了，我不甘心死在医院里，那样我将死不瞑目，不要送我去医院，这是我最后的愿望，最后的时间哪怕只能以分秒来计算，也让我和你在一起度过吧。”

暂时停止了吐血的起英拼尽全力恳求着梅青，脸上突然呈现一层不同寻常的光彩。起英的话让梅青再也挪不动步子，他抱着起英重新回到了他们的卧室。

“青哥，你为我再吟诵一次那首诗吧。”

一会儿，那首梅青和起英无数次吟诵过的诗歌，在梅青的哽咽声中断断续续地响起。

经过一番折腾，起英浑身滚烫，梅青手足无助，一直紧紧地抱着起英。

起毅在沙发上躺了一会就醒来了，只是完全糊涂了，他独自坐在客厅里，似乎不知道发生了什么事情。

时素华不忍心打搅梅青和起英做最后的诀别，她躲在厨房里流泪。

“青…哥…”

起英的眼睛看着梅青，想要开口对他说点什么，一股鲜血又从起英的嘴里涌出来，让她无法说出后面的话来。

“啊、我真该死，英子，我早该要和你明说的，你还是太容易相信别人了，他们终究向你下手了呢。”

豆大的汗珠从起英身上露在衣服外的所有皮肤上滚落，鲜血染红了梅青胸前的衣襟。随着起英越来越剧烈的抽搐，起英的呼吸越来越急促，那层光彩急速消退，脸变得像蜂蜡一样焦黄。梅青惊恐万分，因为他感到手上的起英变得越来越轻。

“来人啊，谁来帮我救救英子吧。”

梅青已经变了调的呼喊让时素华浑身颤抖，她走过来抓住了起英的一只手。起毅则坐在客厅里，兀自对着电视机在笑。

“青哥，我不想看你流泪，对不起，我不想让你流泪的。”

也许是感到了梅青浑身颤抖，痛苦难当，起英的眼睛里流着泪，她死死地看着梅青，一只手想要抬起来帮梅青擦眼泪。

起英将渐渐变得僵直冰冷的手好不容易放到了梅青的嘴唇边。

“青哥，今天又是一个冷太阳！我真…冷，真…”话没说完，起英长长地叹息一声，来不及完成最后的动作，她就停止了呼吸，眼睛却始终睁得大大的。

天空上飘着一层厚重的铅色云，太阳又像一个白白的面饼，无力地挂在西边的天际，那一缕淡淡的光也变得越来越冷。

“英子，别丢下我，英子，别丢下我！”

梅青用尽平生的力气，紧紧地抱住起英，他一边流着泪呢喃，一边想用自己的体温来减缓起英躯体的快速冷却。

可是，起英的脸变得越来越蜡黄，身躯也变得越来越冰冷，梅青终于知道，他永远地失去起英了。过度的悲痛，让他的心突然一阵剧痛。

“起英，是他们杀了你吗？”

梅青一声惨呼，眼睛里喷出的是一种仇恨的火花，梅青此刻的表情，让一旁一直握着起英另一只手的时素华不寒而栗！